徳間文庫

失踪都市

所轄魂

笹本稜平

JN252570

第一章

1

頬をなぶる早朝の風が心地よい。こなれたフットワークで、葛木《かつらぎ》邦彦《くにひこ》はいつものジョギングルートを走っていた。

一之江《いちのえ》二丁目の自宅を出て春江橋で新中川の東岸に渡り、堤防の上の道を北に向かう。大杉橋を渡って西岸に戻り、そこからまた堤防上の道を走って自宅に戻る。そんな四キロ弱の周回コースは、疲労が残らず、起き抜けの五感に適度な刺激を与えるにはほどよい距離だ。

去年の暮れ、逃走した容疑者を数百メートル追跡した際、ひどい息切れで自分一人が後《おく》れをとった。幸い強健な部下たちが簡単に取り押さえてくれた。係長は無理しなくていいですよ——。そう言ってくれた部下の目に哀れみの色を感じたのは僻《ひが》みかもしれないが、それが心のなにかに火を点けた。

部下が五名ほどの所轄の係長でも管理職に違いはなく、本庁捜査一課の刑事だったころと比べるとデスクワークの比率がはるかに増えた。

部下に手柄を立てさせるのが上司の甲斐性《かいしょう》と考えて、現場のことはなるべく任せるようにしているが、そんな立ち位置に甘んじていられるのも、いざというときは若い者には負けないという自信があってこそだ。そこが崩れてしまっては、自分が無様な張りぼてのように見えてくる。

それで一念発起して始めてみたら、最初は苦痛でしかなかったのが、やがて一種の中毒になり、五キロ、一〇キロとしだいに距離を伸ばして、タイムも縮めようと夢中で走り込むようになっていた。

たかがジョギングといっても、硬い舗装路を自己流のフォームで走っていれば体にかかる負荷は馬鹿にできないものらしい。けっきょく膝《ひざ》を傷《いた》めて普段の歩行にも不自由するようになった。診察を受けた整形外科医の話では、年配のジョギング初心者によくあるパターンだという。

どんなスポーツであれ、身体に対してリスクを伴わないものはない。本気でフルマラソンを目指すなら、ちゃんとしたコーチについて正しい走法を身につけなければ体を傷めるもとにしかならないし、健康や体力の維持が目的なら、毎日走り込んだり記録を追ったりはせず、気が向いたときに息抜きに走るくらいがちょうどいいと諭《さと》された。

いまさらオリンピックを目指す気などむろんなく、歩行に不自由を来すようにでもなれば本末転倒だ。走るのは週三日以内、距離は四キロ未満、タイムは気にしないことにしたら膝の痛みはしだいに消えた。

走ってエネルギーを消費した分は増進した食欲が相殺しているようで、体重は期待したほどには減ってくれないが、それでも階段の上り下りでは若い者に負けなくなった。体脂肪が減って筋肉が増えた実感がある。

葛木のようにジョギングやウォーキングをしている人やら犬を散歩させている人やらで、堤防の上の道は朝の五時前でも意外に人がいる。

新中川の川面《かわも》は穏やかで、ときおり行き交う川船が穏やかな波紋を広げる。まだ低い早朝の太陽が人々の影を長く延ばす。そんなのどかな川辺の情景を、この土地に住んで長い葛木もジョギングを始めるまで知らなかった。

西に広がる低い家並の向こうには江東地区のランドマークの高層マンション群。その奥にさらに高く聳《そび》える東京スカイツリー。葛木が所属する城東警察署が管轄する地域は、そんな超現代的な都市景観といまも残る下町風の街並が、水と油のように融け合うことなく混在し、そこに住む人の心もさまざまだ。

新宿や渋谷のように巨大繁華街を抱えた地域と比べれば犯罪発生率は高くはないが、いまでは区内の人口のかなりを占める高層マンションの住民たちのコミュニティ意識は希薄で、犯罪捜査という点では死角が多い土地柄だ。

警視庁捜査一課殺人犯捜査係といえば、テレビドラマにいちばんよく出てくる日本でいちばん有名な警察の部署だろう。そこに所属することは葛木のようなノンキャリアの警察官にとって望みうる最高のステータスだ。それを擲《なげう》ち、葛木は自ら望んで城東署にやってきた。現在の所属は刑事・組織犯罪対策課強行犯捜査係。役職は係長。これ以上の出世は望んでいない。

刑事という職業はジョギングと似ていて、人をのめり込ませる魔性のようなものがある。ジョギングなら膝を傷める程度で済むが、こちらは人生そのものを狂わせる。

職業上付与されているに過ぎない公権力をある種の特権と錯覚し、一般市民とは一線を画す特別な存在だと思い上がる。犯罪捜査こそが自分に与えられた崇高な使命で、それ以外のあらゆることは二の次になる。三年前、くも膜下出血で妻を失ったとき、葛木はそんな自分の過ちを心底思い知らされた。

息子の俊史《としふみ》から妻が倒れたとの連絡を受けたとき、葛木は同僚の刑事数名とある殺人事件の容疑者の身辺を張っていた。短銃を携行しており、迂闊《うかつ》に踏み込めば死傷者が出る惧《おそ》れがあった。作戦は男がドアから顔を覗《のぞ》かせる一瞬を突いての逮捕。そのとき葛木は携帯の電源を切っていた。

俊史が一報を入れたのはそんなさなかだった。容疑者の逮捕はその一時間後。携帯の留守電メッセージを聞いて病院へ駆けつけたとき、妻は二次出血で昏睡《こんすい》状態に陥っており、その翌日に息を引きとった。

葛木が病院に到着する三十分ほど前までは意識があったと俊史は言っていた。それまでに駆けつけていたら妻と最後の言葉を交わせたはずだった。自分を支えていた手前勝手なプライドが、そのとき粉微塵《こなみじん》に砕け散った。

捜査、捜査で明け暮れて、日ごろは言葉を交わす機会も乏しかった。殺人事件の帳場《ちょうば》（捜査本部）が立てば、まともに帰宅しない日が何ヵ月も続く。子育ても妻に任せっきりだった。

言いたいことは山ほどあっただろう。それを黙って引き受けることが警察官を夫にもつ身の矜持《きょうじ》だとでもいうように、妻は終始、葛木を温かい目で見てくれた。そんな妻がいてこその自分だったことに気づいたときは遅かった。

足元から大地が消えたかのような、それまでの人生のすべてが蜃気楼《しんきろう》でもあったかのような喪失感に襲われた。失ったものの大きさに気づいたとき、刑事としての仕事でそれが埋め合わせられるものではないことを悟った。

だからといっていまさらほかにやれる仕事はない。刑事という職業は骨身に染みついた業《ごう》だった。思いあぐねた末、所轄への異動を願い出た。本庁と比べて所轄が暇というわけではないが、三百六十五日、殺人事件ばかり追いかける捜査一課の仕事にはなんの情熱も感じなくなっていた。

　所轄に移っても気持ちは晴れず、軽い鬱《うつ》病で精神科のクリニックに通うことにもなった。薬物治療でなんとか軽快したが、そんな葛木をぎりぎりのところで支えてくれたのが、俊史が聞かせてくれた妻の最後の言葉だった。

「父さんには無理に来させないでね。きょうは事件の詰めでとても大事な日らしいのよ。私は大丈夫だから仕事を優先するように言っておいて。父さんは素晴らしい仕事をしてるんだから――」

　そんな話を妻にした憶えはなかったが、葛木のちょっとした表情の変化や言葉の端々から、妻はしばしばそのときの仕事の状況を敏感に察知した。そのとき致命的な二次出血はまだ起きておらず、意識はしっかりしていたという。俊史も命は取り留《と》めるものと楽観視していたらしい。

「母さんは死ぬまで親父のファンだった。刑事としての親父のね。親父が責任を感じて潰れちゃったら、かえって母さんを悲しませるよ」

　父親不在の家庭で、俊史が自分に背を向けることもなく、鳶《とんび》が鷹《たか》を生むという言葉そのものの成長をみせてくれたのは、どんな賞賛の言葉でも尽くせない妻の手柄というしかない。

奇しくも同じ警察官の道を歩むことになったが、定年が視界にちらつくようになったいまも警部補どまりの親父に対し、息子は国家公務員I種試験に合格した警察庁採用のキャリア組だ。

二十七歳ですでに警視で、出向している警視庁では捜査一課の特命捜査対策室担当管理官。よほどのドジでも踏まなければ、数年後には警視正の地位が約束されている。

それに加えて選んだ嫁が俊史の大学時代の一年後輩で、やはり国家公務員I種試験合格組だった。幸いそちらは文部科学省に入省してくれた。息子夫婦に揃ってはるか頭の上に居座られたのではさすがの葛木も肩が凝る。

その俊史に二月に長男が生まれた。当人はまだ三ヵ月で言葉を喋《しゃべ》れないが、俊史と妻の由梨子《ゆりこ》は早くも葛木のことをお祖父《じい》ちゃん呼ばわりする。還暦はだいぶ先で、気持ちの点でまだ老け込んでいないつもりだが、自分の血を引くあどけない命を目のあたりにすると、まんざら悪い気がしないから不思議なものだ。

名前は悠人《ひさと》。おおらかで優しい心を持った人間に育って欲しいと願って俊史が決めたようだった。

由梨子は息子が三歳になるまで育児休業制度を利用して子育てに専念するという。子育て支援の面では公務員は民間よりだいぶ先を行っている。とはいえフルに利用するかどうかは本人にとって大きな問題だ。キャリア官僚の由梨子にとっては出世のエレベーターをいくつかやり過ごすことになる。

それでもいいというのが彼女の考えで、生涯を通じたやり甲斐のある仕事を持つことが自分の希望なのだから、出世のスピードは気にしないという。育児休業は夫の俊史もとれるので、手のかかる最初の一年は自分も休むつもりでいたようだが、そのあいだは給与が出ないから、休業手当だけの暮らしはやはり無理との結論に達したようだった。

そんな二人の未来が、葛木にはいかにも目映《まばゆ》く見えた。妻が生きていたらどれほどの喜びようだったかと想像すれば、万感胸に迫るものがある。

いまの自分が日々の暮らしにいくばくかの悦びを感じ、可もなく不可もなしの警察官人生をまっとうできそうなのも、そんな妻の置き土産のお陰というしかない。

2

きのうは日曜日で、俊史は妻子を連れて遊びにやってきた。悠人は首も据わり、周囲の動きに反応してきょろきょろあたりを見回すようになった。あやせば機嫌よく笑ってくれる。

「三代続けて警察官にするなんて無茶を言って、由梨子さんを困らせちゃいないだろうな」

幼い孫を壊れ物を扱うように不器用にあやしながら葛木は問いかけた。悠人が生まれる前から俊史はそんなことを言っていた。警察官としての人生にむなしさを感じる父親に発破をかけようとしてのリップサービスだと思っていたら、数日前の電話でもまたそんな考えを聞かされた。

「本人が嫌なら無理強いはできないけど、自然にそうなるような気がするんだよ」

自信ありげに俊史は言う。

「由梨子さんはどうなんだ」

訊《き》くと、由梨子は屈託のない表情で頷《うなず》いた。

「じつはうちの家系にも警察官の血が流れているらしいんです」

「初耳だな、その話は」

驚きを隠さず葛木は応じた。由梨子は続ける。

「私も知らなかったんです。ついこのあいだ、年配の親類の方から初めて聞いたんですよ――」

その話によれば、由梨子の何代か前の先祖に当たる人が、川路利良《かわじとしよし》大警視の側近を務め、その後内務省の高官にまで登り詰めたらしい。

川路大警視の訓示を編纂《へんさん》した『警察手眼《しゅがん》』は現在も警察社会における論語ともいうべきものとして読み継がれており、葛木が最初に接したのは警察学校の教材としてだった。

職務質問や聞き込みのやりかたを「声無きに聞き、形無きに見る」と説き、「警察官たる者は人民の憂患《ゆうかん》を聞見する時は己《おのれ》も其の憂いを共にするの心なかるべからず」と語った。民衆とともに苦悩し、その保護救済のために力を尽くす護民官――。それが警察官としてのあるべき姿だと断じた。

そんな精神がその後の警察の歴史のなかでどれだけ生かされてきたかと考えると首を傾げざるを得ないところもあるが、そこには現代の警察官のあるべき姿にも通じる高邁《こうまい》な理想があった。

その先祖は川路の薫陶《くんとう》を受け、内務官僚として日本の近代警察の礎《いしずえ》づくりに力を注いだ人らしい。俊史は傍《かたわ》らから息子の顔を覗き込み、早くも親馬鹿丸出しの顔で言う。

「由梨子のご先祖から受け継いだDNAと親父から受け継いだDNAが合体すれば、向かうところ敵なしだよ」

俊史にしても由梨子にしてもどこまで本気で言っているのかわからないが、刑事として生きてきた半生にいまも複雑な思いを抱いている葛木にすれば、そう手放しで喜べる話でもない。

「悠人にとってはいま始まったばかりの人生だ。そんなDNAの重みで押し潰しちゃ可哀想だよ。職業なんてなんだっていい。大事なのは悔いのない一生を送ることだ。言うは易《やす》く行うは難《かた》しだがな」

「親父はいまも後悔しているわけ？」

俊史は真面目な表情で訊いてくる。ああ、と頷いて葛木は続けた。

「母さんが生きているあいだにしてやれたことがいっぱいあった」

「そんな言い方をしたら、母さんは惨《みじ》めな気持ちになるんじゃないのかな」

「惨めな気持ち？」

不意に放たれた矢のようにその言葉が胸に突き刺さった。俊史はさらに言う。

「母さんはそんなこと気にしていなかったよ。父さんが刑事として安心して仕事ができるように、やれることを精いっぱいやるのが自分の役割だからって。そんな毎日を辛いとか寂しいとか思ったことはないし、それが自分にとっていちばん生き甲斐のある人生だからって」

「生き甲斐のある人生？」

「そんな話をよくしていたよ。母さんと付き合った時間は、親父よりおれのほうが長いからね」

俊史の言うとおりだった。一年の半分以上は帳場での泊まり込み。事件の谷間の待機番のときもやらずもがなの書類仕事に没頭して、家は仮の宿のようなものだった。

しかし妻が非難することは一度もなかった。そういう刑事の生活が当たり前のことだと葛木は思っていた。似たような刑事は周囲に少なからずいて、その多くが家庭生活は破綻《はたん》していたが、我が身とは無縁なことだと勝手に思い込んでいた。

本当はわかっていたのだ。妻のそんな支えがなかったら、自分はなにもできないでくの坊だということを。妻が逝った日、唐突に襲ってきたあの絶望にも似た孤独感。それは心の奥底に無意識に秘めてきた罪の感覚が、破綻した心の隙間《すきま》から噴き出したものだということを――。自ら望んで捜査一課から所轄に移ったのも、そのあと陥った鬱の症状も、おそらくはそんな負い目からの逃避だったのだ。

それを悔いて生き続けることが、せめてもの妻への罪滅ぼしだとも感じていた。俊史の言葉によって、葛木はそんな欺瞞《ぎまん》を喝破《かっぱ》されたような思いだった。妻を哀れむなどということが、そもそも思い上がり以外のなにものでもないのだと――。

「人生は一度きりでやり直しは利かないんだから、過ぎたことを後悔するんじゃなく、楽しいこと、嬉《うれ》しいことをどんどん見つけていかなきゃ生まれてきた甲斐がないって、母さん、いつも言ってたじゃない。それもおれなんかには言うは易く行うは難しなんだけど、母さんはそういう生き方の達人だったのかもしれないね」

感慨深げに俊史は言う。たしかにそんな言葉を何度も聞いた。しかし気楽な主婦だからこその楽天的な人生観だと、当時は聞き流していたものだった。

葛木にとってはどんな事件も、解決後には達成感より後悔が上回るものだった。ああすればよかった、こうすればよかったという思いに追い立てられるように、新たな事件に立ち向かう。自分はそれだけの苦悩を背負っているのだから、家族も多少の負担は大目に見るべきだと、勝手に自分を納得させていた。

　こんどはそんな自分の生き方を後悔することで、妻への自責の思いを回避している自分がいる。そんな妻に素直に感謝もできず、哀れむなどということがどれほどおこがましいことか、俊史のさりげない言葉で改めて気づかされた。

「おまえの言うとおりだよ。おれなんか、なにもわからずに母さんの掌《てのひら》で遊ばされていただけかもしれないな」

　率直な気分で葛木は応じた。人生は奥深い。我が子に指摘されていまさらながら気づく真実もあるらしい。以前の自分なら歯牙《しが》にもかけなかっただろう、そんな言葉が心にじんわり染みてくる。

　あの世の妻がいまもこんなかたちで背負っている荷物を軽くしてくれている。覚えず熱いものがこみ上げて、葛木は視線のやり場に困った。そんな気配を敏感に察知したように、由梨子は空になった急須《きゅうす》を手にして台所へ向かう。俊史がさりげない調子で語りかける。

「悠人がもっと大きくなったら、きっと親父のことを自慢に思うよ。いまは管理官として現場に出ているけど、おれなんかけっきょくただの役人だからね。警察社会じゃ現場の刑事がヒーローだ。おれだってそんな親父をずっと誇りに思っていて、就職先を警察庁に決めたのもそれがあったからなわけだから」

「おまえのほうは後悔していないんだな」

「もちろんだよ。親父のような現場の警察官が力いっぱい仕事ができるように、できるだけいい環境を整えるのがおれたちの役目だから」

「それはそれで、なかなか大変だぞ」

「警察に限らず官僚社会がきれいな場所じゃないことはわかってるよ。金の亡者や権力亡者の巣窟《そうくつ》と言ってもいいかもしれないね。国民から負託された公権力と利権の区別がつかないような役人がどこの役所にも大勢いる」

「組織ぐるみの裏金づくり、監督対象業者からの袖《そで》の下。退職したらその手の会社や業界団体への天下り。下っ端警官が悪事に走るのも上がそういう了見だからだ」

苦い思いで葛木は言った。パチンコやパチスロ機の型式認定を独占的に行う保通協という国家公安委員会の外郭団体の歴代会長が元警察庁長官や警視総監で占められているというのは有名な話だし、業界団体のトップやメーカーの役員として天下っている元警察官僚はあまたいる。

官僚の天下りが法で規制されるようになってからは、ダミーの民間人材斡旋《あっせん》会社をつくり、警察庁長官官房の意のままに天下りを斡旋しているという。その会社の社長や取締役も全員警察出身者だというから手がつけられない。

「おれ一人の力で変えられるとは思えないけど、そういうことに染まらない変人が一人でも二人でも出てくれれば、いくらかは風通しがよくなるんじゃないかと思うんだ」

俊史は控えめな調子だが、昨年、ある事件の捜査本部で一緒に仕事をして、その変人ぶりが半端ではないことを思い知らされた。そこに希望を託すように葛木は言った。

「そういう変人が警視総監や警察庁長官になってくれれば、日本の警察は大化けするぞ。どうせやるならそこまで目指して欲しいもんだな」

「なかなか難しいとは思うけどね。そもそもそういう人間が上に行けるような組織だったら、いまみたいなことにはなっていないわけだから」

そう言いながらも俊史はまんざらでもなさそうだ。そんな話が聞こえていたのか、急須を手に戻ってきた由梨子が銘々の湯飲みに茶を注ぎながら言う。

「文部科学行政だっていろんな業界と癒着していて、甘い汁を吸っている官僚はいくらでもいるんです。希望や夢を持って入省してもそういう現実に直面してめげてしまう人もいるし、なんの抵抗もなく馴染《なじ》んでいく人もいます。私はそのどちらにもなりたくないから、やりたいことをマイペースでやっていくことにしたんです」

「自分の人生も大切にしながらだね」

葛木は腕のなかで眠ってしまった悠人を手渡しながら言った。由梨子は我が子を優しく抱きとって、明るく笑って頷いた。

「私って欲張りですから」

3

首都高小松川線の陸橋をくぐり、堤防から降りて自宅へ向かう道に入ったところで、ウエストバッグのなかの携帯が鳴り出した。

こんな時間に普通の用事で電話がかかることはない。その場に立ち止まり、慌てて携帯を取り出すと、案の定、本署からの呼び出しだった。

なにか事件が起きたらしい。通話ボタンを押して耳に当てると、慌てた様子の若い男の声が流れてきた。今年の春に配属になったばかりの若宮良樹《わかみやよしき》巡査。まだ二十五歳で、所轄とはいえその歳で刑事というのはまずまずの抜擢《ばってき》だ。

「あ、あの、葛木係長。お、お早うございます。大変なんです。死体が出たみたいなんです——」

「死体が出た?」

緊張を覚えて問い返した。殺人事件なら忙しくなる。帳場が立てば当分泊まり込みで、のんびりジョギングも楽しめない。

本庁捜査一課から出張《でば》ってくるエリート臭ふんぷんの殺人班刑事たちと、近隣署からの応援も含めた大勢の所轄の刑事たちのあいだに立って、気苦労の多い調整役を果たすことになる。

　捜査本部での所轄の係長というポジションは、捜査の前線に出るわけでもないし、帳場の指揮をとるほど偉くもない。いわばストレスのたまり場だ。昨年立った帳場では、着任したのが新米管理官の俊史で、葛木は二重の気苦労を背負うことにもなった。

　若宮は昨夜は当直で、あと数時間で当直明けの非番のはずだったが、もともと所帯の小さい強行犯捜査係で、死体が出たとあってはそれもお預けだ。

「場所は？」

「亀戸《かめいど》五丁目の民家です」

「遺体の状況は？」

「完全に白骨化しているようです。二体です」

「二体？　他殺の可能性は？」

「わかりません。近くの交番の警官が一報を受けて現場に到着したばかりのようですから」

　そう答える若宮の声の向こうから警察無線の忙《せわ》しないやりとりが聞こえてくる。若宮も無線の第一報を聞いたばかりのようだった。

「機捜（機動捜査隊）はもう動いているんだな」

「いま現場に向かっています。まもなく到着すると思います」

「通報したのは？」

「隣の家の住人だそうです」

「しかし、どうしてこんな早朝に？」

「そこはまだわかりません。事情聴取はこれからだそうで」


本庁の通信指令本部もまだ正確な状況は把握していないらしい。所轄や機捜が初動捜査を開始するのは、一一〇番通報や所轄のパトロールからの通報で事件を認知した通信指令本部からの一斉通信による。担当部署に電話連絡が入るわけではないから、事件の概要は本部と機捜や地域課の警官との車載通信系無線によるやりとりから類推するしかない。

「わかった。初動捜査は機捜に任せて、こちらはいったん署に集合しよう。班の全員に招集をかけてくれ。課長もまだ家で寝ているだろうから、おまえから一報を入れてくれ。おれは急いでそちらに向かう」


白骨死体なら死後かなりの期間が経過しているはずで、緊急性は高くない。事件性があるかどうかもわからない。ある意味で犯罪よりもさらに切ない話だが、貧困による孤独死や餓死というニュースを新聞の紙面でよく見かける昨今だ。

それでも葛木はピッチを上げて自宅へ走り出した。班のトップの係長が遅刻しては現場の士気に関わってくる。このままタクシーを捉《つか》まえて直行したいところだが、ジャージ姿で捜査現場に出るわけにはいかない。多少よれてはいてもスーツにネクタイというのが現場の刑事の制服だ。

自宅に戻り、ジャージを脱ぎ捨て、軽くシャワーを浴びてスーツに着替え、買い置きのあんパンを齧《かじ》りながら家を出た。

環七通りでタクシーを捉まえ、京葉道路に出て亀戸方面に向かう。幸い朝のラッシュにはまだ早く、道路は比較的空いていて、城東署へは十五分で着いた。

刑事部屋では若宮が心細そうに待っていた。課長も強行犯捜査係のほかの部下たちもまだ来ていない。無線のやりとりに耳を傾けると、ちょうど機捜が現場に到着し、通信指令本部に現状を報告しているところだった。

やりとりしているのは第一機動捜査隊城東分駐所小隊長の上尾孝信《あげおたかのぶ》。葛木のかつての同僚で、年齢も同じで階級も同じ警部補だ。管轄地域が城東署の管内と重なるため、こちらに来てから仕事での付き合いも多くなった。

「鑑識の結果待ちですが、遺骨は二体。かなりの年数が経過していると思われます。遺体のあった民家はずっと空き家とみられていたようで、所有者はまだ確認できていません。通報した隣家の住人への事情聴取はこれからです――」

声の調子には事件性はなさそうだという感触が滲《にじ》んでいる。ベテランの上尾がそう見立てているのなら、外れということはないだろう。

遺体の一つは奥の六畳間のベッドに横たわっていた。もう一体は風呂場の浴槽にうずくまるように座っていたらしい。浴槽に水はなかったという。

上尾は私見を差し挟まなかったが、葛木には二つの遺体の最期の様子が想像できた。たぶん殺人でも心中でもない。一方は病弱で寝たきりのような生活だった。もう一方が介護していたが、そちらも体調は万全ではなかったのだろう。おそらく入浴中に心臓発作でも起こして死亡した。介護者がいなくなったもう一方は食事もとれずに衰弱死した——。

老老介護のそんな悲惨な事例を新聞で読むことがよくある。人と人との繋《つな》がりが薄れ、一方で高齢化が進む。「孤独死」という言葉がいま時代のキーワードとなりつつある。

孤立した老後の果ての切ない死——それはこの時代を生きる誰もが避けて通れない問題だ。人がいずれは死ぬ定めにある以上、我が身にとっても例外ではない。

「殺人事件じゃなさそうですね」

若宮は安心したように言う。殺人事件でないのならもちろん結構なことだが、新米とはいえ強行犯捜査係の刑事になって殺しのヤマに腰が退《ひ》けるのもなげかわしい。

「予断は禁物だ。それが盲点になって重大な犯罪を見逃すことだってなきにしもあらずだからな」

「そうですね。ただ——」

「ただ、なんだ？」

「所轄の刑事課って、そういう事件は滅多に扱わないと思ってたんで」

「たしかにうちの管轄じゃそうしょっちゅうは起きないが、刑事を希望したのはおまえなんだろう」

「制服より私服のほうがかっこいいし、テレビドラマでも主役は刑事じゃないですか」

「おまえはそういうつまらない動機で刑事になったのか」

葛木は呆《あき》れて言った。若宮は動じる様子もない。

「子供のころから刑事には憧れていたんです」

「だったら殺人事件を嫌う理由はないだろう」

「でも、怖いんです」

「怖い？」

「ドラマと現実は違いますから。人を殺した人間と付き合ったことはこれまで一度もなかったし」

「そりゃおれだって同じだよ。刑事になって初めて殺人事件を担当したとき、殺害現場を見て震えと吐き気が止まらなかった。そんなことができるやつをこれから逮捕しなきゃいけないと思うと、どうしても腰が退けたもんだった」

「そのうち慣れたんですか」

若宮はあっけらかんと訊いてくる。入庁して四年目で、そろそろ警官らしい物腰や言動が身についていいころなのだが、よく言えば醒《さ》めた、悪く言えば感情の起伏のない摑《つか》みどころのない性格だ。

「いまだって慣れちゃいないよ。しかし世の中にはいろいろな理由で人を殺すやつがいる。まともな理由があればまだましで、最後まで動機が解明できない殺人事件だってある。それは否定のしようのない現実で、刑事という商売に携わっている以上、否応なくそういう人間と関わらざるを得ないんだ」

昔だったらこういう会話を交わすことすらなかっただろう。甘ったれるなとどやしつけるか刑事部屋《デカ》からつまみ出すかというところだが、いまどきは警察官になろうという人間が少なくなって、警視庁に限らずどこの警察本部も定員を満たすのに四苦八苦だ。

多忙な職務を嫌って、刑事を志望する若い警官が減っているとも聞いている。そのうえ優秀な人材の大半は本庁に浚《さら》われてしまい、所轄は落ち穂拾いをするしかない。

かつてはこちらに選ぶ権利があったが、いまは贅沢《ぜいたく》は言っていられない。テレビドラマの刑事への憧れでもなんでもいいから、その気になった人間を引っ張り込んで、一人前の刑事に鍛え上げないかぎり、警察の捜査能力はマンパワーの面から枯渇《こかつ》しかねない。

所轄の係長という役職にはそういう教育係の側面もある。一線の刑事と組ませ、現場で仕事を教え込むのが基本だが、働き盛りの刑事たちは足手まといだとそれを嫌う。なかにはスパルタ指導で新米刑事に逃げられてしまう強面《こわもて》もいる。

定員が不足すれば補充するために人事に頭を下げるのが中間管理職たる係長の仕事で、

それでもお誂《あつら》え向きの人材がいてくれるとは限らないから、捕まえた新人はなんとしてでも繋ぎ止めるのが責務ともなっている。

「でも殺人事件の捜査って、虚《むな》しいと感じることはありませんか」

若宮は妙に真剣な顔で訊いてくる。言いたいことは想像がつくが、それに対する名回答を葛木はいまも見つけていない。とりあえずとぼけて問い返す。

「どう虚しいんだ」

「犯人を捕まえても、殺された人は生き返りませんから」

「しかし人を殺した人間を野放しにしていたら、凶悪犯罪は抑止できない。おれたちの仕事はそういうものなんだ。罪を犯せば罰せられるという原則が徹底していないと、人の命が紙くずのように扱われる無法社会になっちまう」

「でも、起きてしまった犯罪に対して後手後手に回るのが宿命ですよね。犯行のまえに被害者を救えないわけですから」

若宮はいかにもという理屈で押してくる。それならいますぐ手帳を返納しろとどやしつけたいところだが、その日に妙に邪気がないからつい真面目に答えてしまう。

「だからといって、犯罪に走りそうだと睨《にら》んだ人間を片っ端から検挙したらどうなる。包丁を扱う職業の人間は殺人未遂犯で、車を運転する人間は自動車運転過失致死傷罪の予備軍になっちまう。それじゃ法治国家でも民主国家でもない、まさしく警察国家だろう」

「民主国家である以上、警察にできることには限界があるということですね」

若宮は厳しいところを突いてくる。そんな問題を突き詰めて考えたことはない。堪忍袋の緒が切れかかるが、ここは上司としての度量が試されていると思い直して、嚙《か》んで含めるように葛木は言った。

「世の中は、いろいろなところでバランスをとってうまくいくようにできている。あらゆる犯罪を未然に防ごうとすれば、まだ犯罪に走ってもいない大勢の人間を刑務所に送ることになる。たとえ犯罪が減ったとしても、それが理想の社会だとはおれは思わない」

「本当ですね。それじゃ別の意味で誰も幸せに暮らせない世の中になりますね。僕らがフラストレーションの溜まる仕事を続けていくのも、犯罪の抑止に多少は役に立っているとすれば、それで我慢するしかないんでしょうね」

若宮なりに納得はしたようだが、気の抜けたビールのような反応にはこちらも脱力する。仕事ができないわけではない。パソコンを使わせれば刑事課で並ぶ者がなく、犯罪統計関係の資料でも、簡単な指示を与えるだけで、目配りの行き届いた見栄えのいいものを仕上げてくる。

警察官らしくない物腰や語り口のせいか、聞き込みでも口の重いマンションの住人たちから貴重な証言を引き出してくる。殺人の帳場でも立って現場で揉《も》まれればいい刑事になりそうな気もするが、若宮の教育のために殺人事件を起こしてもらうわけにもいかない。

普通ならそろそろ巡査部長への昇任試験に挑むころだが、そのための勉強をするのも億劫《おっくう》らしく、責任が重くなるぶん給料が上がるわけでもないから、しばらくは巡査のままでいいと言ってのける。

俊史のような人間もいまどき変人の一種かもしれないが、こちらは同じ変人でもその対極と言うべきか。しかし良くも悪くも警察社会の色に染まらないその変人ぶりは、また別の意味で貴重かもしれない。

そんなやりとりをするうちに強行犯捜査係の部下たちが出そろった。刑事・組織犯罪対策課長の大原直隆《おおはらなおたか》もやってきて、さっそく現場に出張ることになった。大原はパトカーに乗ったとたんに大あくびをする。

「わざわざ隣家の白骨死体を、こんな朝っぱらから見つけなくてもいいじゃないか。よほど年寄りなんだろう、その隣人というのは」

「機捜の上尾がいま事情聴取をしているはずです」

葛木は面映《おもは》ゆいものを感じながら言った。同じ時間に起きてジョギングをしていた自分も、大原の頭では傍迷惑《はためいわく》な年寄りに分類されるのかもしれないが、定年が目と鼻の先の大原に言われるのも複雑な気分だ。

「しかし事件性のない孤独死だったとしても、やるせない話だな。このご時世、おれだってそういう死に方をしないとも限らんわけだから」

思うところは変わらないらしい。大原にも都内に住む息子夫婦はいるし、自分にも俊史と由梨子がいる。だからといって白骨化されるまで放置される可能性が少ないというだけで、老後の一人暮らしで万一のことがあったとき、世間が孤独死と呼ぶ死に様で人生を終える可能性がなくはない。

それでも俊史たちの家に転がり込んで、死ぬまで面倒を見てもらおうという気はさらさらない。世間は孤独死に暗い印象を与えたがるが、当人にとって望んだ人生の果ての死だとしたら、必ずしもネガティブにみる必要はないようにも思えてくる。

パトカーは明治通りを北へ向かう。そもそも距離が近いうえに、緊急性はないという判断があるからサイレンは鳴らさない。

とりあえず変死体ということなので、手順としてはまず本庁の検視官が臨場する。大原は車内から鑑識の係長と連絡を取り合い、検死の結果、事件性ありと判断されたら出動すればいいから、それまでは署で待機してもらうことにした。

上尾たちも結果が出るまでは近隣での大々的な聞き込みは控えるとのことだった。死者にもプライバシーがある。事件性のない死ならそっとしておくのが礼儀というものだ。

4

白骨死体が発見された家は、戸建て住宅が密集する住宅街の一角にあった。

ほとんど廃屋といっていい一軒家で、見るからに質素な暮らしぶりを思わせる小ぶりの木造二階建て。外壁のモルタルはあちこちに亀裂《きれつ》が入り、一部は崩れ落ちている。

家の横手の空き地には機捜の覆面パトカーが何台か停まっている。家の前に停車すると、その一台から上尾が降りてきた。

葛木たちもパトカーを降りた。周辺の路上は幅員が狭く、空き地のほうは上尾たちの車で満杯なので、こちらのパトカーは表通りで待機させることにして、上尾の案内で屋内に足を踏み入れた。

玄関を入ってすぐのところに八畳の居間があり、座卓と座椅子、茶簞笥《ちゃだんす》や書棚、テレビなどが置かれているが、そのどれにも厚く埃《ほこり》が積もっている。畳や床も同様で、そこに人が歩いた足跡がある。通報で駆けつけた警官や機捜の隊員のものだろう。しかし室内は整《せい》頓《とん》されていて、この家の住人のきれい好きで几帳面《きちょうめん》な性格を窺《うかが》わせた。

居間に続く右手に台所があり、食事用のテーブルと椅子がしつらえてある。食器棚はきちんと整理されている。流し台には洗い残しの食器がいくつか置かれているが、怠惰で放置したような印象はない。テーブルの上にはマグカップが一つ置いてあり、底のほうに干からびたコーヒーの残滓《ざんし》のようなものがこびりついている。

テーブルの上も流し台やシンクのなかも食器棚も、居間と同様に厚い埃の層で覆われている。室内特有の綿埃に混じって砂埃が目立つのは、流し台の前の窓ガラスが割れていて、そこから風雨が侵入したせいだろう。

それでもそこには、たしかに人が暮らしていた形跡があった。つましく質素だが、乱れたようなところが一つもない――。そんな暮らしぶりが想起されて、覚えず胸を打たれた。

その生活が終焉《しゅうえん》してからどれほどの歳月が経過したのか。きょうまでだれにも知られず過ぎてきた時間がいま唐突に断ち切られることを、死者たちは果たして望むだろうかとふと思う。葛木は上尾に問いかけた。

「隣人はどうして死体があるのを発見したんだ」

「いや、発見したのは近くの交番の警官だよ。隣家のご主人が、早朝、新聞を取りに玄関を出ると、空き家だと思っていた隣の家に明かりが見えたそうなんだ。懐中電灯の光のように揺れていたんで、不安を感じて一一〇番通報したらしい」

「不審者が侵入したと思ったんだな」

「現に侵入したんだろう。駆けつけた警官が確認したところ、玄関の錠が壊されていた。室内にはそのときすでに新しい足跡があったそうだ」

「それ以外で家に入った人間は？」

「最初に到着した警官と、次に来たおれたち機捜の隊員。あとはあんたたちだな。鑑識が入ることになったら全員の足紋を採取して除外しないといけないな」

上尾は渋い顔で言うが、空き家とみられていた家屋への不法侵入程度で鑑識が入ることはありえない。葛木は言った。

「最近は都内にも廃屋化した空き家が増えて、そこにホームレスが住み着いて、火災を起こしたりする事件が多い。隣人の心配も当然ではあるな」

「警官が到着したときは誰もいなかったが、裏手の小部屋の窓が開いていたそうだ。そこから逃げたんだろう。いずれにしてもその侵入者が殺害したということはあり得ないわけで、室内にもとくに荒らされたような形跡はない」

「無断で居候《いそうろう》するつもりだったんだろう。しかしどうしてきょうまで誰も異変に気づかなかったんだ」

「通報した隣人は昨年越してきたばかりで、近所の人からはここは空き家だと聞いていたそうだ」

「周りは勝手にそうだと決めつけていたわけか」

「そこはよくわからない。町内会長に話を聞けばある程度の事情はわかると思うが、こんなに朝早く出向いても先方は迷惑だろうし」

上尾の口振りに切迫した印象はない。事件性がないなら、遺体の処理は地元の自治体に任せて警察は手を引くのが一般的な対応だ。どうして周辺の住民が白骨化するまで二人の死を認知しなかったかという問題は、ワイドショーのネタにはなるかもしれないが、警察が関知すべき領域ではない。

台所から続く短い廊下の突き当たりに浴室がある。全員が通るには狭すぎるので、葛木がとりあえずなかを覗くことにした。

上尾がドアを開けると、黴臭《かびくさ》さと腐臭が混じったような言葉にしがたい臭気が鼻をついた。それでも長い時間をかけて自然に換気が行われたのだろう。腐乱死体の発見現場のような強烈な悪臭ではない。

浴槽のなかに水はなく、底には茶褐色の固形物がこびり付き、死体から抜け落ちたものらしい毛髪が散らばっている。

死体は両膝を立て、膝のあいだに首を落とし、小さく蹲《うずくま》るような姿勢をとっている。白骨といっても言葉のイメージのように真っ白いわけではなく、やや黄色みを帯びたクリーム色だ。

「入浴中の心筋梗塞《こうそく》や脳卒中は高齢者に多い。素人目には外傷はないし、この姿勢からすると溺死という線もなさそうだから、病死という判断が妥当だろうな」

上尾は嘆息する。死体に向かって手を合わせ、葛木は応じた。

「なんにせよ、ここまできれいに白骨化してしまうと、遺体からの死因解明は難しいな。事件性があるかどうかは状況から判断するしかなさそうだ」

「もう一体はこっちだよ」

上尾に導かれて先ほどの居間にいったん戻る。入れ替わるように大原たちが浴室に向かう。上尾が居間の左手の襖《ふすま》を開けると、そこは六畳の畳敷の部屋だった。

奥の壁に接するようにベッドが置かれ、その上に白骨化した死体が横たわっている。葛木はまた手を合わせてから死体の状況を観察した。

シーツにはあちこち黄色い染みがついている。枕の上には大部分白髪化した髪の毛が散らばっている。死体の姿勢は仰向けで、やはり骨格そのものには外傷とおぼしいものは見当たらない。

ベッドサイドには湯飲みやガラスのコップ、さらに処方薬の袋がいくつも置いてある。日付は三年前で、死亡したのはそのころだと考えられる。なんの薬か調べればどんな病気だったかも推定できるが、検視の結果事件性なしという結論になれば、それも警察の捜査の対象にはならない。

行政側が変死体として行政解剖の手続きをとることもあるが、対象が白骨死体ではそこから新たな事実が出る可能性も乏しい。いまさらそんな騒動に巻き込むよりも、親族がいるなら早々に引きとってもらい、安らかに眠らせてやるのが最善だろう。

背後で携帯が鳴り、大原が応じる声が聞こえた。

「そうか。わかった。すぐにこちらにご案内してくれ。おれたちはこれからいったん外に出るから」

検視官が臨場したのだろう。振り向くと大原が黙って玄関の方向に顎《あご》を振る。全員が外に出たところへ、本庁のパトカーから恰幅《かっぷく》のいい銀髪の男が降りてきた。室井《むろい》義正《よしまさ》警視。検視官一筋二十年のベテランで、若いころは殺人捜査の凄腕《すごうで》刑事として鳴らしたと聞いている。

捜査一課時代には葛木も何度か臨場してもらったことがある。状況証拠からはどうみても自殺と見られた遺体のわずかな外傷から他殺説を主張して、それが的中した事件のことはいまも強く印象に残っている。素人目にも事件性なしと判断できる今回の事案にしては予想外の大物の臨場だ。葛木は胸騒ぎを覚えた。

「こんなに朝早くから室井さんに臨場いただいて恐縮です」

大原が声をかけると、室井は鷹揚《おうよう》な調子で応じた。

「なに、いちばんロートルのおれが朝にめっぽう強いだけだよ。状況からすると事件の可能性は低いとのことだが」

「まあ、そこはあくまで素人の見立てですから」

大原は謙遜《けんそん》する口ぶりだが、それを微塵《みじん》も疑っていないことは表情から察せられる。室井は鋭い視線を返した。

「そういうケースが危ないんだよ。白骨死体というのはじつに無口で、肝心なことをなかなか喋ってくれない」

「たしかにそうですね。こっちはつい現場の状況だけで判断を下しがちですから」

ベテラン検視官の貫禄《かんろく》に押されたように、大原は慌てて応じた。

「もちろんそういう判断も大事だが、殺人捜査では死体こそアルファにしてオメガだからな。そこからどれだけ情報を引き出すかが、おれたち検視官の真骨頂なんだよ」

室井は毅然《きぜん》とした調子で言う。そんな室井の仕事ぶりに現場の刑事には賛否両論があることを葛木は知っている。

検視官は捜査の現場ではあくまで黒子《くろご》で、捜査上必要な情報を提供してくれさえすればそれでいい。検視結果を楯《たて》に捜査の方向にまで口を出すのは越権だという立場の者がいる一方で、一検視官として要求される以上の情報を死体から引き出す室井の執念には、真の刑事魂が宿っていると賛辞を惜しまない者もいる。

葛木はどちらかといえば後者だが、室井の強引な介入で捜査が迷走した事件も現にあると聞く。一方で現場の注文に合わせて都合の悪い事実に目をつぶる検視官もいる。

そもそも現場の警察官が明らかに事件性がないと認識した場合は検視は行わなくてもいい規則になっているから、実際に検視官が臨場するケースは発見された変死体の何割かに過ぎない。だからいったん事件性なしとして処理された変死体が、別の証拠や証言からじつは他殺体だったことが判明するケースも少なくない。

しかし現場の捜査員の立場からは、そうなった場合は手遅れで、最大の証拠物件の遺体は荼毘《だび》に付され、ほかの物的証拠も風化している。検視官の能力や意欲しだいで迷宮入りしてしまう事件もあるということだ。

助手の鑑識課員二名を引き連れて室井は屋内に入っていった。大原が歩み寄って耳打ちする。

「厄介なことにならなきゃいいんだが。わざわざ室井さんが出張ってきたということは、あの人なりになにか感じるところがあったんだろうから」

大原が厄介と言うのは、事件性なしで落着のつもりでいたこの一件を、室井が他殺と判断することだろう。殺人事件なら城東署に帳場が立つ。昨年起きた連続殺人事件に引き続いての特捜事件は所轄にとっては正直辛い。警務課長はそのとき使い果たした予算をどう埋め合わせるか、いまも頭を悩ませているという話だった。

特捜本部は金食い虫で、本庁からやってくる捜査一課殺人班のエリート刑事や、近隣署や機捜からやってくる応援要員の食事や寝床の用意をしなければならないし、光熱費から事務用品代から、帳場の運営費はすべて所轄の持ち出しになる。

そのうえ所轄レベルで取り組んでいた事案をすべてペンディングにして長期にわたる本

部事案に忙殺される。本庁のエリートたちは事件が解決すればその手柄を土産に凱旋《がいせん》するだけだが、残された所轄の捜査員はやり残していた仕事を片付けるために死に物狂いで働くことになる。

帳場の主役はあくまで本庁捜査一課の刑事たちで、わずか十数名の彼らのために、ときに百名を越す捜査員が下働きをさせられて、事件解決の栄誉はすべて彼らに帰する仕掛けになっている。特捜本部の開設は所轄にとってありがた迷惑以外のなにものでもない。

三年前までは葛木も、捜査一課殺人班の刑事として数々の帳場に肩で風を切って乗り込んだものだった。それが相手にとってどれほど傍迷惑だったかを、所轄の刑事になって心底思い知らされた。大原はそれを危惧している。だからといって腰が退けるようではさきほどの若宮の及び腰を笑えない。葛木は言った。

「そのときは逃げるわけにはいきません。そもそも室井さんが臨場したのが運の尽きですよ。あの人が殺しだと言い出したら、逃げたくても逃がしてはくれませんから」

「覚悟するしかないだろうな。まずは殺しじゃないことを願うだけだよ。おれだって長年捜査畑で無駄飯を食ってきたわけじゃない。室内の状況や遺体の状態からは、どう逆立ちしても事件性があるとは思えない」

「私もさっきはそう感じました。争いがあった形跡はまったくないし、物色された様子もない。第一印象というのはけっこう当たるもんですよ」

大原の不安を打ち消すように葛木は言った。

5

二十分経ち三十分経ったが、室井たちは出てこない。

綿密な検視という点でも室井はつとに有名で、明らかに殺害された遺体だとわかれば二あらゆる証拠を洗い出す。しかし今回の遺体はすでに白骨化していて、それほど時間がかかる仕事だとも思えない。

「どうなんでしょう。他殺の可能性があるんでしょうか」

若宮が歩み寄って問いかける。心配なのは大原とはまた別の意味だろうが、葛木も穏やかではない気分になってきた。

もし室井が他殺だと言い出したら捜査は困難を極めるだろう。まず鑑識を入れて室内を調べ上げることになるが、先ほど見て回った感触からすると、犯人の解明に結びつくような物証が出ることはまずなさそうに思われた。

近隣住民からの聞き込みにしても同様だ。二人の人間がたぶん三年前に死亡している。それをきょうまで誰も気づかずにいたわけで、彼らが近隣との付き合いを嫌っていたのか、あるいは住民の絆《きずな》が弱い土地柄なのか。いずれにしてもそこからどれだけの情報が得られるかは心許ない。

もしこれが殺人なら、あらかじめ迷宮入りを約束された事件だとさえ言いたくなる。しかしわざわざ室井が臨場したことには言い得ない不安を感じてしまう。年間千件もの変死体が出る警視庁管内で、検視官の筆頭の地位にある彼はすこぶる多忙なはずなのだ。葛木は努めて冷静に応じた。

「いまはあらゆる可能性が排除できない。さっき室井さんが言ったように、殺人捜査では死体こそアルファにしてオメガだ。そこで真実を見逃せば永久に犯人を取り逃がすことになる」

近隣の家から朝餉《あさげ》の匂いが漂ってくる。収集ステーションにゴミを捨てに出てくる主婦がいる。早出のサラリーマンが駅の方向に自転車を走らせる。どちらも興味津々という様子で視線を向けてくる。これからは人目につく時間帯だ。町内にパトカーが停まり、いかにも刑事というドブネズミ色のスーツの男たちがたむろしていれば噂《うわさ》はすぐに広がる。

それをマスコミが嗅《か》ぎつければ、昼のワイドショーの恰好のネタになる。もし事件性がないのなら、そうなるまえにこの場を立ち去ることが二人の死者のプライバシーを守るための適切な行動だ。

じりじりしながら待っていると、ようやく玄関から室井が姿を現した。

「お見立てはどうですか。やはり事件性はなしですか」

大原は内心の願望そのままに問いかける。室井はあっさり首を横に振る。

「本庁に連絡を頼む。詳細はおれが帰って説明するが、すぐに鑑識を入れたほうがいいだろう」

「まさか？」

大原の声がひっくり返る。室井は揺るぎない自信を覗かせて頷いた。

「間違いない。他殺だよ、二人とも」

第二章

1

「他殺だと言われてもなあ」

　路上に停めた覆面パトカーのなかで大原は困惑を隠さない。葛木は問いかけた。

「帳場は立ちますかね」

「母屋が決めることだから仰《おお》せに従うしかないが、なんにしても難しい事件だよ。室井さんも人騒がせな人だ」

　大原は遠慮なしに嘆いてみせる。室井検視官の結論は明快だった。ベッドに横たわっていた死体は扼殺《やくさつ》、つまり首を絞められて殺されたもので、風呂場に蹲《うずくま》っていた死体は鋭利な刃物による刺殺とみて間違いないという。

　室井の鑑定によると、前者は舌骨《ぜっこつ》に骨折の形跡が見られたらしい。舌骨は下顎と咽頭《いんとう》のあいだにある馬蹄形《ばていけい》の小さな骨だ。その位置から普通は骨折しにくく、舌骨の骨折は扼殺を強く疑わせるというのが法医学の常識らしい。

浴槽に蹲っていた死体は背骨と肋骨《ろっこつ》に刃物によるものとみられる骨創があり、位置はほぼ心臓と重なる。背中からの一突きで殺害された可能性が極めて高いとのことだった。

二つの亡骸《なきがら》は現場検証ののち死体搬送車で運び出された。これから東京都監察医務院で専門の監察医による検案が行われる。敏腕で鳴らす室井の見立てが覆《くつがえ》ることはないと思うが、彼の結論だけで捜査が始動するわけではない。そもそも検視官の法的立場はそれほど強くはなく、刑事訴訟法では、変死者または変死の疑いのある死体の検視は本来は検察官が行うことになっている。

しかし実際には司法警察員が代行し、それを担当するのが検視官だ。十年以上の刑事経験があり、警察大学校や一般の大学で法医学の講座を履修した警部または警視以上の警察官が任官するが、身分上は刑事部鑑識課に所属する捜査員の一人にすぎない。彼らはあくまで意見を述べる立場であり、立件するかどうかは捜査担当部署の長に委ねられる。殺人事件なら決裁するのは本庁捜査一課長だ。

「我々はどうしますか。殺人事件としての立件を視野に、いまから動いたほうがいいような気がしますが」

厄介な事件になりそうだという点については葛木も同感だった。それなら初動は早いほうがいい。大原は浮かない表情だ。

「それが、本庁の連中の反応が鈍くてな」

「捜査一課は動かないんですか」

「ついさっき連絡を入れたから、庶務担当管理官の耳には届いているはずなんだが、追って指示すると言われただけで、その後は音沙汰《おとさた》なしなんだ」

庶務担当管理官は本庁刑事部捜査一課の強行犯捜査第一、第二係を統括する。二つの部署の職掌は課内庶務や捜査本部の設置、各部署の連絡調整と一見地味だが、じつは捜査一課の総司令部の役割を果たしている。庶務担当管理官はそこに集まる情報から警視庁管内で起きた凶悪事件をどう扱うべきか判断し、捜査一課長に具申する立場だが、実際にはほとんど決定権を握るキーマンだ。

そのときサイドウィンドウをノックする音がして、振り向くと上尾が立っていた。目顔で促すと、上尾は後部席に滑り込んだ。

「死体の身元はわかったか？」

訊くと上尾は渋い表情で頷《うなず》いた。

「町内会長に訊いてみたよ。矢上幹男《やがみみきお》と妻の文代《ふみよ》——。たぶんな。三年前まで二人暮らしをしていて、妻のほうは病気で寝たきりだったらしい。その当時、夫は八十五歳で妻は八十一歳。夫が妻を介護していたようだ」

「たぶんというのは？」

「白骨死体じゃ、本人かどうか特定できないだろう」

「つまり、どういうことなんだ」

「近所では、三年前に越していったと思っていたそうだ」

「越していった？」

「夫が町内会長に言ってきたらしいんだよ。こんど息子夫婦の世話になることになった。近々引っ越すから町内会を退会したいと――。会長も近所の人間もなにかと心配していたもんだから、それを聞いて一安心したらしい」

「本当に引っ越したのか」

「数日後の夜中に家の前に車が停まったのを隣家の住人が見ている。中年の男女が車から降りて家のなかに入っていったそうだ。それから一時間ほどして車が走り去る音を聞いたらしい。隣家の住人は町内会長から話を聞いていたから、息子夫婦が二人を引きとっていったと思ったようだ」

「そのあと不在を確認したのか」

「玄関のドアも窓も鍵がかかっていた。電気もガスも水道も止まっていた。新聞はもともととっていなかったようだが、そういう手続きがきちんと済んでいるのなら、引っ越したのは本当だろうと納得するしかなかったようだ。それからきょうまで人の気配はまったくなかったそうだから」

「本人たちが出て行くところは誰も見ていないわけだな」

「そういうことだ」

「車で来た男女二人は、本当に息子夫婦だったのか？」

「それも夜中だったからはっきりはしなかったようだ。息子夫婦が引きとるという話が頭にあったから、隣人はてっきりそう思い込んでしまったらしい」

「異臭のようなものは？」

「とくに感じなかったそうだ。建物の密閉状況や風向きによってそういうこともあるらしい。普通の民家から誰も気づかなかった白骨死体が出てくるのは珍しくもないからな」

「引っ越したのが本当ならあの二体は別人のものになるが、発見時の状況を見れば、妻が寝たきりで夫が介護という話とは矛盾しないな」

「区役所が開いたら住民票の異動状況も調べられるんだが」

上尾は積極的だが、大原は気乗りがしないように言う。

「まだ立件するとは決まっていないからな。フダが書きづらい」

フダというのはここでは身上調査照会書のことだ。市区町村長に対して戸籍や住民票を照会する場合に提示する書面で、法的な強制力はないが情報を開示してもらうには不可欠だ。作成できるのは警部以上の警察官で、正当な事由なしに使えば内規に反する。

った。

「庶務担当管理官はこの春に着任した倉田邦康《くらたくにやす》さんでしょう」

上尾が身を乗り出す。その人事は警視庁内部では異例で、葛木がいる所轄でも話題になった。

庶務担当管理官は捜査一課に十数名いる管理官の筆頭で、普通は捜査一課の最古参の管理官が就く。そこを経験した者がのちに捜査一課長に昇進するケースは多く、たたき上げのノンキャリアにとっては出世コースの大きな里程標でもある。

倉田の前職は第四強行犯捜査担当管理官で、序列でいえば末席に近かった。年齢も前任者が五十代半ばだったのに対しまだ五十代の手前で、ごぼう抜きと言ってもいい抜擢だ。

「室井さんに対しては少なからぬ遺恨があるかもしれないな」

大原は意味深な口振りだ。言わんとするところが葛木にはわかった。

「五年前の足立区の女子大生殺害事件ですか」

「ああ、そのころ捜査一課にいたあんたのほうが詳しいだろう」

葛木は頷いた。その事件を担当していたのが倉田で、凶器の見立てで意見が対立し、帳場が混乱して、けっきょく迷宮入りにしてしまった。

室井はサバイバルナイフによる殺害を主張し、解剖を行った監察医もそれに賛同した。しかし倉田率《ひき》いる特別捜査本部は、現場近くのスーパーで牛刀を購入した男に着目した。似たような人物が現場付近の防犯カメラに映っていたためだった。

ナイフ説に執着した室井は倉田の上司の理事官に直訴した。それまで多くの重要事件で室井の検視が犯人検挙の決め手となった。殺人担当刑事として現場で鍛えた観察眼は、専門の監察医も一目置くほどだった。そんな室井への上層部の信頼は厚く、けっきょく捜査一課長の決裁で、サバイバルナイフと牛刀の二つの線で捜査を進めることになった。

しかし限られた人員を二手に分けることで捜査能力は低下した。虻蜂《あぶはち》とらずの言葉通り、牛刀を購入した不審者の足どりは摑《つか》めず、サバイバルナイフの購入者を洗い出すナシ割り捜査（遺留品や証拠品の出所捜査）も成果はなく、現場周辺からは凶器も見つからず、事件は迷宮入りとなった。

いまも継続捜査は行われているが、牛刀を買った男に総力を挙げていれば無様な敗北を喫することもなかったと、ことあるごとに倉田が愚痴るという話は耳にしている。そんな話を聞かせると、苦い調子で上尾は言う。

「どっちが正しかったかはわからないが、捜査方針が割れるのはいいことじゃない。どちらかに絞れば五分の勝ち目はあっただろう。ときには博打を打つことも必要だよ、言っちゃなんだが、ある意味カリスマ検視官の弊害だな」

「母屋が答えを出さないことには鑑識も入れられない。いずれにしても三年前の死体で、いまさら急ぐ事件でもない。署へ帰って沙汰を待つことにしようかね」

大原は投げやりに言う。葛木もやむなく応じた。

「そうしますか。動き出すようならこれから忙しくなりますから、各自が抱えている書類仕事は片付けておかないと」

「なんにせよ下請けの悲哀だな。殺しの事案は母屋の専権事項で、おれたちが口を挟む余地はない。正直なところを言わせてもらえれば、室井さんの見立てが外れで、自然死で一件落着というのがおれの希望だよ」

大原は厭戦《えんせん》気分を隠そうともしなかった。

2

本庁強行犯捜査第一係から連絡が来たのはその日の午後になってからだった。

東京都監察医務院での検案の結果、白骨化しているため死因の特定はできないが、他殺の可能性はごく低く、二体とも自然死だというのが担当した監察医の結論だという。

従って警察が関与すべき事案ではなく、遺体の取り扱いは地元自治体の管轄になるから、そちらと連絡をとって、あとの処理は任せるようにという指示だった。

そういう場合の担当は、江東区の場合は生活支援部保護第一課という部署で、遺体の引き取り手探しや、それが見つからない場合は公費で荼毘に付し、一定期間保管したのち無縁墓地に埋葬するなどの業務を行う。

「やれやれだな。弘法《こうぼう》も筆の誤りというからな。室井さんも人の子だってことだよ」

大原は肩の荷が下りたとでもいうように、さっそく区役所に電話を入れた。区役所も喜んで引き受けたい仕事ではないらしく、監察医務院に運んだのは警察だから、区役所までの移送は警察にやって欲しいと注文をつけてきた。

「私が行ってきますよ。若宮と一緒に――」

葛木が言うと、若宮の顔が青ざめた。

「あの、そういうことは鑑識に任せたほうがいいんじゃないですか」

「殺人事件として認知されなかった以上、鑑識の職務じゃない。所轄の鑑識は人手が足りないから、そんなときに別の重大事件が起きたら出遅れる」

「でも、やっぱりああいうものは僕は苦手で」

悪びれもせず嫌気を滲《にじ》ませる若宮に、さすがの葛木も声を荒らげた。

「甘ったれたことを言うな。もともと死体が好きな人間なんていない。おれだって道楽で殺しのヤマを追ってきたわけじゃない。身勝手な理由でそういう死体をつくる奴が許せないからだ。慣れろとは言わない。しかし逃げるんじゃない」

「おれが一発、根性を入れ直してやりましょうか」

強行犯捜査係で随一の強面の池田誠《いけだまこと》巡査部長が指の骨を鳴らす。若宮は豹変《ひょうへん》した。

「行きます。行きますよ。死体といっても乾きもので、なんとか堪えられそうですから」

「乾きものだと？　ふざけた口を利いていると、おれが生もののホトケにしてやるぞ」

若宮の襟首《えりくび》を摑んで池田が凄む。若宮の顔が硬直する。脅かし過ぎて辞表を書かれても困るので、葛木は穏やかに促した。

「ホトケに対する敬意をなくしたら刑事は堕落するだけだ。以後言動は慎むんだな。じゃあ行こうか」

「私も行きますよ。白骨化しているといっても、二体分となると人手がいるでしょうから」

池田が立ち上がると若宮は慌てた。

「あ、あの、ご心配なく。池田さんはお忙しいんでしょ？」

「そうでもないよ。仕掛かりの仕事がちょうど片付いたところでね」

「じゃあ、一緒に来てくれよ。若宮が気絶して役に立たないようだと困るから」

迷惑顔の若宮を横目で見ながら葛木は言った。


東京都監察医務院は文京区大塚四丁目にある東京都福祉保健局所管の施設で、二十三区内で発生したすべての変死体の検案および解剖を行う。年間の解剖件数は約三千体、検案件数は約一万四千体に達する。死因に疑問が残る死体が毎年それだけ発生するわけで、東京という都市の巨大さはそんなところからも実感できる。

死体搬送用の車両はワゴンタイプのハイエース。人情としては霊柩車を手配してやりたいところだが、そういう予算は警察にはない。若宮に運転を任せ、葛木と池田は後部席に陣どった。

「しかし、なにか落ち着きが悪くはないですか、この一件？」

車が走り出したところで池田が訊いてくる。言いたいことは想像がついた。葛木は問い返した。

「室井さんの見立てが覆ったことか」

「そうなんですよ。あの人の眼力は半端じゃない。私も何度か付き合ったことがありますが、びっくりしたのは首吊り自殺に偽装した殺しを見抜いたヤマでしたよ。吉川線《よしかわせん》はなかったし、踏み台の高さや位置にも矛盾点はなかった。そのうえ遺書まで残ってた。あの人が他殺だと言い出すまで、検案に立ち会った医師もベテランの捜査員も全員が自殺で決まりだとみてたんです――」

吉川線というのは、被害者が絞殺される際にロープを外そうとしてできる喉《のど》のひっかき傷で、首吊り自殺か他殺かを判定する重要な決め手になる。池田は続けた。

「しかし室井さんが不審に思ったのは、死に顔だったんです。恐怖を感じている顔だと言って聞かない。自殺者の死に顔はもっと穏やかだと言うんです。これで浮き世の苦しみにおさらばできるという安堵感が滲み出すものだと――」

科学捜査優先の時代にそんな主観的な話を持ち出されても困ると現場が白けるなかで、室井は遺体を仔細に検証した。そして手首に残ったかすかな擦り傷を発見した。

「タオルとかガーゼのような柔らかいもので両手を拘束し、首を吊らせた。だから吉川線が残らなかった。それが室井さんの推論でした。半信半疑で鑑識が手首の周りから遺留物を採取したところ、ごく微量の繊維屑《くず》があった。分析してみると、室井さんが言ったとおり包帯用のガーゼの屑だった」

「その事件ならおれも知ってるよ。殺されたのが当時急成長していたIT企業の社長だったから、だいぶ世間の注目を集めたな。室井さんをカリスマ検視官などとマスコミが持ち上げるようになったのはそのころだろう」

「そうです。黒子のような存在が脚光を浴びるようになって、検視官を主人公にテレビドラマなんかもつくられるようになりました」

「おかげでやりにくくなったという現場の刑事もいる」

「それまではアドバイザーという立場だったのが、ときに捜査の主導権を握るようになった。しかしね、殺しの捜査では死体こそが証拠の王様ですから」

「そういう見方をすれば、検視官は捜査の現場の不可欠な戦力でもあるわけだからな」

「室井さんのことをいろいろ言う連中もいます。ときに勇み足もあるでしょう。しかしあいう死体のプロフェッショナルがいるかいないかで、我々の商売の歩留まりも違ってきますからね」

池田は好意的だ。かつて本庁捜査一課のエリート刑事を殴り倒した武勇伝の持ち主で、以後、本庁へのお呼びは一度もかからず、このまま所轄のドサ回りで刑事人生を終わるのも悪くはないと当人は腹を括《くく》っている。

葛木が見るところ、刑事としての能力で本庁のエリートたちに引けはとらない。そんな境遇に腐るでもなく、所轄刑事であることが誇るべき勲章ででもあるかのように、事件の大小を問わず全力で当たる。そんな姿勢には葛木も頭が下がる。

「室井さんの見立てが当たっていると言いたいわけか」

葛木の問いに、池田は曖昧《あいまい》に頷いた。

「なにぶんこっちは素人ですから、要は思い入れの問題ですよ。あの人がそんな単純な判断ミスをするとは思えないんです」

「それでわざわざ死体の引き取りについてきたわけか」

「図星です。担当の先生からなにか話が聞けるんじゃないかと思いましてね。室井さんも立ち会ったはずですから、まだいるかもしれないし」

「余計なことをするなと課長にどやされても知らないぞ」

「いやいや、ああは言ってますけど、大原さんだって根っからの刑事です。やるときはやりますよ」

「そうだな。いまは管理職としての責任感が先に立っているわけだろうからな」

「帳場が立てばこちらの予算が食い潰される。そのぶん福利厚生費から光熱費から削ってやりくりしなきゃいけない。所轄にとっては一種の疫病神ですからね」

池田は複雑な口振りだ。そういう事情はわかっていても、刑事の虫が蠢《うごめ》き出すのは抑えられないらしい。

「でも本庁が事件性なしと判断したんなら、覆すのは無理なんでしょう?」

若宮が心配そうに訊いてくる。

「室井さんが黙って引き下がるとは思えない。まだ一波乱ありそうな気がするんだが」

池田は期待を覗《のぞ》かせる。覆るかどうかは別として、あっさり引き下がらないのは確かだろう。葛木も心のどこかで引っかかる。上尾が町内会長から聞いた話には、得心できないところが少なからずある。

息子夫婦と暮らすと言っていた矢上夫妻が、家を出たところを誰も目撃していない。しかし息子たちが車で迎えに来たという夜以降、人の気配がまったくないという。二つの死体が矢上夫妻なら、いったん家を出たあとで戻ってきたのか。それなら近隣の人間が気配を感じたはずだ。もしその晩二人が家を出ておらず、しかもそれ以降、生活している形跡がまったくないとしたら、二人がそのとき死亡したと考えることにさほどの無理はない。

そう仮定したとして、死んだ理由はいろいろ考えられる。夫が突然死し、動けない妻は誰に知られることもなく餓死した。あるいは老老介護の辛さから逃れるために心中を図った。当然、両名とも殺害された可能性も排除はできない。もしそうだとしたら、その晩、車で訪れた中年の男女が容疑者として浮上する。息子夫婦だったかどうかも判然としない。

「状況から考えれば、室井さんの見立てが当たっている可能性もなくはないな」

葛木は慎重に言った。池田はここぞとばかりに乗ってくる。

「外れだったとしても死因は特定できないわけでしょう。それにそもそもあの二つの死体が本当に矢上夫妻かどうかだってわからない」

考えすぎだとは思うが、理屈としてはあり得る。しかし監察医務院の検案で自然死という結論が出てしまえば、そこまで確認する手間はかけられない。年間に三千体もの死体を解剖し、一万四千体に上る死体を検案する――。それはベルトコンベアで作業する工場のような状況で、一つの事案にいつまでもかまけてはいられない。

「こちらで勝手に動いていいんなら、やれることはいろいろあるんですがね」

池田は口惜しそうに言う。それは確かにあるだろう。夫妻のかかりつけの歯科医がわかれば、レントゲン写真や診療記録と歯型の照合が期待できる。血縁者の協力が得られれば、DNA型の照合による同定も可能だ。葛木もそこには興味をそそられる。大原の希望を裏切ることになりかねないが、このままでは気持ちがもう一つ落ち着かない。

「茶毘に付されたらお終いだな」

「そうですよ。DNA型の鑑定ができなくなるし、歯型だってほとんど残らない」

池田が舌打ちする。しんみりした調子で若宮が言う。

「そうやって埋葬されてしまった犯罪死体もたくさんあるんでしょうね」

「それじゃ浮かばれないと、おまえだって思うだろう」

「たしかに切ないですね」

いやいや眺めたあの現場の気配からなにか感じるところがあったのか、なにごとにつけドライな若宮にしては珍しい反応だ。噛んで含めるように池田が言う。

「人間いずれ死ぬといっても、殺されるというのはいちばん切ない死に方だよ。化けて出られるんなら誰が犯人か教えてもらえるかもしれないが、あいにくそういう親切な被害者には出くわしたことがない。けっきょくおれたちが犯人を突き止めて、恨みを晴らしてやるしかないわけだ」

「でもあの二人、なんか幸せそうに見えませんでした？」

若宮が思いがけないことを言う。葛木は覚えず問い返した。

「どういう意味だ？」

「二つの死体というより、あの家のなかのたたずまいからそんなことを感じませんでした？　裕福じゃないけど、満ち足りているとでもいうような。自分たちの時間を大事に生きていたんだなって思わせるような」

意外に侮《あなど》れないなと葛木は思った。あの家のなかに足を踏み入れたとき、自分も似たような印象を受けていた。室内には荒らされた様子がまったくなかった。安らぎさえ感じさせる気配があった。まるで三年前のある晩、二人の時間だけがそこで静止してしまったように。

八十一歳の妻が床に臥《ふ》し、八十五歳の夫が介護にあたる。老いた身にとっては掃除やゴミ出しも重労働で、葛木のこれまでの捜査経験からしても、普通なら室内はもっと雑然としているものなのだ。

「他殺じゃないと見ているのか」

「そういうわけじゃないんです。ただ――」

「ただ?」

「そっとしておいてあげたほうがいいような気もするんです。もう亡くなっちゃったわけで、たとえ他殺だとしても、いまになってそれをほじくり出して、二人の人生を世間の目に晒《さら》すよりも」

「そういう問題じゃないだろう。それじゃ刑事なんて必要ない。警察は店をたたむしかない」

池田が声を上げるが、けろりとした顔で若宮は続ける。

「もし殺人事件の被害者だとしても、心に仕舞って生きてきたいろいろな事情があるんじゃないんですか。それで犯人が突き止められるのならともかく、ただプライバシーを暴かれただけで事件が迷宮入りになったらかえって救いがないと思います。捜査の結果、やはり自然死ということに落ち着くのかもしれないし」

妙に説得力のある話で、葛木もつい考え込んだ。相変わらず殺しの事案に腰が退けているだけかもしれないが、警察官の常識を脇に除ければ、一理あると言えなくもない。

殺人事件の被害者は殺された者だけではない。遺族やその周辺にいる人々も、精神面から社会的な面から、さまざまな不幸を被《こうむ》ることになる。犯人は検挙されても、傷ついた家庭は元に戻らない。一生トラウマを引きずって生きる者もいれば、世間からの好奇の目に堪えられず、住み慣れた土地を去って行く者もいる。

容疑者を逮捕し、送検すれば警察の仕事は終わるが、遺族にとってはそれでなにが変わるわけでもない。重い荷を背負った人生がそのはるか先まで続くだけなのだ。

「おれたちは興味本位で事件に手をつけるわけじゃないんだがな」

明確な答えが見いだせないままに葛木は言った。ため息とともに若宮が応じる。

「どうして人は人を殺すんでしょうね。犯罪で人を殺せば罪に問われる。戦争で人を殺せば勲章がもらえる。死刑だって国家の名において人を殺すことでしょう」

「おまえ、いますぐ警察を辞めたほうがいいぞ」

池田は真顔で言う。たしかにそういうものの考え方をする警察官にはあまりお目にかからない。いないわけではないにしても、公然と口にする者はまずいない。若宮はここでも変人の面目躍如だ。

「そうは言われてもほかにいい仕事があるわけじゃないし。人を殺す商売よりはいいですから」

若宮は恬淡《てんたん》と受け流す。池田は苛立《いらだ》ちを隠さない。

「どうしてこういうのが警視庁の採用試験を通っちゃったんでしょうね。いくらなり手がいないからって」

「まあ、いろんな考え方があっていいんじゃないか。警察が店をたためるような世のなかになれば、それがいちばんけっこうなことなんだしな」

苦笑いしながら葛木は言った。警察官の固定化されたイメージとは異質な若宮の言動が、不思議に心を和《な》ませてくれている。いまどきの言葉なら癒やしとでも言うべきか。本庁一課時代なら、葛木だって雷を落としていただろう。

しかしそれは普通の市民の感覚に近いものなのかもしれない。本庁から所轄に異動してみて、自分も変わったと葛木は思う。警察官という仕事がつねに市民の側に立つべきものだという、基本の基本を忘れていたことに気がついた。民衆とともに苦悩し、その保護救済のために力を尽くす護民官——。日本警察の開祖ともいうべき川路利良大警視が示した原点を、日々の仕事のなかで身をもって感じるようになった。

地域住民に脅威を与える犯罪は、殺人のような凶悪事件ばかりではない。むしろ殺人事件は市民の大半にとっては縁遠いもので、一生のあいだに身近に遭遇する者は数えるほどしかいないだろう。

空巣やスリ、詐欺や恐喝、喧嘩や家出人の捜索、痴漢や盗撮のような性犯罪、ストーカー行為――。所轄で扱うのは本庁一課時代は関心すら持たなかったその種の事件がほとんどで、そんな仕事に追われる日々が、本庁刑事時代の視野の狭さに気づかせてくれた。

普通の市民の視点に立つと、世のなかの見え方が違ってくる。手柄争いに汲々《きゅうきゅう》とする本庁一課の刑事の感覚は、犯罪被害者の怒りや悲しみとは無縁のものだ。しかし犯罪を憎む心は事件の大小とは関係ない。それを忘れるようなら、まさしく警察は店をたたむしかない。

これからの長い警察官人生で、若宮がどんな色に染まっていくのかわからない。しかしたとえ変人と見られようと、そんなナイーブな心は失って欲しくない。

3

護国寺で首都高を降りて、五分ほど走ったところに東京都監察医務院はある。都立大塚病院に隣接した地上四階建ての小ぶりな建物だ。

駐車場に車を乗り入れると、警視庁の覆面パトカーが二台停まっているのに気がついた。どちらも機捜などが使うパワーのある車種とは違う普通のセダンで、警視クラスが公用車として使うタイプだとわかる。

監察医務院に用のある警視クラスの警察官となると思い当たるのは検視官くらいだ。検案に立ち合った室井がまだ居残っているのかもしれない。もう一台もたぶんそんなところだろう。検視官が臨場する事件が一日に何件も起きるのはとくに珍しいことではない。

受付へ向かい、身分と事件の概要を告げ、遺体の引き取りに来たと申し出た。係員は少し待つように言ってどこかに電話を入れ、短いやりとりを終えてこちらを振り向いた。

「お待ちしている方がおりますので、こちらへどうぞ」

あとについて向かったのは、廊下をしばらく進んだところにある小部屋だった。係員がドアをノックし、城東署の刑事さんをお連れしましたと言うと、なかから「どうぞ入って」と応じる声がした。室井検視官だった。

なかにはスチールのテーブルと椅子がしつらえられ、電気ポットと湯飲みのセットも置いてある。検案や解剖の結果を待つ警察官や遺族のための控え室らしい。

室井と向き合って座っているもう一人の人物がこちらを振り向いた。息子の俊史だった。駐車場にあった二台の公用車のうち、一台は俊史のものらしい。葛木は慌てて問いかけた。

「どうしてここに?」

俊史はどう答えるべきか戸惑う様子だ。代わって室井が口を開いた。

「葛木管理官には、今回の白骨死体の件で、おれが頼んで相談に乗ってもらったんだ」

困った流れになりそうだ。池田の予想が当たったかたちだが、まさか俊史が一枚加わるとは考えてもみなかった。

「本庁のほうからは事件性なしという結論に落ち着いたと聞いていますが」

葛木が応じると、室井は苦々しい表情で頷いた。

「監察医の先生のご判断はとりあえずそうなんだが、やはり納得がいかないんだよ――」

その言い回しに滲む皮肉がこれから起こることを想像させる。室井はファイルフォルダーから分厚い資料を取り出した。

「これが舌骨なんだが――」

ページを繰って指さしたのは人骨らしい写真だった。舌骨ということは、扼殺されたと室井が見立てた妻の骨だろう。

「下顎と咽頭のあいだにあって、ほかの骨と繋がっていない。つまり筋肉だけで支えられているわけだ。そういう位置と構造だから、普通のことで折れることはまずありえない。折れる可能性があるとしたら、拳《こぶし》や鈍器で喉を殴打された場合や、扼殺、つまり手で絞め殺された場合くらいしか考えられない。問題なのはこの部分でね――」

室井がボールペンの先で示したのは馬蹄形の主要部分から離れて置かれている細長い骨

だった。さらに写真の各部分を示しながら室井は説明した。

舌骨は体《たい》と呼ばれる本体部分と、その左右から延びる大角《だいかく》と小角《しょうかく》と呼ばれる突起で構成されているという。大角は、若いころは軟骨組織で体と結合しているが、中年を過ぎるころにはその部分が骨化し、体と完全に接合すると一般には考えられているらしい。

「室井さんが折れていると考えたのは、その大角ですか」

葛木が問いかけると、室井は唇を歪《ゆが》めて頷いた。

「骨化して結合しているはずの大角が、現場では体から脱落していた。強い力で圧迫されて折れたとおれは見たんだが、監察医の先生の見解は違ったんだ——」

医師の見立ては、折れたのではなく、結合部分の骨化が不十分だったため、白骨化の過程で軟骨組織が消失し、自然に脱落したというものらしい。その根拠として医師が示したのは、大角そのものに欠損や亀裂が見られないことで、高齢になっても骨化が進まず、体との接合部に軟骨が残っている事例はたまにあるという。

「たまにあると言われても普通はない。力が加わって根っこのところできれいに折れれば、自然脱落と似たかたちになるだろうとおれは主張したんだが、向こうは法医学専門の博士様だからね。どうしたってこっちは分が悪い」

その博士様が廊下を歩いていたら聞こえそうな声で室井は愚痴る。

「風呂場にあった死体のほうは？」

葛木が訊くと、室井はさらにページを繰っていく。開いたところには背中から撮った白骨死体の胸部の写真があった。

「ここのところだよ。胸椎《きょうつい》と肋骨の両方にかかる痕跡《こんせき》。ささくれたような引っ掻《か》いたようなごくかすかなものだが、おれは間違いなく刃物による傷だと直感した」

「先生は違うと？」

「白骨化したあとの乾燥や温度変化で微細なひび割れができることがあり、これもそうだと言いやがる――、いやおっしゃるわけだ」

「検視官と監察医と、それほど見解が違うものなんですか」

「そりゃお互い人間だから考えが食い違うことはよくあるよ。白骨死体となると普通の死体と比べて物証が乏しいから、なおさら判断が分かれることがあるんだが――」

室井は言いよどむ。葛木は問いかけた。

「なにか気になることでも？」

「なんだか、あの死体を事件化したくない意向がどこかで働いているような気がしてな」

話が危ない方向に向かい出した。俊史は生真面目に頷いている。若宮は不安げな様子で耳を傾ける。池田はほら見たことかという表情だ。警視庁きっての変人が一堂に会してしまった恰好だ。葛木はとぼけて問い返した。

「どこかというと？」

「皆まで言わせるなよ。捜査一課が扱う事案で、立件するかしないかを判断する部署がどこかはわかっているだろう」

室井はさも不快げに鼻を鳴らす。それは強行犯捜査第一、第二係で、統括するのは倉田庶務担当管理官。その室井と倉田のあいだには、たぶん少なからぬ遺恨がある。

「まさか、そういうことは――」

葛木は大袈裟《おおげさ》に驚いてみせたが、ありえないとは言い切れない。遺恨の問題は別にしても、捜査一課はいま十ヵ所を超える帳場を抱え、にっちもさっちも行かない状況だとは聞いている。

そういう状況で、あえて立件しても迷宮入りの可能性が高い白骨死体の事案となると、微妙に判断が左右されることもあるだろう。検視官と監察医の意見が割れたとき、自分の意向に沿った意見に傾いたとしても不思議はない。

どちらが正しいかと問われても、素人の葛木に判断するすべはない。ややこしい状況になってきた。室井が葛木たちをここで待っていたということは、自分が正しいことを証明するためになんらかの手助けをしろという腹だろう。どういう成り行きでか、俊史はすでに室井の味方についているらしい。

「まあ、今度の庶務担当管理官がそういう非常識な人間じゃないことを願いたいが、おれとしてはやはり白黒はつけたいんだよ。自分の見立てが絶対だと言い張るつもりはない。

しかしその可能性も視野に入れて調べを進める手はあるだろう。慌てて帳場を立てなくてもいいんだよ。その前にやれることがいくらでもあるはずだから」

「しかし、遺体は早急に区役所のほうに引き渡せという指示なもので」

「そんなことをしたら取り返しがつかなくなるかもしれないぞ。そもそもあの死体が、本当にあの家に住んでいた夫妻のものだとも同定できない。荼毘に付してしまったらＤＮＡ型や歯型の照合ができなくなる」

そこはこちらも気にしていたところだ。安心させるように葛木は応じた。

「区役所が荼毘に付すのは身元の引き取り手が見つからない場合です。肉親や親類を探すのはこれからですから、見つかるまではいまの状態で保存されます」

「だめだ、だめだ。こちらの手を離れたらもう取り戻せない。肉親か誰かがすぐに引き取るかもしれないだろう。その人間が犯人だったら、急いで火葬しちまうに決まってる」

優秀かつ熱心な検視官との評価の一方で、協調性のない強引な性格だとの悪評もついて回る。そんな室井の面目躍如だ。葛木は用心深く問いかけた。

「だったらどうされるおつもりで？」

黙っていた俊史が口を開いた。

「うちの部署でいったん預かろうと思うんだよ」

「預かるって、死体をか？」

「死体じゃなくて、その事案をだよ」

「しかし倉田さんのほうは立件する気がないんだろう」

「殺人事件としてはね。しかし未解決事件に準じる扱いなら、特命捜査対策室でも対応できる。理事官の承諾もとってある」

俊史は平然としている。特命捜査対策室は、主に未解決事件や失踪事件の捜査を担当する部署で、殺人事件の時効廃止を機に新設された。DNA型鑑定など科学捜査の手法に重点を置いて過去の事件の洗い直しを進める専門集団だ。

「おまえから理事官に話を持ち込んだのか」

「室井さんから相談を受けたんだ。話を伺ってみると、このままなにもせずに手仕舞いするのは危ない気がしてね」

「危ないというと?」

「あとで事件性があったという話になったとき、取り返しがつかないことになる」

「死体はどうする?」

「室井さんのほうで、大学の法医学教室に再鑑定を依頼したいとおっしゃるんだよ」

「しかし、それじゃ庶務担当管理官の立場が――」

葛木が不安を口にしかけると、室井はここぞと身を乗り出す。

「息子さんには、いやいまは仕事中だから葛木管理官だな。もうそのへんの事情は説明しようだ。

本庁一課内では葛木と俊史が親子だという話は周知のことで、室井もその例に漏れないようだ。

「倉田はどうも事件にしたくないようだが、理事官はおれの考えを支持してくれた。殺人犯捜査のほうじゃ扱いにくくても、特命捜査対策室なら問題ない。おれの見立てが違っていたとしても、死因が特定できたわけじゃない。不審な死体であることに変わりはないから、できる範囲で調べは進めるべきだという考えだ」

「調べるというと、なにを？」

「舌骨の骨折と肋骨および脊椎《せきつい》の骨創というおれの見立てが正しいかどうかの再鑑定はもちろんだが、例えば砒素《ひそ》のような毒物なら骨に蓄積されるから、そのあたりもサンプルを採取して分析してもらう。もう一つは二つの死体が本当にあの家の住人のものだったかも、一応は押さえとかなきゃならんだろう。決め手はＤＮＡ型と歯型だな」

葛木としてはどちらの立場もよくわかる。室井が言っているのはまさに捜査の常道だが、年間千件に余る変死体、つまり殺人の疑いがある死体が出る一方で、警視庁が殺人として認知する事件は百件前後。それだけでも捜査能力は目いっぱいで、あらゆる不審死体を捜査対象にすることは物理的にも不可能だ。それを取捨選択するのが庶務担当管理官の職務で、今回あえて立件しなかったことを、倉田の怠慢だと誹《そし》るのは筋違いとも言える。

倉田にしてもまったく疑問なしとみたわけではないはずだが、より優先度の高い事案にマンパワーを配分するには、事件性ありとの確証に乏しい事案は立件を見送らざるを得ないという事情もある。同時に迷宮入りした女子大生殺人事件のこともなきにしもあらずで、室井のごり押しで捜査陣を二分され、虻蜂とらずに終わった苦い記憶はいまも残っているはずだ。

しかし警視庁の検視のエースを自任する室井にすれば、自分の見立てが若輩の倉田に無視された恰好で、どうにも腹に据えかねるわけだろう。検視官としての実績を考えれば、葛木としては室井の主張に気持ちが傾く。倉田への敵愾心《てきがいしん》だけで自説に執着しているわけではないはずで、室井なりの深い読みがあってのことではないか。

キャリア官僚としての保身を考えるなら高みの見物が上策だ。現場の実力者同士の角逐《かくちく》に首を突っ込んでも、いずれかの恨みを買うだけで、得することはあまりない。しかし俊史は火中の栗を拾う気でいるらしい。

「それじゃあの遺体は？」

「地元自治体に引き渡すのはしばらく待って欲しいんだよ。再鑑定のために、室井さんが懇意にしている大学の法医学教室に急いで運びたい」

「しかしおれのほうはそういう許可は得ていないしな」

渋ってみせても、俊史は気にもかけない。

「理事官が一課長の承諾を得ているから問題ない。倉田さんとは別ラインだから」

「うちの仕事は、死体をそっちに運ぶだけじゃないんだな」

なんとなく先が読めてきた。さりげなく探りを入れると、俊史はあっさりと頷いた。

「まず遺体の身元を特定しなきゃいけない。本当にその家に住んでいた夫婦なのか、ほかに確認する手段はないわけだから。DNA型の鑑定には肉親を探さなくちゃいけないし、歯型の照合にはかかりつけの歯医者を見つける必要がある」

「それをやってほしいというわけだ」

「忙しいとは思うけど、ぜひ頼みたいんだよ。地元のことなら所轄のほうが勘が働くからね。当面そこまでやってもらえたら、あとはこちらに任せてくれればいい。鑑定の結果不審な事実が出てきたら、おれのほうから倉田さんに話をもっていってもいいし、理事官に動いてもらってもいい。帳場を立てるのが無理だというなら、うちの部署の扱いで親父たちと共同捜査するという手もあるしね」

「白黒つけないと、おれとしては寝覚めが悪いんだよ。殺されたのが二人なら死刑に値する大罪だ。それを見逃したんじゃ、警察はなんのためにあるんだということになる――」

室井はため息を吐いて続けた。

「検視官のおれから見ても、警視庁管内で見つかる不審死体の数に対して認知される殺人事件の件数が余りに少ない。行方不明事件も含めれば、どれだけ殺しのヤマを見逃しているかと思うと、ぞっとする気分だよ」

その話には葛木も頷かざるを得ない。日本の警察の検挙率は全体としては約三〇パーセントと世界的にみても低水準だが、殺人事件に関してだけは九五パーセント前後と驚異的だ。しかし室井が言うように、認知されなかった事件を含めれば実際はどの程度なのか、本気で考え始めると背筋が寒くなる。俊史が気合いの入った声で言う。

「そこなんだよ、おれたちが頑張らなきゃいけないのは。これまで立件されなかった事案も含めて、過去の事件の見直しを進めているところでね。そういうことにこそ特命捜査対策室の存在意義があるわけだから。見かけだけ検挙率を上げるために、殺しの可能性が考えられる事案を自殺や事故死で片付けていたんじゃ、警察は税金泥棒の集団になっちまう」

特命捜査対策室担当の管理官に着任して二年目で、そろそろ地に足がついてきたらしく、言葉の端々に自信を覗かせるようになってきた。それを頼もしいと思うより、不安に感じてしまうところが救いがたい親馬鹿だと自分でもわかっているが、そんな過熱気味の物言いを聞くと、つい水を差したくなってくる。

「その手の事案はおれたち現場の人間から見ても解決が難しい。そんなのばかり抱え込むと、人手がいくらあっても足りないぞ。検挙実績が上がらないと、特命はなにをやっているんだと批判の的にもなりかねない」

「それでいいんだよ。たとえ検挙に結びつかなくても、犯罪は決して見逃さないという姿勢をおれは示したい。検挙率九五パーセントなんていうつくられた数字をアピールしたって意味はない。この世のなかから少しでも犯罪を減らすことが警察の存在意義だとしたら、真実から目を逸らしちゃ絶対だめなんだ」

理想と現実のあいだにはつねに大きなギャップがあることを、嫌と言うほど思い知らされながらこの歳《とし》まで生きてきた。だからといっていまの俊史の理想論を青臭いと笑おうとは思わない。自分にもそんな時代はあったのだ。しかし理想を現実に近づけることが大人の知恵だと自らを言いくるめ、結果はただ長いものに巻かれてきただけだとも言える。

検視官としての室井の執念を、かつて横紙破りと揶揄《やゆ》したこともあったが、素直な目で見れば、彼は自分を騙《だま》すのが下手なのだ。捜査の効率や見かけ上の検挙率の向上を言い訳に、犯罪を見逃すことが我慢ならない性分なのだ。

自分より長い警察官人生を送ってきた室井が、いまも俊史に劣らない魂の青さを隠そうともしない。検視官と刑事の接点は意外に少なく、室井とここまでじっくり話したのは初めてだ。噂が丸きり外れというわけではないが、思い描いていた人物像と実際に話をしての印象はだいぶ違った。

室井の階級は警視。検視官には警部もいるが、どちらも普通なら管理職で、組織の論理と現場の論理の板挟みになって、上司を立て、部下をおだて、ひたすら自分を殺して組織を円滑に動かそうと意を尽くす。警部補の葛木も所轄では係長で、似たような管理職の悲哀は日々感じるようになっている。しかし検視官は部下なしの個人営業のような職務で、刑事部の鑑識課に属してはいるが、上にも下にもこびへつらう必要がない。

そのぶん振るえる権限はほとんどないが、その気になれば警察組織内でもっとも忌憚《きたん》なくものが言える立場でもあるだろう。室井はその能力といい性格といい、まさにはまり役だといえそうだ。

脱力系の若宮の物言いに癒やしのようなものを感じたかと思えば、その対極とも言うべき室井や俊史の考えに妙に頷かされたりもする。仕事上であれ私事であれ、近ごろ迷うことが多くなってきた。

馬齢を重ねることに価値があるとしたら、それは自分の愚かさに気づくことらしい。かつては頭から正しいと信じてきたさまざまなことが、本当にそうなのかとぐらつき出して、若いころなら五秒で決断できたことに、一日二日を費やすことも珍しくない。

そしてそんな迷いを自分が楽しんでいることに、むしろ新鮮な驚きを覚えさえする。迷い込んだ人生の路地裏には思いがけない発見がある。自分という人間についての、自分と人との関わり合いについての、若いころには思い浮かびもしなかった新しい考えに出会うのだ。住み慣れた街でそれまで気づかなかった樹木や花の存在にふと気がつくときのように——。

「おれの一存では決めかねるから、そちらから大原課長に伝えてもらえないかな。理事官のお墨付きがあればあの人も反対はしないだろうから。いますぐ帳場が立つわけじゃないとわかれば、快く引き受けると思うがね」

「去年の帳場じゃずいぶん迷惑をかけたからね。その点はちゃんと説明しておくよ」

ほっとしたように俊史は応じる。べつに俊史に迷惑をかけられたわけではないが、本庁を代表してという意味でならありがたく受けとるべき挨拶だ。今回の事案が帳場を立てるところまで大事件化するとは思えない。本庁と所轄が互いに分をわきまえた上での二人三脚なら、葛木としては歓迎すべきことだ。

「ありがとう、葛木警部補。おれだって自分が神様だと自惚《うぬほ》れているわけじゃない。しかしね。警察がただの点数稼ぎのための職場になっちまったら、それは税金で養ってくれている市民とは無縁のものになる。殺しの検挙率は低いなら低いでいいんだよ。それが実態なんだとしたら。大事なのは世間に対して嘘《うそ》をつかないことだ。殺人事件を自殺や事故と言いくるめるようなことは絶対にあっちゃいかんよ」

「おっしゃるとおりです」

葛木は率直に頷いた。言っていることはまさに正論で、反論する余地はなにもない。捜査する側にとって殺人事件が他の犯罪と一線を画すのは、その凶悪さによってというより、被害者が生きていないということによる。

被害者の供述が得られないという点は、間違いなく捜査を困難なものにする。同時に問題なのは、そこが警察にとって、認知件数を操作する上で好都合だという点なのだ。

「警視庁が扱うすべての死体に対する検視官臨場率は十数パーセントに過ぎない。解剖率となるとそれをはるかに下回る。それでも交通事故死を除いた数字だよ。別におれたちがサボっているわけじゃない。わずかな人員をやりくりして、三百六十五日、二十四時間、かけずり回ってその程度だよ――」

室井は大きくため息を吐いた。

「なによりもまず検視官の数が絶対的に少ない。そのうえ、現場の捜査員が検視の必要なしと判断すれば、おれたちにはお呼びがかからない。おれは警察無線にいつも耳をそばだてて、お呼びがかからなくても臭いと睨《にら》んだら飛んでいくことにしているが、現場からは感謝されるより迷惑がられることのほうがずっと多い」

そう言われると葛木も耳が痛い。大原が示した露骨な厭戦気分に、あのとき自分もいくぶんは同調したのだ。

「おれも最近、わかってきたんだよ。特命捜査対策室が本当に取り組むべき仕事は、警察の恥をさらけ出すことなんじゃないのかって。室井さんの話を聞いて改めてそれを痛感したんだよ――」

俊史が生真面目な顔で言う。

「過去、事件性を認知されなかった失踪事件や変死事件の山のなかに、どれだけの数の殺人事件が埋もれているか。たとえ空振りでも、まず打席に立ってバットを振るのが警察の仕事じゃないのかって」

「たとえ微力でも誠意を尽くす。スタートラインはけっきょくそこだな」

呪縛《じゅばく》が解けたような思いで葛木は言った。二人の変人が口にする直球そのものの正義感によって、長年のあいだ身にまとわりついていた良くも悪くも警察らしい思考パターンがきれいに打ち砕かれた気分だった。傍らから池田が身を乗り出す。

「やりましょうよ、係長。お二人のおっしゃるとおりです。このままホトケを区役所に引き渡して荼毘に付してしまったら、私がやりましたとあとで誰かが名乗り出ても、物証がなくて立件もできない。そうなりゃ所轄の恥ですから」

所轄の恥——。いかにも池田らしい物言いだ。万年所轄を一枚看板にする男の意地が伝わってくる。単なる本庁への対抗意識ではない。桜田門にそびえ立つ白亜の楼閣から見下ろす世間ではなく、地べたからの視線で世間を眺める本物の刑事の気概と言うべきだ。

葛木も城東署に移って三年目。池田のようないい仲間に恵まれてなんとか人生を仕切り直せた。所轄刑事の魂はいま葛木の心にもしっかり住み着いている。葛木は室井に言った。

「遺体はうちの車で運びましょう。行き先はどちらですか」

弾むような調子で室井は応じた。

「東興大学医学部の法医学教室だ」

「だとすると、朝霞《あさか》市ですね。ご一緒願えますか」

「もちろんだ。法医学の研修を受けたのがそこで、言うなればおれの母校だよ」

俊史もさっそく立ち上がる。

「おれも行くよ。担当部署の人間が挨拶しないとまずいから」

そのとき葛木のポケットで携帯が鳴り出した。取り出して覗くと、大原からの着信だった。葛木ですと応答すると、大原は不安げな調子で訊いてきた。

「どうなんだ、そっちの様子は？」

ここまでの事情をざっと説明すると、大原は安心したような声で応じた。

「それはよかった。じつはついいましがた区役所から連絡が入ってな――」

葛木たちが出発してすぐ、大原は区役所に連絡を入れたらしい。担当者は引き取り手を探すために、とりあえず住民基本台帳や戸籍を当たってみたという。

「その結果を電話で知らせてくれたんだが、どうも困ったことになりそうだ」

「困ったことというと？」

「あの家に住んでいたのは、矢上幹男さんと妻の文代さんで間違いないんだが――」

「ほかになにか問題でも？」

「三年前の五月に愛知県の豊橋《とよはし》市に転出しているというんだよ」

「だったら二人はいまも生きていると?」

慌てて問い返すと、俊史たちがいっせいにこちらに目を向ける。戸惑いを滲ませて大原は続けた。

「戸籍はいまもこちらに残っている。除籍になっていないということは、いまも存命だということだ。あくまで戸籍の上での話だが」

「息子夫婦と同居するという話は?」

「まだそこまでは確認できていない。なんにせよ早急に調べる必要がある。転出先の住所はわかるから、豊橋市役所にはおれのほうで問い合わせをしておくよ。とにかくまずは親類縁者を探すことだ」

「見つかればDNA型鑑定で血縁関係の有無が確認できますね」

「万全とは言いがたいが、ある程度まではな。あとは周辺の歯医者を当たってみて、夫妻の診療記録が残っていないかだ。これも手の空いている人間を使って調べておく。どちらも八十を過ぎた老人だから、かかったとしても近場の歯医者だろう。いますぐ鑑識を入れたいところだが、上が殺しと見ていないから、令状を請求する事由がない」

ほの暗い迷路にさまよい込むような不安を覚えながら、葛木は自問するように問いかけた。

「もし矢上夫妻じゃなかったとしたら、あの死体はいったい――」

第三章

1

「やっぱり、ただのホトケじゃなかったようだな」

葛木の報告を受けて、室井はどうだという口振りだ。俊史は深刻な表情で身を乗り出す。

「本当に豊橋にいるかどうかの確認が先決だね」

「いま大原課長がやってくれている。ただ答えが簡単に得られるかどうか？」

悩ましい思いで葛木は言った。江東区に戸籍があり、除籍になっていない。つまり法律上は生きていることになる。さらに戸籍の附票にある現在の住所は豊橋になっていて、豊橋市の市民課に問い合わせてもたぶんそれ以上の情報は得られない。

「住民票があっても、本当に住んでいるかどうかは確認できないわけだ」

「住民基本台帳を調べるだけじゃ埒《らち》はあかないな。二人とも高齢者だから福祉関係の部署が接触している場合もある。地元の町内会や民生委員が事情を知っているかもしれないが――」

「そういう確認がきちっとできていれば、孤独死みたいな悲しい事件は起こらないわけだからね」

俊史は眉をひそめる。池田が口を挟む。

「こちらの捜査員が豊橋に足を運ぶしかないでしょう。愛知県警に捜査を依頼しても、この程度の事案じゃ店晒《たなざら》しにされるだけでしょうから」

池田は厭味《いやみ》で言っているわけではない。県警に頼んでも、殺人事件のような重大事案でもない限り、地元の所轄に丸投げされるだけだ。

所轄のほうは自分のところの事件で手いっぱいで、よその警察の捜査事案にかまけている暇はない。何ヵ月も放置するうちに、頼んだほうが諦めてしまうようなことがほとんどなのだ。

池田や葛木も日常業務ではそうせざるを得ないことが大半で、忸怩《じくじ》たるところはあるものの、人手不足という壁はいかんともしがたい。そんな事情は俊史もわかっているようで、頷《うなず》きながら葛木に目を向ける。

「池田さんが言うとおり、じかに動いたほうが早いかもしれないね。とりあえず矢上夫妻の現住所に行ってみて、実際にそこに居住しているか、いないとしたら近隣の住民がなにか知らないか訊いてみる。夫妻がそこにいれば、あの死体は別人のもので、事件の可能性が高くなる。住民票があっても居住の事実がなければ、死体は矢上夫妻と考えることができる」

「近親者も探したほうがいいな。ＤＮＡ型鑑定や歯型の照合が必要になるかもしれん」

室井が付け加える。本庁側の人間は簡単に考えがちだが、それだけのことを調べるには当然何日かを要する。そのために捜査員を出張させる経費に、所轄の中間管理職としてはつい考えが及んでしまう。

「夫妻がいてもいなくても、あの死体にはいわくがありそうですね。私が動いてみましょうか」

池田はさっそく手を上げる。決して暇ではないはずだが、刑事も機械ではないから仕事のうえでの好き嫌いは当然ある。それもいい仕事をするためのモチベーションになるなら、一概にわがままと片付けるわけにはいかない。

「池田さんが動いてくれれば頼もしいね。本来ならうちの捜査員がやるべきなんだけど、まだ公式に立件されていない事案で、じかに着手するのは手続き上問題があるんだよ」

「倉田庶務担当管理官とは別のラインだと言ってたんじゃないのか」

葛木が問いかけると、困惑ぎみに俊史は応じた。

「さっきも言ったように、殺人事件として認知できれば未解決事案に準じるかたちで特命捜査対策室が担当できるんだけど、現状はまだそこまでいっていない。そのへんでいろいろ限界があってね」

室井がいるところでは言いにくいようだが、倉田の判断との兼ね合いもあるわけで、理事官もまだ腰が退けているのだろう。ラインが別といっても特命捜査対策室は捜査一課の一部署で、捜査一課長の指揮下にある以上、その懐刀の庶務担当管理官の意向はないがしろにできない。表だって動き出せば倉田の顔を潰すことになる。

まずは殺人事件として認知できるかどうかがポイントで、倉田も認めざるを得ないところまでもっていけば特命捜査対策室の担当事案として着手できるから、そこまでは所轄で動いて欲しい——。そんな暗黙の要請を葛木は俊史の煮え切らない態度から読みとった。

「警部補。まだお若いが息子さんは大したもんだよ。刑事捜査に立派な信念を持っている。ベルトコンベアの工場みたいに効率の観点だけで事件の軽重をつけたがる連中とはひと味もふた味も違うよ。そういう人が増えてくれれば、殺人捜査の現場も活気づくんだが」

俊史に視線を向けながら室井は言う。その言葉には倉田への皮肉が露骨だが、俊史は気に懸けている様子もない。

室井が言っていることはたしかに正論だ。倉田だってそれがわからないわけではないだろう。しかし限られたマンパワーをやりくりして最大限の捜査効率を追求する庶務担当管理官の立場からすれば、そこまで言われるのは心外なはずだ。

　葛木は倉田とは直接付き合ったことはないが、ノンキャリアとしては異例のスピードで昇進し、切れ者としての評判も高かった。自分より年下でそこまでのし上がった点から見れば実力者には違いない。しかし一方で官僚的な体質が目に余ると嫌う者もいる。室井もそんな一人であるのは間違いない。

　ほかの叩き上げの警視クラスと比べると、とくに大きな事件を解決した実績がなく、どちらかといえば官僚としての実務処理能力が評価されての抜擢とみられているが、事件捜査における職人技に敬意を払いがちな一般の刑事にすれば、現場に弱い出世の虫という印象は否めないだろう。

「そのあたりは、帰って課長の大原と相談してみます。うちの管轄で出た死体ですから、必要な捜査を行うのはやぶさかではないでしょう。まずは遺体を運びましょうか」

　とりあえず大原に下駄を預けて葛木は促した。なにより問題なのが自然死か他殺かの判断で、矢上夫妻の所在がどうであれ、他殺の可能性がないという確定的な判断が出てしまえば、そこから先は警察は動きようがない。

　もし矢上夫妻が生きていて、あの死体が二人とは別のものでも、あるいは夫妻の行方が判明せず、あの死体が二人のものである可能性が高まったとしても、それはあくまで民事レベルの問題で、警察が捜査対象にすることはない。

2

ここまでの状況を説明するために、葛木は俊史の公用車に同乗し、朝霞にある東興大学医学部へ向かった。法医学教室に運び込まれた死体の検案は、室井が懇意にしている法医学の教授の手で行われた。

どちらの死体も推定年齢は七十歳以上とされ、ベッドに寝ていたほうが女性、浴槽にいたほうが男性という結果は監察医務院での検案と矛盾しなかった。

教授が出した結論は、断定はできないが他殺の可能性を排除できないというもので、葛木にすれば厄介な答えだが、室井は辛うじて面子《メンツ》が保てたようだった。

教授はこのあと骨組織に沈着した砒素や鉛成分の有無などを調べてみるという。今後さらにDNA型鑑定や歯型の照合が行われる可能性があるので、そのまま法医学教室で預かってもらうことにした。キャンパスの駐車場へ向かいながら、室井はさっそく訊いてくる。

「葛木警部補、現場の保存はどうなっているかね」

「そのままだと思います。発見当初に事件性が認められなかったため、鑑識は入れていませんから」

葛木の声に満足したように頷いて、こんどは傍らを歩いている俊史に問いかける。

「どうだろうね、管理官。ここは特例ということで、なんとか鑑識を入れられないだろうか」

すでに頭のなかは指揮官モードのようで、これだから現場の刑事に煙たがられるのだろうが、変人が結集してしまった感があるこの場の雰囲気では、とりたてて違和感を感じないから不思議なものだ。俊史も気にかける様子はない。

「事件性を認知するに至った疎明《そめい》資料があれば令状は出るでしょう。先ほどの教授の検案結果だけでも請求はできますが、立ち会い人なしの家宅捜索となると、あとで親族が出てきた場合にややこしくなりますので、豊橋の調べを先に済ませたほうがいいのでは？」

俊史の慎重な対応に葛木はほっとした。初動捜査に緊急を要する殺人事件ならともかく、事件性の有無が不明確な白骨死体では、やはり親族の同意は得ておくべき手順だろう。若宮が心配していたように、事件性なしの結論で落着したとき、知られずに済んだ夫妻のプライバシーまであばかれて終わることになる。それでは死者も浮かばれない。

「それはそうだ。まだ絶対とまでは言えないからね。だとしたら現場の保存が重要だ。空巣や不法侵入者には、所轄に目配りしてもらうしかないな」

室井はあっさり引いた。彼としても俊史はいまや命綱で、機嫌を損ねたくない程度の配慮はあるだろう。そう話を振られれば葛木も応じるしかない。

「現場周辺を重点的に警邏《けいら》するよう地域課に連絡しておきます」

「そうしてもらえると助かるよ。私も夫婦二人暮らしでね。先々を思えば複雑な気分だよ。できれば殺しなどという殺伐《さつばつ》な話にならないほうが気持ちの落ち着きはいいんだが――」

そんな穏やかな言葉とは裏腹に、室井の目には獲物を見つけた虎のような鋭い光が宿っている。

「豊橋へは私が出かけますよ。若宮を連れて――」

池田が張り切って言う。若宮は慌てて逃げを打つ。

「あの、僕は仕事が溜まってまして。課長から書類仕事をいくつも頼まれているんですよ」

「そんなの急ぎじゃないだろう。おれから一こと言ってやるよ。刑事ってのは現場で鍛えられるもんだ。書類ばかりいじってたら、いつまで経ってもホシを追う勘は養えない」

池田は有無を言わさない。水と油くらい性格が違うと思っていたのに、どうも池田は若宮が気に入っているらしい。若宮のほうはいかにも迷惑顔だ。

「池田さんには山井《やまい》さんというパートナーがいるじゃないですか」

「あいつはもう独り立ちだ。そろそろ教育しがいのある新しい相棒を見つけなきゃと思っていたんだよ」

「係長、なんとか言ってくださいよ」

若宮は泣きついてくる。いじめになるようでもまずいが、池田は見かけによらずデリケートで心根は優しい。教育係としてはうってつけかもしれないと思い至った。親離れできない子供のように、いつまでも若宮をそばに置いてはおけない。葛木は言った。

「それじゃ池田に任そう。いい先生につけたとのちのち感謝することになるぞ、若宮」

「おう、よろしくな。まずはこの一件でいい仕事をしてみせようじゃないか」

池田は若宮の背中をどやしつける。若宮はしょげかえる。これだけ遠慮なしに嫌気を見せる新人も珍しいが、そんな池田との好対照がむしろ微笑ましい。今後の教育の成果に期待することにして、葛木は俊史に言った。

「帰ったら大原課長と話し合って、いい按配《あんばい》に調整するよ。鳴り物入りで帳場が立つより、このくらいの初動のほうが所轄の持ち味が生かせる」

「そうしてもらえるとありがたい。大きな事件になりそうなら、うちのほうから人が出せるから」

「そうなったらそうなったで厄介そうな事件だな。普通の未解決事案なら事件当時の証言や物証が残っているが、この場合は死後だいぶ時間が経ってからの捜査開始で、物証も少ないだろうし、人の記憶も風化している」

「しかし警部補。死体というのは殺しの被害者が唯一残せるメッセージだ。それをないがしろにしちゃいかんという思いでおれは検視官になった。刑事でもできれば見たくない死体の専門家に好きこのんでなるんだから最初は変人扱いされたが、おれはまったく後悔していない。悪い評判もいろいろ耳に入っているだろうが、すべてはそんな思いでやっていることだ。多少の勇み足は大目に見て、なんとか力を貸してくれよ」

しみじみとした調子で室井は訴えかける。そんな言葉を聞けば、つい一肌脱ごうかという気にもなってくる。気合いを入れて葛木は応じた。

「承知しました。できるだけのことはさせてもらいます。息子もやる気のようですから、親父がここで逃げ腰になるわけにはいきません」

3

警視庁へ戻る俊史たちと別れて城東署に帰ってくると、大原が刑事部屋で待ちかねていた。

「どうなんだ。室井さんの調子は？」

東興大での検案の結果は車中からの電話でもう伝えてある。いちばんの気がかりは室井の動向のようだった。

「意欲的ではありますが、ちゃんと周りにも目配りしてくれていますよ。無理難題を押しつけられることはないでしょう」

「まあ、こちらとしても白黒は早くつけたいから、池田が豊橋に飛ぶのはいい考えだ」

大原は割り切ったように言う。当面帳場が立つ心配はなさそうだとわかって一安心という顔だ。葛木は訊いた。

「豊橋の住民票の関係は調べがつきましたか」

「それなんだが――」

大原がデスクの引き出しから取り出したのは、ファックスされてきた住民票の写しのようだった。

「息子夫婦と同居するという話だったが、じつはそうではなかったらしい」

受けとってざっと眺めると、住所は愛知県豊橋市だが、世帯主は矢上幹男で、生計をともにしているのは妻の文代だけだった。しかし同じ家で起居していても生計が別なら別世帯となるから、これだけではなんとも言えない。そこは大原もわかっているようで、さらにもう一枚のファックス用紙を取り出した。

「こっちが息子夫婦の除籍の全部事項証明書だよ」

除籍――。葛木は当惑しながらそれを受けとった。つまり息子の戸籍はなにかの理由で抹消され、除籍として保存されていることになる。

所在地は江東区内の矢上夫妻の戸籍と同じで、息子の矢上昭正《あきまさ》は四年前の平成二十年に死亡している。その後、妻は旧姓で新戸籍をつくり、一人息子もそこに転籍したため、その時点で昭正を筆頭者とする戸籍は除籍になっている。大原は続けた。

「附票によると死亡時の住所は豊橋市で、夫妻が転出した住所と同じだった」

「つまり息子が死んだ翌年に生前の居住地へ転出した——。息子と同居するというのはそういう意味だったわけですか」

「そうかもしれないし、なにかの事情で嘘をついたのかもしれない。町内会長も近隣の住民も息子が死んだことは知らなかったようだから」

「兄弟姉妹は？」

「一人っ子だった」

「息子夫婦が豊橋で暮らすようになったのはいつからですか」

「転入したのは二十一年前の平成三年で、それ以前の住所は横浜市だった」

「矢上夫妻はいつからあの住所に？」

「昭和四十四年からだ。いまから四十三年前だな」

「夫妻の所在は？」

「確認できない。電話会社で調べてもらったんだが、豊橋市内にはその名義の電話番号は存在しない。福祉関係や年金関係の部署にも当たってみようと思ったんだが、時間切れで先方は店仕舞いしちまった」

大原は残念そうだが、葛木たちが出かけているあいだにそれだけ調べ上げた手腕は大したもので、だてに長年刑事で飯を食ってきたわけではないことの証左というべきだ。とはいえ遠隔地の事情を電話やファックスだけで調べようとしても限界がある。豊橋なら新幹線で二時間ほどだ。

「やはり出かけてみるしかないんじゃないですか」

葛木が言うと、大原も頷いた。

「ああ。もし二人が生きていたとしても、ややこしい背後関係があるのは間違いなさそうだ。池田が行ってくれるんなら安心して任せられる」

池田は見た目はいかついが、人の警戒心を解きほぐす天賦《てんぶ》の才があり、聞き込みをさせたら署内で並ぶ者がいない。若宮も学ぶところは大きいだろう。

「任せてくださいよ。高い電車賃やビジネスホテル代を使って、手ぶらじゃ帰ってきませんから」

「何泊する予定なんだ」

出張費の話になると、大原はとたんに渋い顔だ。

「そこは成り行きですけど、事情がややこしいようなら二日、三日は必要でしょう」

「もう少し短くならんか」

「聞き込みには焦りが禁物です。どれだけ長話できるかが勝負ですから。せいぜい安いホテルを見繕《みつくろ》いますのでご心配にはおよびません」

聞き込みのエキスパートにそう言われては、大原もそれ以上は突っ込めない。

「いつから行けるんだ」

「あすからでも出かけられます。相棒に若宮を借りていきます」

「あ、あの、課長から頼まれている仕事がありますよね」

すがるような目を向けて、若宮は大原に問いかける。

「あんな仕事はいつでもかまわんよ。いい先輩に可愛がってもらえて幸せだな、若宮」

若宮の心中を知ってか知らずか、いかにも嬉しそうに大原は笑った。

4

池田と若宮は、翌日直行で豊橋に向かった。報告すると俊史は期待を滲ませた。

「池田さんなら耳寄りな話を聞き出してくるよ。前回の帳場じゃあの人の聞き込みが決め手になったんだしね」

ピンチヒッターで担当することになった連続殺人事件の特別捜査本部で、俊史も池田とはすでに馴染みになっていて、その手腕を大いに認めている。

「しかし耳寄りな話が聞けたとしても、すっきり答えの出る問題じゃないからな」

重い気分で葛木は言った。矢上夫妻の息子が死んでいた話は、きのうのうちに伝えてある。俊史はため息を一つ吐いた。

「夫妻が元気でいたら、あの死体は誰だということになるし、行方不明なら、矢上夫妻だという可能性が高まるけど——」

「一人息子はもういない。DNA型の照合はできないし。歯型の照合も難しい」

江東区内の歯医者はきのうのうちにすべて確認したが、夫妻のどちらの記録も残っていなかった。カルテの保存期間は五年で、それ以前に治療を受けていた可能性はあっても、入手する道はすでに断たれている。

豊橋に夫妻がいなかった場合、現地の歯医者を総当たりしてみると池田は言っているが、それは一時的にでも夫妻が豊橋に住んでいたことが前提で、近隣の人々が引っ越したと思った三年前に、すでに自宅で死亡していたとしたら無駄手間でしかない。

「きのうはつい盛り上がっちゃったけど、落ち着いて考えるとひどく難しい事件だね。初めから迷宮入りが約束されているような気がしてきたよ」

俊史は珍しく弱音を吐く。そのあたりは葛木も同感だが、二人で悲観論を並べ立てても始まらない。気合いを入れるように葛木は言った。

「どんな事件もとっかかりはそういうもんだよ。悪あがきしているうちになにかが見えてくる。動きもしないで考え込んでいても、事件は自分から解決しちゃくれないからな」

「それはそうだけど、なんだか後味の悪い事件になりそうな気がしてね」

「そうだとしても、動き出してしまった以上は簡単に手仕舞いできないぞ」

「夫妻が生きているとしたら、二人が、あるいはそのどちらかが犯人の可能性はあると思う？」

唐突に訊かれて戸惑った。葛木のなかでもそんな考えが首をもたげていた。もし二人が存命だとしたら、いちばん疑わしいと考えるのがむしろ自然といえるだろう。しかし当時八十五歳の夫と八十一歳の妻。しかも妻のほうは寝たきりだ。そういう二人に人を殺すような力業《ちからわざ》ができただろうかという疑問がそんな考えを退けていた。

きょうの朝、葛木は直行で町内会長の家に立ち寄って、矢上夫妻の話を聞いてきた。それによると、二人の近隣との関係は円満で、妻が元気だったころは夫は町内会の役員を務めたこともあり、住民のあいだで人望もあったという。

夫は定年前は大手貿易会社の部長で、そういう人間は退職したあと地元に溶け込めないことが多いらしいが、彼はサラリーマンのころからも地域活動に熱心だったらしい。

ところが妻が病に倒れてからは近所との付き合いが疎遠になった。妻の病名もはっきり言わない。理由はわからないが、他人のために尽くすのが好きな人間には、得てして自分が困ったときに、同情されることを潔《いさぎよ》しとしないというのが町内会長の見解だった。

息子は二十代後半まで両親と同居していたが、その後結婚し、横浜で暮らしていると町内会長は聞いていた。ところが実家に夫婦で遊びに来ていたのは結婚後数年のあいだだけで、その後はさっぱり姿を見せなくなったという。さりげなく様子を訊くと、夫妻が慌てたように話を逸らすので、言いたくない事情でもあるのだろうと、近所の人間はその話題には触れないようにしていたらしい。そんな話を聞かせると、俊史は言った。

「息子さんとの関係や、奥さんが倒れてからの引きこもりの話はいかにも謎めいているんだけど、全体としては殺人のような凶悪犯罪とは縁がない印象だね。親父も現場を見たとき、犯罪を想起させる気配が感じられなかったような話をしていたじゃない」

「だからといって、根拠のある話じゃないけどな」

「しかしそういう匂いというのも、刑事捜査じゃ無視してはいけない点なんだろ」

「先入観になってしまってはまずいが、現場が醸《かも》し出す雰囲気というのは、最後にたどり着く答えとあまり矛盾しないことが多い」

「だったらあの死体は、やはり殺されたものじゃないということか」

「室井さんの見立てが外れることになるがな」

そうなったとき、室井が素直に負けを認めるかどうかも心配の種だった。俊史もそれを危惧するように言う。

「きのうの検案は、はっきり言えば問題を複雑にしただけだね」

「殺しなら殺し、自然死なら自然死と、どちらかに決めてくれればよかったんだがな。白骨死体というのはそもそもそういうもので、ほかの状況証拠とセットで他殺と認定されるケースが大半なんだよ」

「今回はそっちのほうもずいぶん複雑になりそうだね」

俊史は思い悩む口調だ。池田は張り切って出かけたが、彼が集めてくる事実もまた問題を複雑化するだけのものかもしれない。

「なにか知っているとしたら亡くなった息子さんの奥さんか。探す手立てはないの？」

「分籍したあとの住民票の所在地が群馬県の高崎市だったことまではわかったが、いまも住んでいるかどうかは確認していない。こちらもやることがいっぱいあって、なかなか手が回らなくてね」

「わかるよ。やっかいな仕事を押しつけて申しわけない」

「本来はおまえの部署でやるべき仕事なんだが、桜田門がいかに融通の利かない役所か、所轄の目線で見るとよくわかるよ」

俊史が悪いわけではないが、つい厭味《いやみ》が口に出る。現場の縄張り争いに管理官が気を遣うようでは困ったものだ。

世間ではキャリアの悪弊とよく言われるが、現場での縄張り争いはむしろノンキャリアに色濃く見られる習性だ。ノンキャリアの場合、総定員数に対して警視以上のポストが圧倒的に少ない。だからはなからそこまでの出世は望まない者が大半で、葛木もその部類に属するが、なかには熾烈《しれつ》な競争を勝ち抜いて、警視はおろかノンキャリアの出世の頂点の警視長の椅子を狙う者もいる。

一度入庁してしまえばエスカレーター式の出世コースが用意されている警察庁採用のキャリアとはそのあたりの執念が違う。とくに警視クラスにその傾向が強く、出世街道驀進《ばくしん》中の倉田庶務担当管理官はその典型とみられてもしかたがないだろう。

かたや室井検視官は同じ警視でも定年が目と鼻の先で、これ以上の出世を望んでいるとは思えないが、そういう官僚型ノンキャリアの専横にはやっかみ半分とは言いがたい思いがあるはずだ。一課内部での影響力から言えばもちろん倉田が圧倒的に上で、室井の奮闘などごまめの歯軋《はぎし》りに過ぎないともいえそうだが、そんな室井に肩入れしたくなるのが俊史の変人たるゆえんでもある。

葛木も意気に感ずるところがなきにしもあらずで、できれば室井に勝たせてやりたいが、正式に立件されてもいない事案にどこまでかまけていられるかはわからない。

「他殺か自然死かは別として、室井さんが言っていることは正しいと思うんだよ」

俊史は思い詰めたような口振りだ。迷うことなく葛木は応じた。

「おれもそうだよ。きのう謦咳《けいがい》に接してそんな思いを強くした」

「だから妥協してもらう気にはならなくてね。勝っても負けても彼がここで自説を貫くことは、警察にとっていいものをもたらすと思うから」

「その気になればおまえは門前払いができたわけだからな」

「ぶっちゃけたことを言えばね」

「いい選択だったと思うよ」

心強いものを感じながら葛木は言った。警察が捜査効率や検挙率のアップばかりを狙って間尺に合わない犯罪を見逃すようになったら、利潤の追求を第一義とする営利企業と変わりない。犯罪を取捨選択する権利が警察にあるという考えは思い上がりも甚だしい。

室井のスタンスがまさにその対極だと言える。自分よりはるか年配の、酸いも甘いも嚙み分けているベテランが口にした青臭いとさえいえる正論は、葛木にとっていい意味でのショックだった。照れたような顔で俊史は応じる。

「やれるのはおれだけだったからね。ほかの管理官は室井さんの名前を聞いただけで逃げ腰になった。でもおれは貧乏籤《くじ》を引いたとは思っていないよ」

「そうだな。結果はどうあれ、ああいう人と付き合えるのは幸せだと考えるべきだな。おまえのこれからの警察官人生にとって、決して無駄な経験じゃないだろう」

5

池田から連絡が入ったのは、その日の午前十時過ぎだった。

「住民票にあった所番地には新築のマンションが建っていました」

「新築のマンション？」

葛木が問い返すと、池田は困惑を露わにする。

「豊橋市曙町高松一八二の三――。住民票の記載はそれで間違いないんですが、そこにあるのは五階建ての真新しいマンションで、表札をすべて確認しましたが、矢上という名前はありません」

「建ったのはいつごろなんだ」

「近所の人の話によると、去年の暮れだそうです」

「矢上夫妻のことは？」

「知らないそうです。そこは賃貸マンションで、住人は近隣との交流がほとんどないようです。町内会にも加入せず、どういう人間が住んでいるのかわからないという話でした」

「その住宅が建つまえは？」

「ある会社の社宅が建っていたそうです。三年前に更地にして売りに出していたようです。それを地元の不動産屋が買いとってマンションを新築したとのことで」

「どういう会社の社宅だった？」

「総和電子工業という会社です」

「聞いたことがあるな」

「一部上場の大手じゃないですか。うちの車のカーナビがそこの製品ですから」

「ああ、ときどき新聞の経済欄で見かける名前だ」

「本社は東京ですが、豊橋にも工場があるようです」

「しかし、夫妻がそこに住んでいないとしたら、どうして住民票があるんだ」

葛木は首を傾げた。住民基本台帳法には職権消除という規定がある。住民からの申し出があったときや税金や健康保険関係の転送不要扱いの郵便物が不達になる場合、役所が近隣住民からの聞きとりなど居住実態の調査を行い、住んでいないことが判明したときは職権で住民登録を抹消できる仕組みだ。浮かない調子で池田は答える。

「市役所へ出向いて訊いてみるしかありませんがね。課長にフダ（身上調査照会書）は書いてもらいましたから、ある程度の協力は得られるでしょう。役所の怠慢ということもあるでしょうし――」

たしかに捜査していて住民票の住所と実際の居住地が異なることは珍しくなく、転入して三年程度なら放置されていても不思議ではない。あるいは表札は出していないが、マンションの住人の誰かと同居している可能性もある。鼻を鳴らして池田は続ける。

「役所で埒があかなきゃマンションの管理会社へ出向いてみます。それでだめならマンション住人を総当たりするしかありません」

「それだけでも大仕事だな」

「なに、それほど大きなマンションじゃありません。総戸数が五十くらいですから」

池田はこともなげに言う。ふと思い当たって葛木は問いかけた。

「矢上夫妻の息子は、その会社に勤めていたんじゃないのか」

「私もそれを考えていたんですよ。生前この場所に住民票があったのは間違いないんですから。そこが社宅だったとすればそう考えざるを得ない」

「本社が東京ならこっちで調べるほうが早い。その関係なら生前の彼を知る上司や同僚もいるだろうし、死亡の原因や当時の生活の状況も聞けるかもしれん。じつは——」

けさ町内会長から聞いてきた話を教えてやると、重いため息とともに池田は言った。

「息子の死と夫妻の転出のあいだに、深い関係があるのは間違いなさそうですね」

「夫妻が豊橋に居住した事実がないとしたら、あの遺体はやはり夫妻だという可能性が高まる。事件としてはそちらのほうが落ち着きがいいんだが」

葛木がつい漏らした本音に、池田は鋭く反応する。

「転入も転籍もかたちだけだったのかもしれませんね。転出届けは郵送でできるし、転入届けは代理人を使える、夫妻とは別の人間が勝手にやることも可能でしょう」

「あり得なくはない。しかし他殺であると自然死であるとに拘《かか》わらず、そんなことをした動機がわからない」

「もし殺しだとしたら、ちゃんと死体を始末するのが筋ですからね。そうしておけば近所の住民には息子の家で同居していることにしておける。転出先では、居住の実態がないことがそのうち発覚して住民票が消除されますから」

「住民票の除票も戸籍の附票も保存期間は五年だから、そのあとは夫妻は完璧な行方不明者になるわけだ」

「死体さえ始末していれば、そんなふうに話の辻褄《つじつま》は合うんですよ。もちろんその場合は事件の認知すらされないわけで、辻褄が合う合わない以前の問題ですがね」

「まあ、それはあくまで死体が他殺体だと仮定してのことだ。そこがはっきりしないから、なんともやりにくい」

「自然死という結論で落ち着くんなら、いま私がやってることも意味のない仕事になりますからね。実態の伴わない転出と転入なんて警察が扱う事件じゃないし、二人とも死んでしまった以上、住民票は消除され、戸籍は除籍になって終わりです」

池田は慨嘆する。宥《なだ》めるように葛木は言った。

「まだ答えは出ていない。その場所にあった社宅に息子夫婦が住んでいたとしたら、そちらのほうを近所の人が知っているかもしれない」

「それも当たってみるつもりですが、矢上という名字はそんなにありふれてはいません。まだ話を聞いたのは四、五軒ですが、名字が夫妻と同じですから、思い当たるところがあってもよさそうなもんでしょう」

「矢上という名字そのものに、思い当たるものがないというんだな」

「そうです。社宅というのも地元の人との交流はあまりないでしょうから、知らなかっただけとも考えられますが」

「そうなると、息子さんの奥さんが決め手になるかもしれないな」

葛木が言うと、打てば響くように池田は応じた。

「子供がいるんでしょう。協力してもらえればそちらとのDNA型の照合ができる」

「そうなんだ。孫となると精度は落ちるが、それでも証拠能力は高い。あの死体が間違いなく矢上夫妻のものだと決着がつけば、多すぎる謎の一つは解決する」

「違うとなったら、いよいよ迷宮入り必至の難事件ですがね」

池田は言い添えるのを忘れない。そうだとしても、いまはわけのわからない点が多すぎる。きょうまでの刑事稼業でも、これほど落ち着きの悪い状況に置かれたのは初めてだ。

「そこはおれのほうで動いてみるよ。町内会長から聞いた話から考えると、素直に協力してもらえるかどうか微妙ではあるんだが」

「嫁と舅《しゅうと》の関係は、必ずしも円満というわけじゃないですからね」

池田は言う。DNA型のサンプルとなる血液などの採取には鑑定処分許可状が必要だ。しかしまだ犯罪として立件されていないこのケースで、裁判所が発付してくれるはずもなく、あくまで任意の提供を依頼するしかない。しかし池田の言う嫁舅の問題を別にしても、個人にとって究極のプライバシーともいえるDNA型のサンプルを喜んで提供しようという者は少ないだろう。

「会社の件と奥さんの件はよろしくお願いします。その結果によってはさらに仕事が増えそうですから、長引くかもしれないと課長に言っておいてください」

「ああ、この際、財布の紐を少し緩めてもらうしかないだろう」

「なに、ここんとこ大きな事件がなかったんで、へそくりがけっこうあるはずです。そんなの使っちまったほうがいいんですよ。上の連中に見つかったら、裏金として吸い上げられかねませんから」

息子の俊史に押しつけられた仕事で散財させるのは気が引けていたが、そんなふうに言ってもらうと気持ちが楽になる。葛木は問いかけた。

「若宮はどんな調子だ。多少は役に立っているか」

「けっこういけますよ。あのぬーぼーとしたところが町内のお婆ちゃんに妙に好かれるようなんです。案外聞き込みの才覚があるかもしれませんよ」

聞き込み名人の池田のお墨付きがもらえるようなら、今後に期待が持てる。

「よろしく鍛えてやってくれ。ただし帰って辞表を書かれるのも困るから、多少は手加減もしてな」

「任せてくださいよ。あんなのでもうちにとっては貴重な人材ですから、逃がすようなへまはしませんよ」

池田は豪快に笑った。

6

池田との話の内容を伝えると、大原は案の定、渋い表情で電卓を叩き出す。

「せいぜい延びても五日だな。それでどうなんだ、あんたの感触は？」

「調べれば調べるほどわからないところが出てくる。本音を言えば自然死で決着して欲しいところです。しかし不自然なことが余りに多い」

「そこだよな、問題は。しらばくれるんならいましかない。このまま突っ走ると泥沼に入り込みそうな気がしてな」

「すいません。息子が身勝手なことを始めてしまって」

「べつにあんたが謝る話じゃないよ。庶務担当管理官がどう判断したにせよ、死体が出たのはうちの縄張りで、これだけ不審な点が出てきたとなると、所轄としても無視はできない。白黒つかないうちは死体を引きとらないと区役所も言い出しているしな」

「たしかに戸籍の上で生きている死体じゃ、役所としては扱いに困るでしょう」

「他殺か自然死かはともかく、あの二体が矢上夫妻のものかどうかをはっきりさせて欲しいと言っている。それがわからないと戸籍や住民基本台帳の事務手続きができない。火葬許可も出せないわけだから、その理屈はわからないでもないんだが」

大原は思案投げ首の体《てい》だ。葛木は言った。

「死んだ息子さんの奥さんと連絡をとるしかないですね。とりあえず思いつく身元特定の手がかりはお孫さんとのDNA型鑑定だけですから。さっそく動いてみますよ」

「そうか。高崎だったな。それなら日帰りで行ってこられるな」

頭のなかで電卓を叩いているような顔で大原は言う。葛木は頷いて続けた。

「DNA型鑑定のこともありますが、うまく口を開いてくれれば、ご主人がなくなったときの事情やらが聞けるかもしれません。矢上夫妻が亡くなったのがその翌年だと仮定すると、なにか複雑な問題があったと考えたくもなりますので」

「豊橋への転出が意図的な偽装、もしくはなにかの事情で実態が伴わなかったのだとしたら、たしかに不可解な話ではあるからな」

「室井さんが他殺だと言った時点で、本庁とは関係なく、うちの鑑識を入れてしまえばよかったと後悔してるんですよ」

「たしかにタイミングを逸したな。しかしあのときは、まさか母屋が事件性を認知しないとは思わなかった。殺しの事案で本庁の鑑識より先に踏み込んだりしたら、あとでどんなお叱りを受けるかわからない」

「しかしやっていれば身元の特定に結びつくものがあったかもしれないし、殺しだったとしたら犯人が残した遺留物があったかもしれません」

「素人目にもはっきり殺しだとわかれば遠慮はしなかったんだが、室内の状況からはそれも感じられなかったし、近親者とは連絡がとれなかった」

「悔やんでも始まりませんけど、事件として認知されなかったから、いまとなってはフダがとれない。所有者が戸籍上は生きていて、その所在が不明ということですから、空き家と決めつけて勝手に踏み込むわけにはいかない。となると近親者の承諾を得て任意の捜査協力というかたちで鑑識を入れるしかないでしょう」

「その近親者の息子が死亡してしまって困っているわけだろう」

「お孫さんがいますよ」

「ああ、そうか」

大原は額をぽんと叩いた。あの家と土地は夫妻の所有だと聞いている。預貯金も含めて少なからぬ財産があるはずで、その相続人の息子は死亡しているから、代襲相続が発生し、いまは妻と暮らしている孫が相続権者になっている、その承諾を得て任意で鑑識と捜索を行えば法的な問題は生じない。

「歳はいくつでしたか」

「ちょっと待ってくれ」

大原はデスクの抽斗《ひきだし》からファイルフォルダーを取りだして、全部事項証明書のコピーを引き抜いた。

「平成四年生まれだから、今年で二十歳になるな」

「後見人の同意がなくても財産権の行使ができる年齢ですから、彼の承諾が得られればなんの障害もない」

「相続の問題が絡んでくる以上、死体の身元確認は孫にとっても重要だ。そのための捜査だと言ってやれば、嫌だとは言わないと思うがな」

大原も興味を隠さない。葛木は力強く頷いた。

「そこに大いに期待したいところです」

7

葛木は午後いちばんに、三田にある総和電子工業の本社を訪れた。

相棒には池田に袖にされてふて腐れていた山井清昭《きよあき》巡査を指名した。応対したのは総務部の杉田という、五十がらみの温厚そうな課長だった。

四年前に亡くなった社員の矢上昭正氏について伺いたいことがあると電話を入れたら、二つ返事で面談に応じた。通された応接室で名刺を交換し、さっそく葛木は切り出した。

「じつは矢上さんのご両親の自宅で白骨死体が発見されまして――」

現在に至るまでの経緯を差し障りのない範囲で説明すると、杉田は驚きを隠さない。

「つまりその二つの死体が、ご両親のものかどうかわからないということですね」

「当初は我々もそう信じて疑わなかったんですが、戸籍上は生きていると判明しまして」

「それで他殺の可能性もあると？」

「否定はできないという程度です。とにかく警察がある程度の見通しをつけないと諸般の手続きが進められないものでして」

「火葬もできないわけですな」

「いつまでもそんな中途半端な状態に置かれては死者だって浮かばれないでしょうし、もし殺人事件であれば、遅滞なく捜査に乗り出すのが警察の本務ですから」

「それで、私どもから聞きたいお話とはなんでしょう」

「三年前まで豊橋市曙町に所有されていた社宅のことでして」

「北辰ハイツですね。たしかに私どもの所有で、妻帯者向けの社宅として運用しておりました」

「矢上昭正さんは、亡くなるまでそこにお住まいだったわけですね」

「そうです。豊橋に弊社の工場がありまして、矢上はそこの資材管理部門のマネージャーでした。北辰には家族と一緒に暮らしておりました。その前は横浜工場勤務で、そちらの社宅にいたと聞いています」

「死因はなんだったんでしょうか」

訊くと杉田は眉を曇らせた。

「事故でした」

「工場での？」

「そうです。新しい製造ラインの建設中に起きた事故で、機械を搬入するためのクレーンが突風で倒れたんです。運悪くその近くで搬入された設備の点検をしていた矢上が下敷きになりまして――」

死者には申し訳ないが、殺人のような凶悪犯罪によるものではなかったことに安堵した。杉田は続けた。

「もちろん労災認定されましたし、会社としても規定の退職金のほかに特別慰労金を上乗せして支払いました。奥さんは息子さんをつれて社宅を引き払い、故郷の高崎へ戻られたようです」

「事故そのものは不幸でしたが、遺族との関係は円満だったと？」

「私どもはそう考えております」

杉田の職務とすれば、なんにせよ世間から突かれそうな材料を与えるのはまずいわけだろう。その真相がどうであれ、きょうの訪問の目的とは関係ない。葛木は話を進めた。

「ご両親と矢上さんのご関係でなにかお気づきのことは？」

「不仲だったとか、そういう類いのお話でしょうか」

杉田は顔をこわばらせた。会社の利害とは関係のない話だから、そこまでしゃちほこばらなくてもいいと思うが、一種の職業病というべきか、たとえ死んだ社員のことでも悪い噂が立つのは惧《おそ》れるようだ。

「息子さんは実家へはあまりお帰りにならなかったという話を、近所の方から伺ったものですから」

「そういう立ち入ったところまでは私どもも承知していないんです。葬儀には私も参列しましたが、たしかにご両親は出席しなかった。ただ無理もない話で、母親が病気で臥《ふ》せっていて、父親は介護のために家を空けられないという事情があったと聞いています」

そう言われれば葛木も納得せざるを得ない。病気で寝たきりの妻を置いて、父親一人が豊橋まで向かうのはたしかに無理というものだろう。

「ご両親や奥さんと会社のあいだで、その後なにかやりとりは？」

「奥さんには退職金の支払いや労災年金や厚生年金の支給に関係した連絡を何度かしたと思いますが、ご両親とはとくにお話をしたことはありません」

「だとしたら、その翌年に北辰ハイツが売却されたことを、ご両親も奥さんもご存じないんですね」

「はい、とくに知らせるような事項ではありませんし」

杉田は木で鼻を括ったように言う。それもあんまりだという気がして、葛木は穏やかに返した。

「奥さんや息子さんにとっては、ご主人と長年暮らした思い出深い場所だったんじゃないですか」

「そうかもしれませんが、社宅の売却というのは、会社にとってはあまりいい評判に繫《つな》がらない話でして」

杉田はハンカチを出して鼻の頭の汗を拭く。警察もなにかと癖のある職場だが、民間企業の宮仕えというのも、また別の事情でなにかと気苦労が多そうだ。

けっきょくめぼしい話は聞けそうにない。嘘を吐いているわけでもなにかを隠しているわけでもないようだ。

それでも死亡当時、矢上昭正が総和電子工業の社員で、死因は工場内での事故だという、戸籍や住民票からは得られない事実が判明したわけで、必ずしも無駄足ではなかったと自分を納得させてその場を辞した。

高崎の矢上昭正の元妻には、NTTで番号を調べてもらい、午前のうちに電話を入れてみたが、応答したのは留守番電話で、やむなくのちほどまた電話する旨のメッセージを残しておいた。一時間後にもう一度電話をしてみたが、やはり応答したのは留守電だった。

日中は勤めに出ているのかもしれない。あるいは怪しい電話には出ないことにしているのかもしれない。近ごろは振り込め詐欺の定番の一つだから、警察だと名乗って怪しまれるのもしかたがない。

田町駅に向かって歩いていると、ポケットで携帯が鳴った。池田からの着信だった。応答ボタンを押して耳に当てると、ほくほくした声が流れてくる。

「係長、面白い話が出てきましたよ。こっちの住民票はタッチの差だったようです」

「タッチの差？」

「市役所は職権消除の準備に入っていたそうなんですよ」

「非居住が確認されたわけだな」

「市役所からの転送不要の郵便物が不達になっていたので、今年に入って市が居住実態調査に乗り出したんだそうです」

「三年前には更地になっていたはずなのに、ずいぶん対応が遅かったな」

「忙しいのと、住民票の職権消除は当人の社会生活に甚大な影響を与えるからと言い訳していましたがね。役所も積極的にはやらないようです。そこまでの話を聞き出すだけでも手間を食いましたよ。やれ個人情報保護がどうのこうのという建前論ばっかりで」

「転入届けは本人が出したのか」

「そこまでは記録が残っていないそうです。転入の場合は郵送じゃできませんから、本人じゃなければ委任状を持った代理人ということになりますがね」

「寝たきりの奥さんを置いたまま、ご主人が豊橋に出向いたとは考えられないな」

「息子さんはすでに死んでいた。となると誰か第三者が関与したと考えざるを得ませんね」

「怪しいのは隣人が目撃したという、車で訪れた中年の男女だな」

「もし他殺だとしたら、犯行はその晩に行われたとみていいですね」

「そうなるな。いずれにせよ、矢上夫妻の転入が実態を伴ったものじゃなかったことははっきりしたわけだ。どうする。帰ってくるか」

「そういうわけにもいかないでしょう。息子さんの関係も聞き込みをしたほうがよさそうだし」

「そっちのほうはちょうどいま、勤め先の本社で話を聞いてきたところだよ――」

その話を聞かせてやると、池田はいかにも口惜しげだ。

「それじゃこっちの仕事がなくなっちゃうじゃないですか。大原課長の差し金ですか」

「たまたまそんな流れになっただけだ。だったらもう一調べしてもらうか」

「なんですか？」

「奥さんと息子さんだよ。近所の人が心当たりがなかったといっても、実際に生活していたわけだから、付き合いのあった人間はいるだろう。たとえば会社の同僚とか――」

「市内にはほかに社宅や寮があるんですか」

「三年前に福利厚生のやり方を大きく変えたそうなんだ。社宅と寮を廃止して売却し、その分を住宅手当の増額でカバーするようにしたらしい」

「じゃあ工場へ出かけてみるしかないですね。当時社宅に住んでいた人間もいるでしょうから、紹介してもらって話を聞いてみますよ。なにか怪しいところがあるんですか、その奥さんに？」

「そういうわけじゃないんだが、これから連絡をとって接触するつもりなんだ。できたら事前に頭に入れておける情報が欲しいと思ってな――」

午前中に大原と交わした話を聞かせると、池田は興味深げに声を落とした。

「なにかありそうだと感じてるんでしょう、係長。その元妻が矢上夫妻をめぐるややこしい状況にまったく関与していないとはやはり考えにくいですよ。孫に代襲相続の権利が生じているとすれば、重要な利害関係者になりますから」

「これから署に戻って課長にフダを書いてもらうよ。宿泊するホテルが決まったら教えてくれ。そこへファックスするから」

役所向けの身上調査照会書とは別に、民間企業から警察が情報を得る場合、捜査関係事項照会書という書面が必要になる。ここで言っているフダとはそちらのほうだ。池田は張り切って応じた。

「お願いします。当時その社員寮にいた従業員がいまも在職しているでしょうから、片っ端から話を聞いて回ります。課長には申し訳ないですが、出張は長引きそうですね」

第四章

1

翌日の午後遅く、葛木と山井は高崎に向かった。

矢上昭正の元妻、浜村静恵《はまむらしずえ》とは、きのうの夕刻ようやく連絡がついた。日中は市内の社会保険労務士事務所に勤めており、電話に出なかったのはそのためだった。

矢上夫妻宅で見つかった死体の件だと言うと、浜村は驚きを隠さなかった。区役所からすでに連絡が行っていると思っていたので、葛木はその反応が意外だった。

しかし考えてみれば区役所としてはあの死体が矢上夫妻のものだとはまだ確認がとれず、結論は警察の捜査待ちということにせざるを得ない。いまは戸籍が別になっている息子の元妻にあえて連絡すべき段階ではないと判断したのだろう。

死体の身元についての込み入った事情を説明すると、浜村は不安を隠せない様子で訊いてきた。

「警察はお二人が殺されたとお考えなんですか」

「白骨死体というのは死因の特定が難しいものでして。まだはっきりとした結論は出ていません。そちらのことも重要なんですが、まず確認したいのは、それが間違いなく矢上夫妻なのかということなんです。できればお会いしてお話を伺えればと思うんですが」

「あの、電話で済ますわけにはいかないんですか」

問い返す浜村の声にわずかに警戒の色を感じ、葛木は努めて穏やかに言った。

「じつはいろいろお願いしたいこともあるものですから。お会いしてきちんとご挨拶した上でお話しさせていただくべきだと思いまして」

息子のDNAサンプルを提供してもらう件もある。電話の話だけで断られて、はいそうですかと引き下がれるわけでもない。夫の矢上昭正が死亡した前後に矢上夫妻とどんな接触があったかもできれば機微にわたって訊きたいところだ。夫妻の孫に当たる彼女の息子に代襲相続権がある点もデリケートなところで、電話でのやりとりではそのあたりがどうしても事務的になる。

そんな事情をたぶん向こうも察してはいるのだろう。けっきょくそれほどの抵抗もなく、この日の面談を承諾した。自宅はとり散らかっているからという理由で、仕事を終えた午後六時に、JR高崎駅前の喫茶店で会いたいと浜村は希望した。見ず知らずの刑事に暮らし向きを覗《のぞ》かれたくないという理由もたぶんあるだろう。死別した夫の両親のことで煩《わずら》わしい思いをしたくないという気持ちもあるはずだ。いまはとりあえず会ってもらえるだけでも上等と言うしかない。

「いろいろプライベートな事情もあるでしょうからね。なんとなく気が重いですね」

東京発上越新幹線ときの車内で山井は浮かない顔で言う。事件を好き嫌いで選ぶわけにはいかないが、気乗りのしない事件というのはたしかにある。通り魔殺人や強盗殺人なら、犯人逮捕という一点に狙いを定めて一気に走ればいいだけだ。しかしその一方で、関係者の隠された事情に触れずに捜査を進められない事件もある。その結果として犯人でもない人々が、たまたま繋《つな》がりがあったというだけで心に傷を負うこともある。

今回の事案はそんな意味で厄介な部類に入るだろう。そもそも犯罪事実が存在しているかどうかさえ確定していない。そこを明らかにするために浜村静恵の心の襞《ひだ》にも分け入らざるを得ない。あるいはここまでの調べで、すでにその一端は明かされてしまったともいえるだろう。

「死因に事件性がないという答えが出れば厄介な仕事はしないで済むが、そこがいま一つはっきりしない。先行きが思いやられる事案だよ」

葛木はため息を吐いた。室井が主張するように、殺人の疑いがわずかでもあれば真相を究明するのが警察の本務だ。それを握り潰そうという気はもちろんない。しかし検視の結果がグレーであるということが、重い荷物としてのしかかる。
息子がDNAのサンプル提供に応じてくれれば、二つの死体が夫妻かどうかという基本的な事実は判明する。問題は死体が夫妻だった場合だ。他殺だという疑いが消滅しない限り、浜村親子への容疑は払拭《ふっしょく》できない。息子に代襲相続の権利があることを二人は知っていたはずで、それは殺害の動機になると考えるのが刑事捜査の常道だ。

もちろん葛木はそこまで疑ってはいない。そういう動機で殺害したのなら、三年間も死体が見つからない状態で放置した理由が説明できないし、なぜ豊橋に住民票を異動したのかも理解しにくい。死亡した日時が特定できない以上、その手続きが生前に行われたのか死後に行われたのかもわからない。

つまり犯人とみるには矛盾が多すぎる。山井もそれを感じているのだろう。夫の死から四年経ち、近隣住民の話からすれば、生前から両親との交流も薄かったものと思われる。そこには触れられたくない事情もあるはずだ。それでも捜査の手順として避けては通れない。刑事というのは因果な商売だとつくづく思う。

「なんにしても、わからない部分が多すぎますよ。じゃあほっとけばいいかというと、こんどは怪しい部分が多すぎる。殺された可能性はやはり高いんじゃないですか」

葛木の腹を探るように山井は訊いてくる。専門家の意見は分かれているが、室井が黙っていれば認知されずに終わった事案だ。倉田庶務担当管理官が事件性なしとした理由には、そこを解明できる可能性が低いという読みもあっただろう。

「だんだんその感触が強まってはきているな。だとしたら、事件の構図はそう単純なものじゃないかもしれない。少なくともこれから会う相手が、あっさり被疑者として浮上してくるような話じゃない」

「現場の状況からすると、押し込み強盗のような線は考えられませんからね」

「抵抗した様子もほとんどない。殺害されたとしたら、親しい人間の犯行と見るのが妥当なんだが」

「やはり浜村親子が怪しいということになりますか」

「そこまで言い切る根拠はないし、感触としてもしっくりこない」

「それは電話で話した感触ですか」

山井は葛木を質問攻めにする。池田はもう一本立ちだとお墨付きを与えていたが、ここのところ刑事としての成長を葛木も強く感じている。なにより研究熱心だ。刑事にとっては事件こそが教科書だと池田は口を酸っぱくして言っていたようで、もともと律儀な性格もあってか、こんな移動の時間でも無駄な話はほとんどしない。

「死体の話を聞いて驚いていたが、取り繕ったような印象はなかったな。どちらかというと冷めているようにさえ感じられたよ」

その印象を冷酷さや憎悪によるものとは感じなかった。すでに過去のものとなった義父母への、ごく自然な距離感だと葛木は受けとめた。山井は問いかける。

「犯人だったら、もっと芝居臭くなるということですか」

「一概には言えないが、なにかを隠したがっている人間は言動が大袈裟《おおげさ》になりがちだ」

「彼女の場合だったら、愁嘆場を演じるのが自然だと普通は考えるでしょうね」

「そうなんだ。夫が死んで義理の親子ではなくなった。奥さんの病気という事情があったにしても、向こうは葬儀に参列もしなかった。町内会長の話だと、結婚後しばらくしてからは付き合いも疎遠になっていたらしい」

「矢上夫妻も、息子が死んだことを近所の人には黙っていた――」

「それが自然かどうかはわからないが、親子や嫁舅《しゅうと》の関係も、すべて円満というわけじゃない」

「うまくいっていないほうが多いくらいじゃないですか。家族がらみの殺人事件は、いまどき珍しくもありませんから」

「しかしそういう背景があったとしても、殺人の疑いから逃れようとしたら、いい関係を装うのが普通の犯罪者の心理だろう」

「私が犯人ならそうします。私自身は別に親子の関係がまずいわけじゃないんですが」

山井は率直に言う。犯人になってみるという想像力の働かせ方は刑事にとって重要だが、意外にそれができそうでできない。正義感が強すぎる刑事は、自分は犯罪者とは別の種類の人間だと考えがちで、犯人への過剰な怒りがそうした想像力を曇らせる。

「遺産目当ての殺人なら、なおさらそんな考えに走るだろうな。犯行が発覚すれば相続権がなくなるわけだから、なんのために殺したのかわからなくなる」

「そういう意味では、普通に怪しすぎますよね」

「普通に怪しいか。うまい言い方をするもんだな」

葛木が感心すると、山井は屈託なく笑って言った。

「池田さんの受け売りですよ。気をつけろってよく言われました」

2

そのときポケットで携帯が鳴った。取り出してディスプレイを覗き、葛木は立ち上がった。

「さっそくその池田からだよ。ちょっと行ってくる」

新幹線の携帯マナーを律儀に守り、デッキに出て通話ボタンを押した。

「いま新幹線のなかですか？」

池田は弾んだ声で訊いてくる。葛木は期待を隠さず問いかけた。

「耳寄りなネタでも拾ったのか」

「耳寄りかどうかわかりませんが、矢上夫妻の息子さんと同じ社宅で暮らしていたという同僚の話が聞けました」

「親しかったのか、その人は？」

「矢上さんとは趣味が一緒で、家族ぐるみの付き合いをしていたようです」

「息子さん夫婦になにか変わったところでも？」

「私もそういう先入観で訊いてみたんですがね、そのへんは裏切られたようでして」

「というと？」

「どちらも山歩きが趣味で、よく家族連れで山に登ったそうなんです。豊橋は海っぱたの町ですが、南アルプスや中央アルプスに近くて、山好きには便利な立地なんだそうです」

「夫妻の人柄は？」

「ご主人は気さくで温和な性格で、職場では部下や同僚からも人望が厚かったようです。いわゆるやり手じゃなかったけど、包容力があるっていうんですかね。上には気配りができて、下には面倒見がよくて、出世には関心のないタイプだったから、そのぶん敵も少なかった」

「想像していた印象とは違うようだな」

「町内会長の話だと、実家へもほとんど顔を見せない、親不孝の変わり者みたいな印象でしょう。ところがこっちじゃ絵に描いたようないい人で、私みたいに欠点だらけの人間から見ると、気骨の折れる人生だったんじゃないかと心配になるくらいなんですよ」

「奥さんのほうは？」

「一緒に山へよく登ったそうですよ。明るくて思いやりのある性格で、社宅内でも世話役のような役回りで、若い奥さんたちに慕われていたようです」

「両親との仲はどうだったんだ」

「とくに悪い話は聞いていないそうです。実家のお母さんが倒れるまでは、年に一、二回、豊橋に遊びに来ていたそうでしてね。息子さんはお祖母《ばあ》ちゃん子で、ねだられるとなんでも買ってやるもんだから、甘やかしすぎて困ると奥さんはこぼしていたそうですよ」

「実家の母親の文代さんが脳卒中で倒れたのがたしか七年前だったな」

「そのときは会社を休んで、奥さんと息子さんを連れて病院へ駆けつけたそうです」

「その同僚は実家の両親がご主人の葬儀に参列しなかったのも、とくに怪しんではいないんだな」

「母親が寝たきりで、ご主人が手を離せない状態だという話は聞いていたそうですから」

「実家へは帰っていたのか」

「盆暮れには家族連れで出かけていたそうで、実家へ帰っているとその同僚は思っていたようです」

「奥さんの実家との付き合いは？」

「ないことはなかったようですが、ご主人のほうと比べると疎遠だったらしいです」

「息子さんは？」

「中学、高校と一流校に進んで、優秀な子だったようです。小さいころから両親に似た明るく素直な少年で、非行に走ったようなこともないとのことで」

「どうにもイメージが狂ってくるな。その人が嘘をついているような気配はないのか」

「なさそうな気がするんですよ。そうする理由もとくにないでしょう。話を取り次いでくれた上司も同じようなことを言っていました。もちろん裏もとりたいんで、あすは別の同僚から話を聞くことにしています。たぶん似たような話が出てくるんでしょうけどね」

池田は思いあぐねるようにため息を吐く。かといって町内会長にも嘘をつく理由はないだろう。人間というのは多面的で、見る角度によって違う表情を覗かせる。どちらが本物ということもない。

豊橋での家族の暮らしぶりが演出されたものだとは考えにくい。社宅というところが一般社会とは違う異世界だということは、葛木も若い時分にしばらく暮らした官舎での生活から想像がつく。

全員が同じ会社に勤務して、家族は四六時中同じ社宅の住人と顔を突き合わせる。会社への帰属意識が住民同士の絆となるぶん、地域社会との交流は薄くなりがちだ。家庭内の些細《ささい》な出来事もすぐに噂として広まってしまうだろう。

会社では夫同士はライバルでもあるから、見栄を張る者もいるにはいるが、そんな同質の人間で構成される環境では、いずれお里が知れてしまうはずなのだ。

一方、両親の実家がある東京の下町も、暮らしてみれば世間で喧伝《けんでん》されるほど地域の絆が強いわけではない。官舎を出て江戸川区に家を構えたとき、人間関係の煩わしさから解放されてずいぶん気持ちが軽くなったのを覚えている。

共助の精神は尊重するが、過度に干渉し合うこともない。そんな距離感が現代の下町には定着している。だから孤独死という問題も出てくるし、死体を隠して年金を不正受給したというような事件も起きてくる。

息子夫婦が実家に顔を見せなかった話にしても、町内会が監視の目を光らせていたわけではないから本当のところはわからない。実家には泊まらずホテルに滞在するような帰省パターンも最近はあると聞く。

いずれにしてもこれからの対面で、かつての義父母との関係をとやかく詮索《せんさく》する必要はなさそうだ。あえてそんなことをして相手の態度を頑《かたく》なにするよりも、いまは二つの死体の身元特定に息子の協力を得ることがなによりも肝心だ——。そう考えるといくらか気分が軽くなってきた。

「それから、もう一つ気になることがあるんです」

声を落として池田は続ける。なにかと勿体《もったい》をつけたがるのが悪い癖で、あとに回した報告がじつは重要なことが珍しくない。葛木は問いかけた。

「そっちが本命なんだろう」

「そうなりそうな気配です。きのう話を聞いた市役所の担当者から、さっき電話をもらいましてね」

「なにか新しい事実が出てきたのか」

「そうなんですが、こちらが予想もしていなかった話なもんで、じつはびっくりしてるんですよ」

「要するに、どういうことなんだ」

「市役所の連中も不審な住民登録のチェックを始めたようです。その結果、やはりいまは存在しないアパートの所番地に、実態のない住民登録があったそうなんですよ」

「それで？」

葛木は問い返した。池田はさらに声を落とした。

「ただし去年、職権消除されています」

「世帯主はどういう人物なんだ」

「沼沢隆夫《ぬまさわたかお》、削除された当時は八十四歳で、生計をともにしていたのは沼沢君子《きみこ》、続柄は妹で、八十二歳でした」

「職権消除されているということは、現在は住所不定か」

「ええ、それで奇妙なのが、その人物の前の住所でしてね」

「まさか？」

「江東区住吉《すみよし》一丁目なんです。戸籍所在地と同一でした」

「生きているのか？」

「まだ除籍にはなっていないようです。つまり戸籍上は生きています」

「豊橋に転入したのはいつなんだ」

「四年まえの三月です」

「同じ江東区で。どちらも高齢の男女――。矢上夫妻のケースとあまりにも似ているな」

「どこかで白骨死体になっている可能性もなくはないでしょう」

「今回の二つの死体と関連があるとみているのか」

「そう考えても不自然じゃない気がしますがね。ただ死体が出たわけでも捜索願が出ているわけでもないので、捜査の対象にはしようがない」

「矢上夫妻の事案を解明する上での手がかりになるかもしれないな」

「なんだかおかしな雲行きですよ。とんでもない事件に発展しそうな気がしますね」

池田は興味津々という様子だが、大原はさぞかし頭を悩ますことだろう。これからさらに死体が出てきて、そちらが明白な他殺死体なら、倉田庶務担当管理官も帳場を立てざるを得なくなる。

「とりあえず転出元の住所に誰かいるか確認してみる必要があるな。沼沢兄妹がそこに暮らしていれば、ただの手続き上のミスで決着がつくが」

「それをお願いしたいんですよ。住所は江東区住吉一丁目三番——」

池田が読み上げた番地を手帳にメモし、いったん通話を終えて、こんどは大原を呼び出した。

「もう仕事が済んだのか。馬鹿に早いな」

とぼけた調子で応じる大原に事情を説明すると、その声がひっくり返った。

「頭の痛いネタを穿《ほじく》りだしてくれたな。しようがない。すぐに手の空いているやつを向かわせるよ。その兄妹が元気で暮らしてくれてりゃいいんだが」

3

浜村静恵は指定した喫茶店に先に着いて待っていた。

「警視庁城東警察署の葛木です。きょうはお忙しいところ、お時間を取って頂きましてありがとうございます」

名刺を手渡して挨拶すると、浜村はそれを両手で受けとって丁寧に一礼した。

「浜村です。わざわざ遠くまでお越し頂きまして」

歳は四十代半ばか。飾り気のないブラウスに夏物のスーツで、身だしなみに乱れたところはないが、社会保険労務士事務所という堅い職場のイメージを裏切らない地味な印象だ。

続いて山井も名刺を手渡し、飲み物を注文したところで、葛木はさっそく切り出した。

「ご主人が亡くなってから、矢上夫妻とは接触がおありで?」

「息子を可愛がって頂いたこともあり、電話でお礼を申し上げました。私が主人の戸籍を抜けることと、息子を私の戸籍に転籍させることもご報告しました。あとはとくに音信もなく。でも夫と死別した妻と義理の両親というのはそういうものじゃないでしょうか」

浜村は不安げに言う。こちらがなんらかの嫌疑をもって訪れたと考えているのだろう。夫妻とその後も親しい交流があったことを装っても、あの死体がその二人ならばれる心配はない。しかしきのうの反応と同様に、そこを取り繕おうとする気配がまるでない。

池田が同僚から聞いた話とニュアンスが違う点は釈然としない。しかしそれにしても、嫁と義父母のあいだになんの不和もないと考えるほうがいまの時代は不自然だ。

もしそこに確執があったとしても、それが犯罪に結びつくようなものではないことが感じとれた。だとしたら少なくともいまこの時点で、あえて詮索することはやはりマイナスでしかないと葛木は判断した。

「おっしゃるとおりです。そのことに疑いがあってお会いしたわけではないんです。だとすると、お二人が豊橋に転入していたこともご存じないわけですね」

「ええ、きのうそれを伺って本当にびっくりしました。もし自分たちの意志でやったとしたら、私にはまったく理解できません。でも二人がもし殺されていたとしたら――」

「転出入の手続きが誰の手でなされたのかという疑問が生じます。もちろん殺害されるまえにご自身でされたとも考えられますが」

「夫が死んだことを、ご近所には黙っていたんですね。それで私たちと同居するような話をされた――」

「そこが不審な点なんです」

「ご高齢でしたから、認知症にかかっていたというようなことはありませんか」

「それも考えられます。ところで三年まえのある晩、中年の男女二人組がお二人の家を訪れたという近隣の住民の証言があります。お心当たりは？」

「ありません。いつごろのことなんですか」

「目撃者も正確には覚えていないんですが、四月ごろだという話です」

「だとしたら、転出入の手続きをする以前ですね」

「そういうことになります」

「お二人はやはり犯罪に巻き込まれたんでしょうか」

「もちろんその可能性も否定できません。ただしいまのところは想像の域を出ません。そもそも二つの死体がお二人なのかということ自体が確定できない状況なわけで」

「それで、私はなにをしたらいいんでしょうか」

浜村は真剣な顔で訊いてくる。矢上夫妻にどのくらいの資産があったかはわからないが、その孫である一人息子に代襲相続の権利があることは知っているだろう。会社側は不慮の事故死を遂げた矢上昭正に対し、退職金の上積みをし、労災として遺族年金も下りることになっていると言っていた。

それでも一家の大黒柱をなくし、一人息子を抱えての生活は決して楽ではなかっただろう。なにがしかの遺産を息子が相続できるなら、それは二人にとって大きな支えになるはずなのだ。そのことに関心がないような素振りをみせたらむしろ不自然で、その反応は葛木のなかで浜村への嫌疑をさらに薄める方向に作用した。

「きょう伺ったのは、息子さんにＤＮＡのサンプルをご提供頂けないかというお願いのためなんです」

「ＤＮＡの照合をするんですか？　親子じゃなくてもできるんですか？」

「はい。お母さんのサンプルがあれば確度はさらに増します。法的な証明にも有効です」

さすがに継続捜査や事件の洗い直しを専門にする部署にいるだけあって、ＤＮＡ型鑑定についても俊史は造詣《ぞうけい》が深い。昨晩は電話でそれについてのレクチャーを受けていた。

「でも、息子はいま日本にいないんです」

困惑したように浜村は言った。葛木は慌てて問い返した。

「いまどこに？」

「アメリカのボストンです。去年の秋から留学しているんです」

「近々帰国する予定は？」

「だいぶ先になると思います。私の経済力では留学させるだけで精いっぱいで、頻繁に日本とアメリカを行き来させるのは大変ですから」

葛木は落胆しながら問い返した。

「そうですか。だいぶ先というと？」

「今年の暮れです。あの、自分で採取したものを郵送させるわけにはいきませんか」

「残念ながら。私的な証明に使うだけならそれで十分なんですが、法的な証拠として使う場合には問題があります」

「どうしてでしょう？」

「息子さんを疑うわけじゃないんですが、間違いなく本人のものか、確認する手段がないからです」

「ではどうすれば？」

「帰国していただいて、こちらの検査官が本人確認をした上で直接採取する必要があります。民間の機関に委託する場合でも、直接採取じゃないと官公署に提出する証拠としては使えません」

「そうなんですか。お二人はどこかでご存命なのかもしれませんしね――」

そう言いかけて、浜村は慌てた様子で付け加えた。

「あの、誤解されると困るんです。お二人の死を願っているわけじゃないんです。息子はお祖父《じい》ちゃんとお祖母ちゃんにいい思い出をいっぱい持っているはずなんです。互いに音信がなくなったのは私とお二人のあいだに生じた問題のせいで、息子とはまったく関係ありませんから」

「わかりました。こちらとしてはまず遺体の身元確定にご協力いただければと思っているだけで、プライベートなことを詮索する気はありません。それ以上のことはお話しにならなくてけっこうです、あなたや息子さんを疑っているわけではありませんので」

それは葛木の率直な思いだった。そもそもまだ犯罪として認知されてさえいない事案で、浜村とその息子は協力者という立場でしかない。

誰もが少なからぬ疵《きず》を負って生きている。できれば触れて欲しくないはずの疵に触れなければならないのはこの事案が犯罪として立件されてからで十分だ。それに葛木の心証としては、浜村や息子が遺産目当てに夫妻を殺害した可能性はほぼゼロだった。

4

「DNA型鑑定ですぐにシロクロがつくと期待していたんですがね」

浜村と別れ、JR高崎駅に向かいながら、山井が口惜しそうに言う。本人にサンプルを採取して郵送してもらうという方法にも食指は動く。証拠としては使えないにしても、浜村親子が信用できるなら、少なくとも捜査の見通しはつけられる。

その結果、別の側面から矢上夫妻の生死が確認できれば、それも無駄ではないだろう。あるいはアメリカの検査機関に委託して、こちらで採取した祖父母と母親のサンプルを郵送し、現地で直接採取した息子のサンプルと照合するという方法も考えられる。その場合、日本国内で公的な証拠として認められるのか。そのあたりをあとで俊史に確認する必要がありそうだ。

それより気になったのは、池田から連絡を受けたあの件だった。携帯から連絡を入れると、大原は待ちかねていたように電話口に出た。

「終わったのか。こっちから連絡しようかと思ったんだが、話をしている最中だろうと思ってな」

「ええ、肝心のDNAサンプルの件なんですが――」

ざっと説明すると、大原は一唸《ひとうな》りして言った。

「それはこれから考えることにして、まず問題なのは、池田が言ってきた例の沼沢隆夫だよ」

「転出前の住所を確認したんですか」

「ああ、体の空いてるのをすぐに走らせたんだが、住んでいたのは別の人間だった」

「やはり――」

「おれもそんな気がしてたんだよ。面倒なことになりそうだな」

「どういう人物なんですか、住んでいたのは？」

「二十代の若い男だ。そこは賃貸アパートで、入居したのは去年の暮れ。以前の住人のことは知らないそうだよ。管理している不動産屋に訊いてみようと思ったんだが、もう店が閉まっていてね」

「しかし死体がなかったのは幸いじゃないですか」

「ところが別の意味で幸いじゃない話になりそうなんだ」

「というと？」

「役所ってのはなにをやってるんだか、また出てきたと言うんだよ」

「居住実態のない住民票がですか」

「そうなんだ。さっき池田から連絡があった。そっちは古いマンションの跡地で、いまは更地になっているそうなんだが――」

「転入したのは」

「四年前の十一月だ」

「転入前の住所は？」

「江東区大島《おおじま》五丁目だ。所番地からすると都営住宅の一室のようだ。いま住吉のアパートを見てきたやつにそっちへ向かってもらっている」

「世帯主は？」

「相葉兼二《あいばけんじ》。昭和四年生まれだから、いま八十三歳。家族は妻一人で、昭和八年生まれ。こちらは七十九歳だ。住民票に記載されている戸籍は埼玉県越谷市《こしがや》」

「やはり生きてはいるんですね」

「戸籍上はな」

「薄気味悪い話になってきましたね」

ただならぬ慄《おのの》きを覚えながら葛木は言った。怖気《おぞけ》をふるうように大原は応じた。

「ああ、江東区と豊橋、それからどのケースも高齢の男女二人の世帯だ。偶然とは思えないな」

「あの二体の白骨死体が誰のものであるにせよ、関連がないとはいいきれませんね」

「どうやら室井さんの賭《か》けが当たりそうだよ。すべてが殺しに結びついているとしたら、死体は合わせて六つだよ。どういう帳場になるんだか」

大原の渋い表情が想像できる。葛木は言った。

「これから急いで帰ります」

「ああ、ちょっと待ってくれ。いま電話が入った。すぐにかけ直す」

大原は慌てて通話を切った。会話の内容を山井に説明しながら駅へと急ぐ。大原はすぐに電話を寄越した。

「やっぱりその夫婦はいなかった。いま住んでいるのは若いサラリーマンの一家らしい。そのまえの住人については、こっちも都の担当部局が閉まっているので確認できない。仕事はあしたになるな」

「課長はまだいるんですね」

「そりゃそうだよ。こんな面倒な宿題を抱えて帰ったって、とても眠れたもんじゃない」

「我々も急いで戻ります。一時間ちょっとで着くでしょう。息子にも私から連絡しておきます。これから署へ向かってもらって、いろいろ相談したいと思います」

思案投げ首といった調子で大原は応じた。

「そうしてもらえればありがたい。いやな事件になりそうな気がするよ。どうやって捜査を進めたらいいもんだか」

5

東京駅からタクシーを飛ばし、城東署に到着したのが午後九時だった。俊史はすでに到着して、差し入れに持ってきたらしい寿司折りを前にして大原と話し込んでいた。

「ああ、親父。ご苦労様。妙な成り行きになってきたね」

葛木と山井の分の寿司折りを勧めながら俊史は労をねぎらった。大原が気ぜわしく言う。

「池田にも、そっちは切り上げてもう帰って来いって言ったんだよ。こっちの捜査で人手が必要になってきたからな」

「いいと思います。向こうの役所からは、必要に応じて電話でも話が聞けるでしょう」

そう答えながら葛木は寿司に箸《はし》を付けた。山井も右へならえだ。

「池田さんが豊橋から引き揚げてくるのは賛成だけど、どう思う、親父。こういうことが起きているのは豊橋だけだろうか」

俊史は鋭く突いてくる。帰りの新幹線のなかで、葛木も山井とそんな話をしていた。

「この国の津々浦々でそういうことが起きているということか。薄気味悪い話ではあるが、居住実態のない住民登録なんて珍しくもないんだろう。すべてを結びつけて考えたら、とても収拾がつかなくなるぞ」

「でも三件とも転出元の住所が江東区で、どれも高齢者の二人世帯。あまりに似通っている。これで新たな死体が出てきたら、広域事件として立件することになるかもしれない」

力を込めて俊史は言う。努めて冷静に葛木は応じた。

「そういうことも視野に入れないとまずいかもしれないが、いま慌てて動いても虻蜂《あぶはち》取らずに終わりかねないだろう」

高崎からここまでの道すがら、葛木も頭を整理した。浮き足立ってもだめなのだ。いま視界に入っている物事のすべてがまだ事件以前だ。警察として動くには名分がいる。それは唯一、二つの白骨死体が他殺によるものだと特定できた場合だけだ。

「そうかもしれないね。しかしそっちもいまは決め手がない。だったら切り口を変えてみるのもいいんじゃない？　動きもしないでただ考え込んでいても、事件は自分から解決してはくれないって、このあいだ親父は言っていただろう」

お株を奪おうという物言いだ。しかしいま葛木が言いたいのは、事件の蜃《しん》気《き》楼《ろう》を追いかけても徒労に終わるだけだということだ。

「怪しい匂いはぷんぷんする。だからといってそれに幻惑されて鼻面を引き回されるのは時間と人手の浪費でしかない。そもそもいちばん肝心な遺体の身元が判明していない。おれはとりあえずそこを固めたい」

「言いたいことはわかるよ。今回のことはおれが頼んだ無理難題で、そのために所轄の人員をそうは割けないと言いたいんだろう。おれの部署で人を動かせばいいのはわかっているよ。しかしそれができない事情があることは承知してくれていると思っていたよ」

俊史の声がわずかに高ぶった。嚙《か》んで含めるように葛木は言った。

「そんな意味で言ったんじゃない。おれはもちろん課長や池田や山井にしても、この事案は本来所轄が扱うべきヤマだと認識している。おまえが心配しているように、ひょっとしたらとてつもなくでかいヤマかもしれない。だからこそいまは足元を固めたいんだよ」

「たしかにそうだね。もし殺人だという証拠が出てきたとしても、殺されたのが誰だかわからないんじゃ立件すらできないわけだから」

俊史は不承不承という口ぶりだ。大原が割って入る。

「親子で角《つの》突き合わせることもないだろう。じつは池田がえらく勢いづいて、このヤマは自分が仕上げると言いだした。あいつが本気になるとおれでも止められない。そのうえあの若宮までが俄然《がぜん》興味を示しているそうなんだ」

「若宮が？」

葛木は驚いた。池田の薫陶《くんとう》のお陰なのか、この事案が若宮の気性に合ったのか――。大原は続ける。

「事件にならずに終わって欲しいというのがおれの本音だが、きょう飛び出してきた事実を見ると、そういう雲行きではなさそうだ。だったら少し本気で取り組んでみないか」

「本気でというと？」

葛木は訊いた。大原は頷《うなず》いた。

「うちもいろいろヤマを抱えていて、捜査員はそれぞれ手一杯の状況だ。しかしきょうのように、そのときそのとき手の空いてるのに動いてもらってたんじゃ効率が上がらないし、捜査にも一貫性が出ない。だから専従チームをつくったほうがいいと思うんだよ」

「専従チームですか」

「あんたがトップで、池田と若宮と山井でチームを組めばいい。すでにその四人で動き出しているわけだから、はっきり専従というかたちにしたほうがやりやすいだろう」

「たしかにそうですが、事件は次々起きますよ」

「そこはおれが調整するよ。手が足りないときは窃盗やマル暴担当の連中に手伝ってもらうから。なに、強行犯捜査係だって向こうの仕事にしょっちゅう駆り出されているわけだから、お互いさまといったとこだよ」

たしかに所轄の刑事・組織犯罪対策課は、殺しから窃盗から恐喝や暴力団事案まで、守備範囲が広いわりには人員が足りない。ところが強行犯捜査係が本来担当する殺人や強盗傷害事件はそう頻繁に起きるわけではなく、仕事の大半が他班の応援というのが実態なのだ。

「それなら動きやすいですよ。片手間にやっていたんじゃずるずる長引くだけですから」

葛木は頷いた。厭戦《えんせん》気分が強いと思っていた大原が妙に積極的になっている。伊達に長年捜査畑で飯を食ってはきていない。刑事としての勝負勘はいまも健在だ。大原なりにこの事案には、なにか感じるところがあるのだろう。

「あすは池田たちが帰ってくる。沼沢隆夫と相葉兼一の件は二人に任せればいい。まだ事件性は認められないから、そう慌てなくてもいいだろう。問題は遺骨のDNA型鑑定だな」

大原が話を振ってくる。俊史は心配ないというように葛木を振り向いた。

「息子さんはボストンにいるって言ってたね。科捜研（科学捜査研究所）の専門家に訊いてみたんだよ。DNA型鑑定で世界的に有名な研究機関があるらしい。FBIの委嘱を受けたりもするそうだから、そちらで鑑定してもらえば、日本でも証拠として採用されるはずだと言うんだよ。国内の裁判でそういう判例が出ているという話だった」

「それはよかった。科捜研を通じて手配できるんだな」

葛木は勢い込んだ。俊史は頷いた。

「すべてやってくれるそうだ。遺骨からのサンプルは東興大の法医学の教授に頼めばいい。お母さんのほうは科捜研の技官が出向いて直接採取する。そのとき本人確認のために警察官が立ち会う必要があるけどね」

「それならおれが立ち会うよ」

「ボストンの研究機関での採取にはＦＢＩの担当官が立ち会ってくれるそうだ」

「それなら証拠能力は万全だな」

「ああ。息子さんの承諾はとれそうなの？」

「たぶん問題ないだろう。祖父母との関係は悪くなかったそうだし、場合によっては相続の問題も発生するからな」

「そこが確定すれば一歩前進するわけだ」

俊史は期待を滲《にじ》ませる。葛木は頷いた。

「捜査の方向は決まってくるな。死体が矢上夫妻なら、あとは殺人かどうかを解明するだけで、問題はだいぶシンプルになる。大変なのはそうじゃなかった場合だよ」

「別人で、しかも殺人だとしたら、その死体が誰かを追及すると同時に、矢上夫妻の行方を捜す必要も出てくるね。それで浜村静恵という人についての親父の心証は？」

「クロという印象は受けなかったな。それに矢上夫妻が生きているとも死んでいるともまだ確定できないのに、そういう嫌疑で突っ込んだ調べはできないからな」

「たしかにそうだね。きょう飛び出してきた気になる二件の話もあるわけだしね」

「もしそっちでも犯罪性が認められたとしたら、矢上夫妻の件については、親族との関係性が弱まることになる」

葛木がそう応じると、大原はどこか寂しげに言う。

「そうなるともうおれたちの手には負えないよ。それこそ管理官が言ったように、舞台は江東区と豊橋だけじゃないかもしれない。全国規模の広域捜査で、所轄の立場なんて吹っ飛んじまう」

少ない予算で現場を回す管理職としての立場と叩き上げの刑事としての意地――。その葛藤《かっとう》が大原を微妙な立場に立たせることになる。本音としては大原も、特捜本部級の大きなヤマに関わることが決して嫌いなわけではないのだ。

6

とりあえずの捜査方針がまとまって、お開きとなったのが午後十一時過ぎだった。大原は書類仕事を片付けて帰るという。山井は歩いて通勤できる距離にある独身者用の官舎へ帰っていった。俊史が一之江の自宅まで車で送ってくれるというので、葛木は遠慮なく乗せてもらうことにした。

「最近は公用車を使うようになったのか」

訊くと俊史はどこか切ない口調で言った。

「自分の流儀を貫きたかったんだけど、やはり周囲の風当たりが強くてね」

運転手付きの公用車を乗り回すことをステータスと考える叩き上げの管理官と一線を画

すように、緊急の際や勤務中の移動を除けば俊史は電車通勤にこだわってきた。ただでさえ人手が足りない捜査の現場で、ドライバーに担当刑事を一人張り付けるのは無駄だと考えてのようだった。

しかし無駄であろうとなかろうと組織には動かしがたいしきたりがあって、それを踏み破る人間は嫌われる。ついこのあいだも陰で厭味《いやみ》を言われているとこぼすのを聞いていた。郷に入っては郷に従えという諺《ことわざ》もあながち間違いではないと葛木は諭《さと》してやった。警察という巨大な組織に根付いた体質は一朝一夕には変わらない。たった一人の反骨に余計なエネルギーを使うより、自分の本務に全力を費やすべきではないのかと。

キャリアとしての俊史の本務は第一に出世することなのだ。人一倍正義感が強く、組織の悪弊に批判的な俊史ならなおさらだ。組織を変えるのに必要なのは権力だ。それはもちろん諸刃《もろは》の剣で、手にした権力を打ち出の小槌《こづち》にして私欲をむさぼる連中もいるにはいるが、同時にそういう病根を断ち切るメスもまたそれなのだ。

世間はキャリアを腐敗の元凶のように言うが、あらゆるキャリアが腐っているわけではない。そして葛木のような末端の警察官に、腐敗に立ち向かう手立てはない。

きょうまでの警察官人生で、賄賂、裏金、天下りといった権力の横暴を何度も目の当たりにして、自分はなすすべもなく見逃してきた。だから俊史にはそれを期待したい。大きな目標を達成するためには、小さな意地にこだわるべきではない。

「それでいいんだよ。ノンキャリアの連中には嫌われないほうがいい。足を引っ張るのも得意だが、いい仕事をするキャリアなら積極的に押し上げてくれる」

「管理官といってもおれはいまのところ末席で、上には叩き上げのベテランがいっぱいいる。そこじゃキャリアかどうかなんて関係ないしね」

「思うに任せられないこともあるだろう」

「今回のことでも、けっきょく親父に無理を言うことになって。力のなさは実感しているよ」

俊史は口惜しそうに言う。葛木は宥《なだ》めるように応じた。

「さっきはあんなことを言っちまったが、やるからにはいい結果を出したくてな」

「それは言われてよくわかったよ。おれのほうにも事件性の認知に結びつけようと焦《あせ》りがあって」

「いや、おまえの指摘が外れだという意味じゃない。決して否定はできないよ」

「そう考えると怖くなってくるんだよ。あの二つの死体がもっと多くの被害者の一部に過ぎないかもしれないって気がしてきて」

「死体が出ていないだけで、パターンはそっくりだしな」

「池田さんたちが、これからなにか聞き出してくれればいいんだけど」

「転出入したのが四年まえとなると、人の記憶も風化しているからな」

「一方が民間のアパートで、もう一方が都営住宅。近隣との付き合いがよかったとは思えないし」

「池田のことだから無駄足は踏まないと思うが、解明に繋がる材料までは期待できないだろうな」

「また厄介な事実が飛び出して、いまより見通しが悪くなることも考えられるしね」

「なんにせよ、いまは足元を固めることだ。こういうときは物事を単純化するのがいちばんいい」

葛木のそんな言葉に、俊史は納得したように頷いた。

「そうだね。室井さんは死体が被害者が残せる唯一のメッセージだと言っていた。殺しの捜査の王道は、そのメッセージに耳を傾けることに尽きるのかもしれないね」

7

池田と若宮は、翌日の午前中に豊橋から帰ってきた。

昨夜の作戦会議の結果を伝えると、池田は大いに喜んだ。

「絶対になにかありますよ、係長。豊橋の市役所へは帰りがけに立ち寄って、ほかにも怪しい住民票があったら連絡してくれるように言っておきました。でかいヤマかもしれないと脅してやったら深刻な顔をしてました。行政事務上のミスとまでは言えませんが、自分たちの不手際で死体ができたとなれば、さぞかし寝覚めが悪いでしょうから」

「しかし、そっちに走りすぎてもな。捜索願が出ているわけじゃないし、死体が出ているわけでもない。ただ怪しいというだけじゃ立件はできない」

「いやいや、必ずなにか出てきますよ。職権消除という制度を悪用した連続殺人という構図だって考えられるでしょう――」

池田は自説を語り出す。職権消除されれば、その住民票に記載された人物は住所不定となる。それは本籍地の役所にも連絡されて、戸籍の附票にも職権消除されたことが記載される。つまり戸籍上は生きているが、所在は不明ということになる。

さらに消除された住民票の除票も戸籍の附票も五年の保存期間ののちに破棄される。そうなれば社会的にその存在が抹消される。警察を含む官公署にせよ私人にせよ、その人物にアクセスする手段は断たれてしまう。

もしその人物が殺害されていたとしても、死体が発見されなければ一種の完全犯罪が成立する。死体が出てきたとしても、身元が特定できなければ同じことだ。身元不明の死体は東京都内だけでも年間二百体にのぼり、全国となると千体を超える。一方ホームレスから債務逃れの失踪者まで、職権消除されている人間はいまの世間で珍しくもない――。

悪用する手段は簡単だ。日本全国どこでもいいから、適当な住所に架空の住民登録をすくても消除してくれる。あとは一定の期間が過ぎれば、自治体が居住の事実なしと判断し、頼まなくても消除してくれる。

「二つの死体が矢上夫妻じゃなかった場合、それで辻褄《つじつま》は合うんじゃないですか。たぶん死体の身元は特定できず、殺人だと立証された場合でもけっきょく迷宮入りになる。ひょっとしたら大島と住吉の失踪者のどちらかの死体かもしれません」

「矢上夫妻だとしたらどう考える？」

「そこがちょっと弱いんですがね。完璧な犯罪者というのはそういるもんじゃありませんから、手違いということもあるでしょう」

池田は困惑したように頭を搔《か》いた。最後のところは強引すぎるが、そこを除けば理屈は合っている。ゆうべ俊史がこだわっていたのもその線だ。

葛木からすればあまりにできすぎた話で、諸手を挙げて賛同はできないが、やはり興味はそそられる。矢上夫妻を含む三つのケースに共通するパターンを、偶然の一致だと一蹴するのは難しい。

「まあ、頑張ってみてくれ。若宮もやり甲斐を感じているそうじゃないか」

池田の傍らに突っ立っている若宮に声をかけると、本人を差し置いて池田が答える。

「なかなか筋がいいですよ。強面《こわもて》の刑事はいまどき流行《はや》りませんからね。一見ぼーっとしているようで話のポイントは逃さない。相手が警戒しないから、思わぬ話が引き出せる」

厭味の一つも出るかと思ったら池田の採点は大甘だ。相性というのは見かけではわからない。似たもの同士がうまくいくとは限らない。

「褒めすぎですよ。いつ池田さんにどやされるかと冷や冷やものだったんですから」

若宮は困ったような表情だが、豊橋へ出かけるまえとは面構えが違って見える。いいコンビになるかもしれないと期待する。

8

油を売っているわけにはいかないと、池田と若宮は出かけていった。

さし当たっての行き先は、大島の都営住宅を運営する東京都都市整備局と住吉の賃貸アパートを管理する不動産屋だ。電話でも済むはずの用事だが、池田はそこが徹底している。空気を伝わってくる匂いこそ、犯罪捜査では欠かせない情報だというのがその持論だ。

葛木は浜村静恵に電話を入れた。かけた先はきのう番号を聞いておいた本人の携帯だ。日中は自宅にはいないし、勤め先に警察から電話では向こうも具合が悪いだろう。

留守電が応答したので、折り返し連絡をとメッセージを吹き込むと、五分もせずに電話が来た。

「きのうお話ししたDNAサンプルのことなんですが――」

俊史から聞いたボストンの研究機関の話をすると、浜村は安心したような声を返した。

「ゆうべ息子に電話したんです。とても驚いて、もちろん異存はないと言っていました。ただ当分帰国するのは難しいようで、なんとかできないものかと悩んでいたんです。そういうやり方なら喜んで協力すると思います」

「それでは手配を進めます。のちほど手順をご案内します。ご協力に感謝いたします」

丁寧に礼を言って通話を終えた。これは大きな一歩になるだろう。どちらの答えが出るにせよ、こちらのスタンスは固まるはずだ。そのことを伝えようと俊史に電話を入れると、べつの人間が出て、いま電話中だからあとで折り返し連絡をするという。

待っているあいだ、これからのことを山井と相談する。大島と住吉の件は池田たちに任せて、自分と山井は矢上夫妻の自宅の周辺でじっくり聞き込みをすることにした。三年まえの四月ごろ、車でやってきたという中年の男女というのが鍵だった。

もし二人が殺害されたのなら、あの現場の状況からは面識のある人間の犯行としか考えられない。その中年男女の可能性が高まるが、だとしたら夫妻との接触がその晩だけとは考えにくい。別の目撃者がいるかもしれない。その二人の身元が特定できれば、重要な糸口になるのは間違いない――。

そんな話をしているところへ電話が入る。受話器をとると、かけてきたのは俊史だった。

「忙しいようだな。いま浜村さんと話をしてな。きのう聞いた方法なら喜んで協力するそうだ。さっそく手配を進めてくれないか」

そう報告すると、俊史はどこか切迫した調子で応じる。

「それはよかった。科捜研と相談して急いで準備を進めるよ。それより、親父、意外な事実が出てきたんだよ」

「意外な事実？」

「いま室井さんから連絡をもらったんだよ。あの死体から砒素《ひそ》が検出されたそうなんだ。女性の死体のほうからだ」

「砒素が？　死因はそれなのか？」

「そこはわからない。しかし普通に生活している人間が、それだけの砒素を体内に蓄積することはまずあり得ないそうだ」

「だったら、やはり他殺ということか」

「そう解釈できる重要な根拠とは言えそうだよ。急いで矢上夫妻の自宅に鑑識を入れる。理事官の承認もとったから。どうやら室井さんが賭けに勝ったようだね」

自分も室井と同じ馬券を買っていたとでも言うように、俊史は声を弾ませた。

第五章

1

俊史は翌日の午前中のうちに捜索令状を請求した。

遺骨からの砒素の検出は、裁判所に与える心証も強かったようで、令状は直ちに発付された。特別捜査本部クラスとまではいかないが、とりあえず特命捜査対策室扱いの事案として認知されたことになり、俊史も大手を振って捜査に乗り出せる。

警視庁の鑑識は午後いちばんに臨場した。そこに城東署の鑑識が加わり、さらに俊史率《ひき》いる特命捜査対策室第三係と、葛木たち城東署の刑事・組織犯罪対策課強行犯捜査係の捜査員が加わった。それでも捜査一課の司令センターである強行犯捜査第一、第二係は動きをみせず、庶務担当管理官は静観する気配が濃厚だ。

大原にとってはむしろ幸いで、帳場を開いて予算を食い潰される心配もなく、現場の刑事にとっては腕の見せどころの殺人捜査に関与できる。若宮のような新人を鍛えるにはいいチャンスだし、池田のようなやる気満々の刑事にはモチベーションの維持に恰好だ。

特命捜査対策室第三係の陣容は係長の園村孝《そのむらたかし》を含む五名で、管理官としてその上に立つのが俊史だ。管理官は通常二つないし三つの係を担当し、俊史はほかに第四係を受け持っているが、そちらはいま二十年以上前の幼児殺害事件を追っている。事実上迷宮入りの難事件で、当面大きな動きはなさそうだから、本人はこちらの事案に集中できる。

鑑識には室井検視官も立ち会って、迷惑顔の本庁の鑑識課員にあれやこれやと指図をした。本来は職掌違いだが、そこが室井の室井たるところで、砒素中毒という新たな事実が出てきた以上、その原因を究明するのは担当検視官の職務の範囲だと主張して憚《はばか》らない。管理官の俊史も室井と親密なところをみせているから、いまは険悪な雰囲気は生まれていないが、これから面倒なことにならなければいいがと葛木としては心配になる。

町内会長の立ち会いのもとに踏み込んだ室内は、死体が発見されたときとほとんど変わっていなかった。室井が最初に目を付けたのは女性の死体があったベッドサイドの処方薬だった。処方薬の袋には三年前の二月の日付があった。患者名は矢上文代。購入先は江東区内の調剤薬局で、店名と電話番号が記されている。

それは大きな手がかりだった。中身は科捜研で分析することになるが、何種類かあるカプセルや錠剤はいずれも名の知れた製薬会社のもので、個装のフィルムパッケージに手を加えた形跡はない。

いずれにしてもその薬局に問い合わせれば、当時の記録が残っているかもしれない。そこから処方箋《しょほうせん》を出した病院が判明すれば、矢上文代という女性患者のカルテが残っているはずで、そこから死体の身元が確認できる可能性がある。

鑑識課員は屋内にあった食器や食品の類いを一つ残らず押収した。毛髪や爪も見つかったが、どちらもＤＮＡ型鑑定には適していない。毛髪は毛根が残っていないと鑑定は困難で精度も低い。自然に脱落した毛髪には普通は毛根はない。もしあったとしても年月が経てば蛋白質《たんぱくしつ》が変質して鑑定はできなくなる。爪は生爪《なまづめ》を剝《は》がしたような場合以外、やはり鑑定の試料にはならない。三年の時の経過で現場は風化しており、有効な指紋や足紋も採取できなかった。

不審なのは、現金や預金通帳、実印の類いが見つからないことだった。葉書や手紙もない。自然死ならそうした遺留品があるはずで、死体が矢上夫妻なら、その線からも他殺の疑いが強まる。死体が別人のものだとしたら、矢上夫妻はそうした品々を携《たずさ》えて家を出たと考えざるを得ない。いずれにしても夫妻の孫のＤＮＡ型鑑定以外に決め手となるものはなさそうだった。

しかし砒素の検出で女性のほうが事件性の死体である可能性が高まって、ようやく殺人事件として立件できた。ここからは正規の捜査活動としての名分が立つわけで、捜査手法にも幅が出てくる。

2

その日のうちに特命第三係と城東署の合同チームが結成された。

大原は警務課長に談判して会議室を確保した。そこを合同チームの本部とし、特命との共同捜査を既成事実化してしまえば、事件が厄介な方向に展開しても本庁一課は特捜本部開設には踏み切らない——。そういう読みを披瀝《ひれき》すると、署の財布を握る警務課長は一も二もなく承諾し、コピー機やファックスの貸与も認めたらしい。

鑑識結果が出るまでは動くこともできないので、あすその報告を受けてから捜査方針や役割分担を決めることにして、この日はとりあえずお開きになった。俊史は気負い込んでいたが、麾下《きか》の面々はいかにも癖がありそうで、けっきょく真綿でくるむようにやんわりブレーキをかけられた恰好だ。死刑の時効が撤廃されて、何十年も前の事件を洗い直すためにできた部署だから、時間感覚が違うと言えばそれまでだが、俊史が一人で突っ走ってきた理由もわかる気がする。出来たての事件を扱う刑事と彼らはどこかが違う。

新設された部署といっても、もともと迷宮入り事件専門の第五強行犯捜査特別捜査第一、二係からの横滑り組が大半だ。ＤＮＡ型鑑定やらなにやらの科学捜査技術を駆使してという触れ込みに葛木も当初は期待を寄せていたが、そのうち俊史から愚痴を聞かされるようになり、看板と中身が違うらしいことを知らされた。

捜査チームの運営ではそういう人々とどう折り合いをつけるかがポイントだが、大原は自信があるようだ。係長の園村は大原より三年後輩で、若いころ同じ所轄にいたことがあるらしい。真面目一途だが粗忽《そこつ》なところがあって、まだ新米刑事のころ、証拠品を紛失したり誤認逮捕したりという懲戒もののミスを何度かやらかした。それでも憎めないところがあったから、そのたびに大原が尻拭《しりぬぐ》いしてやっていたという。

世渡りが上手いわけではない。大きな手柄を上げたわけでもない。それでもなんとか本庁の係長まで這《は》い上がれたのが、彼を知る人々のあいだでは七不思議の一つと見られているらしい。

「どんな人間にもなにかしら取り柄があるもんで――」

行きつけの中華料理屋で葛木と夜食をとりながら大原は言った。

「あいつを敵に回すと罰《ばち》が当たりそうな気がしてくるんだよ」

「人徳があるということですか」

「そういうのとはちょっと違うな。つまり弱い者いじめをしているような変な罪悪感をもつんだよ」

「たしかにいますね、そういう人」

　葛木は納得した。言うなれば職場の座敷わらしのような存在だ。なにかの役に立つわけでもない。しかしいないと落ち着かない。一般企業のような競争に晒《さら》されることもなく、ことなかれ主義がはびこる警察のような組織は、そういうタイプの人々にとって居心地のいい場所だろう。

「ある意味で扱いにくい相手ではあるな。喧嘩を売ってくる心配はないし、裏で怪しげな画策をする才覚もない。といって部下を押さえる能力もないから、声の大きなやつの言いなりになる」

「だったら、せいぜい俊史に大きな声を出させないと」

「そうは言っても、ほかの連中が海千山千のようだからな」

　大原は唸《うな》って腕組みをする。この日はとりあえずお開きにして、本格始動はあすからにと提案したのは浮田《うきた》というベテランの主任で、葛木とは同年配。同じ職場で付き合ったことはないからどういう人間かはよく知らない。

「あの主任は曲者《くせもの》のようですね」

「特別捜査第一係のときは宴会部長として名を馳せていたそうだ。仕事とは別の面で職場のボスといったところだろう。臍《へそ》を曲げられると足を引っ張りに走るから具合が悪い」

　どんな情報ルートがあるのか、しばらく前まで本庁にいた葛木よりも大原は母屋の人の噂に明るい。

「ほかの連中にも気合いの入った様子はありませんでしたね」

つい先ほど顔合わせした面々の様子を思い浮かべると、葛木も嘆息するしかない。浮田に続くナンバースリーは岸本《きしもと》という四十代の主任で、打ち合わせのあいだずっと文庫本を読んでいた。カバーが掛かっていたからどんな本かはわからなかったが、ときおり忍び笑いをしていたところを見ると、仕事とは無縁の娯楽ものとみていいだろう。渋い口調で大原が言う。

「あの岸本ってのはおれはよく知らないが、警戒したほうがよさそうだな」

「やはりそう思いますか」

「なにか言うたびに浮田はあいつの顔をちらちら見ていた。名にし負う宴会部長にとっても、ご機嫌を損じたくない相手のような気がするな」

「口だけ達者な理屈屋というのも厄介な存在ですからね。残りの二人はどうですか」

「山中《やまなか》というのはうちの山井より数段劣るな。若宮のほうが気が利いているかもしれん」

それも葛木は同感だ。歳は三十を過ぎたくらいだが、刑事としての立ち居振る舞いがなっていない。迷宮入りの事件しか経験していないらしく、事件現場での動きが無神経で、本庁の鑑識にどやされていた。それでも本人はどこ吹く風だ。

「なんとか使えそうなのは青野《あおの》くらいだな」

大原は言う。さきほどの打ち合わせでもメモをとっていたのはその青野だけだった。大原や葛木への質問のポイントも適切だった。歳は二十代の前半で、特命に配属されて二年目らしい。無気力な職場に馴染《なじ》んでしまわないうちになんとか鍛えてやらないと、警視庁に穀潰《ごくつぶ》しをまた一人増やすことにもなりかねない。

「総じて言えば――」

大原は軽くビールを呷《あお》った。

「おれたちだけで動くほうがましだったかもしれないな」

「ご迷惑をおかけしますが、よろしくお願いします」

思わず葛木は言ってしまう。大原はなげやりに応じる。

「あんたが謝る筋の話じゃないよ。もちろん俊史君の責任でもない。上司は部下を選べないからな。俊史君の前じゃ言えないが、特命捜査対策室が設置されて三年経つ。しかし挙げたのは殺しのヤマが二、三件で、所帯の割りには歩留まりが悪い。だれもが好きこのんで行く部署じゃないし、扱うのは駄目もとの事案ばかりだから、そこはどうしようもないかもしれないけどな」

「息子も愚痴ってますよ。死刑の時効廃止に伴う一種のアリバイづくりにアドバルーンを上げただけじゃないかと。内実は強行犯捜査の特別捜査係が引っ越しただけですから」

「だから今回の事案に関しては、あんたたちに捜査の主力になってもらうしかない。邪魔さえされなきゃ、あの連中には油を売っててもらうほうがいい。俊史君も本音はそんなところじゃないのか」

「そうかもしれません」

そんな配下の面々を前にして、恥じ入るような笑みを浮かべていた俊史の顔が頭をよぎる。郷に入っては郷に従えで、いずれは警察庁に帰っていく立場としては、波風を立てずに彼らに調子を合わせるのが得策というものだろう。それができないのがわが息子の変人たるゆえんかもしれないが、本来はそれがまっとうな職業人の考えだ。そう思うと葛木も腹が据わってきた。

庶務担当管理官非公認の捜査チームでも、とりあえず捜査に乗り出す大義は立った。室井検視官もここで身を退くわけではないだろう。一検視官がその後の捜査に関与し続けるのもイレギュラーだが、彼はそのやり方でずっとやってきた。そう割り切ればむしろ頼れるチームの一員だ。

捜査が本格的に動き出せば、特命の連中だって刺激を受けるだろう。今回の事案はどうやら半端なものではなさそうだ。まずはこちらが主導権を握り、事実の解明に向かって一歩でも進むことだ。

そうすれば自《おの》ずとゴールが見えてくる。警視庁捜査一課といっても例外ではない官僚体質。その土手っ腹に風穴を開けられれば、それは俊史の目指すあるべき警察の姿に向けての大きな前進だ。

3

合同チームの捜査会議は翌日の午前九時に始まった。

チーム立ち上げの挨拶もそこそこに、俊史は鑑識から届いた分析結果を報告した。

室内で採取された毛髪は自然脱毛したもののうえに時間が経過しすぎていて、DNA型鑑定の試料としてはやはり使えない。血液型はA型とO型とまではわかったが、毛根がないため性別の判定もできない。死体のほうは男性と見られるものがO型で、女性と見られるものがA型だが、どちらも出現率が高い型のため、二体の遺骨との関連性は確定的には判断できない。

問題は骨から検出された砒素だった。砒素化合物による中毒死だとしたら、使われたのは除草剤や殺鼠剤《さつそざい》として比較的入手し易く、無味無臭で水溶性のため食品や飲料に混入させやすい亜ヒ酸と見られるが、ベッドサイドにあった処方薬は脳梗塞《こうそく》の患者に投与される予防薬と栄養剤で、分析の結果、成分に砒素は含まれていなかった。冷蔵庫内の食品類や食器類からも砒素は検出されず、屋内のどこからも砒素化合物の類いは発見されなかった。

何者かが殺害を企てて砒素を摂取させたとしたら、証拠隠滅をはかるためにどこかへ遺棄したものとみられる。遺骨に沈着した砒素の量から推測すると、急性の砒素中毒の可能性は低く、長期にわたって摂取させられたものと考えられる。しかしそれによって様々な疾患や体力の低下を招いたとしても、直接の死因の可能性は低いというのが東興大学法医学教室の教授の見立てだった。だとすればやはり死因は室井の主張する絞殺によるものとの判断に傾く。

もちろん長期にわたって砒素を摂取させられていたとすれば、それがなんらかの悪意に基づくものであるのは間違いなく、二つの死体のうち少なくとも一体が犯罪性のものである可能性は揺るがない。

処方薬を販売した薬局には池田がさっそく問い合わせた。法令による処方箋の保存期間は三年で、こちらは辛うじて残っていた。処方箋を出したのは江東区内のクリニックで、カルテは保存期間が五年と定められているため、そちらも残っているはずだという。

さっそく池田と若宮が向かうことになった。さらにその足で沼沢兄妹の転出前のアパートを管理する不動産屋と、同じく相葉夫妻が転出前に住んでいた都営アパートを管理する東京都都市整備局にも足を延ばしてみるという。

葛木は予定どおり、矢上夫妻宅の近隣住民から、夫妻が転出した三年前の五月前後の状況について聞き込みすることにした。そのころ車で訪れた中年の男女という糸口をもう少し太くしたいという考えだ。殺人の可能性が大きく浮上した以上、そこはないがしろにできないポイントになってきた。

亜ヒ酸の件は特命の刑事たちに任せることにした。とりあえず江東区内を中心とする周辺地域の毒物劇物販売業者を総当たりして、三年前の五月以前に亜ヒ酸を購入した人物を洗い出す。亜ヒ酸が買える店としては薬局や農薬等の販売業者が考えられる。そうした毒物の販売に際しては厳格な身元確認が行われる。販売日時、購入量、購入者の住所、氏名、電話番号、使用目的などの記録が残され、それを五年間保存する規定になっている。矢上夫妻と繋がる購入者が出てくれば、それも大きな突破口になる。

足を棒にする仕事になりかねないが、そういう関係の聞き込みなら地元住民との意思疎通といったデリケートな要素も要求されず、彼らに任せてもさほど問題はない。こちらの聞き込みが済めば助っ人に入れるし、地域一帯の土地勘を得る上でも有益だろう。

そんな段取りをこちらが一方的に決めたが、俊史は即座に賛同し、係長の園村も異議は挟まなかった。とりあえず所轄側のリードでチームが動き出したことに大原は安堵した。

刑事・組織犯罪対策課全体を統括する大原はこちらの事案ばかりにかまけていられず、マル暴関係の会議のために席を立った。俊史は第四係との打ち合わせがあるのでいったん本庁へ帰るという。そのときついでに室井に会って状況を報告するとのことだった。全員が出払ってしまうと緊急の連絡に困るので、園村は電話番として残ることになった。

「ちょっといいかな」

山井を促して出かけようとしたところへ、俊史が歩み寄って耳打ちする。

「なにか困ったことでも？」

声を落として問い返すと、俊史は軽く頷いて戸口に誘う。ちょっと待ってくれと山井に目顔で伝えて廊下に出ると、俊史は突き当たりの自販機コーナーへ向かった。

缶コーヒーを二本買い、一本を葛木に手渡すと、俊史は困惑した表情で切り出した。

「庶務担当管理官から呼び出しを受けてね。本庁へ戻るのはじつはそのためなんだよ」

「この件は特命捜査対策室の専権事項になってたんじゃないのか」

「そういうことで理事官とは話を進めてきたんだけど、どうも雲行きがおかしくなってね」

「横槍《よこやり》を入れてきたのか」

「身勝手に家宅捜索をしたのが気に入らないようなんだ」

「勝手な話だな。事件性がないと決めつけたのは向こうだろう」

「そうなんだけど、面目を潰されたということじゃないの。この事案はいわゆる継続捜査じゃないから、特命が最初に着手するのはルール違反だと言うんだよ」

俊史は憤懣《ふんまん》を隠さない。葛木は宥《なだ》めるように応じた。

「理屈というのはどんなふうにもつけられる。強行犯捜査が取りこぼした事案の尻拭いだけが特命の仕事じゃないだろう」

「時間の経った未解決事件を洗い直すのが仕事だからね。強行犯捜査が着手した事案という縛りはないはずだよ」

「そういうクレームなら、じかに理事官に言えばいい」

「格上とやり合うのは嫌なんだよ。格下のおれを潰せば目的は果たせるわけだから」

「それで向こうはどうしろと言うんだ」

「これから出向いて、ここまでの捜査の経過を洗いざらい説明しろと言うんだよ」

「ネタを味見して美味いと思ったら横取りするつもりかもしれないな」

「自分が事件性がないと切り捨てたネタが大事件に発展したら、出処進退を問われかねないからね。いちばん気に入らないのは、室井さんが絡んでいることみたいだけどね」

俊史はいかにも皮肉な口振りだ。倉田庶務担当管理官と室井検視官の確執について葛木は俊史に話したことはないが、誰かの口から耳に入ったのか、室井本人が喋《しゃべ》ったのか。そういう面には疎《うと》い性格だと思っていたが、警察社会の泥水にもいくらか体質が合ってきたらしい。それが果たしていいことなのかと訝《いぶか》しみながら葛木は言った。

「おれはどちらの味方でもないが、刑事の感覚としては室井さんの言い分のほうがわかりやすい。倉田さんには倉田さんで職務に対する責任感もあるんだろうが、犯罪というのは羊羹《ようかん》のようにすぱすぱ切り分けられるもんじゃないからな。警察の仕事が能率という尺度だけで測られるのは現場の刑事としては堪《たま》らない」

どちらの味方でもないと言っておきながら、はっきり室井の肩を持っている。本音を隠すのは難しい。同感だと言いたげに俊史は身を乗り出した。

「警察は商売になる事件をやらなきゃ駄目だって、あの人、管理官連絡会でよく言ってるよ」

「商売になる事件？」

「短期間で解決できてマスコミが飛びつくような事件を言いたいらしい。捜査が難航すれば警察は叩かれる。地味な事件はだれも興味をもたない。目立つ事件を素早く解決してみせることが、市民に警察の存在感をアピールするいちばんの道で、無駄な広報予算を使うよりずっと得だって」

「民間企業の経営者ならわからないでもない理屈だが、桜田門の表看板の捜査一課の筆頭管理官が言う言葉じゃないな。納税者にはとても聞かせられないよ」

葛木も呆《あき》れて応じた。警察が組織である以上、そういう役回りも必要かもしれないが、そこに警察官としての負い目を多少は感じているものと勝手に想像していた。しかし倉田はどうやら確信犯らしい。

「しかしここまで不審な事実が飛び出すと、いくら倉田さんでも潰すのは無理だろう」

「だから薄気味悪いんだよ。なにを画策してるのかと思ってね」

「そこは判断が難しいな。本庁の強行犯捜査が取り上げるとなれば、室井さんの勝ちを認めることになるし、特命だけで片付けてしまったら強行犯捜査の面目が丸潰れだし」

「うちの捜査員はあの程度だけど、おれはなんとかモチベーションを高めてやりたい。そのためには大きな事件を自力で片付けて、自分たちにもやれるという実感を持ってもらう必要がある。今回は難事件になりそうだけど、それだけおれはやり甲斐を感じている」

真剣な表情で俊史は言う。管理職としての立場が板についてきたように感じて、頼もしい思いで葛木は応じた。

「だったら一歩も引かないことだな。遠慮することはない。向こうは筆頭だといっても、役職は同じ管理官でおまえと同格だ。おれはなにもバックアップできないが、いまのチームだけでこのヤマは必ず仕留めてやるよ。逆におまえが頑張ってくれなかったら、そのチャンスすらなくなってしまう」

「わかったよ。あの人は出世の虫のようだから、まだまだ上を狙ってるんだろう。でもおれはキャリアだ。あの人が警視正になるころにはおれはそのずっと上にいる。ここでおれをいたぶったりしたら、のちのち目の上のたんこぶになるかもしれないと暗にプレッシャーをかけてやる」

俊史はふてぶてしい笑みを浮かべた。ついこのあいだまでは青臭い正義感だけが取り柄だったのに、知らないあいだにしたたかな処世の知恵を身につけているらしい。

「いいかもしれないな。倉田さんがどのくらいの器か、見極める機会にもなるだろう。なんだかんだ言っても刑事は事件を解決してなんぼの商売で、結果を出せばだれも文句は言えない。おまえはその刑事を統括する管理官だ。おれたちから見れば上の連中の横暴から護ってくれる楯《たて》でもある。このヤマはおまえの夢に向かっての大きな一歩かもしれないな」

「おれもそんな気がするよ。上にも下にも問題を抱えた第一歩になりそうだけどね」

「下の連中のことは心配しなくていい。これまでぬるま湯に浸《つ》かりすぎて頭の細胞がふやけているだけだろう。捜査が佳境に入れば自然に尻に火がつくさ」

楽観的な調子で葛木は言った。本音としては、邪魔さえしてくれなければ上出来という程度の期待しかしていない。それでも横車が背広を着て歩いているような殺人班の刑事に牛耳られる特捜態勢と比べれば、葛木たち所轄の刑事にとっては天国だ。

「そうなって欲しいよ。おれが管理官でいるあいだは嫌でも付き合っていくしかないわけだから」

「これから先、おまえはもっと厄介な連中と付き合うようになる。おれたちの目から見れば上の役所は魑魅魍魎《ちみもうりょう》の巣窟《そうくつ》だ。そこを泳ぎ切るなんて想像するだけで腰が退ける。倉田さんにしても園村さんたちにしても、そのときのためのいい練習台だと割り切ればいい」

「そうだね。当たって砕けろで話をしてみるよ。案外心配するほどのことでもないかもしれないし」

「そのあと室井さんにも会うのか」

「とりあえず現状を報告しないとね」

「だったら伝えておいてくれよ。このヤマは室井さんのものだって。どんな方向に転がるにせよ、殺しの可能性が出てきた以上、絶対にホシは逃しませんと」

決意を秘めて葛木は言った。ホシを追うだけの戦いではなくなりそうな成り行きだ。それならそれで受けて立とう。世間の悪を追及すると言いながら、警察内部の闇には目をつぶって生きてきた。そんなきょうまでのツケをいくらかでも支払うチャンスだと思えば、べつのやり甲斐も湧《わ》いてくる。

「ああ、言っておくよ。あの人の話を真面目に聞いておいてよかったよ。こんな事件を見逃したことをあとで知ったら、警察官としてというより人間として、一生恥を背負って生きるところだった」

どこか突き抜けた調子で俊史は応じた。

4

矢上夫妻の自宅のある亀戸五丁目は、亀戸駅の北側の一角で、再開発の進んだ明治通り沿いの一帯とは対照的に、一戸建ての家屋が密集する、下町の風情を残す一角だ。

「近ごろは家のなかから死体が出てくるようなニュースが多いですよね。こんなところを歩いていると、どこの家にもそんなのが転がっていそうな気がして空恐ろしくなりますよ」

周囲の家並みに目をやりながら山井が言う。沼沢兄妹と相葉夫妻の豊橋への不審な転出のことを考えれば、彼の感想にもリアリティがある。死体が発見されたときに聞き込みをすでに済ませている家はとりあえず省き、周辺の家をしらみ潰しに訊いて回ることにした。最初の家は留守のようでドアフォンのボタンを押しても応答がない。二軒目は男の声が応じて、記憶がないと門前払いを食わされた。

ようやく反応があったのは、夫妻の家から四軒ほど離れた家だった。ドアフォンのボタンを押すと、年配の主婦らしい声が応答した。城東警察署の者だと告げ、矢上さんのことで話を聞きたいと言うと、興味深げに相手は応じた。

「ご病気だったと聞いてたんだけど、違うんですか。きのうは警察の人が大勢来てたようだけど」

「じつはいろいろ疑問点が出てきまして。少しお話を聞かせていただけるとありがたいんですが」

「お話と言われても、詳しい事情はあまり知らないんですけどね」

警戒心と好奇心が入り混じったような声音で相手は応じる。葛木はさらに一押しした。

「なんでもいいんです。当時のことで気になることがあればお聞かせ願いたいんですが」

「お待ちください」

廊下を走る音がして玄関ドアが開き、五十絡みの女性が顔を覗かせた。葛木は名刺を手渡した。

「三年前の四月の深夜なんですが、矢上さん宅に中年の男女が訪れたという目撃情報がありまして。なにかお心当たりは？」

「ないわね。やっぱり矢上さんご夫妻は殺されたの？」

「まだはっきりはしないんですが、その可能性が出てきたということでして」

「そうなの。怖いわね。でも前の年の暮れだったら、夜、お宅の前に車が停まっていたのを覚えていますけど」

「暮れというと正確には？」

「たしかクリスマスのころだったと思うわ。時間は八時くらい」

「矢上さん宅に、人が訪れるということはよくあったんですか」

「それが珍しいから覚えているんですよ。奥さんが臥《ふ》せるようになってから矢上さんはほとんど人付き合いがなくなって、息子さんご夫婦も顔を見せたことがなかったし――。ああ、息子さんは四年前に亡くなっていたんですってね」

町内会長の口から漏れているのか、ある程度の経緯は地元では知られているようだ。

「そうなんです。車に乗ってきたのがどんな人物か、ご記憶ありませんか」

「男の人と女の人で、歳は四十から五十くらいかしら。私が見かけたのはちょうどその二人が帰るところだったの。ご主人が玄関に出て、二人と立ち話してるのを見かけたから」

「その二人の顔に見覚えは？」

「最初は息子さん夫婦かと思ったのよ。でもよく見ると男の人はもちろん昭正さんじゃなかったし、女の人も奥さんじゃなかったのよ」

「奥さんとはご面識が？」

「結婚したばかりのころは昭正さんも盆暮れには帰省していたから、挨拶をしたことはあったのよ。なかなかきれいで気さくな方だったけど、服装やお化粧はあんなに派手じゃなかったし」

「というとそのとき訪れた女性は？」

「見るからに水商売という感じで、矢上さんの暮らしぶりとは似つかわしくなかったわね。男の人のほうもあんまりまともな商売じゃないような感じ」

「たとえば暴力団関係者のような？」

「そういう人に知り合いはいないけど、ドラマや映画のイメージに近かったわね」

女性の言い回しは慎重だが、二人の来訪者に不審な印象を受けたらしいことは窺《うかが》える。

「その二人と矢上さんは親しそうでしたか」

「そういう感じはなかったわね。知らない間柄じゃないようだけど、どこか気まずい関係のような。通りすがりにちょっと見ただけだから、はっきりしたことは言えないけど」

「口論していたとか？」

「それほどじゃないけど、なにか折り合いがつかないことがあって、物別れに終わったような感じ」

通りすがりにしては観察が細かい。葛木は確認した。

「ほかになにかお気づきのことは？」

「とくにないけど、そのあと矢上さんのご主人を見かけなくなったような気がするわ。それまでは近所のスーパーで週に二、三回は買い物してたし、毎朝散歩をしてたんだけど、買い物も散歩も回数がめっきり減ったのよ」

「その晩以来、なにか困りごとでも抱えたんでしょうか」

「たまに見かけてもなんとなく俯《うつむ》いて暗い表情だったわね。話を聞こうにも最初から向こうが拒絶しているようで、つい声をかけそびれちゃったのよ」

主婦はかすかな慚愧《ざんき》を滲《にじ》ませる。声をかけていれば事件が未然に防げたわけでもないだろう。しかし目撃された二人組が、矢上夫妻の身の上になんらかのかたちで関与したのは間違いない。翌年の四月に訪れたのもおそらくその二人だろう。

女のほうは浜村静恵ではなかった。心にわだかまっていた疑念は払拭された。ではその二人組は誰なのか。沼沢兄妹と相葉夫妻の失踪とも関連がありそうな気がしてきた。丁重に礼を言って玄関口を辞したところで、ポケットの携帯が鳴り出した。池田からだった。

「いま奥さんがかかっていたクリニックで話を聞いたところなんですがね――」

池田はさっそく切り出した。

「七年前に脳卒中で倒れたときは区内の都立病院に搬送されて、命は取り留めたんですが、体に不自由が残って、ほとんど寝たきりになったそうなんです。その点以外は病状は安定してたんで、退院して自宅療養することにしたんですが、そういう体で病院へ通うのは大変なんで、往診を引き受けてくれるそのクリニックへ転院したんだそうですよ」

「カルテは残っていたんだな」

「もちろんです。診察したのは院長本人で、いろいろ覚えていたようでした。それで東興大の法医学の先生からもらった遺骨の写真やレポートを見せたんですよ」

「なにか新しい事実が出てきたか」

「ええ。先生、しきりに首を傾げましてね。血液型はA型で、身長が一五五センチ前後というのは矛盾しないそうなんですが、気になるのは足の骨だそうです」

「足の骨？」

「長いこと寝たきりだったんで、骨粗鬆症《こつそしょうしょう》が進行していたと言うんですよ。ところがレポートにはそれについての記載がないし、写真で見る限り、遺体のほうにもそういう所見はないとのことです」

「遺骨の足は健康だというわけか」

「そのようです。骨量を測定したデータにしても、加齢による以上の骨量低下は見られないそうですから」

「とんでもない話が出てきたな」

「まあ、断定まではできないと言ってますがね。そのクリニックの場合は先生が往診していたもんで、骨量測定やレントゲン撮影はしていないようで、あくまで問診による診断だということですから。ただ女性というのはそもそも骨粗鬆症になりやすい上に、何年も寝たきりの生活を送った場合、骨量が正常だということはまずあり得ないそうです」

「孫のDNA型鑑定で確実な結果は出るわけだが、それを待つ必要もないかもしれないな」

葛木は嘆息した。池田は慎重な口振りで言う。

「女性のほうだけ別人で、男性は本人という可能性もありますから、DNA型鑑定はやらないわけにはいきませんがね」

「そうなると問題はますますややこしくなるな。これから頭痛に悩まされそうだよ」

「そちらのほうはどうですか。なにか耳寄りな話でも?」

池田が訊いてくる。先ほど主婦から聞いた話を聞かせると、こんどは池田が唸る。

「いよいよこれは事件ですよ。それも大きな広がりを持った――」

「ああ、こっちはもう少し聞き込みをしてみるよ。その二人組の素性がわかるような証言が出てくるといいんだが」

「三年前というと難しいんじゃないですか。人の記憶も褪《あ》せているし。こっちの用が済んだら、私と若宮も合流しますよ」

「これから不動産屋と都市整備局だな」

「ええ。しかしそういう関係のところは借り手のプライバシーにはあまり関わり合わないでしょうから、めぼしいネタは期待できませんがね」

こちらの仕事に目移りしているのをアピールするかのように、池田は厭戦気分を匂わせる。宥めるように葛木は言った。

「そうかもしれんが、基本的な事実は押さえておかないとな。それが別の情報と結びついて突然意味を持ち始めることはよくあるから」

「こっちの二件の失踪事件と矢上夫妻の事件のあいだには見過ごせない共通項があるわけですからね」

気を取り直したように言って池田は通話を終えた。話の内容を聞かせると、山井は声を高ぶらせた。

「もしあの死体が矢上夫妻じゃなかったとすると、沼沢兄妹と相葉夫妻のパターンはまったく同一ということになりますね。予想もしなかった展開じゃないですか」

「その代わり、あの二つの死体が誰なのかという難問も残るがな」

「沼沢兄妹、もしくは相葉夫妻ということもあり得ますね」

「だとしたら矢上夫妻も別のどこかで死体になっているということか」

「そんな気がしてきませんか」

「そうなるとまるでパズルだな。もし犯人がいるとして、どうしてそこまでややこしいことをしなきゃいかんのだ」

「そこは犯人に訊いてみないとわかりませんが」

山井は無責任なことを言う。そこまで複雑な事件だとは思いたくないが、あながち外れとも言い切れない。

5

近隣の家や商店を軒並み回ってみたが、けっきょく新しい情報は出てこなかった。

矢上宅を訪れた車にしても、ありきたりのセダンだったようだから、聞き込みの範囲をさらに広げても得られるものは少ないだろう。

亀戸駅前に戻り、昼飯にしようと駅ビルの和食店に入った。注文した定食が届き、箸を割ったところへ俊史から電話が入った。周囲の耳が気になるから、通路へ出て人気のない一角で携帯を耳に当てた。

「どうだった、倉田さんは？」

さっそく問いかけると元気な声で俊史は応じた。

「案の定、どうして断りもなく家宅捜索に着手したとお叱りを受けてね。無理に波風を立てることもないから、とりあえず手順を踏まなかったことを詫《わ》びたんだよ」

「それで収まったわけじゃないんだろう」

「そうなんだ。特命捜査対策室は捜査一課の一部署で、自分はそのすべての動きを掌握する立場にある。あの事案に事件性がないと判断したのは、自分個人ではなく捜査一課としての決定で、それは捜査一課長の判断でもある。それをないがしろにする捜査活動は規律違反だから即刻捜査を中止しろと言い出してね」

「予想以上に強硬だな」

「理屈があんまり無茶なもんだから、おれも言い返してやったんだよ。特捜本部事案としなかったのはあくまでそちらの判断で、一般事件としてなら我々に捜査権がある。そもそも事件を認知した場合、速やかに捜査を行うのがすべての司法警察員の義務だってね」

相変わらずの物言いだ。場合によって裏目に出ることはあるものの、有無を言わさず正論を吐くことにかけて俊史は天賦《てんぷ》の才がある。目を白黒させた倉田の顔が思い浮かぶ。

「どうだった、倉田先生は？」

「言いたいのはそういう肩肘《かたひじ》を張った話じゃないんだと急に軟化しちゃってね。それでここまでの捜査の経緯を説明してやったんだよ」

「納得してくれたのか」

「砒素が死因だとはまだ断定できないと留保を付けたけど、事件性については渋々認めたよ」

俊史は得々とした声で言う。安堵の思いで葛木は応じた。

「そこまで認めさせれば上々だな。惧《おそ》れていたのは下手に首を突っ込まれて母屋を乗っ取られることだったから」

「そうだね。でもまだ安心はできないよ。捜査の進捗《しんちょく》状況は逐一知らせるように釘を刺されたよ。これから捜査が佳境に入ったところで、突然特捜事案に格上げされて美味しいところをごっそり持っていかれたんじゃ堪らない」

「ないとは言えないな。そんなことをされたらこちらは士気ががた落ちだ。特捜事案じゃ所轄はいつもこき使われるだけで、手柄はみんな母屋に持っていかれる。今回の事案でそれをやられたら泥棒以外のなにものでもない」

「うちにしたってそうだよ。もともとモチベーションが希薄なところへ、そういう理不尽なことをやられたら、あの連中に月給泥棒の免罪符を与えることになりかねない」

俊史の言うことが妙に腑《ふ》に落ちる。余裕を滲ませて葛木は言った。

「なに、いちいち律儀に報告することなんかない。悪いのは模様眺めを決め込んでいる向こうなんだから。ところでこちらも新しい材料が飛び出した——」

近隣の主婦の話と池田がクリニックで聞いてきた話を聞かせると、俊史は困惑を隠さない。

「さっそく大ネタが飛び出してきたじゃない。しかしあの死体が矢上夫妻じゃないとするといったい誰なのか。矢上夫妻はどこに消えたのか。捜査はかえって難しくなりそうだね」

「ああ。主婦が見たという男女にしても、いまの時点じゃ見当がつかないわけだし、クリニックの院長の話はあくまで推論だから、孫のDNA型鑑定は進めなきゃいかんがな」

「そっちは室井さんが手配してくれるそうだよ。さっそく東興大の法医学教室に出向いて、骨組織の試料を受けとってくるそうだ。それをアメリカの機関に送ってとなると、お孫さんの都合もあるだろうから、最短でも十日以上かかってしまうかもしれないけど」

「しようがないな。国内でもけっこう時間のかかる仕事だからな」

「でもその院長の証言は信憑性《しんぴょうせい》が高いよ。確定的な判断はDNA型鑑定の結果によるけど、暫定的には別人と考えて捜査を進めるしかないね。砒素の件についてはなにか報告が入ってる？」

「おれのほうにはまだなにも。なにかあれば園村さんが把握しているはずだから、おまえのほうに連絡が行くと思うが」

「じゃあ、いまのところ成果はなしか」

「そう簡単に結果は出ないよ。まず購入者のリストをつくるだけで大仕事だ。次はそれをもとに一人一人聞き込みをして回るしかない」

「うちの連中にできるだろうか」

　俊史は不安を隠さない。励ますように葛木は言った。

「ナシ割りは足で稼ぐ地道な仕事だ。頭のキレやひらめきは必要ない。必要なのは一に辛抱、二に辛抱だよ。彼らに刑事魂があるんなら、必ず成果は出るはずだ」

「そうだね。そこは信じてやるべきだね」

　得心したように俊史は言う。葛木は話題を変えた。

「室井さんのほうはどうだった？」

「張り切ってるよ。倉田さんの話を聞かせてやったら、なんだか楽しそうだったね。自分もそろそろ定年だから、今回のヤマを花道にするつもりで全面協力すると言ってたよ」

「黙って見ていてはくれない人だからな。引っかき回されるかもしれないぞ」

「それでもいいよ。まだ現役でいてくれるあいだに、教えてもらえることはいろいろあるはずだから。捜査技術の面だけじゃなく、警察官としての心構えについても」

俊史はいまや心酔している口振りだ。それならそれもいいだろう。葛木にしても桜田門の名物検視官の謦咳《けいがい》に接し、得たものは決して小さくない。今後の捜査で付き合う機会があれば、山井や若宮も必ずなにかを学べるだろう。それはこれからの警察官人生の血肉になるはずのものなのだ。

6

俊史との通話を終え、倉田とのやりとりを山井に聞かせながら食事を終えて、店を出たところへ、こんどは大原から電話が入った。慌てた様子で大原は切り出した。

「本庁の強行犯捜査一係から刑事が一人出張《でば》ってくるそうだ。そんな話は聞いていたか」

本庁捜査一課の強行犯捜査一係は倉田庶務担当管理官のお膝元《ひざもと》で、いわば捜査一課の司令センターだ。悪い予感を覚えながら葛木は応じた。

「いや、初耳ですよ。さっき俊史と話をしたんですが——」

その内容を聞かせると、苦い口振りで大原は言った。

「倉田ってのは煮ても焼いても食えない野郎だな。こっちからの報告が信じられないんで、お目付役を派遣してくるというわけだ」

「いつからですか」

「あすからだそうだよ」

「なんとも手回しがいい」

「こちらは手が足りてるから結構ですと言ってやったんだが、上の命令だからそうはいかないと言うことを聞かない。これじゃなにかとやりにくくなるな」

「どういう刑事なんですか」

「橋川《はしかわ》という巡査部長で、声からすると若そうだ。どういう経歴かは知らないが、エリート臭をぷんぷんさせてるようなやつだと、うちの池田が反発するぞ」

「室井さんも顔を出すつもりのようですよ。捜査とは別のところで戦場にならなきゃいいんですが」

「いやいや、もう戦争は始まったようなもんだよ。せいぜい美味しいところをかっさらわれないように用心しないとな」

「それで、こちらの成果なんですが――」

池田の話と合わせて報告すると、大原は重苦しく唸った。

「厄介な捜査になりそうだな。いっそ倉田にくれてやりたい気分だが、そうなるとうちの署に帳場が立って、いま以上にえらいことになる。なんとか早急に見通しはつかないか」

「手間がかかるのは覚悟したほうがよさそうですよ。三年の時間の壁がありますから」

「しようがないな。乗りかかった船だ。母屋の連中に所轄の意地を見せるいい機会でもあるし」

大原は自らに言い含めるような口振りだ。

「我々はもう少し現場の近辺を歩いてみて、それから署へ帰ります。夕方には池田も俊史も戻りますから、向こうの係長にも入ってもらって、内輪で対応策を練りませんか。お目付役が来てからじゃおちおち話もできなくなりますから」

葛木の提案に気勢を上げるように大原は応じた。

「そうしよう。外で飯でも食いながらのほうがいいだろう。適当な店を見繕っておくよ」

そのあとすぐに連絡を入れると、俊史は寝耳に水だというように不快感を示した。

「汚い手を使ってくるもんだね。おれにはそんなこと一言も言わずに」

「相手が所轄ならつべこべ言わずに仰《おお》せに従うと思ったんだろうよ」

「いくらなんでもやり過ぎだよ。これから理事官に相談して、なんとしてでもやめさせてもらうよ」

俊史は息巻いた。葛木は慌てて押しとどめた。

「それじゃ戦争になっちまう。言っちゃなんだが、理事官だっておまえの味方だとは限らんぞ」

「ああ、そういうこともないわけじゃないね」

俊史は頭を冷やしたらしい。特捜本部級の事案の舞台回しを取り仕切る庶務担当管理官は、捜査一課内部では実際の階級以上の権勢を誇る。警視正クラスの理事官といえども、迂闊《うかつ》に逆らえばなにかと足を引っ張られかねない。

この日の倉田との談判にしても、俊史のような怖いもの知らずだからやってのけたようなもので、逆鱗《げきりん》に触れずに済んだのは、ある種の天然ボケとも言える愚直さが倉田の攻撃意欲を削いだものとも考えられる。だとしたらここはその成果だけで我慢して、これ以上の挑発は控えるべきだろう。

「それで夕方、ちょっと打ち合わせをしようと思ってな」

先ほどの大原との話を伝えると、俊史はもちろん賛成した。

「それはいいね。こうなったらそのお目付役を出し抜いて、倉田さんに一泡吹かせてやるしかないいじゃない」

馬鹿に入れ込む俊史に、たしなめるように葛木は言った。

「眼目は事件の真相解明で、そっちにばかり気をとられると本末転倒になるぞ」

「たしかにそうだけど、上からの横暴に対して楯になるのがおれの仕事だから。親父たちが捜査に集中できるように、これからせいぜい知恵を絞るよ」

自信に満ちた口調で俊史は言った。

夕刻、俊史と池田たちが帰ってきたところでさっそく場所を変えた。

特命の面々は意外に仕事熱心なようで、まだ一人も帰ってきていない。

池田と若宮はあれから不動産屋と東京都都市整備局に出向いたが、予想どおり入居者のプライバシーには立ち入らないのが建前のようで、いずれも豊橋に転出した一週間ほどまえの日付で賃貸契約を解除した事実しか摑《つか》めなかった。葛木たちも昼飯のあと回れるだけの家を回ってみたが、新しい情報は出てこなかった。

大原が予約していたのは署から十分ほどの鮨屋《すしや》の座敷で、参集したのは大原、葛木、俊史、池田、園村の五人。合同チーム結成祝いも兼ねてしまおうということになって、山井と若宮と園村以外の特命の捜査員たちは一時間後にここに集まることになっている。

「気にすることなんかないですよ。いたきゃ勝手にいさせりゃいい。捜査会議はきょうみたいに夕方場所を変えてやればいい。ぐだぐだ言うようなら私が部屋から叩き出してやりますよ」

池田は威勢よく言ってビールを呷《あお》る。かつてある帳場で本庁一課の刑事を殴り倒した剛の者で、そんな若造一人、とるに足りないと言いたげだ。

「入れ込まずに穏便にな。勝手に戦争を始められると管理官の立場が難しくなる」

水を差すように大原が言うが、それでも池田は言いつのる。

「しかしふざけた話じゃないですか。七面倒な仕事はとりあえず所轄と特命に押しつけておいて、見通しが立ったところで成果をさらおうという根性が丸見えですよ。そういう人間を腰巾着《こしぎんちゃく》にしているようじゃ、捜査一課長の威信も地に墜ちますよ」

　呼吸を合わせたように俊史も身を乗り出す。

「そうはさせないよ、池田さん。そういう横暴を許したら捜査の現場が荒廃するだけだ。一課の殺人班なんて警視庁のなかじゃほんの一握りの勢力で、彼らだけじゃどんな事件だって解決できない。所轄や機捜やおれたちのような落ち穂拾いの部署があって、初めて警察は仕事ができる。そこを彼らははき違えている」

「そうです、そうです。百人を超す特別捜査本部を立ち上げても、そこに出張ってくる一課の刑事はたかだか十数人。それでも捜査ができるのは、おれたちが手足になって働くからですよ。そういう人間の上にあぐらをかいて、手柄はすべて持っていく。実際、腹に据えかねていたんですよ。今回は連中に目にもの見せてやるチャンスです」

　かつて捜査一課の人間だった葛木にとっては耳が痛い。神妙な顔で聞いている園村にしても似たようなものだろう。

「おれも帳場はずいぶん経験したが、所轄の刑事としてはいつも感じていたよ。こいつらがいなかったら捜査はもっとはかどるのにって。地元に人脈はない、土地鑑はない、そういうのが突然天から降りてきて、ああだこうだと指図する。捜査が行き詰まればすべておれたち兵隊のせいにする」

　こんどは大原まで愚痴り出す。あすからに備えての作戦会議の予定だったのが、アンチ倉田戦線の決起大会の様相だ。園村もその戦線に加わるように身を乗り出す。

「連中は気楽なもんだよ。捜査が行き詰まったら継続事案として丸投げすればいい。特捜の大所帯で埒《らち》があかなかった難事件を、一係五、六名の人員のおれたちが一朝一夕で解決できるはずがない。未解決のファイルは溜まる一方で、挙げ句は無能だと罵られる」

俊史が日中言っていた月給泥棒の免罪符うんぬんの話も、そう聞かされれば無理もない気分になってくる。そのとき園村のポケットで携帯が鳴った。慌ててとりだして耳に当て、砕けた調子で応答する。特命の部下からの連絡のようだ。ふんふん頷きながら、園村の顔が次第に硬くなる。

「わかった。いま例の鮨屋にいるから、急いでこっちに直行してくれ」

そう答えて通話を終えて、園村は高揚した顔で俊史に報告した。

「管理官。岸本からです。ついいましがた聞き込みに回った肥料業者のところで、亜ヒ酸の購入者の記録をチェックしていたところ、思いがけない名前が出てきたそうです」

園村はそこで間を置いて、どうだと言いたげに一同の顔を見渡した。肝心な話の前に焦《じ》らすのは池田とよく似た癖のようだ。俊史が苛立《いらだ》つように問いかける。

「誰なんですか、いったい？」

「沼沢隆夫。住吉一丁目から転出した失踪者です」

第六章

1

合同チーム結成祝いを兼ねての鮨屋での会合は、沼沢隆夫の名前が飛び出したことで一転して全体捜査会議に切り替わった。

沼沢が亜ヒ酸を購入したのは五年前の八月で、量は二キロ。用途はシロアリ駆除用で、購入記録に記載されている住所も生年月日も、失踪した沼沢のものと一致した。記録が残っていたのは江東区内の農薬や肥料を扱う会社で、店は沼沢兄妹の住んでいたアパートにほど近い扇橋二丁目にあった。

聞き込みをしたのは特命第三係の岸本と青野のチーム。彼らが聞いた話によれば、亜ヒ酸はかつては除草やネズミやシロアリの駆除によく使われていたが、最近は別の薬物が登場したため使用されるケースは少ないという。

しかし使用が禁止されているわけではなく、毒物及び劇物取締法では販売業者に法的規制があるだけで、購入することも禁止はされていない。シロアリ駆除業者などのあいだでも最近の駆除剤より使い慣れた亜ヒ酸を使用するケースは多く、いまも一定の需要があるとのことだった。和歌山毒入りカレー事件で使われた亜ヒ酸もシロアリ駆除用として保管されていたものだとされている。

身元証明の書類は運転免許証で、顔は店員が確認しているはずだから、購入したのが本人なのは間違いないだろう。沼沢とその妹の素性を明らかにすることが焦眉《しょうび》の課題となってきた。そして同じ時期に同じパターンで失踪した相葉夫妻についても――。

沼沢と矢上宅にあった女性の白骨死体を繋ぐ線は、前者の亜ヒ酸購入の件と後者の骨に蓄積された砒素だけだが、その線が延びる先に重要な事実があるのは間違いない。三組の失踪者は一本の線で結ばれているのか。だとしたらその線は果たしてその三組を繋いだところで終わっているのか――。

「我々だけでやるには、事件が広がりすぎじゃないのかね」

園村がおずおずと口を開く。傍らで浮田が頷きながら刺身の盛り合わせに箸を伸ばす。大原や俊史の見立てに違わず、さっそく特命第三係の面々は腰が退けているようだ。威勢よくビールを呷って池田が言う。

「だからこそ、おれたちだけで片付けようと言ってるんです。母屋の仕切りで帳場を開いてもらっても、所轄にとっては無駄飯食らいに宿を貸すだけのことですよ。そちらさんだって連中の下働きに成り下がるのは嫌でしょう。権柄《けんぺい》ずくな殺人班の鼻を明かしてやる絶好のチャンスじゃないですか」

「しかし、へたをすると広域事件になるんじゃないの。言っちゃ悪いけど、しょせん所轄は所轄でしょう。捜査能力にはおのずと限界があると思うけどね」

岸本がなげやりに言ってビールを口に運ぶ。池田が座卓をどんと叩いた。

「だったらあんたら母屋へ帰れよ。あしたからおれたちだけでやるから。お互い殺人班のエリートたちからは見下されている身だと思って、力を合わせていい仕事をしようかという気にもなっていたけど、どうも見込み違いだったようだな」

「まあまあ、池田君、そう言わずに。岸本も言い方がまずかった。ただね、これは私の目から見ても簡単なヤマじゃない。着手する以上は万全を期さないと、労力だけ使って取りこぼすことにもなりかねない。口幅ったいことを言うようだが、古い事件を掘り起こすというのは、みなさんが考えているほど簡単な仕事じゃないんだよ」

園村の口調は穏やかだが、そこは陽の当たらない部署といっても警視庁捜査一課の片割れで、口振りにはさりげないプライドが滲んでいる。それを見過ごす池田ではない。

「あのねえ、園村さん。古い事件の掘り起こしなんて所轄だっていくらでもやってますよ。こっちは母屋のみなさんみたいに出来たての事案と継続事案で分業しているような余裕はないですからね」

「いやいや、誤解しないで欲しい。君たちに経験がないという意味で言ったんじゃないんだよ」

池田の凄みに気圧《けお》されたように園村は慌てて言い繕う。池田はそれでも遠慮はしない。

「どんな古いヤマだって、地べたを這いずり回るように聞き込みをして、目を皿にして物証を探し回れば、必ず真相への糸口が見つかるもんなんです。今回のヤマがそうじゃないですか。我々だって最初は事件性があるかどうかさえわからない、お先真っ暗の状態で着手した。しかしなんとか事件の尻尾が見えてきた。どうしてここでくそ生意気な殺人班に手柄を譲らなきゃならないんですか」

「尻尾が見えたというより、ますます先が見えなくなったとおれは言いたいね。いまのような半端な態勢で突っ込んでいったら、こちらは無意味に消耗するだけで、けっきょくお手上げになるか、さもなきゃ殺人班の力にすがるしかなくなるんじゃないの。それならいまの段階で丸投げしちまうほうがいい」

岸本がまたも口を挟む。困惑した様子で俊史が割って入る。

「まだ結論が出せる状況じゃないだろう。まずはおれたちの力で見通しのつくところまでやってみようじゃないか。チームが立ち上がったばかりでもう腰が退けていたんじゃ、殺人班はおろか警視庁じゅうから笑いものにされる。いまでさえ特命なんて看板だけの無用の長物だという声がある。そういう評判はおれたち自身の力で撥《は》ね返すしかないだろう」

「しかしねえ、管理官。このヤマは我々の本業とは毛色が違います。普通の継続事案なら、最初に手がけた帳場の捜査をベースにできますが、今回はゼロからのスタートで、そこまでの捜査プロセスを積み上げるだけでも半年や一年は優にかかるんじゃないですか」

反論したのは浮田だった。口出しするのは宴会の話だけではないらしい。大原も黙ってはいない。

「あんたたち、なにを寝ぼけたこと言ってるんだ。そういう考えでいるから、いつまで経っても鼻持ちならない一課の一握りの連中に馬鹿にされる。殺人事件は本庁捜査一課の仕事と勝手に決まっているが、警察が扱うヤマはそれだけじゃない。鳴り物入りで帳場を立てなくても、空巣から強盗から傷害から所轄だけでいくらでもホシを挙げてきた。犯人検挙という一点では殺しもほかの事件も難しさに変わりはない。その点じゃあんたたちだって同じだろう。たとえ殺しのヤマでも継続捜査に帳場は立たない。一班一事案の態勢で事件が解決できないと言うんなら、最初から存在する意味のない部署ということになる」

俊史にとっては耳の痛い話だろうが、大原が言うことに間違いはない。殺人事件を特別扱いし、人海戦術の捜査本部態勢で臨む習わしは、日本の警察特有のものなのだ。

「大原さんの考えにおれは賛成だよ――」

俊史が大胆なことを口にする。

「迷宮入りになりそうな事案を最初から外すようなことをしていれば、殺人事件の検挙率はいくらでも高くなる。特命捜査の現場を預かるようになって、過去の不審死事件をいろいろ調べたら、どうみても殺人としか思えないのに立件を見送られた事案がいくつもあった。殺人事件偏重主義の裏にはそういう実態もあるということだ。特捜本部態勢なんて、要はパフォーマンスだよ。全体としてみればお寒い限りの検挙率を取り繕うためのね」

言っていることは間違いないが、葛木としてはぎくりとする。警察庁採用のキャリアで、片隅とはいえ捜査一課の現場を預かる管理官の立場としては暴言に近い。一瞬その場を沈黙が支配する。

まずいなと思ったとき、傍らで拍手が起きた。池田だった。続いて山井が、さらにつられたように若宮が加わった。大原も言うとおりだというように頷いている。まさか上司の口からそこまでの警察批判が飛び出すとは思わなかったのだろう。園村は慌てたように俊史の表情を窺う。

浮田と岸本は気まずそうにビールを口に運ぶ。山中は一座の微妙な雰囲気に戸惑うように周囲をきょろきょろ見回している。いちばん若輩の青野一人が、生真面目な顔で頷いている。それを眺めながら満足げな表情で大原が言う。

「管理官のおっしゃるとおりだ。おれも刑事をやってずいぶん長い。殺しの帳場はいくつも経験したよ。すべてがパフォーマンスだとまでは言わないが、少数精鋭ならもっと早く落着したのにと思う事件がいくつもあった。今回の事案が特捜本部扱いじゃないのはおれに言わせりゃ好都合でね。所轄の実力を見せつけてやるいい機会だと思うんだよ。特命のみなさんだってそうだよ。庁内で株を上げる絶好のチャンスだと思うがね」

「そうかもしれないね。どのみち庶務担当管理官がいったんは見捨てた事案なわけだから、いまさらこっちから一緒にやりましょうと持ちかけるのも決していい気分じゃない」

　園村が頷くと、浮田が慌てて横から口を挟む。

「しかし係長。それじゃ倉田さんに逆らうことになりますよ」

「心配ないよ。向こうは特捜事案のお膳立《ぜんだ》てをするのが本務だ。そもそも事件性すら認めなかったのに、いまになってちょっかいを出してきているのが筋違いなわけだから」

　園村は腹を括ったような口振りだ。大原から聞いていた印象とはやや違う。池田や大原や俊史のトーンに押されて気持ちがぶれているだけだとも思えない。

　池田と大原は強気でああは言ったものの、所轄の人員だけでは手に余るのは間違いない。特命のチームがこれからどんな働きを見せるかはわからないが、園村の言葉をいまは信頼すべきだろう。そんな流れを勢いづかせるように葛木は言った。

「方向はおぼろげに見えてきました。とにかく一歩進めましょう。そうすればまた新しい局面が見えてくる。ここで立ち止まってたって、事件は勝手に解決してくれませんから」

「そうですよ。最初から答えが見えているんなら、刑事なんて商売は必要ないんです。開かない扉を執念でこじ開ける。それが刑事の真骨頂じゃないですか」
我が意を得たりという表情で、池田はビールのグラスを乾した。

2

所轄のチームも特命のチームも、翌日は朝から住吉方面での聞き込みに散った。当面の狙いは沼沢兄妹の素性の洗い出し。旧住所の周辺での聞き込みを徹底して行い、その人物像や交友関係を調べ上げることだった。

相葉夫妻については、現在の人員を二分するのは捜査効率上マイナスだという判断から当面は触らないことにした。沼沢兄妹との接点が出てきた時点で、そちらにパワーを割けばいい。

沼沢兄妹の旧住所の江東区住吉一丁目は、戸建て住宅やアパート、小規模マンションが軒を連ねる住宅街で、矢上夫妻の家のある亀戸五丁目と風情はよく似ている。とりあえず住んでいたアパートの周辺をしらみ潰しに聞き込むしかないが、二人の年齢から考えて行動半径がそう広いとは考えにくい。

特命チームに土地鑑はないが、こちらのメンバーと一緒に行動するぶんにはさほど問題にはならないはずだった。どこかで顔写真が入手できれば、聞き込みの範囲をさらに広げられるが、当面は名前を知っている人を中心に聞き込んでいくことになる。

二人がその住所で暮らすようになったのは十年前で、住民票の記録によれば、北区東十条から転入してきたことになっている。近隣での聞き込みの成り行きによってはそちらへも足を延ばす必要がありそうで、そうなるとマンパワーで不安を感じるが、少人数のチームならではの意思決定の速さは、特捜態勢では望むべくもない。

問題はきょうから出張ってくる強行犯捜査一係の橋川というお目付役で、それをどうあしらうかが頭を悩ます点だった。人手の面を考えれば葛木も聞き込みに回りたいところだが、橋川がどういう男か初日に見極めておくことも今後を考えれば重要だ。

大原は刑事・組織犯罪対策課長という広範な職掌からこちらの件にばかりかまけてはいられず、この日も別件の捜査会議に顔を出している。俊史も朝から本庁で会議があって、戻ってくるのは午後になる。連絡担当の人間はいずれにしても必要なので、それも兼ねて特命チームを預かる園村とともに本部として使っている会議室に居残ることにした。

橋川は午前十時を過ぎたころにやってきて、業務の引き継ぎに手間どって遅くなったと言い訳をした。本庁時代には見覚えのない顔だったので、訊くと警務部から異動してきたという。

歳は三十を少し過ぎたあたりだろう。奉職してすぐの数年、地域課で勤務したあとはずっと警務畑で、刑事の経験はまだ一度もないとのことだった。強行犯捜査一係の仕事はいわゆる課内庶務で、捜査本部の立ち上げや捜査情報の収集という一課の司令センターとしての任務も含むが、一般の会社の総務に相当する仕事も担当しており、警務部から異動してきた人員も少なくない。その意味で橋川の経歴は不思議ではないが、目的がこちらの捜査状況の監視なら、刑事経験者のほうが適任のはずで、その点では肩透かしを食った恰好だ。

「それで、わざわざ出張ってきた理由は？」

葛木がずばりと訊いてやると、困惑したように橋川は答えた。

「あくまで連絡役ということです。本来なら捜査のお手伝いもすべきでしょうが、そういう仕事をしたことがないものですから、足手まといになってもまずいので――」

「連絡役と言われても、捜査状況については担当管理官から庶務担当管理官にじかに報告が行くと聞いているんだけどね」

「正直言うと僕もなんのために来たのかわからないんです。現場のことで見聞きしたことを報告するようにという話なんです。つまりスパイをやれということでしょうかね」

橋川はあっけらかんとした顔で訊いてくる。そのボケぶりを天然と解するか食わせ者とみるかは難しいところだ。冗談めかして葛木も応じた。

「だったら十分注意をしないとね。同じ刑事同士でも、班が違うだけで捜査情報は絶対に漏らさないというのが我々の習性だ。たとえ相手が庶務担当管理官でも、正規のライン以外から情報が漏れるのは面白くないからね」

「でもいまここで扱っている事案、素人目から見るとじつに興味深いですよ。まさしく謎が謎を呼ぶという感じで、マジでミステリアスじゃないですか」

「だいたいのところは聞いているのか」

「ええ、こちらの管理官から報告を受けている範囲ですが」

「だったらおれからはそれ以上話すことはない。そのあと捜査はほとんど進展していないからね」

空とぼけて葛木は答えた。園村も神妙な表情をつくる。屈託のない調子で橋川は言う。

「しばらくご一緒する以上、ただ油を売っているわけにはいきません。お手伝いできることがあれば言ってください。電話番でも書類のコピーでもなんでもやりますから」

こちらとしてはそのあたりがいちばんやって欲しくない仕事だが、どうにも腹の底が読めなくて困る。聞き込みに出ている連中には、捜査上の連絡はすべて葛木か園村の携帯に入れるように言ってある。もちろん橋川がいるところではその手の話は一切しない。捜査方針の打ち合わせが必要なときは、携帯で連絡を取り合って署の外で落ち合うことにした。

せっかく確保した会議室が思う存分使えないのは不便だが、そこは少人数のチームというメリットを生かして乗り切れるだろう。橋川個人に悪意がないとしたら気の毒だが、背後にいるのが倉田なら、いまは用心しすぎるくらいでちょうどいい。

「捜査員のみなさんは、いまどちらにお出かけで？」

橋川は邪気のない調子で訊いてくる。隠し立てしていると勘繰られてもまずいから、適当に取り繕っておく。

「全員で亜ヒ酸の販売業者を回ってるんだよ」

「矢上宅で見つかった女性の死体に砒素が蓄積してたっていう、あの件ですね。矢上夫妻と繋がる人物が洗い出せれば、網は大きく絞り込めますね」

「そうなんだが、発見された死体が矢上夫妻かどうかもまだ確定できないんでね」

「そう聞いています。難しい事件のようですね」

「そもそも殺人事件かどうかもはっきりしない。体内に砒素が蓄積していたことで事件性のある死体なのは間違いないんで、とりあえず動いているわけなんだよ。倉田さんがわざわざお目付役を寄越すほどのヤマかどうか、正直こっちも自信がない」

気のない調子で答えておいた。倉田の介入に対する予防線として、重大事件になりそうな印象は極力薄めておくのが得策だ。しかし橋川は興味を隠さない。

「ここへ来る途中、僕もいろいろ考えてみたんですよ。でも考えれば考えるほど頭がこんがらかってくる。あくまで素人の感覚ですが、周到に計画された犯罪のような気がするんです。三組の失踪者のあいだに、みなさんは繋がりがあるとお考えなんでしょ？」

探りを入れているのかと警戒する。事実関係のみならず、こちらの読みに関しても本音はまだ秘匿《ひとく》しておくべきだろう。

「しかし居住実態のない住民登録というのはとくに珍しくもないからね。パターンはたしかに似ていても、偶然の一致という可能性も排除できないし」

「現場の刑事さんというのは、えらく慎重なんですね」

感心しているようにも呆れているようにもとれる物言いだ。この男、やはり曲者かもしれないと気を引き締める。

「捜査というのは事実の積み重ねでね。どんな名推理も、物証や自供で裏づけがとれなければなんの役にも立たない」

「そうなんでしょうね。刑事の思い込みで誰でも逮捕できたら、世のなかは冤罪《えんざい》だらけになってしまう。でもこの事案に関しては、ある程度そういう見込みで動いてるのも事実なんでしょう」

橋川は穏やかな調子で食い下がる。刑事の経験がないとは言っているが、ただの管理畑の人間とも思えない。葛木はさりげなく訊いてみた。

「警務部での所属部署は？」

「人事一課です」

橋川はさらりと答える。葛木はさらに訊いた。

「具体的に言うと？」

苦い思いがこみ上げる。監察といえば警察官の不祥事を取り締まる部署だ。実際には摘発するより事前に手を打って、本人には依願退職させて問題をもみ消すというのが常套《じょうとう》手段だが、最近は警察官の不品行が増加する一方で、隠しきれずに表沙汰《おもてざた》になり、首席監察官が謝罪に追われる場面もテレビなどでよく見かける。

その一方で現場の警察官からはゲシュタポのように嫌われる。犯罪や不祥事として表に出ないこととは別に、彼らに目を付けられたが最後、否応なしに左遷や依願退職の体裁をとった解雇の対象になる。刑事訴追する気がないからなおさらたちが悪い。刑事捜査なら到底立件も覚束《おぼつか》ない脆弱《ぜいじゃく》な裏づけだけで、人事上の処分がいくらでもできる。

それはときに内部抗争の具にも使われる。気に入らない人間を追い落とすのに、監察以上に使いやすい装置はない。讒言《ざんげん》の場合もあれば影響力を持つ立場の人間が背後から操る場合もある。

犯罪とは無縁の一般市民でも、警察に嫌悪感を抱く者は少なからずいる。葛木も聞き込みで訪れた家で、故なく罵声を浴びたことが何度もある。そこまでいかなくても、捜査に協力してもらうために、まず警察に対する不信感をいかに取り除くかが刑事の仕事の第一歩でもある。大方の警察官が監察に抱いているのは、そんな市民感情とかなり似ている。葛木自身にもそれは当てはまる。

「監察です」

「だったら、お目付役には最適だな」

覚えず口にしたそんな言葉に、橋川は慌てて首を振る。

「そういう任務を仰せつかっているわけじゃありません。あくまで情報の流れを良くするためで、正規の捜査本部が立てにくい状況でも、支援すべきことがあればできるだけのことをしたいというのが上の人間の意向なんです」

「上の人間というと、倉田さん？」

「そういうことになりますね。僕のような下っ端が口を利ける相手じゃありませんが」

「だったら伝えてくれないかな。この事案に関しては我々のほうは十分手が足りている。捜査一課は目いっぱい事件を抱えて、あちこちで帳場が立って人員が足りないと聞いている。そんな状況でご迷惑をかけるのは気が引けるし、捜査の進捗《しんちょく》状況についてはうちの管理官から随時報告がいくはずで、わざわざ人手を割いてもらうのは恐縮だとね」

穏やかに言ったつもりだが、こちらの不快感ははっきり伝わったはずだった。園村が心配そうに視線を向けている。喧嘩を売るかたちになるかもしれないが、ここは黙ってはいられない。監察からの横滑りを張り付けてくるということに、捜査妨害の意図を感じずにはいられない。

「そうおっしゃりたい気持ちは、僕にもわかります」

橋川はもっともという口振りだ。意外な反応に葛木は戸惑った。橋川はさらに続けた。

「本音を言えば僕も困っているんです。捜査に協力するという話なら、うちの部署には捜査畑出身の人間がいくらでもいます。僕に白羽の矢が立ったのがそういう理由じゃないのはたしかです」

「だったらどういう理由だと思うんだ」

「とにかくこちらにぴたりと張り付いて、気がついたことを逐一報告しろと言うんです。それじゃスパイみたいだから嫌だと言ったんですよ」

「たしかにそれじゃスパイだな」

「監察という前職を見込んでの話なら、僕としてはいい気分じゃないんです。一課への異動を願い出たのは僕のほうからで、三年越しでやっと実現したんです」

「監察が嫌だったわけか」

「最初は警察官の不正を糾《ただ》すやり甲斐のある仕事だと思っていたんです。しかし実態は葛木さんもご存じでしょう」

そう言われれば頷くしかない。橋川は苦渋を滲ませる。

「警察に奉職した以上、犯罪捜査に携わるのが王道だと思うんです。しかし監察は逆でした」

葛木は訊いた。

「それなら新天地で思いどおりの仕事ができるだろう。異動したのはいつなんだ」

「去年の春です。経験不足ということで現場勤務の希望はかなわなかったんですが、たとえ事務方でも犯罪捜査の第一線の捜査一課ですから、希望を持って着任したんです」

「それが想像とは違ったようだね」

「そのとおりです。とくにこの春、倉田さんが着任してからは——」

「どう違ったと言うんだね」

「事件を選別するようになりました」

「というと？」

「地味な事件、解決が難しそうな事件を特捜事案から外しているとしか思えないんです。もちろんいま捜査一課は十指に余る帳場を抱えていて、綱渡りの状況なのはたしかです。しかし強盗犯捜査や特殊犯捜査のような殺人犯捜査以外の部署を動員すればまだカバーするゆとりはある。しかし効率捜査を錦の御旗に微妙なケースの立件を見送る傾向が目立って、捜査経験の豊富な古参の先輩方にも首を傾げる人がいるんです」

橋川の率直な物言いをどう受け止めるべきか思い惑う。倉田について彼が言っていることは、これまで耳に入ってきた噂とも俊史や室井の話とも一致する。その倉田の意を受けて乗り込んできた橋川が、ここまでストレートに上司の批判を口にする。そこにむしろ不審な思いを禁じ得ない。

「正直なところを聞かせてくれないか。倉田さんは、我々が扱っている事案をどんなふうに評価しているんだね」

「非常に気にされているのはたしかでしょう。僕のような役回りの人間をわざわざ現場に出張らせたのは、僕が知る限り初めてのケースですから」

「おれも刑事生活は長いが、こういうケースは聞いたことがない。もっとも今回のような合同チームもおれは初めての経験だがね」

「微妙な距離の置き方なんです。普通は特捜から外した事件には見向きもしないんですが、この事案に関してはあくまでコントロール下に置きたいという執念を感じます」

「思い当たる理由は？」

「いまは静観していますが、大きな事件になる可能性があるとみているのかもしれません」

「だったらおれたちの捜査の結果を待って判断すればいいだろう。必要な情報は随時上げる約束になっているし、我々だっていまの人員では手に負えなくなるケースもある」

「そういう方向に向かうのを嫌っているようにも感じるんですよ」

橋川はさらに大胆に言う。葛木は思い切って問いかけた。

「君の忌憚《きたん》のない言葉をどこまで信じていいか、正直言って思いあぐねているんだよ。我々としても倉田さんの真意を測りかねているいまの状況ではね」

「おっしゃることはわかりますが、信じてもらえないのは残念です」

　橋川は肩を落とす。葛木にしても複雑なところだ。橋川の話を信じるとすれば、倉田の動きにはこれまで考えていた以上に不審な点がある。

　今後、橋川が倉田の動向についてなんらかの情報を漏らしてくれるとするなら貴重な味方になるが、監察出身という点に言いがたい不安を覚える。伊達《だて》に彼らがゲシュタポの異名を献じられているわけではない。刑事畑の人間には思いも寄らない汚い手管《てくだ》だって心得ているはずなのだ。

「断っておいたほうがいいだろうな。おれたちの現場では捜査情報はすべて部外秘だ。それは捜査活動を適正に進めるための鉄則であって、他意があってのものじゃない。だから我々が知り得た事実をいちいち君に報告することはしない。上げるべき情報があると判断すれば、管理官が適切なタイミングで倉田さんに報告するだろう。きみがここに張り付くことについてとやかく言う気はないが、だからといって協力できることはなにもない」

　きっぱりと言うと、橋川は寂しげな表情で頷いた。

「わかりました。かといって僕もわざわざ出張ってきた以上、なにもしないで退散というわけにはいきません。しばらくは居候《いそうろう》させて頂きますが、捜査の邪魔はしません。知り得たことについては上に報告しますが、そちらが捜査上の理由で秘匿する事実については詮索しません」

　その言葉に不思議な誠意を感じた。室井といい俊史といい、自分の周りには変人が集まる傾向があるらしい。池田にしても大原にしても、むろん自分にしてもおそらくその例外ではない。手放しで信じるわけではないが、橋川も、あるいはそんな変人の一人なのかもしれない。

3

聞き込みに出ている池田から連絡があったのは、近くの定食屋へ園村と昼飯を食べに出ていたときだった。

「苦労してますよ。住吉のアパートの住民は四年前とはすっかり入れ替わってましてね。近所の家を軒並み回っているんですが、沼沢隆夫、君子の名前を出しても、近所づきあいはまったくしていなかったようで、知っている人がいないんです。写真でもあればだれか顔くらい覚えていると思うんですがね」

「町内会の関係者とか民生委員が接触しているんじゃないのか」

「ああいうアパートの住人は町内会に入らないのが大半なようです。生活困窮家庭なら民生委員が訪ねたりもするんでしょうが、そういう暮らしぶりでもなかったんでしょう」

「地元の交番に巡回連絡簿が残っているんじゃないのか」

「二年前に更新されて、当時の記録は残っていません。交番の職員も代替わりしていて、沼沢兄妹のことを知っている者はいないんです」

「そういうこともあるだろうな。人づきあいを好まない性格で、だれにも知られずひっそり暮らしているような高齢者というのは、江東区のような下町でも少なくはないからな」

「矢上夫妻にしたって、奥さんが倒れてからはそんな暮らしぶりだったわけですからね」

「ああ。向こうはあの土地での暮らしが長かったから人物像はある程度聞き出せたんだが、転入したのが十年前で、転出したのが四年前となるとな」

「そもそもそこに住んでいたのかさえ、怪しいということになりませんか」

池田は不穏なことを言う。まさかそこまではと思いながら問い返す。

「賃貸アパートなんだから、家賃は払っていたんだろう」

「口座引き落としで賃借人と接触することはまずないそうですよ。解約の手続きにしても、たいがいは電話で済ますそうです」

「しかし、居住もせずに家賃を払い続けるというのはな」

「たしかにね。八十を過ぎた高齢者の世帯なら、つましい年金暮らしが相場でしょうから」

池田にあっさり撤回されると、逆にその奇妙な考えに惹《ひ》かれてくる。高齢者だから裕福ではないとは言い切れない。つましい暮らしをしている老人が、じつは巨額の資産を有していることもある。

そのアパートで暮らしていたかどうかという問題とは別に、もし二人がなんらかの事件に巻き込まれて失踪したとすれば、その犯行には動機があるはずだ。二人の年齢を考えれば、保険金殺人の類いは考えにくい。加入できる保険はまずないだろうし、あったとしてもとんでもなく高額になるはずだ。もし金銭が絡んだ犯罪だとしたら——。

「だったら銀行口座を当たってみるという手はどうだろう」

葛木が言うと、打てば響くように池田は応じた。

「金の動きはある意味で個人の履歴でもありますからね。不審な資金移動があれば、それがなんらかの犯罪に結びついている可能性もある」

「銀行に対してなら、名前だけで照会が可能だ。豊橋に転出した前後の金の動きから糸口が摑めるかもしれない。ついでに矢上夫妻と相葉夫妻についても調べてみるべきだろう」

「そうですね。少なくとも砒素化合物の線で矢上夫妻と沼沢隆夫が繫がっているわけですから、三組の失踪者が同一の犯罪に関係していた可能性は否定できませんからね。被害者なのか加害者なのかはまだわからないにしても」

「あの白骨死体の身元がまだ判明しないのが難点だが、もし矢上夫妻だったとしたら、残りの四人も同じ運命をたどったと考えたくなる」

「ああいった高齢者が、わざわざ虚偽の転入出をしてまで世間から姿を隠す動機ということになると、そうはなかなか思い浮かびませんからね」

「いずれにしても有力な糸口が出てくる可能性はある。やって損ということはないだろう」

「だったら手配はそちらでお願いします。我々はもうしばらく靴の底を減らしてみます」

期待を滲ませて池田は通話を切った。話の内容を説明すると、園村は力強く頷いた。

「それはいいね。その手法は我々のような継続捜査の場合には有効なんだよ。犯罪に繋がるような事実が出てこなくても、捜査対象の暮らしぶりが浮かび上がってきたりする。現状では沼沢兄妹の実像が把握できないわけだから、ぜひやってみるべきだ。捜査関係事項照会書は私が書いてもいいよ」

「お願いします。なるべく橋川の目には触れないように」

「ああ、わかってるよ。しかし気になる男だね」

園村は小首を傾げる。葛木は意外な思いで問い返した。

「どういう点で？」

「倉田さんがわざわざ指名したんだとしたら、用心したほうがいい。そうじゃないとしたら、案外こちらにとって有用かもしれない」

「たしかに話していて、侮《あなど》りがたいものを感じましたよ」

「私は十年一日凡庸にやってきた人間で、自慢できるような才覚はなにもないんだが、そういう人間だからわかることがあってね。橋川という男にはなにか光るものがある」

「警察のような役人社会には少ないタイプだよ。彼は自分の頭で考えることができる」

「というと？」

「わかるような気がします」

「人間というのは自分で考えているつもりでも、実際は因習やら権威やら日ごろ馴染んだ思考パターンに影響されているものでね。私なんかその典型だが、そこからずれる人間は周囲から煙《けむ》ったがられる。こう言っちゃなんだが、彼はうちの管理官とよく似ているよ」

「たしかに変人だとは思います」

「その変人ぶりがどう転ぶかだよ。慎重に付き合うべきだね。警戒するだけじゃなく」

「味方につけたら心強いかもしれません」

葛木は頷いた。年の功というのもあるのだろう。ここでも園村は大原から聞いていたのとは異なる横顔を覗かせる。

「倉田管理官についてはどうお考えなんですか」

葛木は訊いてみた。園村の人を読むセンスにいわく言いがたい興味を覚えた。園村は思案げな顔で言う。

「橋川君の話を聞いていて思ったんだがね。彼の率直な言葉を信じるとするなら、背景になにかあるんじゃないかという気がするんだよ」

「なにかというと？」

「単なる縄張り意識や室井さんとの確執だけでは説明がつきにくい。我々の動きをなんとかコントロールしたいという執念のようなものを感じるね」

「それは私も感じました。焦ってさえいるような」

「事件性なしという自分の判断でこの事案は簡単に潰せると彼はみていた。しかし室井さんやうちの管理官やあなたたちが動いたお陰で、どうにも事件性を否定できないところへきてしまった。だからといって特捜扱いで大々的な捜査には乗り出したくない。突飛なことを言わせてもらえば、倉田さんはなにかを怖れているような気がするね。この事案を追及することで飛び出してくるかもしれないなにかをね」

園村の言葉に葛木はぎくりとした。これまで無意識に感じていたものと呼応するのだ。

「それはなんだと思いますか」

身を乗り出すと、園村はあっさり首を横に振る。

「まだわからない。しかしこの事案への最初の対応からして首を捻るね。事件性なしとの判断が早すぎた。検視官が他殺の可能性を指摘した場合、普通なら鑑識を入れて検死の結果と合わせて判断するのが常道だ。ところがそれを封じてしまった」

「室井さんの執念がなかったら、この事案はいまごろ影も形もなかったでしょうね」

「あなたの息子さんにしてもね。正直言って私は気が重かったんだよ。この事案にはなにか危険なものがあるような気がしてね」

「それは政治的なレベルの問題と考えていいですか」

「倉田さんの仕事に対する姿勢の問題、室井さんとの因縁。大方はそんなところだと思うんだが、それでも説明がつかない薄気味悪いものを感じるんだよ」

「具体的に言うと？」

「それがわかれば疑心暗鬼に陥らずに済むんだが、あくまで感覚のレベルの問題でね」

園村は控えめだが、そこに葛木は手応えを感じた。とくべつ手柄を立てたわけでも、押し出しが強いわけでもない、現在の地位まで登り詰めたのが庁内の七不思議だというのが大原の忌憚のない人物評だったが、そこには相応の理由があるのではないかと思い直す。警察に限らず大きな組織一般には、踏めば致命傷になる地雷があちこち埋まっている。それを察知する能力におそらく園村は長《た》けている。いま披瀝《ひれき》した倉田についての曖昧《あいまい》だがどこか確信のある物言いに、葛木はそんな感触をたしかに感じた。

4

「言われてみればたしかにね」

橋川とのやりとりを聞かせると、俊史は途中で買ってきたコンビニ弁当を突つきながら頷いた。きょうは妻の由梨子が息子を連れて実家に帰っているので、自分はこちらに泊まると言って、葛木と連れだって一之江の家にやってきた。

あれから署に戻ると、園村はすぐに捜査関係事項照会書をしたためた。葛木はそれを大手都銀と関東一円の地銀や信用金庫の担当部署にファックスした。少し間をおいて電話を入れると、どの銀行も要請に応じるとの回答だった。

かつては個人情報保護を楯に断ってくることも多かったが、最近はマネーロンダリングや暴力団関係の不正資金の扱いに対する法令が強化され、協力を断られるケースは滅多になくなった。

問い合わせたのは三組の失踪者全員、都合六人分の口座についてで、午後四時過ぎに連絡があった。沼沢隆夫の妹の君子の口座だけが見つからなかったが、それ以外の全員については洗い出すことができた。しかし機密を要する個人情報のため、郵送やファックスによる受け渡しはできない決まりだというので、こちらが口座のあった銀行の本店または支店を回らなければならない。

捜査員たちは夜遅くまで聞き込みをして回ったが、耳寄りな情報は得られなかったようだった。無理もないだろう。葛木自身、長年住み慣れた自宅周辺でも、アパートやマンションの住人とはほとんど面識がないし、だれが住んでいるのか関心を持ったこともない。

街の至るところに防犯カメラが設置され、犯罪の抑止に大いに役立っているようにマスコミは喧伝するが、その一方で人の結びつきによる抑止の力は確実に劣化している。

園村と相談した結果、銀行や信金への捜査関係事項照会書の送付と電話での担当部署とのやりとりは、橋川にはあえて隠さず行うことにした。捜査手順として奇手の部類には属さず、秘匿するほどのことではない。その一方で橋川の報告を受けて倉田がどう動くか、反応を窺う観測気球としても使えるという考えからだった。

橋川は自身が言ったように、こちらの動きに口を挟むこともなく、あれこれ詮索するわけでもなく、捜査員たちが戻るのと入れ替わるように帰っていった。普通なら歓迎会でも開いてやりたいところだが、そこまで踏み込んだ付き合いはまだ控えるべきだろう。

買い置きのビールを冷蔵庫からとりだして、自分も弁当に箸をつけながら葛木は問いかけた。

「園村さんの感想だが、思い当たることはないか」

「きのう倉田さんと会ったとき、変だなと感じた点はあるよ――」

葛木のグラスにビールを注ぎながら、俊史は切り出した。

「あの時点までの捜査状況を説明しているとき、倉田さんの相槌の打ち方が変だった。事件性なしと判断して手仕舞いしたにしては、妙に事情に明るいところがあったんだよ」

「例えば？」

「矢上夫妻の身辺事情に関連したことだね。息子さんが死亡していたこととか、近所づきあいが疎遠だったこととか――。親父たちからそういう報告は上げていないんだろう？」

「そもそも母屋とは接触していない。大原さんにしてもそのはずだ」

「微妙なニュアンスでしかないけど、そんなことはわかっているから先を続けろと言いたげな反応が何度かあった。おれの錯覚かもしれないけどね」

「本当ならおかしな話だな。そういう情報はこちらの捜査で判明したことで、普通なら知っているはずがない。スパイがいたということか」

「それはないと思うんだ。理事官の耳には入れておいたけど、彼はこちらが動いていることを倉田さんに感づかれて横槍が入るのを警戒していたからね」

「矢上夫妻について、彼が個人的に事情を知り得る立場にあったとは考えにくいしな」

「それから沼沢兄妹と相葉夫妻の失踪の話をしたとき、驚いたというより動揺したという印象だった。いまになって考えればの話だけど」

思いあぐねるように俊史は言うが、もし当たりなら園村の勘は鋭い。葛木もそこまでは考えが及ばなかった。

「今回の事案と倉田さんのあいだに、なにか繋がりがあったと勘繰りたくなるな」

「そうだね。それも表沙汰になっては困るような個人的事情が」

「そう考えれば、ここまでの不審な対応にも説明がつく。しかしこちらの捜査では、いまのところ彼と繋がるような事実は出ていない」

「あくまで想像の域を出ていないわけで、そこまで疑うのも失礼かもしれないけどね」

「いずれにせよ、警戒は怠らないほうがいい。あの人は捜査一課長を動かせる立場で、そのラインから強権発動されたらこちらは一溜《ひとた》まりもないからな」

「だからといって理屈の合わない横車は通じない。じっくり事実を積み重ねていけば、向こうだって言い掛かりは付けにくくなると思うよ」

俊史は自信を覗かせる。心強く感じる一方で、脇の甘さに繋がらないかという危惧も覚える。なにごとにつけ正論に立って行動する俊史の姿は快いが、そこにつけ込まれて煮え湯を呑まされたこともある。葛木は問いかけた。

「問題は橋川の扱いなんだが、どうしたもんだろう」

「気になるのは監察からの異動だという点だね。現場の警察官のあら探しをするのが仕事だったわけだから」

「そこを見込んでの人選だとしたら、倉田さんの狙いが見えてくる。こちらの情報を収集するというより、職務規定上の問題点をほじりだして因縁をつける作戦かもしれないぞ」

「ああ、気をつけたほうがいいかもしれないね。規定に抵触するようなことはしていないけど、組織的にイレギュラーな運営なのは間違いないから」

「金の使い方にしても捜査手法にしても、突つかれないように気を引き締めないとな」

「それはそうなんだけど、じつは親父の話を聞いておれも興味が湧いてきた。いまは敵とも味方とも見極めがつかないけど、一度腹を割って話してみたらどうかと思ってね」

「おまえが橋川と？」

「ああ。気持ちが通じそうな気がするんだよ。ひょっとすると味方になってくれるかもしれない。じっくり話を聞けば、倉田さんの思惑も読めるかもしれないし」

「そう思わせるのが向こうの手かもしれないぞ」

「しかしただお荷物扱いしていたんじゃ、こちらの捜査にも支障が出てくる。彼がいるところで事件の話もできないんじゃね」

「それはそうだ。おれも頭を悩ませていた点ではある」

「あすあたり晩飯にでも誘って差しで話してみるよ。親父とした話に裏がないとしたら、倉田さんに対して批判的な考えの持ち主ということになるし、園村さんの観察眼もおれは信頼してるんだよ。ほかに取り柄がないと言っちゃ失礼だけど、そういうところがあるからいまのポストも務まっているわけで、うちの癖のある連中に一見すると操られているようで、じつはうまいことコントロールしている。ゆうべだって最後には話をまとめちゃったわけだから」

　俊史は感じ入っている口振りだ。たしかにゆうべの手際が意識してのものなら、なかなかのやり手だと言うしかない。引くと見せかけてやる気満々の池田を勢いづかせ、厭戦気分の部下にプレッシャーをかけさせたところで、苦渋の決断という顔で話を落着させた。

「先頭に立って発破をかけるだけが指揮官の能力じゃないからな。あの人の場合、自分が目立つことには興味がないんだろう。自分が一歩退くことでチームがうまく機能すればそれでいい。そう割り切っているんなら大した人だよ」

率直な思いで葛木が応じると、どこか誇らしげに俊史は言った。

「おれも困った人だと思っていたよ。ところが付き合えば付き合うほど味が出てくる。スルメみたいな人なんだ。管理職のあり方という点でいろいろ勉強させてもらったよ」

5

翌日、全員が聞き込みに出払ったあと、葛木は園村と連れだって銀行回りに出かけた。俊史は特命捜査第四係との打ち合わせで本庁へ戻っていった。

一人取り残されることになった橋川は、機嫌を損ねるでもなく留守番を引き受けると言う。捜査資料は各自が携行しているので、覗かれて困るものは会議室には置いていない。

三組の失踪者の口座は、江東区内では二つの都銀の支店と二つの信用金庫の支店で見つかった。

区外にもいくつか口座があり、ほかにゆうちょ銀行の口座もあったが、そちらの口座管理はすべて東京貯金事務センターの扱いになるとのことで、所在地は埼玉県のさいたま市だという。そこと区外の口座はあと回しにして、まず区内を回ることにした。

最初に出向いたのは亀戸駅前にある都銀の支店で、そこには沼沢隆夫名義の普通口座がある。城東署の葛木だと名乗ると、フロア係の店員が本店から連絡を受けていると応じ、店舗の一角の応接ブースへ案内された。

応対したのは四十がらみの副支店長で、最初に身分の確認をさせて欲しいと丁重に言ってきた。警察手帳を差し出すと、写真とこちらの顔を慎重に見比べる。同じように園村の身分も確認すると、副支店長は恐縮したようにソファーを勧める。要請したデータはすでに用意してあった。

「口座が開設されたのは八年前で、四年前の二月以降は取り引きがなく、連絡もつかなくなっているため、現在は休眠口座の扱いになっています」

副支店長はそんな説明をしながら取り引き記録のコピーを手渡した。口座名義や口座番号と並んで連絡先の住所や電話番号が記載されており、住所は間違いなく沼沢の旧住所の江東区住吉一丁目だった。それを受けとり、園村と肩を寄せ合って目を走らせる。

用紙は三枚綴《つづ》りで、口座が開設された八年前の五月。公共料金の引き落としにも使っていたようで、それから四年前の二月までは比較的頻繁に入出金の記録があったが、四年前の二月以降、取り引きがぴたりと止まっている。

預け入れ額も引き出し額も数万円から十数万円ほどで、残高は多いときでやっと百万円を超える程度。均《なら》せばせいぜい二、三十万円だ。日常の財布代わりに使っていたのだろう。定期預金はゼロで、資産目当ての犯罪の被害者になりそうな蓄財の形跡は見当たらない。

年齢からすれば年金を受け取っていたはずだが、その関係の入金記録はなく、受け取り口座は別に持っていたと考えられる。最後の取り引き後の残高は九万円弱だが、四年前の二月の時点で大きな額の預金が一気に引き出されたというわけではなく、細々続いていた取り引きの結果、残高がそこまで減っていただけのようだった。

資金の動きから想像される暮らしぶりからすれば、九万円弱という金額は少なくない。豊橋に転出しても解約せず、それだけの預金を残していたということは、沼沢には四年前の二月以降もその口座を使い続ける意志があったと推測される。ところがその後の取り引きがぴたりと止まっている。そのころ当人になにか異変があったのは間違いないだろう。

「沼沢隆夫さんとはご面識がおありでしょうか」

試みに問いかけると、副支店長はあっさり首を振った。

「いまはATMによる取り引きがほとんどで、個人のお客様と対面で接する機会はほとんどなくなっておりまして。支店長も含め、口座が開設された八年前にこの支店に在籍した職員も一人もおりません。私もこちらに来たのは一昨年なんです」

たぶんそんなところだろうと思っていた。午前中の早い時間でも亀戸駅前の人の流れは切れ目がない。駅周辺の再開発と高層マンションの林立で、かつての下町の風情は急速に薄まりつつある。

それは同時に生身の人間が記号として管理される時代の姿でもあるのだろう。葛木たちが触れることのできる沼沢隆夫は、いまや店番号と口座番号で識別されるコンピュータ上の存在でしかない。

転出先の豊橋の住民票が職権消除されてしまえば、記号としての沼沢の痕跡もこの世界から抹消されることになる。同じように記号化され、人知れず抹消されていく人間は今後ますます増えていくのかもしれない。そんな世界で起きている犯罪に、果たして警察は対処できるのか。

数字と記号とカタカナ文字だけがひたすら並ぶ入出金リストを眺めながら、葛木は言いがたい無力感に襲われた。

第七章

1

沼沢隆夫の口座があった亀戸駅前の都銀支店の次に向かったのは、大島五丁目にある信用金庫の支店だった。

そこには相葉兼二名義の普通口座があった。口座が開設されたのは十二年前。預金の出し入れの状況は沼沢の口座と似たようなものだった。夫妻が豊橋に転出したのは四年前の十一月だったが、翌月の十二月以降は取り引きの実績がない。残高は五万円ほどだった。

沼沢隆夫のケースと違っていたのは、年金受け取り口座としても使われていた点だが、最後に振り込みがあったのは四年前の十二月。その後は振り込み口座を変更したのか、住所変更手続きの不備等の事情で支給停止になったのかは判明しない。

そのあと向かった亀戸四丁目の信用金庫の支店には、矢上夫妻のそれぞれの口座があった。開設はどちらも八年前で、生活資金の出し入れと年金の受け取りに使っていたようだ。パターンはほかの二件と同様で、夫妻が豊橋に転出した三年前の五月以降入出金の動きはなく、それまで二ヵ月に一度あった年金の振り込みも三年前の四月をもって途絶えており、わずかな残高を残したまま現在は休眠口座になっている。それらのいずれにも積み立てや定期などの貯蓄性の預金はなく、資産目当ての犯罪を想像させる巨額の資金移動も見られない。

個別に見れば年金暮らしをしている八十歳前後の高齢者の財布代わりの口座として不自然なところはない。しかし不気味なのは、豊橋への転出とほぼ同時に取り引きが途絶え、住所変更を行うこともなく、若干の残高を残したまま休眠化しているという、沼沢の口座も含めたどの口座にも共通するパターンだ。

すべての口座を当たってみないと答えは出ないが、いずれの世帯も豊橋への転出を契機に生活に関わる部分でなにか変化が生じたことは想像に難くない。だとすれば、矢上、沼沢、相葉の三世帯が同じ一つの事件に巻き込まれた可能性は否定しがたい。

時刻は正午少し前で、葛木と園村は城東署の近くで昼食をとることにした。署に帰れば橋川がいるから、なかなか思ったことが喋《しゃべ》れない。昼飯や晩飯がこれからは大事な会議の場になりそうだ。

それなら大原とも今後の捜査方針を打ち合わせておきたい。誘いの電話を入れてみると、ちょうど食事に出ようとしていたところで、二つ返事で大原は応じた。砂町銀座の割烹屋《かっぽうや》で落ち合うことにして、タクシーを拾ったところへ俊史から連絡が入った。

「ああ、親父。いまどこに？」

「タクシーのなかだ。署の近くで、課長と園村さんと打ち合わせを兼ねた食事をと思ってね」

「おれも加わりたいけど、別の班との打ち合わせがあるから、城東署に行けるのは夕方になるよ」

「ずいぶん忙しそうだな」

「それほどでもないよ。三つ掛け持ちしている管理官もいるからね。それより矢上夫妻のお孫さんのＤＮＡ型鑑定の件だけど、さっき室井さんから連絡があって、ボストンの研究機関と話がついたそうなんだ」

「それはよかった。おれのほうはどういう段取りで動けばいい？」

「いちばん精度の高い鑑定をするには、やはり祖父母と実の母と孫の三人のＤＮＡ型を比較する必要があるらしい。それでお母さんのＤＮＡサンプルの採取なんだけど、このまえ話したように、法的効力を持たせるには司法警察員が立ち会う必要があってね」

「それはおれがやるよ。母親とは面識がある」

「採取は科捜研の職員がやるから、一緒に高崎へ出向いてもらうことになるね」

「先方の都合を聞いてみるよ。それに合わせてくれればいい」

「わかった。調整は任せるよ。それで預金口座の調べは進んでいるの？」

「まだとっかかったばかりだが、例の三件はやはり繫《つな》がっていそうだな――」

ここまでに知り得たことを説明すると、俊史は重いため息を吐く。

「やはり大きな事件になりそうだね。あの二つの死体が誰であるにせよ、三つの世帯がなんらかの事件に巻き込まれたのは間違いないという気がするよ」

「ああ。死体が二つだけとは限らなくなってきた」

「今後の捜査は慎重に進めたほうがいいね。ここで事件を潰されたりしたら、警察自身が犯罪に手を貸すのと同じことになる」

俊史は不穏なことを口にする。葛木は胸騒ぎを覚えた。

「そんな動きがありそうなのか」

「室井さんに異動の話があったらしい」

「いまはそういう時期じゃないだろう」

「警察大学校の教授に欠員ができたそうなんだ」

「その後釜《あとがま》か。そうなると、現場からは完全に切り離されるな」

「まだ打診の段階らしいけどね。本人ははっきり断ったらしい。だからといって、正式に辞令を出されてしまえば拒否はできない」

「嫌なら辞めろという理屈だな、裏で倉田さんが動いているのか」

「なんとも言えないけど、日ごろから一検視官として警察人生をまっとうするのが本望だと言っている室井さんにいまそんな話を持ち出した裏には、なにか意図的なものがありそうな気がするね」

「今回のことが絡んでの人事なら、警察という組織の腐敗はじつに抜きがたいな」

きのう聞いた橋川の話、俊史が会ったときの倉田の不可解な態度。あり得なくはないと葛木も思う。階級はたかが警視でも、庶務担当管理官は事実上捜査一課のナンバー2だ。そのうえ倉田の異例のスピード昇進を考えると、警視庁内からさらに警察庁にまで繋がる裏の人脈さえ想起される。

現にそういう噂があるらしい。警察庁刑事局捜査第一課長の宮島《みやじま》警視監はかつて倉田が所轄の課長を務めていたときの署長で、倉田が同期をごぼう抜きにして出世街道を驀進《ばくしん》しだしたのはそれからだとも言われているようだ。

宮島はいまや刑事局長を窺《うかが》う位置にいて、その立場を盤石にするためには、全国の警察本部の筆頭の警視庁で、刑事捜査の要《かなめ》ともいえる捜査一課長を手駒《てごま》にすることが欠かせない。庶務担当管理官への倉田の就任は、ゆくゆくは一課長に抜擢《ばってき》するための布石だという見方が警視庁内では定説らしい。

「だったら室井さんも気が気じゃないんだろう」

「そのときは辞表を書くと言ってるよ」

「警察大学校の教授というのは定年退職前の名誉職といったところだからな。室井さんじゃなくても、現場一筋でやってきた警察官なら窓際への左遷としか感じないだろう」

「これから新しい死体が出てきたりしたら、やはり頼りになるのは室井さんだからね」

「倉田さんの威光のまえじゃ、並みの検視官の主張はせいぜい参考意見だ。今回の事案のように、気に入らないときは聞き流せばいいわけだからな」

「それを許さない室井さんはいうなれば天敵だね。その人事の裏に倉田さんの意向があるにせよないにせよ、内心大歓迎なのは間違いない。おれも気を引き締めていかないと」

「ああ、慎重にな。おまえはキャリアだが、人脈の点ではまだ向こうが上回っている。室井さんにかかってきたような圧力が、こんどはおまえに向いてくることもある」

「おれにだって人脈がないわけじゃない。いまの刑事局長は大学の先輩で、ゼミの担当が同じ教授だったんだよ。このあいだ出席した親睦会で話しているうちに意気投合してね」

「それはいいな。ああいう役所では実力より派閥や学閥がものを言う」

「おれも少しは世渡りのコツを覚えたからね。そこにどっぷり浸かっちまったらまさしくミイラ取りがミイラになるわけだけど、かといって徒手空拳で勝てる相手じゃない」

「わかっているならそれでいい。なかなか頼もしくなったな」

葛木の言葉に、俊史は気負いのない口振りで応じた。

「室井さんに対する人事があんまり理不尽だったら、おれもそっちの力を使ってみるよ。そんな土俵での勝負なら新米キャリアにだって武器はある。その点はきっちり見せておかないと、倉田さんのような現場のボスをのさばらせることになりかねない」

2

砂町銀座の割烹屋には、大原が先に着いていた。

昼の定食を注文し、口座の資金移動の話を聞かせると、大原は呻《うめ》いた。

「その三組に共通するなにかが起きているのは間違いないな」

「ここまで状況が似通っていると偶然の一致だとはとても言えません。そのうえ沼沢が購入した亜ヒ酸の件もある。問題はそれを結びつける糸がまだ見えないことですよ」

焦燥を隠さずに葛木は言った。園村も深刻な顔で頷《うなず》く。

「看過しがたい犯罪が起きているのは間違いないけど、その実態にどこまで迫れるかだね。聞き込みに出ているうちの連中もまだめぼしい話は聞き出せていないようだし」

「いまのところ怪しい気配が漂っているだけで、それがどうにも焦点を結ばない。この状況になんとか風穴を開けないと、捜査陣の士気にも影響してくるぞ」

大原は苦い口振りだ。葛木は言った。

「矢上夫妻の孫のＤＮＡ型鑑定の件、室井さんが段取りをつけてくれました。きょうのうちに連絡をとり、私が立ち会って母親のＤＮＡサンプルを採取します。その答えが出れば全体のピントがもう少し合ってくるでしょう」

「とりあえずそれで一歩前進か。しかしまだまだ難渋しそうだな」

「心配なのは別の方面ですよ。じつは室井さんが――」

先ほどの俊史の話を聞かせると、大原は吐き捨てる。

「やるんじゃないかと思っていたら案の定だな。この事案、倉田にとってなにか具合の悪いことが隠されてでもいると思いたくなるな」

「信じたくはないんですが、私もそんな気がし始めているんですよ。きのう園村さんとも話したんですがね――」

橋川と話し込んだ印象や、それについての園村の感想、さらに俊史から聞いた倉田との面談の際の不審な態度のことを聞かせると、大原は腕を組んで考え込む。

「おれも腑《ふ》に落ちないとは思っていたんだよ。今回のあの人のやり方はいくらなんでも常道を外れている。ちょっと動いただけでこれだけ大きな事件になりかけているのに、もし室井さんが黙っていたら、いまごろ完全に闇に葬られていたわけだから。橋川にしてもそうだ。頼みもしないのに送り込んでくること自体、嫌がらせとしか考えられない」

「腹に一物あるような気がしますが、それは一体なんでしょうね」

葛木が首を傾げると、テーブルに届いた幕の内定食に箸を伸ばしながら園村が語り出す。

「私もそれが気になってね。家へ帰って考えてみたんだよ。そしたら、ある失踪事件のことを思い出してね」

「失踪事件？」

吸い物の椀《わん》を手にとりながら大原が問い返す。園村は頷いて続けた。

「たしか五年前だよ。都内の民家から白骨死体が出てね。七十歳を過ぎた男性で、検視の結果は病死ということだった」

「その人の家だったんですか」

箸を割りながら葛木は訊いた。園村は頷いて続けた。

「一人で暮らしていたんだが、その一年前に奥さんが失踪してね。その人から捜索願が出てたんだよ。失踪当時は六十五歳だった。それを受けた所轄はとくに捜査もしなかった」

「一般家出人の扱いだったわけですね」

「そういうことだね。当時、警察が描いたのは、妻の家出で一人暮らしすることになった老人がその後病死し、白骨化するまで誰にも発見されなかったという筋書きだった。独居老人の孤独死というのはいまどき珍しい話でもないからね」

「その話と倉田とどういう関係があるんだよ」

苛《いら》ついたように大原が訊いても、園村は落ち着いたものだ。

「じつはその死体が出てまもなく、監察からおれのところに問い合わせがあったんだよ」

「監察から？」

問い返す葛木と大原の声が重なった。

「その老人から生前、都の公安委員会に苦情の手紙が届いていたらしいんだよ」

「どういう内容の？」

大原は怪訝《けげん》な表情だ。園村は身を乗り出す。

「その人の奥さんは、数年前から怪しげなカルト教団に熱中していてね。寄進の名目で毎年数百万円の金を巻き上げられていた。旦那がいくらやめろと言っても聞かない。退職金と株式投資で蓄えた財産を食い潰す一方で、しようがないからキャッシュカードも通帳も印鑑も取り上げて、妻にはわからない場所に隠した。奥さんは半狂乱になったが、旦那は頑としてとりあわなかった」

園村は吸い物を一啜《ひとすす》りして続ける。

「そのうち教団の連中が押しかけるようになって、この家には悪霊が取り憑《つ》いているの、考えを改めないと地獄に落ちるの、死ぬまで重病で苦しむのと、あることないこと言い募って寄進を迫る。思い余って警察に通報しても、民事不介入を楯になにも動いてくれない。そのうち旦那は精も根も尽き果てて、心筋梗塞《こうそく》を起こして入院しちゃった――」

妻は最初は付き添いをしていたが、そのうち姿を見せなくなった。幸い病状は軽く、病院は完全看護で、一人でも入院生活に不自由はなかったが、心配なのは妻だった。病院から家に電話をしても応答しない。一週間ほどで退院して、家に帰ると妻はいない。家のなかは家捜《やさが》しされたように荒れ放題だった。通帳やキャッシュカードは有価証券や貴金属類とともに貸金庫に預けてあったので無事だった。

部屋を荒らしたのはそのカルト教団の連中で、妻もおそらく拉致された――。夫はそう考えて被害届と妻の捜索願を出しに警察に出向いたが、応対した刑事は家捜ししたのは妻で、本人の意志で家を出たものと勝手に決めつけた。カルト教団の話をしても民事不介入を楯にとり合わない。業を煮やして夫は東京都公安委員会に苦情を申し立てたらしい。

「そういうのはだいたい握り潰されるんだけどね。たまたまそれを受けた担当者が、なにかを感じて調査するように指示したようだ。それで警視庁の監察が動いたらしい」

淡々と語る園村に、大原が問いかける。

「それで監察があんたに相談したわけか」

「いや、そのときは所轄の担当刑事から事情を聞いて、問題なしと判断したらしい。ところがそれから一年後に、こんどは旦那のほうが死体になった。所轄はそれも事件性なしで終わらせようとした。新聞の報道でそれを知った監察の担当者が、どうも気になるからと、お宮入り事件専門の私に意見を求めてきたんだよ」

「あんたはどう答えたんだ」

「白骨死体の場合、死因の判断は慎重にしたほうがいいと言っておいたよ。たとえ他殺でも骨に達するような外傷がないと見分けられない。自然死として処理されていた死体が、別件で逮捕された犯人の自白から、じつは他殺体だったとわかったケースはいくつもあるからね。それと妻が失踪したとき荒らされていた部屋の実況見分をしなかったのは手落ちじゃないかと指摘してやった」

「監察の反応は？」

「けっきょく再捜査が始まったわけではなかったし、所轄の担当者にお咎《とが》めがあったという話も聞かなかったから、そのまま立ち消えになったんだろうね」

「要するにあんたはなにが言いたいんだ」

大原は突っかかるように問いかける。園村はさらりと応じた。

「そのとき捜索願を受理した所轄の課長が倉田なんだよ」

「だからって、立件もされなかった事案じゃ倉田も出る幕がなかったわけだろう」

「まあそういうことなんだけどね。今回の事件と似たところがあるもんだから」

「薄気味悪いところがよく似ているな。白骨死体が出た。奥さんは行方不明。奥さんの失踪時にしても旦那の死体が出たときにしても、現場検証も検視もまともにやらずに事件性なしで終わらせた——。現場はどこなんだ」

「たしか文京区の根津《ねづ》だった」

「だとすると所轄は本富士署だな」

大原は皮肉な口振りだ。東大の本郷キャンパスが管轄に入っているからというわけでもないだろうが、小規模警察署ながら警視庁内部ではエリートの指定席だという伝説がある。倉田のとんとん拍子の昇進の一里塚に似つかわしい。

「その事件と今回の事件と、なにか繋がりがあると思うんですか」

慄《おのの》きを覚えながら葛木は問いかけた。園村は曖昧《あいまい》に首を振る。

「そこまで断定する気はないよ。ただ妙な引っかかりを覚えてね。たまたまそんなことがあったのを思い出しただけで、とくに深い意味はないんだが」

そう言われると逆に想像をかき立てられる。葛木は問いかけた。

「そのときの資料は入手できませんか」

「そもそも問題にされなかったんだから、正式な資料が残っているとは思えないんだが、監察に訊いてみればメモ程度はあるかもしれない。現場の刑事に一種の記録魔がいるときがあってね。迷宮入り事件の洗い直しでそれが日の目をみることがよくある。証拠能力で調書に勝るものではないが、ほかに証拠がないときは意外に切り札になることがある」

「でしたら、そういうものがあるかどうか確認してもらえませんか」

「ああ、いいよ。あとで連絡をとってみるよ」

園村は鷹揚《おうよう》に請け合った。そのときポケットで携帯が鳴った。外回りをしている若宮からだ。

「係長。ついさっき、面白い話を聞いたもんですから」

刑事にとっては事件こそが教科書だという池田の口癖がしだいに功を奏してきたのか、これまでと違ってその声にどこか勢いがある。

「どういう話だ？」

期待を滲《にじ》ませて問い返すと、若宮は弾んだ調子で切り出した。

「住吉の沼沢兄妹が住んでいたアパートの近辺で聞き込みをしてたんですがね。たまたまさっき話を聞いた家のご主人が住吉銀座で居酒屋をやっているらしいんです。そこに五年くらい前からその翌年まで、ときどきやってくる男女二人連れのお客さんがいましてね」

「沼沢兄妹だったのか」

「名前までは聞いていないそうです。一ヵ月か二ヵ月に一度くる程度で、常連というほどでもなかったようです。年齢は八十歳前後。仲睦《むつ》まじく料理を突き合って、ほどほどの量のお酒を飲んで帰っていったそうです。ご主人が何気なくご夫婦円満で結構ですねと言ったら、夫婦じゃなくて兄妹だと答えたと言うんです」

「だったら可能性が高いな」

「ええ、そう思っていろいろ突っ込んで聞いてみたんですが、とくにじっくり話し込んだわけでもないし、客商売ですからほかにも大勢の人と付き合っているわけで、それほど記憶には残っていないようでした。それでふと思いついて――」

若宮は誇らしげに続ける。

「ものは試しと、矢上夫妻が写っている写真を見せたんですよ」

それは妻が元気なころに町内会主催の夏祭りに参加したときの集合写真で、そのなかに夫妻の顔もあった。それを町内会長から借り受けて、二人の部分を拡大コピーして、近隣の聞き込みのために捜査員に配布しておいたものだった。

「見覚えがあったわけだな」

「そうなんです。夫のほうなんですが、何度か沼沢兄妹と一緒に来たことがあると言うんです。もちろん古い記憶で断定はできないとのことですが」

「誘導したわけではないんだろう?」

「そこはもちろん気をつけました。沼沢兄妹との繋がりについてはなにも言及せずに、こんな顔の二人に見覚えはないかと写真を見せたんです」

「それだけで思い出したというなら、信憑性は高いな」

「ええ。沼沢兄妹と矢上幹男氏のあいだに、当時交友関係があったと考えていいんじゃないですか」

「矢上宅のある亀戸五丁目と住吉銀座じゃずいぶん場所が離れている。偶然店で会っただけと考えるのは無理があるな」

「そう思います。相葉夫妻との繋がりはまだ見えてきませんが、三組の失踪は、やはり一連のものと考えたくなりますね」

「そうなんだ。じつは――」

預金口座の調べで判明した事実を伝えてやると、怖気をふるうように若宮は言った。

「大変な事件になるかもしれませんね。これからいくつ死体が出てくるやら」

「出てくれればまだましだ。死体なしの殺人事件はとかく難事件になりやすい。おれたちの商売では死体は最大の物証だからな。いま一緒にいるのは？」

「池田さんです。替わりますか」

「いや、いいよ。預金口座の話はおまえから伝えておいてくれ。おれたちは午後からもう一回りする。夕方どこかでまた会議を開くことになるだろう」

「なにかと不自由ですね、橋川という人が張り付いてくれているおかげで」

若宮は苦い口振りだ。宥《なだ》めるように葛木は言った。

「かといって追い返すわけにもいかない。いまここでことを荒立てるのは得策じゃないからな。なにかいい知恵がないか、おれも考えてみるよ」

通話を終え、若宮の話を伝えると、大原は声を上げげた。

「事件のピントがだいぶ合ってきたな。こちらの見立ては間違っていなかった。こうなったらおれたちだけでこのヤマを仕上げて、倉田に吠《ほ》え面をかかせてやろう」

当初は及び腰だった大原も、ここまで来れば意気盛んだ。園村も気合いが入る。

「ここまできたらやらなきゃね。殺人班だけが表看板で、あとはその他大勢という捜査一課の体質をぶち破らないと、警視庁の捜査能力は衰退していくばかりだから」

「一課のあんたにそう言ってもらえると嬉《うれ》しいよ。おれたちのような縁の下の力持ちがいて始めて、世の中の平和は守られるわけだから」

大原はいかにも満足げだ。葛木も大きく頷いた。

「いけますよ、このヤマ。我々の力でね。これからも重要な証人や証拠が出てくるでしょう。犬も歩けばなんとやらで、若い若宮も無駄に足を棒にしてはいないわけですから」

3

店を出て大原と別れ、葛木と園村はふたたび亀戸駅方面に向かった。

出向いた先は南口駅前にある都銀の支店で、そこには矢上幹男名義の口座がある。応対した支店長に警察手帳を提示して、案内された応接室にはすでに資料が用意されていた。

口座は二十年以上前に開設されていて、きょう見てきたなかではいちばん期間が長い。しかし豊橋に転出した三年前の五月以降は取り引きがなくなり、最終的な残高はやはり五万円ほどで、いまは休眠口座になっている点は共通だ。

しかし資金の動きに関しては、午前中に回った信用金庫の本人の口座とも、彼の妻も含めたほかの失踪者の口座とも異なっていた。その口座は総合口座で、開設当初は四千万円ほどの定期預金があり、それを解約や満期のさいに一部を取り崩してきたようで、豊橋に転出する前年には二千万円ほどまで目減りしている。

それ自体は不自然ではないだろう。退職後に不意の出費でまとまった資金が必要になることもあるだろうし、他の金融商品に移し替えることも珍しくないと支店長は言う。不審なのはその二千万円ほどの定期預金が、四年前の六月に満期になって普通口座に振り替えられ、それから一年余りのあいだにほぼなくなっていることだった。

普通口座からの出金はすべて他行の口座宛の振り込みだった。回数は五回ほどで、何百万円かずつに分けて行われている。相手先の口座名義はタナカマサヤ。摘要欄に「IB」という符号があるので、なにかと訊ねると、インターネットバンキングの略で、ネット取り引きによるものだと支店長は説明する。

葛木は腑に落ちないものを感じた。矢上夫妻の自宅を家宅捜索したとき、パソコンの類いは見かけなかった。インターネットに接続するにはモデムのような装置も必要なはずだが、そんなものも見当たらなかった。

「インターネットバンキングというのは、本人以外でも取り引きは可能ですか」

訊くと支店長は複雑な表情で頷く。

「ＩＤとパスワード、さらに振り込みの際には乱数カードによる第二暗証も必要になります。ただし操作しているのが本人かどうかを確認するすべはないわけでして」

「第三者でも可能なわけですね」

「要するに、ＩＤやパスワード、乱数カードを入手しさえすれば、だれでもどこでもその口座を操作できます。なにかご不審な点でも？」

支店長は不安げに問い返す。葛木は言葉を濁した。

「いま捜査中の事案に関わることでして、詳しいことは申し上げられないんですが――」

その口座の持ち主がパソコンやインターネットを使っていた可能性が極めて低いことを指摘すると、支店長は表情をこわばらせた。

「当行の過失責任が問われるようなことではないんですね」

「その心配はないと思います」

とりあえずそう答えたが、何者かがなんらかの方法で矢上幹男の名を騙《かた》り、インターネットバンキングのＩＤやパスワード、乱数カードを不正に入手した可能性は否定できない。その場合、銀行に過失責任が生じるケースも考えられるが、こちらにとって重要なのは、その問題よりもタナカマサヤという口座名義人が何者なのかという点だ。

その口座があるのはたまたま午前中最初に回った銀行だった。そのときとは捜査対象が異なるので銀行が対応してくれるかどうかわからない。しかしせっかく近場にいるのだからものは試しだ。支店長に礼を言ってその場を去り、外へ出てから電話を入れると、先ほどの副支店長は気さくな調子で協力すると応じてくれた。

さっそく出向き、タナカマサヤ名義の口座を調べてもらった。いったん奥へ戻り、十分ほどで戻ってきた副支店長は、渋い表情で一枚のリストを差し出した。

「当行の日比谷支店にその口座は存在しましたが、三年前の四月に解約されています」

葛木は手応えを覚えた。先ほどの銀行の口座からの最後の送金がやはり三年前の四月。解約されたのはその直後だ。記録されている入金記録は先ほどの銀行で確認したタナカマサヤ宛の送金記録と正確に一致する。

いずれの場合も入金した当日のうちに別の口座に送金されている。摘要欄にはやはりインターネットバンキングを意味する符号があり、送金先はすべて異なっている。

タナカマサヤの漢字表記は田中昌也。住所は世田谷区奥沢四丁目。電話番号から生年月日まで判明はしたが、不正入手した口座の可能性が高い。だとしたら調べたとしても張本人を突き止めることはまずできない。送金された複数の口座にしてもたぶん同様だ。

「たしかに不審な資金の動きですね」

副支店長は不安げだ。葛木は鷹揚な調子で言った。

「不正な手口でつくられた口座だとしても、銀行さんが法に適《かな》った手続きをされた上でのことならなんの問題もありません。我々が知りたいのはそれを行った人物が誰かであって、不正口座の存在自体は副次的な問題ですから」

ここで銀行側に警戒心をもたれれば今後の協力が得にくくなる。そもそも振り込め詐欺に使われる口座はすべて不正で、それがこれだけ横行しているということは、銀行には防ぐ手立てがないということだ。正規の手続きで取得した口座を売った人間は逮捕できても、それを使った人間にたどり着くことはまず無理だ。

丁重に礼を言って支店を出て、近場のコーヒーショップに腰を落ち着けた。相手が出たら間違いだと言って切るつもりで、田中昌也の電話番号に掛けてみる。

案の定、「この電話番号は使われていません」というメッセージが返る。黙って首を振ってみせると、園村は深刻な顔で言う。

「とんでもない事実が飛び出したけど、田中昌也なる人物をとっ捕まえるのは至難だね」

葛木も頷くしかない。

「田中の口座からの振込先にしても似たようなものでしょう。だからといって調べないわけにはいかない。ほかの二組の失踪者にしても、区外にまだ調べていない口座があります。同じ手口で送金が行われている可能性がありますから、それもしっかり当たる必要がある」

「しかし若宮君からの報告のようなこともあるからね。そっちの聞き込みもおろそかにはできない」

園村は思案投げ首だ。たしかにすべてにとりかかるには手勢が不足だが、かといってのんびりしてもいられない。室井に搦《から》め手からの圧力がかかっているとすれば、こちらにも手が回らないうちに、倉田にも潰しようがないところまで固めたい。

「管理官や大原とも相談しての話ですが、ここはきっちり二手に分かれて、敢えて二兎《にと》を追うことにしませんか。うちのチームも特命のチームもそれぞれいい仕事をしてくれてます。十分期待に応えてくれると思うんですが」


葛木の言葉に、園村はばつが悪そうに頷いた。

「まだまだうちの連中は尻に火がついちゃいないがね。せいぜいあなたや池田君や大原さんに煽《あお》ってもらって、足手まといにならないようにと願っているんだが」

「やっと事件としての体裁が整ってきたところで、まだまだほんのとば口ですが、特命がどうの所轄がどうのという垣根は取り払って一丸となって打って出れば、必ず大きな成果が出てきます。特別捜査本部と言ったってしょせんは寄せ集めの大所帯です。息さえ合ってくれれば、小回りが利くぶんこちらのほうが強いはずです」

「うちの連中も拗《す》ねているところはあるが、それも冷や飯を食わされ続けたせいでもあってね。ちゃんとした舞台さえ与えられれば、刑事としての気骨はあるはずなんだよ」


どこか嬉しそうに園村は言う。それは彼自身の思いでもあるのだろう。少なくとも園村と自分に関しては、いいチームワークが出来はじめているようだ。

「やりましょうよ。倉田さんに対する我々の不審な思いが当たっているとしたら、これは単に事件を追うだけの話じゃない。刑事としての魂を懸ける仕事になるかもしれません」

「私もそんな気がしているよ。警察官人生もそろそろ終着点が見えてきた。きょうまでなにをやってきたんだと訊かれれば我ながら赤面の至りでね。このヤマは私にとって転機かもしれない。あまりに遅すぎた転機だが、このまま無駄飯食らいで終わるよりはずっとましだと思うんだよ」

園村は淡々と言うが、その言葉の背後に並々ならぬ決意を感じた。彼がこのヤマを警察官人生の花道にしたいなら、自分は尽力を惜しまない。葛木自身にしてもそうなのだ。きょうまで警察官として、いや一人の人間として、どれほどのことをしてきたかと顧《かえり》みれば、決して威張れたものではない。

さっそく不審な資金移動の話を大原と俊史に伝え、急遽《きゅうきょ》打ち合わせをしようということになった。俊史は本庁での会議を早めに切り上げて、小一時間後にはこちらに到着するという。大原もそれに合わせるから、内密に集まれる場所を確保してくれとのことだった。

昼飯はもう済ませてしまったし、晩飯にはまだ早すぎる。それに会議のたびに飲み食いしていたのでは経費が嵩《かさ》んで堪らない。そのあたりはこれから検討することにして、とりあえず署の近くにある客の少ない喫茶店を指定した。内密な話の際にはこれまでもよく使ってきた。コーヒーはまずいが店主は顔馴染みで、事情を話せばカウンターからも出入口からも離れたいちばん奥のテーブルを空けてくれる。

池田にも加わってもらったほうが話が早いので、連絡をとると、聞き込みを切り上げてすぐにこちらに向かうという。倉田の怪しい動きもあるから用心に越したことはないと、まだこの件は池田一人の腹に仕舞っておくように言っておいた。

4

喫茶店には午後三時前に全員が集まった。

「きょうの成果は大きいね。若宮君が聞き込んだ情報といい、矢上氏の口座の不審な送金記録といい、事件の全容解明に大きく前進したわけだ」

葛木からの報告を聞いて、俊史は声を弾ませた。

「いまやっている聞き込みの続きはおれと山井と若宮でやれますよ。店が開いている時間に出かけていって常連に話を聞いてもいいし、ときどき居酒屋で一杯やる習慣があるんなら、ほかの店にも姿を見せているかもしれない。それより急いで調べたほうがいいのは、その不審な送金の件ですよ。そっちは残りの人員が総がかりでやれば、一日二日で答えが出るんじゃないですか」

池田の言葉からは特命との混成チームは鬱陶《うっとう》しいと言いたげな気分も伝わるが、その提案自体は理に適っている。聞き込みは地元に明るい池田たちのほうが向いている。

金融機関の調べなら土地鑑は必要ないし、関連する口座のある銀行や信金は区内だけとは限らない。むしろ都内全域が営業範囲の特命チーム向きと言っていい。園村は頷いた。

「それでいいんじゃないのかね。失踪した三組の口座については、区内はすべて済んでいるから、あとは区外と近隣県にある口座を当たることになる。田中昌也と田中の口座からの送金先については、帰ったらすぐにフダを書いて手配しておくよ」

「その件についてはまだ橋川に感づかれないほうがいいだろう。うちの刑事部屋のファックスを使ってくれないか」

大原は慎重なところを見せる。こんどは俊史が園村に問いかける。

「さっき親父からざっと聞いたんだけど、例の根津の白骨死体の話、じつに気になるね。そっちもなんとか調べはつきませんか」

園村は請け合った。

「やってみますよ。こっちの事案がここまで犯罪の色が濃くなると、そっちもだんだん気になってきましたから」

「しかしあいつらは骨の髄まで秘密主義だからな。知っているとしても教えてくれるかどうか」

大原は首を傾げる。そう言われると園村も自信はなさそうだ。

「そこはたしかに心配だよ。倉田の権勢は当時とは様変わりしているからね。監察といえどもいまさらタッチするのは躊躇《ちゅうちょ》するかもしれない」

「やってみる価値はあると思うよ。不自然に抵抗が強いとしたら、倉田さんについての疑惑がより色濃くなるわけだから」

俊史は積極的だ。大原が言う。

「なんにしても、いよいよ捜査は本格的に動き出しそうだな。まず田中昌也名義の口座をつくった人間を突き止めることだ。どういう手口を使ったにせよ、銀行は口座開設時の本人確認が義務づけられている。偽造免許証のようなものを使われていたらアウトだが、世間に出回っている不正口座の大半は口座売買によるものだ。身元証明の書類が本物の可能性は高いから、そこを手がかりに局面を打開できるかもしれないな」

俊史も期待を滲ませる。

「不正口座やインターネットを使ったとなると、よほど巧妙にやっても足跡が残る。付け入る隙《すき》はあるはずだよ。例えばインターネットバンキングを使った際のＩＰアドレスが、銀行のサーバーにまだ残っているかもしれない」

「そうか。それは思いつかなかったな」

葛木は膝《ひざ》を叩いた。四年前のアクセスの記録がいまも残っているかどうかだが、確認してみる価値はある。さっそく携帯を取り出して、さきほどの銀行の支店にかけてみる。

身分と名を名乗り、支店長に取り次いで欲しいと言うと、五分ほどで支店長は電話口に出た。事情を話すと、本人はそういう件には疎《うと》いらしく、これから本店に問い合わせてみるという。そう報告すると、気合いの入った声で俊史は言った。

「まだまだ先は長いかもしれないけど、一歩前進したのはたしかだよ。こんな規模の小さいチームでも、でかい仕事ができることを殺人班の連中に見せつけてやろう」

「そのとおりですよ。今回の倉田さんのやり方は腹に据えかねる。マスコミ受けするパフォーマンスをやってるだけじゃ、警察は無駄飯食らいの無用の長物でしかありません」

アルコールが入っているわけでもないのに池田はさっそく気勢を上げる。いよいよ反倉田決起集会の様相を呈してきたが、それも悪くはないと葛木は思った。

はなから逆らおうとしたわけではない。とり合わなかったのは倉田のほうで、そこを特命と所轄の判断で捜査を進めた。庶務担当管理官の裁量権が及ぶのはあくまで特捜事案に限られる。所轄にも特命捜査対策室にも独自の捜査権はあるわけで、それを否定されたら所轄も特命も存在する理由がない。

今回の倉田の動きはいくらなんでもやり過ぎで、多少過激に聞こえても、俊史や池田が言うことは刑事捜査の原則論だ。現場の判断がすべて正しいという気はないが、上層部がそこからの情報をないがしろにすれば、捜査は必ず空転する。現場感覚を失った机上の空論に振り回されて、無様に敗退した特捜本部を葛木はこれまでいくつも見てきている。

大言壮語を吐くのは好きではないが、この事案を自らの手で解決して現場のパワーを見せつけることが、いま自分たちが果たすべき使命なのだと、葛木もいまは腹を括っていた。

そんな話で盛り上がっていると、先ほどの支店長から連絡が入った。

「本店のサーバーには過去五年分の記録が残っているそうです。あの口座へのアクセスは四年前ですから、IPアドレスとタイムスタンプはご提供できるとのことです。ただ先ほどのご照会内容とは別件ですので、再度書面で申し入れて頂きたいとのことでして」

捜査関係事項照会書のことだろう。書類仕事は苦にしないようだから、それも園村に任せればいい。

「わかりました。本店の総務部宛でいいですね」

「それで結構です。担当者とはもう話がついておりますので」

支店長は気さくに応じてから、不安げに声を落とした。

「ところで捜査にご協力するのはやぶさかではありませんが、こういうことが表沙汰《おもてざた》になると、たとえ私どもには落ち度がなくても世間の目にはそうは映らないものでして――」

さきほどもそんな話は出ていたが、振り込め詐欺やらフィッシングやら、金融システムを悪用する犯罪の多発には銀行も頭を悩ませているのだろう。

「もし事件性が明確になっても、貴行の名前が表に出ることはありません。我々の目的はネット犯罪の摘発ではありませんので」

「だとすると、どういう?」

支店長は興味を隠さない。この段階で事件の話は出せないが、不信感をもたせるのも得策ではない。場合によってはさらに踏み込んだ協力を求めることにもなるだろう。葛木は慎重に応じた。

「人の命に関わるかもしれない事件でして。いまはそれ以上は申し上げられないんですが」

「そうなんですか。それならぜひご協力させていただかないと」

銀行業務に差し障りがあるような事件ではないと判断したようで、支店長はいくぶん安心した口振りだ。慇懃《いんぎん》な調子で葛木は応じた。

「よろしくお願いします。われわれも極力内密に捜査を進めている段階ですので」

世間に名前が出ることをそこまで警戒している点はこちらにとってもありがたい。あらぬところから情報が漏れて倉田の耳に入ることがあれば、苦労して橋川を蚊帳《かや》の外に置いている意味がない。通話を終えて内容を報告すると、園村は張り切った。

「すぐにフダを用意して、あす私が行ってくるよ。うちの山中を連れて行く。IPアドレスがどうのこうのと言われても私はちんぷんかんぷんなんだが、彼はデジタルおたくとでもいうのか、コンピュータやらスマホやらに明るくてね」

特命のメンバーでいちばん頼りなさそうに見えていた山中にそういう取り柄があったと

は知らなかった。俊史の口からＩＰアドレスの話が飛び出したとき、じつは葛木も内心不安を感じていた。

「だったらよろしくお願いします。私は池田たちの助っ人に回ることにしますから」

心強い思いで葛木が言うと、池田が慌てて口を挟む。

「そりゃまずいですよ。きょうだって心配だったんです。倉田さんのスパイの橋川を一人で残しておくなんて危なっかしくてしようがない。あんな狭苦しい部屋でも我々にとっては大事な帳場なんですから、ちゃんと主《あるじ》が留守を守らないと。大原課長はなにかと忙しいし、管理官にしても別の班と掛け持ちでこっちに張り付きっぱなしとは行かないし」

「要するに、おれに電話番をやれって言うわけか」

寂しい思いで葛木が言うと、池田は豪快に笑う。

「拗《す》ねないでくださいよ。係長には現場の司令官をやってもらいたいわけですよ。実績といい経験といい、まさに適材じゃないですか」

「そろそろ隠居しろという意味にしか聞こえないがな」

「いやいや、そんなことはありません。体力を使う仕事は若い者に任せて、係長は頭で汗をかいてくださいよ」

池田の言い草は気に入らないが、だれかが留守番に回るしかないのは当然で、けっきょく自分が適任だと納得するしかない。

「だったら油を売っているやつには遠慮なく発破を掛けるからな」

「そうです。鬼になってください。おれたちも気合いで突っ走りますから」

池田はいかにも楽しげだ。刑事という商売がとことん好きなのだ。大原が口を挟む。

「おれも茶飲み友達が欲しかったんだ。年寄り同士仲良くやろうや。ちょくちょく遊びに行ってやるから」

「そういう歳じゃありませんよ。今回はいろいろ事情もあるからやむを得ませんが」

苦い思いで言い返すと、園村も調子に乗った。

「葛木君もそろそろでんと構えたほうがいい。まだまだこれから出世するんだから、管理職の孤独ってのに慣れておかないとね。私はここじゃ新参者だから、遠慮なくこき使ってくれていいんだよ」

5

俊史は会議の続きがあるからと本庁に戻り、池田はふたたび聞き込みに出かけていった。大原と園村と連れだって署に戻り、刑事部屋に顔を出すという大原と別れて、帳場代わりの会議室に向かうと、橋川が退屈そうに本を読んでいた。

ちらりと覗《のぞ》くと刑事捜査のハウツー物で、警視庁内の書店にはその手のものがいつも並んでいる。多くは警察OBが退職後に書いたもので、内容は実践的な知識というより自分の仕事の自慢話が大半で、ときおり騙《だま》されて買ってみては、益体《やくたい》もない精神論に辟易《へきえき》して屑籠《くずかご》に放り込んだものだった。

「あ、お帰りなさい。なにか成果はありましたか」

慌てて橋川は本を閉じ、さりげない調子で訊いてくる。

「ただ足を棒にしてきただけだよ。めぼしい成果はそうそう転がっていないもんでね」

とぼけて応じるしかないが、なにやら気の毒な気もしてくる。

「でも羨《うらや》ましいですよ。やはり刑事というのは警察の華ですから」

「刑事なんて間尺に合う商売じゃない。華々しいのはテレビドラマの世界だけだ。その手の本に騙されないほうがいいぞ」

手元の本を指さすと、悪《わる》びれた様子もなく橋川は応じる。

「僕らの仕事と比べたら痺《しび》れるほどかっこよく見えますよ。捜査一課の司令センターだなんておだてられても、けっきょく下っ端はただの使い走りですから」

「手伝わせたいところだが、こっちにもいろいろ事情があってな」

「わかってますよ。この本にも書いてありました。隣の班もスパイと思えっていう刑事の世界の格言があるそうで」

「そんな格言は初耳だが。刑事にだって口の軽いのはいるし噂話には羽がついている。知らないうちに捜査情報が外部に漏れて秘密裏の捜査が頓挫《とんざ》することもある」

葛木は用心深くポイントをずらした。こちらの事情がそういう話ではないことはわかっているはずだが、なにか思惑でもあるのか、橋川はなんとも屈託がない。園村はファイルフォルダーを小脇に抱え、素知らぬ顔で部屋を出て行く。大原のアドバイスに従って、刑事部屋で捜査関係事項照会書を準備するつもりだろう。

「やっぱり僕がいるのはご迷惑なんでしょうね。みなさんほとんど出ずっぱりだし、ここに戻っても変に無口だし」

橋川は寂しげに言う。探りの入れ方がいかにも絶妙で、葛木もうっかり本音が顔に出そうだが、かといって計算ずくとも思えない。心を許して付き合えたら気心の合う部下になったかもしれないとつい思う。

「刑事と言っても、普段はデスクワークで署内にいるときが多いんだが、大きな事件を抱えるとこんどはほとんど出ずっぱりになる。今回のヤマは特捜事案じゃないから、圧倒的に人手が足りない。これからも毎日こんな感じだろうな」

「たぶんそんなところだろうと思って、これ以上いても無駄じゃないかって上司に言ったんですよ。ところが帰るのはまかりならんと言うんです。これじゃ遊んで給料をもらっているようで気が引けますよ——」

橋川はそこで声を落とした。

「監察からの異動を希望したのには、じつはそれもあったんです」

「つまりどういうことなんだ」

葛木は橋川の傍らの椅子に腰を下ろした。

「警部や警視クラスの監察官は、実態は新聞を読みに通ってきているようなもので、定期監察でたまに所轄へ出かけても、用意された資料を斜め読みしただけで問題なしと切り上げて、あとは署長主催の夜の接待に流れ込む。恥ずかしい話ですが、僕らもそんなときにはお相伴に与《あずか》るんです」

そういう話はよく聞いている。監察官はノンキャリアの警部や警視クラスが所轄の署長に昇進するまえの腰掛けポジションで、ゆくゆくは自分が異動することを見越して嫌われないように気を遣う。所轄は所轄でそういう心理につけ込んで官官接待の攻勢をかける。臭いものに蓋《ふた》をしたがる警察社会の悪弊の一端は、そういう人事システムに起因していると言ってもいいだろう。橋川は続ける。

「警察に寄せられた苦情を握り潰すのが僕らのような下っ端の仕事で、おざなりな事情聴取をしただけで問題なしの注釈を付ける。そこに上司が判子を押して一件落着。その一方で、僕らの目から見ればまだ不祥事とはいえない些細《ささい》な事案をことさら取り上げて、ろくな証拠もなしに処分する。そういうのはおおむね背後に政治的な圧力があるんです。政治的といっても、職場レベルのけち臭い権力抗争が大半なんですが」

橋川は慚愧《ざんき》に堪えないと言いたげだ。その手の話題もしばしば耳にする。警察の恥部を内部処理するのが本務の監察は、それ自体が警察の恥部だと言ってもいいだろう。

「そういう部署が気に入って、月給泥棒に励む連中も多いんだろう」

皮肉な調子で訊いてやると、橋川は寂しげな表情で頷いた。

「平の連中にもそういうのはいます。人によっては天国でしょうからね」

「君の場合はそれが嫌だった。その心意気は見上げたもんだよ」

「しかしせっかく一課へ異動しても、相も変わらず事務仕事ばかりで、これじゃ警察に奉職した甲斐がない。だったら普通の役所に勤めてもよかったんですよ」

「それでそういう本を読んでいるわけか」

「これじゃ警察マニアの普通の市民と変わりないですね」

橋川は自嘲《じちょう》気味に言う。葛木は首を横に振った。

「希望は捨てちゃいけないよ。熱意さえあれば、そのうちチャンスは巡ってくるさ」

「そうだといいんですけどね。僕には刑事の才能がないのかもしれないし」

「刑事ってのは才能でやる商売じゃないんだよ。忍耐と努力ばかりが要求される、なんとも地味な仕事でね。憧れているうちが華かもしれないぞ」

「甘い考えで憧れているつもりはありません」

橋川は心外だという口振りだ。そんな態度に惹かれ始めている自分に気づく。

「気に障ったんなら謝るよ。君がそういう考えなら、おれにも伝手《つて》がないわけじゃない」

「葛木管理官のことですか」

　葛木は頷いた。

「もう知っているだろうがおれの息子でね。ものの弾みで親父を見下ろす地位についちまった。君は潔《いさぎよ》しとはしないかもしれないが、実際には警察なんてある種のコネ社会で、そういう手蔓《てづる》なしでは君のような意欲的な人間も日の目を見ずに終わることもある。じつは当人もそのうち君と一杯やりたいと言ってるんだよ」

「本当ですか」

　橋川は瞳を輝かす。まだ完全に心を許したわけではないが、この男には光るものがあるようなことを園村は言っていた。葛木もいまは前向きな手応えを感じていた。

「ああ。あいつも忙しいから、いつになるとも言えないが」

「もちろん管理官のご都合に合わせます。楽しみだなあ」

　手放しで喜ぶ橋川の顔からは嘘偽りの気配は読みとれない。あとは俊史の判断に任せるしかないだろう。味方に引き入れられれば大きな力だ。俊史も上の役所の局長とコネができたと言っていたから、橋川の希望を叶《かな》えてやるために多少の労は取れるだろう。

「ところで。こちらに来るようになってずっと気になっていたんですが――」

　橋川は唐突に声を潜めて身を乗り出す。

「いまから五年前、監察に配属されて間もないころの話なんですが、今回の事案とよく似た事件がありまして」

「今回の事案と似ている？」

葛木は心がざわめくのを覚えた。橋川は続けた。

「文京区のある民家から白骨死体が出てきたんです。一人暮らしの老人だったようで、検視の結果は病死という見立てだったんですが、その前年に奥さんが失踪していまして。どうもあるカルト教団が絡んでいたらしいんです」

園村が思い出したと言っていた、あの事件とおそらく同一だ。

「詳しく聞かせてくれないか」

葛木は心急《せ》く思いで促した。

第八章

1

　橋川が語った話は興味深いものだった。都の公安委員会からある苦情について調査をするようにと連絡があったのは六年前の三月。申し立てたのは文京区根津在住の梶原重治《かじわらしげはる》という人物で、当時七十二歳だった。

　公安委員会に苦情が寄せられてもすべてがとり上げられるわけではない。委員は地元の名士や財界の有力者で名誉職的なものに過ぎないうえに、事務局は警察本部に同居し、事務職員もすべて警察官のため、実際の運用は警察の言いなりといっていい。

　その苦情は定期的に送られてくる要調査事案のなかに含まれていた一件だった。単なる失踪事件に対する捜査対応へのクレームに公安委員会が注目したことが監察としては意外だったが、とくにその件を重視しているふうでもなく、いわば苦情処理の仕事もちゃんとやっていることを示すためのノルマのなかにたまたま紛れ込んだくらいに受けとった。

そんなこともあって、その件の調査は当時配属二年目の橋川に任されたらしい。上司からの指示もおざなりで、暗にことを荒立てるなという意向が伝わるものだったという。

その種の事案は通常は現場の裁量に任されていて、すべてを捜査の対象にしていたら警察官がいくらいても手が足りないくらいは橋川も知っていた。そんなこともあって、とくに気乗りもせずに所轄の本富士署に出かけて事情を聴取したという。

老人が提出した妻の捜索願を受理したのは、市民からの相談の窓口となっている刑事・生活安全組織犯罪対策課の生活安全担当の部署で、そこから刑事事件担当の部署に申し送りが行われたらしい。

それ自体がまず異例で、そうする事情がなにかあったのかと届けを受理した生活安全担当の刑事に話を聞くと、そこで触れられていた宗教団体の名前に引っかかるものがあったからだという。

サーラの会というその新興宗教団体が、本富士署の管轄内で強引な布教活動や霊感商法まがいの寄進集めをしているという噂は耳にしていた。その刑事は自ら動いてみようと考えて上司に相談したが、失踪事件は管轄外だと言われ、やむなく刑事担当部署に申し送ったとのことだった。刑事担当部署からは数日後に、精査の結果、現状では事件性は認められないとのすげない連絡があった。

しばらくしてこんどは老人からどうなったかとの問い合わせがあった。そんな経緯を説明したが、老人は納得せず、上の人間を出せと言って聞かない。やむなくそういう苦情を受け付けるのは都の公安委員会だと教え、苦情申し立ての方法も説明したという。

そこまでの所轄の処理にとくに遺漏《いろう》があるとは思えず、調査はそこで終わっても、もともと消極的だった上司から文句が出るとは思えなかったが、それではどこか落ち着きが悪い。そこで橋川は申し送りを受けた刑事事件担当の刑事からも話を聞いてみたらしい。

そちらの反応はにべもなかったという。その言い分は、自分のようなベテラン刑事なら、捜索願を読めば事件性の有無は即座に判断でき、届け出をした本人から事情を聞くようなことをしている暇はないというもので、若輩の橋川も不快に感じざるを得なかった。

サーラの会というカルト教団との関わりはなにも調べる必要はないのかと問い質すと、その情報は耳に入っているが、だからといって老人の妻の失踪にその教団が関わっていたとみるのは憶測に過ぎない。信教の自由が保障されているこの国で、成人が宗教上の理由で家を出たとしても、それはあくまで本人の意思に基づくものだと主張して譲らない。

橋川は職掌がら、その判断をするうえで上司からの指示や圧力はなかったかと確認した。刑事はそれを強く否定して、あくまで事後報告をしただけで、そういうことはわざわざ課長の判断を仰ぐような話ではないと言い張った。どこか釈然としないものを感じたが、若輩の橋川がそれ以上追及するのは難しかった。上司の課長に話を聞いても、返ってくるのはどうせ同じ答えだとしか思えない。

けっきょくその場は引き下がり、本庁に帰って上司に報告すると、いい仕事をしたと褒められた。その反応にも不審なものを感じたが、それが監察本来の体質だということはすでに承知していた。

それから二ヵ月後、都内で監禁・傷害事件が発生した。逮捕されたのはサーラの会の信者数名だった。監禁ではなく、被害者は自分の意思で教団のセミナーに参加していたと彼らは主張した。さらに極度の衰弱や打撲痕《だぼくこん》は断食修行とその過程での一時的な錯乱による不慮の事故によるもので、あくまで過失だと言い張った。

その後、被害者自身が告訴を取り下げて、被疑者全員が起訴猶予となった。一部のマスコミが検察の判断を批判したが、報道面での事件の扱いは小さく、世を騒がせるような事態には至らなかった。

捜査当局がその後、教団の実態にどの程度メスを入れたかはわからない。しかし橋川の頭のなかではその事件と老人の妻の失踪が結びついて離れなくなった。

あのとき所轄が事件性を認めなかった判断は果たして正しかったのか——。しかし一般事件での捜査権限がない監察には手が出せない。部署全体に蔓延《まんえん》する事なかれ主義のなかで、橋川のそんな疑念もしだいに風化していった。

その梶原老人が自宅で白骨死体となって発見されたのが五年前の八月だった。警察は病気による孤独死とみて事件性なしと判断し、マスコミは匿名で報道したが、記事のなかの自宅所在地に思い当たるものがあり、所轄の本富士署に問い合わせると、当人で間違いなかった。

橋川のなかでふたたび疑惑が首をもたげた。自然死とする警察の判断が果たして妥当か、割り切れない思いで電話を入れたのが、当時未解決事件を担当していた捜査一課の特別捜査係だったという。

事件を担当した所轄に問い合わせても、妻の失踪のときのように木で鼻を括ったような答えしか返らないのはわかっていた。未解決事件を担当する部署ならその種の事案にも精通しているかもしれないという期待があった。

そのとき応対したのが園村だったのだろう。問い合わせたのが橋川だったことは失念していたようで、さほど気乗りもせずに話を聞いた気配は窺えるが、かといって鼻であしらうような態度でもなかったという。

あくまで一般論だと断ったうえで、白骨死体の死因特定は難しいことが多く、いったん自然死と判断されたものが、別の容疑者の余罪を追及するうちに実は殺されたことが判明することも珍しくないこと、妻の失踪にカルト教団が関わっていた可能性は否定できず、事件を扱ったのが同じ本富士署なら、現場の実況見分くらいは行うべきで、重要な証拠が見落とされていた惧《おそ》れもあると指摘した。

しかし特別捜査係は職掌が異なるとして捜査に乗り出す気配はみせず、警察官も神ならぬ身で、あらゆる捜査をすべて遺漏なく行うのは不可能に近いことだと諭すように言って話を終えたという。そのあたりはいかにも園村らしい。

「ところが、いまになって奇妙な符合に気づいたんですよ——」

橋川は声を落とした。

「偶然の一致に過ぎないかもしれませんが、今回こちらで扱っている事案を含め、すべてに倉田さんが関わっているんです」

「知ってるよ。事件当時の本富士署の刑事・生活安全組織犯罪対策課長があの人だったわけだろう」

葛木が即座に応じると、橋川は驚きを隠さない。

「ご存じだったんですか？」

「ああ。園村さんから大まかなところは聞いている。五年前に君が問い合わせた特別捜査係の係長が彼だったんだよ」

「そうなんですか。ただ係長さんだというだけで、お名前までは伺わなかったので」

「それも奇遇と言うべきだな。彼も君の名前までは覚えていなかったようだが、今回の事案とどこか共通するものを感じてはいたようだ。たまたまついさっきだよ。そんな話を聞かせてくれたのは」

「気がかりなのは、僕が倉田さんの部署に配属されたのも、果たして偶然の一致なのかということなんです」

「まさかそこまではな。奥さんの失踪事件のとき、君は倉田さんと会ったわけじゃないんだろう」

葛木は笑って応じたが、橋川はそれでも食い下がる。

「しかし気になります。僕をこちらの現場に張り付けたのにもなにか意味があるような」

「もし一連の事件に関連して倉田さんに都合の悪い事実があるとしたら、わざわざ君に白羽の矢を立てたのは矛盾するような気もするがね」

とりあえずそう言ったものの、たしかに偶然というにしては辻褄《つじつま》が合いすぎている。

「そうですね。やはり偶然に過ぎないかもしれません。ところでサーラの会というカルト教団のことなんですが――」

橋川は身を乗り出す。

「なにか知っていることでも？」

葛木は覚えず引き込まれた。

「公安から監察のほうに連絡をもらったことがあるんです」

「公安から？　あの連中が情報を流してくれることがあるのか」

意外な思いで問い返した。同じ警察に属していても公安とそれ以外の部署はほとんどべつの組織だ。国家の治安を守るという名分のもとに政治団体や宗教団体の動静を探り情報を収集する。そうして収集された情報がどこでどのように使われるかは判然とせず、国民の目からみればブラックボックスと言っていい。一方で犯罪を取り締まるという意識はほとんどなく、刑法事案に関わる事実を把握しても、その情報を秘匿することさえある。

「情報を流してくれたわけじゃないんです。その逆で、情報が欲しいと言うんです」

「情報が欲しい？」

「警察官のなかにサーラの会の信者が多数いるらしいという噂がある。監察が扱ったカルト教団がらみの事案で、サーラの会と繋がるものがあったらぜひ情報を提供して欲しいという話でした。上司からの又聞きなので細かいニュアンスまではわかりませんが」

「いかにも公安らしいな。彼らは交通部にも情報ルートをもっていて、過激派やカルト教団の関係者が起こした交通違反や事故の情報まで集めているという話だから」

「しかし、サーラの会の信者が警察内部にいるという話に関しては、信憑性《しんぴょうせい》が高いように思えます」

「どういう根拠で？」

「そういう話があってつい気になりまして、情報がないかとネットを漁ってみたんです。まず引っかかったのが教団のホームページでした」

「なにか危険な雰囲気が？」

「そういうイメージはありませんでした。小難しい教義が書いてあるわけではなく、人生上の悩みごと相談やヨガや瞑想《めいそう》による精神安定を謳《うた》った啓蒙サイトといったところで、教団名も目立たなくしてあり、サイトのタイトルは『幸福の扉』とかいうものでした」

「とくに悪さをしている様子はないんだね」

「そうなんです。ただサーラ・ファミリーという通販サイトへのリンクがあって、そちらを覗くと怪しげな健康食品や健康器具や瞑想ＤＶＤが売られていて、値段も異常に高いんです。それを使って末期がんが治ったとか、植物状態から回復したとか、果ては倒産しかかっていた会社が持ち直したとかいった利用者の体験談が書き連ねてあります」

「いわゆる霊感商法か」

「そんな気がします。迂闊《うかつ》に接触して、知らないあいだにマインドコントロールされて、身ぐるみはがされる仕組みのようです。そのサイトとは別にインターネットの掲示板にスレッドが立っていて、そちらは悪徳霊感商法と決めつけた非難の嵐です。ライバル教団が仕掛けている可能性がありますので、丸々信じるわけにもいきませんが」

　橋川は慎重な言い方をするが、話半分とみても、そこが決して健全とはいえない、いわゆるカルト教団なのは間違いなさそうだ。

「暴力沙汰や犯罪に類する行為については、なにか書き込まれていたかね」

「噂のレベルではいろいろあります。接触してきた人を言葉巧みにセミナーと称する集会に誘い出し、事実上の監禁状態において、ある種の集団催眠で洗脳するとか」

「警察沙汰になったことは？」

「例の起訴猶予になった一件くらいです」

「そういう悪徳教団なら、警察に告訴する人も出てよさそうなものだが」

「じつはそのスレッドには興味深い書き込みがありまして。これも噂なんですが、教祖の土田双樹《つちだそうじゅ》という人物は元キャリア警察官だと言うんです。それもかなり高位の——」

「高位のキャリア警察官？」

「それで過去の警察庁の職員録を当たってみたんですが、そんな人物はいませんでした」

「カルトの教祖となると変名を使う可能性もあるから、案外当たりかもしれないな」

葛木は思わず唸《うな》った。いまのところは憶測のオンパレードと言うしかないが、そんな方向から眺めると、いまこちらが追っている三組六人の失踪事件とそれにまつわる倉田の不審な動きが一塊《ひとかたまり》の意味となって浮かび上がるのだ。

「お役に立てたら嬉しいんですけど」

控えめな調子で橋川は言う。葛木は複雑な気分で頷いた。

「非常に参考になる話だよ。まさかその教団と倉田さんのあいだに利害関係があるとは信じたくないが、それに絡んだなんらかの理由で神経を尖《とが》らせている可能性はなくもない」

大いに興味をそそられるが、一方で出来すぎの感も否めない。そもそも倉田の命を受けてこちらの動きを監視しにきたはずの橋川の口からそんな話が飛び出したことには警戒心も湧いてくる。倉田が当てずっぽうでその任務に橋川を起用したとは考えにくい。一つの可能性は、梶原夫妻の身に起きた事件について、監察時代に橋川が関心を持っていることを知っていて、なんらかの手段で彼を陥れようとしているというようなことだ。

もう一つの可能性は、橋川がこちらの想像を上回る曲者で、この話自体がなにかの罠にこちらをおびき寄せるための餌《えさ》ではないかということだ。そのあたりの判断ができない自分がもどかしい。

いまのような不自然な付き合いではなかったら、迷いなく好感が持てる青年と見ていたはずだが、そこを見誤った際のリスクは大きい。それを思うと疑心暗鬼の種は尽きない。

その判断に関してはやはり俊史に任せるべきだろう。キャリアとノンキャリアという身分の差はあるにせよ、年齢がさほど離れておらず思考のパターンが近いということもあるはずだ。

しかしそれ以上に、自分の人を見る目が霞《かす》んでいないとすれば、橋川には俊史と相通じる、正義に対する実直さのようなものを感じるのだ。もし橋川が語ったことが罠ではないとしたら、彼はいま飛ぶ鳥を落とす勢いの庶務担当管理官を敵に回すことになるわけで、宮仕えの身には危険極まりない造反行為を飄々《ひょうひょう》とやってのけていることになる。それを勇気とみるにせよ無鉄砲とみるにせよ、同世代のころの自分にはできないことだった。

トイレに行くといって会議室を出て、人気のない廊下から俊史の携帯を呼び出した。ちょうど本庁へ戻ったところのようで、これから別の班との打ち合わせに入るという。

「だったらいいタイミングだった。じつは――」

橋川の話を伝えると、俊史は興味を隠さない。

「本当なら、とてつもない獲物を射程に捉《とら》えたのかもしれないね。その土田双樹という人物についてはおれのほうで調べてみるよ」

「変名だと思うが」

「元キャリアだとしたらたぶん当たりはつくと思うよ。キャリアの定員はせいぜい五百人ほどで山奥の小さな村みたいなもんだから、辞めていった人間についての噂もけっこう耳に入ってね。職場の飲み会じゃ定番の話題の一つだから、上の人間にちょっと探りを入れれば面白がって喋るんじゃないかな。とくにそういう人生の道を踏み誤った同輩の行く末には、ことのほか興味があるようだから」

「それならいい。ところでその橋川のことなんだが」

「ああ、じっくり話してみたいね。今夜あたりどうかと思っていたんだよ。おれのほうはとくに夜の会合も入っていないし」

「だったらおれから言っておこうか」

「いや、こっちからしらばくれて電話を入れてみるよ。いつまでもスパイ扱いじゃ可哀想だし、そもそも親父にそんな話を聞かせるというのはちょっと普通じゃないよ」

俊史は声を弾ませて言う。葛木は問い返した。

「普通じゃないというのは？」

「かなり変人じゃないかと思って。それもいい意味の――」

筋金入りの変人の俊史にそう言われれば橋川も名誉というしかないだろうが、俊史がすでに好感を抱いている様子がそんな言葉からも窺える。

「もし信じていい男なら、こちらにとって貴重な味方になるよ。いままで親父がいちばん話す機会が多かったわけだから、まず率直な感想を聞きたいんだけど」

「あまりに隙だらけで八方破れな感じがしないでもないが、直感で言えばその裏になにかがあるようには思えない」

「額面どおりに受けとっていい人物だということだね。だったらおれも腹を割って話してみるよ。彼の行動は、倉田さんのスパイだと考えるより、一本気な正義感の持ち主だからだとみるほうが辻褄が合うような気がするからね」

俊史は屈託のない調子で請け合った。

2

翌日、葛木は科捜研の職員と連れだって高崎へ向かった。

浜村静恵とはきのうのうちに連絡をとり、DNA型サンプルの採取を行いたいと伝えると、それなら早いほうがいいと応じ、この日の午前中に時間をとってくれることになった。サンプルの採取は口腔《こうこう》内の粘膜を綿棒で掻《か》きとるだけだが、さすがに喫茶店でとはいかず、高崎警察署の一室を借りられるように科捜研が手配してくれた。高崎駅前で午前十一時に待ち合わせ、タクシーでそちらに向かうという段どりだ。

捜査の経過についてこちらからはとくに触れず、先方も詮索《せんさく》はしてこなかった。しかし会うことになれば多少の説明はせざるを得ない。どの程度の話にとどめるかが頭を悩ますところでもあった。

きのうの成果を受けて、チームはさっそく動き出している。池田、山井、若宮の所轄側は、沼沢兄妹が住んでいた住吉一丁目周辺の聞き込みを続け、特命側は失踪者たちの口座のある区外の金融機関での聞き込みだ。

さらに矢上幹男の口座からの振り込み操作をした人物が使ったとみられるIPアドレスの取得と利用者の特定。振込先の口座名義人の田中昌也なる人物の素性の特定も彼らの担当だ。意外な鉱脈を発見するのはそちらかもしれないと期待がかかる。

俊史は昨夜、亀戸駅近くの割烹料理屋で橋川と一献傾けたらしい。そのときの様子について、けさ早い時間に報告の電話を寄越した。

「楽しい奴だったよ。できたらおれの部下に欲しいくらいだね」

「信用してもよさそうか」

「親父が言ってたように、裏はなさそうな気がするね。そのあと家へ帰って例のカルト教団のウェブサイトを覗いてみたんだよ。橋川の言うとおりだった」

「おれも見たよ。あれだと趣味のサークルみたいな感覚で接触してしまいそうだな」

「ああ。悪口満載のネット掲示板の評判を信じるとすると、いったん接触してしまったら逃げようがないようだね。集団催眠のような方法を使ってマインドコントロールしてしまう。本人はお金を使えば使うほど幸福感に浸《ひた》るから、周りがなにを言っても止めようとしない」

「教義はどういうものなんだろうな」

「輪廻《りんね》だとか業《ごう》だとか涅槃《ねはん》だとかいう言葉がサイトのあちこちに散らばっているから、仏教系のような気もするけど、オウム真理教とかのような危険なものは感じないね。あくまで表向きの話だけど」

「カルト教団というより、霊感商法をベースにした詐欺集団という感じもするな」

「不思議なのは、インターネットで語られているような悪質な活動がほとんど警察沙汰にならず、マスコミにも注目されずにきたことだよ」

俊史は興味津々という口ぶりだ。橋川が公安から聞いたという警察内部に多数の信者がいるという話。スレッドに書き込まれていたという教祖の前歴が警察庁採用のキャリアだという話――。だとしたらある種の組織的隠蔽《いんぺい》が行われていると考えたくなる。

「しかし例のサリン事件が起きるまで、オウム真理教に対して警察はほとんどノーマークだった。信教の自由というのがあるから、宗教団体には及び腰になる傾向が警察にはあってな」

「公安はなにか情報を得ていても、こちらにはまず教えてくれないしね」

俊史はため息をつく。入庁以来、俊史は刑事畑を自分の居場所と心得ているようだ。刑事である親父に憧れてのことだと言われると葛木はいまも面映ゆいが、公安に対する刑事の対抗意識は上の役所（警察庁）でも同様のようで、自分たちこそ国家の治安を守る警察だという彼らの思い上がりについて苦々しく語ることはしばしばだ。

警察庁のキャリアにとって出世に有利なのは公安だというのはよく聞く話で、現に歴代の警察庁長官や警視総監の大半が公安畑の出身だ。

俊史はそれを承知でとことん刑事畑を歩むつもりだと言う。生涯一刑事の矜持《きょうじ》を胸に秘め、きょうまで警察官人生を歩んできた葛木としてはその意気やよしと言うところだが、そこは親馬鹿根性と言うべきか、せっかくキャリアとして警察庁に奉職したのだから、いっそ頂点を目指して欲しいという願いも捨てがたい。

「そっちの方面には親しい同期はいないのか」

「いないことはないけど、教えてくれるかどうか。まあ、探ってはみるよ。それより土田双樹という教祖なんだけど――」

「なにかわかったのか」

「十二年前に自己都合で退職したキャリアがいるんだよ」

「それ自体はべつに珍しくもないんじゃないのか」

「家業を継ぐとか政界に進出するとかいうケースはよくあるからね。しかしその人物の場合は変わっていて、出家するという理由だったらしい」

「しかし普通の宗派の僧侶になったんなら、ことさら怪しいとも言えないと思うが」

「どうも依願退職というのはかたちの上で、本当は不祥事がらみのようなんだ――」

俊史は声を落とした。

「奥さんの名義で経営破綻して売りに出ていた都内の寺院の宗教法人格を買い取って、怪しげな新興宗教団体を立ち上げたらしいんだよ」

「本人は関わっていたのか」

「教祖は奥さんで、自分はタッチしていないと言い張ったらしいんだけど、長官官房の首席監察官室が調査に乗り出して、法人格の購入資金がその人の預金口座から出ていたことが発覚してね」

「引導を渡されたというわけか」

「公務員の兼業兼職規定に違反しているというのが表向きの理由だけど、カルト教団を取り締まる立場の警備企画室長がその経営に携わっていたというんじゃね」

「それがサーラの会だったわけか」

「いや、そちらは神智明鏡会という団体だったらしい」

「その人物の名前は？」

「佐田邦昭《さたくにあき》――。サーラの会の教祖と同一人物なら変名ということになるけど」

「別人の可能性もあるからな。ウェブサイトに顔写真が出ていれば、当時を知る人に確認してもらえるんだろうが。だれから聞いたんだ、その話？」

「勝沼巌《かつぬまいわお》さん。例の大学の先輩の刑事局長だよ」

「そんなことを気楽に話せる間柄なのか」

驚いて問い返す葛木に、こともなげな調子で俊史は言う。

「気さくな人なんだよ。きのうの夕方、橋川と落ち合うまえに、ちょっとした用事ができて上の役所に出向いたら、廊下でばったり会って立ち話をしてね」

刑事局長といえば階級は警視監。キャリアといっても警察庁内ではまだ平同然の俊史が、普通なら気楽に立ち話できる間柄ではない。それなら末は警察庁長官や警視総監も夢ではないかもしれないとあらぬ欲目が首をもたげる。

　勝沼局長は刑事畑一筋で警視監まで上り詰めたと聞いている。いまも長官や総監の候補の一人として取り沙汰されることがあり、刑事畑出身者としては異色の存在と言える。

「今回のヤマについては、勝沼さんにはどの程度話したんだ」

「倉田さんに報告してあるところまでしか話してないよ。刑事局長はそういう個々の事案に口を挟む立場ではないし、勝沼さんもとくに関心があるふうじゃなかったから」

「それが無難だな。憶測ばかりの話で上のほうまで巻き込んじまったら、刑事捜査とは別の方角に向かいかねない」

　葛木は言った。倉田のパトロンが刑事局捜査第一課長の宮島警視監だとすれば、その宮島はいま刑事局長の椅子を窺う位置にいる。いたずらにそちらを刺激して予期せぬバイアスがかかるようなことがあれば、いま進めている捜査自体が頓挫《とんざ》する惧れがある。

「勝沼さんの話にしても又聞きの又聞きという程度らしいよ。警備局はそういう事実を秘匿するし、首席監察官室もそのときは事実の隠蔽に躍起だったわけだから」

　警察庁の公安担当は警備局に所属する。その体質は警視庁や他の警察本部の公安とほとんど同様だ。長官官房に属する首席監察官室にしても、体質はこちらの監察と変わらない。

葛木は言った。

「といって信憑性がなくもない。勝沼さんクラスの人が出任せを言うとは思えない」

「その方向も頭に入れておいたほうがいいだろうね。もし倉田さんがそっちの線と繋がっているようなら、あの人の不審な動きがかなり説明できるわけだから」

俊史は手応えを感じている様子だが、葛木としては外れて欲しい。腐っても捜査一課の実質的なナンバー2が、職権を使って犯罪の隠蔽に走っているなどとは信じたくない。

しかし俊史が言うようにその憶測がもし当たりだとしたら、これまで理解に苦しんでいた倉田の動きについての辻褄が合ってくる。そうなったとき捜査は警視庁内部はおろか、上級官庁の警察庁にまで及ばざるを得ないだろう。果たして現在の陣容でそんなことが可能なのか。それは人数の問題だけではない。こちらが警察組織の深部に切り込もうとするとき、どんな抵抗や圧力がかかってくるかは容易に想像がつく。

「その話を耳に入れるのは大原さんと園村さんくらいに限っておいたほうがいいな。今後の捜査でそれを裏付けるような材料が出てくれば、腹を決めて突っ込んでいくしかないが、いまのところはチームの連中に動揺を与えるのは避けたいから」

「たしかにそうだね。しかしもし事実なら、おれは手加減する気はないよ」

気負いのない調子で俊史は言った。確認するように葛木は訊いた。

「場合によっては出世を棒に振ることにもなりかねないぞ」

「いいじゃない。そんな怪しげな話がまかり通るのが警察なら、おれが人生の選択を間違えたわけだから、そんなところで出世したいとは思わない」

「それならおれも安心して捜査を進められるよ。だとしたら橋川は味方になると考えていいな」

「倉田さんにとくに個人的な遺恨があるわけじゃなさそうだ。しかしこちらにもたらした情報は、すべて倉田さんに不利なものと言えるからね」

「そうなると彼との付き合い方も変えないといかんな」

「古巣の監察のあり方にはずいぶん批判的だったし、強行犯捜査一係に移ってからの話でも、倉田さんの指揮ぶりには首をかしげているふうだった」

「おれもそんな印象だった。倉田さんの意を受けて三味線を弾いているにしては話が際どすぎる」

「場合によっては守ってやることも考えないとね。おれが言うのもなんだけど、一本気なところはいいとしても、いささか脇が甘すぎる。おれたちに話したことが倉田さんの耳に漏れたときに降りかかるかもしれない災難にはまったく無頓着《むとんちゃく》だから」

「必要ならおまえの人脈も使ってくれ。本人は現場の刑事を志望しているという話は聞いただろう」

「ああ。この事案が落着したら、局長に話をしてみるよ。モラルの高い現場の刑事をどう育成するかに刑事警察の将来がかかっているという話をよくしてるから」

「多少出遅れたかもしれんが、捜査技術は現場でいくらでも身につけられる。肝心なのは勝沼さんが言うモラルだよ。その点ではおれも刑事捜査の現場でぜひ働かせてみたいよ」

どこかさばさばした気分で葛木は言った。

3

浜村静恵は午前十一時きっかりに、待ち合わせ場所に指定した高崎駅前の喫茶店にやってきた。この日はわざわざ休暇をとってくれたという。科捜研の職員が手短にDNA型鑑定の概要を説明し、さっそくタクシーで高崎署に向かった。

DNA型サンプルの採取は五分もかからずに終わり、葛木が本人確認の書類にサインをすると、急いで手配をすると言って職員は帰っていった。ちょうど昼飯どきだったので、食事でもどうかと誘ってみると、戸惑うふうもなく浜村は応じた。

捜査の進展具合も聞きたいところだろう。それについてはある程度のところまでは開示しなければならないだろうと、葛木もすでに腹を固めていた。

葛木からも訊きたいことがある。付き合いが疎遠だったと言っても、義理の両親と多少の交渉はあったはずだ。サーラの会との関係や沼沢兄妹との交際について、なにか知っている可能性がある。

タクシーで駅前に戻り、浜村がお薦めだという駅ビルのなかのイタリアンレストランに入った。店内はやや込んでいてざわざわやかましかったが、そういう場所は雑音が壁になって意外に人の耳を憚《はばか》る話には適しているものなのだ。ランチメニューを注文し終えると、浜村はさっそく訊いてきた。

「あれからなにか新しい事実は出てきましたか？」

「はい、いくつか──」

矢上夫妻以外にもう二組、同じようなかたちで失踪している人々がいるという話を聞かせると、浜村は驚きを隠さなかった。

「その人たちも殺されたんですか？」

「そこは確認できていません。矢上さんご夫妻にしても、正確に言えばまだ生死は判明していないわけでして」

「そうなんですね。見つかった死体がＤＮＡ型から義父母のものじゃないとわかったら、二人が生きている可能性も出てくるわけですね」

浜村は微妙な表情で頷いた。息子が相続することになるかもしれない遺産のことも多少は頭にあるだろう。詳しくは語らないが、義父母とのあいだになんらかの感情のしこりがあった印象もある。葛木は前置きなく訊いてみた。

「サーラの会という宗教団体について、なにかご存じありませんか」

「サーラの会?」

浜村は不審げに首をかしげた。葛木は落胆しながら確認した。

「心当たりはないんですね」

「いいえ、あるんです」

浜村は身を乗り出した。

「五年くらいまえに、義父が何度か健康食品を送ってきたことがあるんです。その販売元がたしかサーラ・ファミリーという名前でした」

サーラの会のサイトにリンクが張られていた例の通販サイトの名前と同一だ。浜村は続ける。

「そのころ、夫が慢性の胃炎に悩まされていて、いいものがあるからと送ってきたんです。外国の木の実を原料としているとかで、万病に効能があって、末期がんにさえ効果があるという説明でした」

「実際に効果は?」

「だまされたと思って二週間ほど飲んでみたんですが、まったく効き目がなかったようです。お医者さんからもらっている薬との兼ね合いも気になって、けっきょく止めました。だってそんな効能のある万能薬なら、寝たきりになっていたお義母さんだってよくなってもよさそうなものでしたし」

「サーラ・ファミリーというのはサーラの会の関連企業のようで、その手の健康食品や健康器具の販売を行っているところです。その健康食品は非常に高額だったと思います」

「というと、霊感商法みたいなものでしょうか？」

「そうだと思います。サーラの会は危険なカルト教団のようでして」

「そういえばその健康食品の箱のなかにパンフレットが入っていました。『幸福の扉』というタイトルで、健康や人生の悩みごとについて親身にアドバイスするような内容で、とくに危険そうな印象もなく、あまり宗教色も強くなく——」

「連絡先はサーラの会ですね」

「たしかそんなふうになっていました。電話番号とホームページのアドレスが書いてあって。もちろんアクセスはしませんでしたけど。危険な宗教団体というのは？」

葛木は梶原夫妻の事件の話を聞かせてやった。

「失踪したにせよ殺されたにせよ、義父母の身に起きた出来事にそのカルト教団が関わっていた可能性が高いんですね」

テーブルに届いたランチセットに手をつけるでもなく、緊張した面持ちで浜村は言った。

葛木は頷いて続けた。

「そう考えて間違いなさそうです。ところで沼沢さんという方について、なにか心当たりはありませんか」

「沼沢さん――」

浜村は思案げに問い返す。矢上夫妻と同じパターンで失踪した二組のうちの片方で、同じ江東区内で老いた兄と妹で二人暮らしをしていたことを教えたが、浜村は首を振った。

「そのお名前は記憶にありません」

「そうですか。そちらのお二人と矢上幹男さんが江東区内の居酒屋で会っていたという証言がありまして」

「三組の失踪事件はやはりその教団の仕業だと？」

浜村は表情を曇らせた。葛木は頷いた。

「断言はできませんが、その可能性は強いと見ています」

「義母が倒れて義父一人で介護するようになって、藁《わら》にもすがる思いだったのかもしれませんね」

「そのころから、ご近所とのお付き合いも疎遠になっていたと聞いていますが」

「そんなふうに夫からは聞いていました。それまではどちらかというと社交的だったようなんです。町内会の役員をやったり、定年退職してからもOB同士の付き合いがいろいろあったようです」

「沼沢さんという方がかつての会社の同僚だったということは？」

「あるかもしれませんが、私の記憶にはそのお名前はないんです」

葛木は思いきって踏み込んだ。

「失礼ですが、義理のご両親とは関係が疎遠だったと聞いています。差し支えなければ理由をお聞かせ願えませんか」

答えたくない質問だとは想像がついた。浜村が矢上夫妻の失踪に関与している疑念もいまはほとんど晴れている。それでも捜査の常道として確認しないわけにはいかない。

「どうしても申し上げなければいけないんですか」

浜村は硬い表情で問い返した。辛いものを覚えながら葛木は頷いた。

「率直な言い方をしますが、お気を悪くなさらないで下さい。私の心証としてはあなたに嫌疑を抱く理由はほとんどないんですが、警察の捜査というのはつねに客観性が重視されるものでして。あなたに降りかかりそうな疑念はできる限り晴らしておきたいんです」

「動機があると仰《おつしや》りたいんですね。息子が相続するかもしれない遺産のことですか」

「それは考慮に入っていません」

葛木はきっぱり首を振った。相続は法で定められた当然の権利で、矢上夫妻の年齢を考えれば、殺害までしてその時期を早める理由は考えにくい。発覚すれば重い刑に服することになるだけでなく、相続の権利そのものさえ失うことになる。

「もし恨みということなら、無かったとは言えません――」

覚悟したように浜村は頷いた。

「私たちの結婚は、義父母にとっては望ましいものではなかったんです」

「というと？」

「私の出自に関係したことです。いろいろとお調べになったようで──」

あとは言わなくてもわかるだろうというように浜村は言葉を濁す。葛木は慌てて制した。

「それ以上は仰らなくてけっこうです。辛い思いをさせてしまって、たいへん恐縮です」

この国にいまも残る出自についての偏見。それになんの根拠もないことは自明でも、結婚や就職といった人生の様々な面で差別の壁に突き当たる人々がいる。できれば隠しておきたかったであろうそんな秘密を無理矢理語らせてしまったことに、葛木自身もまた癒しがたい痛みを覚えていた。そして取り繕うでもなく義父母との不仲を認めた浜村の潔さに心打たれるものを感じた。

「遺産については、あくまで相続するのは息子で、私がとやかく言う問題ではありません。でもそれがなくても彼をしっかり育てられると思っています。経済的に楽ではありませんが、私が精いっぱい自分の人生を歩むことで、息子にも大切なものを伝えられると信じているんです」

気丈な口振りで浜村は言う。我が息子への思いを重ね合わせながら葛木は応じた。

「そのとおりです。そんなお母さんの豊かで強い愛情が、息子さんへの最大の贈り物だと思います。必ず立派に成長されることと思います」

「ありがとうございます。ただ私との関係とは別に、義父母は息子にとっては優しいお祖父《じい》ちゃんとお祖母《ばあ》ちゃんでした。彼のために真実を明らかにして下さい。もし殺されたのなら必ず犯人を罰して下さい」

強い思いを込めた口調で浜村は言う。気持ちを引き締めて葛木は頷いた。

「もちろんです。必ずやり遂げます」

4

浜村と別れ、高崎駅の新幹線ホームから大原に電話を入れた。浜村から聞いた話を伝えると、大原は勢い込んだ。

「でかい鉱脈を掘り当てたな。うちが扱っている三件の失踪事件にもサーラの会が関わっているのはまず間違いない。このヤマ、もう解決したも同然かもしれないぞ」

けさ俊史から得た情報は、往路の新幹線のなかから伝えておいた。葛木は言った。

「心配なのは佐田邦昭という元キャリアですよ。サーラの会の教祖と同一人物だという確証はありませんが、もしそうだとしたら、警察庁や警視庁にまだその人脈が残っているかもしれない。それが倉田さんに繋がっているとしたら――」

「派手に動くとそっちの人脈を使って潰しにかかってくる惧れがあるな。確実に尻尾を摑まえるまでは極力隠密行動で行くべきだろう」

「橋川の扱いはどうしますか？」

「あんたと息子さんが太鼓判を押すんなら信用してもいいんじゃないのか。おれも午前中は暇だったから、会議室に出かけて三十分ほど雑談をしてみたよ。たしかに変わり者だな。裏表がなさ過ぎるというか。信用できないわけではないが、その辺が危ういとも言える」

「信じて取り込むしかないんじゃないですか。こちらの情報を倉田さんには上げないように、しっかり釘を刺したうえで仲間にしてしまう。そして倉田さんの動きでなにかあれば知らせてもらう」

「スパイとして使うという話だな。公安みたいなやり口で気が進まないが」

「そうも言っていられないでしょう。サーラの会の件ではすでに一歩踏み出してしまっているわけで、倉田さんがそれに感づけば、彼の身になにが起きるか心配です。そのとき守ってやれるのは我々だけだと思います」

「俊史君も気に入っているらしいし、上の役所にもパイプがあるという話だったな」

「そちらを巻き込んでの抗争になりかねませんが、倉田さんにも宮島警視監という後ろ盾がいる以上、ここは目には目をということでしょう」

「警察庁内での宮島さんと勝沼さんの関係はどうなんだ」

「俊史の話だと、宮島さんのほうも二年前に警視監に昇任して階級では並んだんですが、上のポストがなかなか空かない。勝沼さんは刑事局長の後任として別の人間を考えているようで、いまは一応上司と部下の関係ですが、互いの確執は激しいようです」

いい意味でも悪い意味でも、俊史は上の役所の風土に馴染んできて、近ごろは警察庁内部の派閥事情にも詳しいようだ。

勝沼はいま次期長官の事実上の内定ポストである次長の椅子を窺う位置にいるが、そのライバルと目されている長官官房審議官の人脈に繋がる宮島は、勝沼を自分の出世コースに立ちふさがる厄介な障害物と見なしているらしい。どちらも刑事畑のキャリアが長く、公安偏重の警察庁では約束されたポストが限られる。そうした隘路《あいろ》をくぐり抜けなければならない点で、そのレースは公安畑の場合よりもはるかに熾烈《しれつ》だという。

「勝沼さんを当てにできるなら、いざとなったら勝機はある。あんたの作戦で行くべきだろうな」

「俊史はゆうべ意気投合したようですから、橋川にはそちらから話してもらおうと思います。いずれにせよ、今後は捜査の態勢をサーラの会にシフトする必要がありそうですね」

「かといっていまやっている失踪者の周辺や銀行関係の聞き込みを止めてしまうわけにはいかん。サーラの会を追い詰める上で、証拠は押さえられるだけ押さえておかないと」

「相当な悪事を働いていたはずなのに、きょうまで訴追もされずに来たところを見ると、一筋縄ではいかない仕掛けがありそうですからね」

かすかな慄《おのの》きを覚えながら葛木は言った。大原も呻いた。

「事件そのものもそうだが、身内にも敵がいそうなのがこれで明らかになってきた。とんでもない戦《いくさ》になりそうだな」

「手仕舞いするなら、いまが潮時かもしれませんよ」

胸中を探るように言ってみると、大原はきっぱりと否定した。

「冗談を言うなよ。おれだって警察官の端くれとしておめおめ引き下がれない。どうせお先は短いんだ。刺し違えてでも敵の首を取らなきゃ、きょうまでの人生をドブに捨てることになる」

意を強くして葛木は言った。

「私だってそうですよ。真相はまだ闇のなかですが、事件の輪郭ははっきりした。そこに倉田さんが繫がっているとしたら不祥事どころじゃない。警察が荷担した犯罪そのもので、看過すれば我々も同罪です。山井や若宮のような若い刑事に示しがつきません」

「それどころじゃない。池田が黙って許しちゃくれない。たっぷりヤキを入れられるぞ」

大原は怖気《おぞけ》をふるう口振りだ。今後の態勢については署に帰ってから相談することにして通話を終え、こんどは俊史をコールした。

「ああ、親父。サンプルの採取は無事に済んだの？」

俊史はさっそく聞いてくる。気忙《きぜわ》しい思いで葛木は応じた。

「簡単なものだった。科捜研の担当者は先に戻ったから、もうじきそちらにつくだろう。それより浜村さんから大変な情報が聞き出せたぞ――」

　サーラの会にまつわる先ほどの話を伝えると、俊史は興奮を隠さない。

「相葉夫妻の件以外、一連の失踪事件がすべて繋がったね。ターゲットはサーラの会に絞れるよ」

「相葉夫妻にしても預金口座の金の動きはほかの二組と共通していたから、一連の事件と見てたぶん間違いはない。それより不安なのは事件の広がりだよ」

「橋川から聞いた梶原夫妻のケースもそうだとしたら、こちらが把握していない失踪事件がまだまだあるかもしれないね」

「警察内部にそれに繋がる人脈があるとしたら、そっちにも目配りが必要になる」

「神智明鏡会の一件で退職した佐田邦昭。それがサーラの会の教祖と同一人物かどうか、そこを確認する必要があるね」

「橋川の話も気になるな。警察内部にサーラの会の会員がいるという公安からの情報だ」

「倉田さんがその一人じゃないといいけどね」

「会員かどうかはともかくとして、問題は佐田という人物と人脈的に繋がりがないかどうかだよ。そこはおまえのほうで調べてもらうしかなさそうだが」

「ああ、いろいろ情報を集めてみるよ」

「ただし、くれぐれもこちらの動きを気取《けど》られないようにな。ここからは極力慎重に動かないと、とんだ地雷を踏むことにもなりかねんから」

「もちろん用心するよ」

「それから橋川のことなんだが――」

先ほどの大原との話を伝えると、俊史は喜んで請け合った。

「おれのほうからじっくり話しておくよ。親父はこれから署に戻るんだろう」

「ああ、三時前には戻れるだろう」

「だったらおれもそちらに向かう。大原さんとも相談してこれからの段取りを決めなきゃね。池田さんや園村さんにも加わってもらったほうがいい。夕方臨時の捜査会議を開くということでどうだろう。橋川にはその前に事情を話しておこうと思う」

「そうしよう。池田たちや園村さんたちも新しいネタを見つけてくるかもしれないし」

「浜村静恵さんからは、サーラの会以外でもなにか話が聞けたんじゃないの」

出自にまつわる話を聞かせると、重い口調で俊史は言った。

「親父も辛かっただろうね、そういう話を聞くのは」

「仕事柄仕方のないことだが、因果な商売だとはおれも思うよ」

「息子さんにはぜひ立派に育って欲しいもんだね」

「ああ、しっかりしたお母さんだ。母一人子一人の家庭でアメリカに留学させるなんて、そうできることじゃない。よほどの事情でも起きない限り、そこはおれとおまえの腹に仕舞っておこう。現在の捜査の流れから考えて、彼女は容疑者のリストから完全に外してかまわないと思うから」

「ああ。それでいいよ」

思いのこもった調子で俊史は応じた。続きは署で落ち合ってからということにして通話を終え、やってきた新幹線に駆け込んで、指定席に腰を落ち着けたところで携帯が鳴り出した。慌ててデッキへ向かいディスプレイを覗くと若宮からの着信だった。応答すると弾んだ声が返ってきた。

「係長。新しい情報が出てきました」

「沼沢兄妹の関係か？」

「違うんです。相葉夫妻のほうです。沼沢さんのほうはなかなかめぼしいものが出てこないので、夫妻が住んでいた大島五丁目の都営住宅の周辺へ僕と山井さんが移動してみたんです」

「そっちは手つかずだったからな。いい考えだ。それでどんな情報が？」

「引っ越していく一年ほどまえから、新興宗教のようなものに熱中していたそうでして」

「新興宗教？」

「ええ。同じ都営住宅の各戸に勝手にパンフレットを配って回ったり、顔馴染みの住人を摑まえてはわけのわからない健康食品や健康器具を勧めたりしていたらしいんです。管理事務所に苦情が寄せられて注意を受けていたらしいんですが、いくら言っても止めようとしない。自分たちは善意でやっているのにどうして邪魔をするのかと、逆に食ってかかるほどだったそうなんです」

「ひょっとしてサーラの会という宗教団体じゃないのか?」

「ご存じなんですか?」

若宮は頓狂《とんきょう》な声を上げる。冷静な調子で葛木は応じた。

「こちらも新しい情報を得ていてな。詳しいことは夕方、臨時捜査会議を開いて説明するが、君が聞き出した話はそれとの関連で極めて重要だ」

「そうなんですか。その宗教団体が三組の失踪に関わっていたということですか」

若宮は先走る。手綱を引くように葛木は言った。

「断定はできないが可能性はある。矢上夫妻もその教団に入っていたものと考えられる」

「やりましたね。その宗教団体のアジトをガサ入れすれば、証拠はいくらでも出てくるんじゃないですか。真相解明はもう目と鼻の先じゃないですか」

「そう簡単にはいかないよ。ガサ入れのためだけでも、さらに証拠や証言の積み重ねが必要だ。それにここでは言えないが、どうも想像以上にややこしい裏事情があるようでな」

「倉田さんの件ですか」

若宮は察しがいい。葛木は言った。

「そういうことだ。前のめりに突っ込めば藪蛇《やぶへび》になりかねない。頂《いただき》はおぼろげに見えてきたが、まだまだおれたちは麓《ふもと》にいるということだ」

「でもわくわくしてきますよ。刑事ってやり甲斐のある仕事です。汗水垂らして足を棒にして、それでも頑張れば結果が出てくるわけですから。それで世の中を少しでもいい方向に正せるならこんな幸せな商売はありません」

いつモラトリアム気分が抜けるものかと気を揉《も》んでいた若宮がいかにも覇気のあるところを口にする。刑事にとっては事件こそが教科書だという池田の持論の、それは恰好の証明ではないか――。

そんな感慨を込めて葛木は言った。

「そう言ってもらえると嬉しいよ。きょうまでの刑事人生が決して無駄じゃなかったと、おれも自信が湧いてくる」

第九章

1

「だったら潜入してみるのが早いでしょう」

夕刻、帳場として借用している会議室で池田は大胆に提案する。

焦眉《しょうび》の課題はこちらが扱っている三組六人の失踪者、さらに六年前に文京区で起きた梶原夫妻の事件のこともある。場所は管轄外だが、妻の失踪にサーラの会が絡んでいたのは確かで、翌年に夫が白骨死体で発見された点も矢上夫妻のケースに通じるものがある。

その矢上夫妻がサーラの会と関わりがあり、相葉夫妻が信者だったこともほぼ確実だ。そのうえまだおぼろげだが、警察庁を経由してサーラの会と倉田庶務担当管理官を結ぶ線も浮上してきた。

事件の捜査と、そこに背後からまつわりつくような倉田の不審な動き。あるいは二正面作戦を強いられるかと思っていた二つの課題が一つに繋がるかもしれない。それを好都合とみるか新たな難題の登場とみるか、葛木の判断はまだ定まらない。

「信者になりすまして教祖様のご尊顔を拝してくりゃいいわけですよ。佐田邦昭という人物がかつて警察庁に在籍したキャリアなら、顔写真は簡単に入手できるんじゃないですか」

池田がさりげなく顔を向けると、俊史は言われるまでもないという顔で頷《うなず》いた。

「職員データベースに残っているかもしれないし、なかったら庁内広報誌のバックナンバーを当たってみるよ。当時、警備企画室長だったとすると、そのクラスの異動のニュースは顔写真入りで大きく掲載されるのが通例だから」

「それならありがたい。その写真をしっかり頭に入れておいてご尊顔を拝し奉れば、同一人物か別人かとりあえず答えが出るでしょう」

池田は満足げに頷いた。サーラの会のウェブサイトには、どこを探しても教祖の写真が見当たらなかった。顔を隠したい理由がなにかあるのかもしれないが、表向きは宗教団体らしいイメージを払拭したがっているようで、仰々《ぎょうぎょう》しく教祖の写真を掲載することで、信者予備軍に警戒心を与えるのを避けているとも考えられる。

「しかし潜入捜査となると危険がないわけじゃない。こちらの見立てが当たっているとしたら、人殺しさえやりかねない連中なんだから」

園村は慎重だ。橋川から聞いた話だと、公安は警察内部に信者が大勢いると見ているようで、うっかりそういう人間と顔を合わせて身元がばれる惧《おそ》れもある。

「やむを得ない場合はその手を考えざるを得ないかもしれないが、いまは距離を置いて動いたほうが無難だろう。サーラの会が宗教法人の認証を受けていれば、管轄は都道府県知事か文部科学省だ。そちらに問い合わせれば代表者や役員の名簿は手に入るはずだ。おれのほうで動いてみるよ」

大原が言うと、特命チームの岸本が口を挟む。

「あくまで宗教法人の認証を受けている場合ですがね。任意団体として活動している宗教団体は世間にいくらでもあるし、お布施や寄付が課税対象にならない点はどちらでも同じですから」

俊史の話だと、なにごとにも一家言吐かないと気が済まない理屈屋で、それもよく言えば慎重、悪く言えばうしろ向きの理屈ばかりなのが困りものだとの嘆きを聞かされた。

「そんなことは知ってるよ。まずはとっかかり易いところから始めるのが捜査の常道だ」

大原は鼻であしらうが、岸本は意に介するでもなく続ける。

「それに代表者や役員がイコール教祖でなければならないという縛りはありません。あくまで経営面の責任者というだけで、一般企業の役員のようになにかの事情で退任することもあります。しかしそれに伴って教祖様まで変わるようじゃ宗教団体としての活動が成り立ちませんから」

そんな言い方をすれば大原の体面に疵《きず》がつく。しかし岸本はどうやらそういう気配りとは無縁のようだ。もちろん大原は不快感を隠さない。

「だからといって調べないわけにはいかんだろう。教祖とは別人だとしても、思いがけない名前が出てくるかもしれんし」

「まあ、そうですがね。無駄手間になる惧れは十分ありますが」

「岸本さんよ。そんなに課長の言うことが気に入らないんなら、あんたが教団に潜入してくれよ」

こんどは池田が絡んでいく。葛木はやんわり割って入った。

「現段階ではすべてが重要な糸口だ。予断で取捨選択する必要はない。池田の提案もあながち的を外れちゃいないが、課長が言うようなリスクがあるのも事実だ」

「潜入捜査だったら、ぜひ僕にやらせてください」

部屋の隅で声が上がる。見ると若宮が手を挙げている。どういう風の吹き回しか、ここのところ妙に意欲的なところを見せている。

「おまえ、聞き込みでちょっと手柄を立てたからってなあ」

さすがの池田もそこは渋る。しかし若宮は意欲を覗かせる。

「警視庁内にも信者がいるっていう話なんでしょ。だったらこのなかで勤続年数のいちばん短い僕なら、見破られる確率もいちばん低いんじゃないですか」

「それは同時に経験も浅いということにもなるだろう」

「そこも強みだと思うんです。まだカラーに染まってないから、僕がいちばん素人っぽいでしょ。池田さんなんかいかにも刑事という雰囲気で、僕だってきっと見破りますよ」

池田とのコンビネーションが板についてきたようで、若宮は遠慮なしの減らず口で応じる。言われてみれば確かにそうで、単に経験が浅いからだけではなく、天性のぬーぼーとした雰囲気が周りの人間に警戒心を与えない。カラーに染まる人間は着任一年目で染まってしまうが、若宮はいまも素人臭ふんぷんで、それが天然だとしたら刑事としての武器になるような気さえする。

「いっぱしの口を利くじゃないか、若宮。おれがそれほど間抜けだと言いたいわけか」

池田は凄みを利かせるが、その目がどこか笑っている。それは愛弟子の成長に目を細めている師匠の顔でもあるようだ。若宮は穏やかに反論する。

「間抜けだなんて言ってませんよ。池田さんは本物の刑事です。だから尊敬してるんです。でもカルトにはまる人ってタイプが違いますから」

「おまえはそのタイプなのか」

「そういうわけじゃないんですけど、大学時代の友達にいるんです。自分の人生に確信が持てないというのか、いつもふらふら自分探しをしているようなタイプでした。池田さんのように自分の生き方に自信のある人はそういう世界に関心は持ちませんから」

「おまえも人生に自信がない口なのか？」

「そうも言えるかもしれません。だからカルトにはまる人の気持ちも理解できる気がするんです」

若宮は神妙な口ぶりだ。言いたいことがわからなくはない。自分がまだ発展途上だと認めたうえで、それを否定的にみるのではなく、当面の武器にさえしようとしている。課内のお荷物と見られがちだったモラトリアム人間の若宮からそんな仕事への真摯《しんし》な姿勢を引き出したのは池田の功績と言うべきだろう。本人が言うように、一見脱力系の物腰はそういう役回りにたしかに向いていそうだ。

「刑事らしくない刑事なら、ここにも一人いますけど」

続いて声を上げたのは橋川だった。この日の会議からオブザーバー的な立場で参加させることに俊史が決めた。もちろん倉田に対する疑念については俊史が十分に言い含めておいた。

こちらの捜査情報はむやみに上には流さないという条件をつけてある。逆に倉田の動きで気になることがあれば教えて欲しいとも要求した。それはスパイになれというのも同様で、こちらにとってはもちろん、橋川にしてもリスクを伴う。

しかし橋川は躊躇なく話に乗った。それが倉田サイドに発覚すれば、その身に災いが降りかかりかねない。その場合は上の役所の人脈を利用してでも、彼を守ってやる覚悟が俊史にはあるようだ。

他方で橋川がこちらを裏切り、重要な情報を倉田に流す可能性もゼロではない。しかしそこは信じるしかない。そうすることで失うものよりも、得るもののほうが大きいと俊史は腹を括り、大原もそれに賛成した。むろん葛木も異存はない。

それを伝えると池田は懸念を隠さなかったが、けっきょく葛木の説得に応じた。追い返すわけにはいかない以上、いつまでも中途半端に遇するよりも、積極的に取り込むほうがコントロールしやすいという葛木たちの理屈に納得したようだった。

「しかし、君はそういう役回りでおれたちの現場に出張ってきたわけじゃないんだろう」

葛木もさすがにそこは躊躇した。倉田の意図はあくまでお目付役で、そこを逸脱して実際の捜査活動に携わることまでは想定していないはずだった。それではこちらとの内密の関係を気取られる危険がある。しかし橋川はこともなげに言う。

「居候するだけじゃ給料の無駄になるから、現場でやれる仕事があれば手伝うようにと上司からは言われています。向こうはたぶんコピーとりやら使い走りを想定していたと思うんですが、なにをやってはいけないという指図は受けていませんから」

「だからといって、あんたは刑事の経験が一度もないと聞いてるぞ。潜入というのは場合によっては身に危険が及ぶ捜査手法だ。遊び半分でできる仕事じゃない」

池田が慌てて口を挟む。しかし橋川は動じない。

「刑事捜査の経験はありませんが、監察もときに危険なことがあるんです。暴力団に捜査情報を流していた不良警官を摘発したときは、待ち合わせ場所で張り込んで現場を押さえました。監察と刑事で捜査手法は違うにしても、リスクがないわけじゃないんです」

これまで監察のやる気のなさを愚痴る話しか聞かされなかったが、それでも本人にはプライドがあるのだろう。橋川はさらに続ける。

「それに監察は仕事柄、他の部署の人間とはなるべく付き合わないようにしています。庁内の行事にも参加しないようにしています。扱う対象が同じ警察官なので、顔を知られると仕事がやりづらいんですよ。だから僕の顔を知っている人間は案外少ないんです」

「刑事臭くないところも、たしかに若宮と似てはいるな」

池田はいくらか心が動いた様子だ。大原が割って入る。

「その心意気は嬉しいが、潜入捜査はやはり最後の手段だ。若い二人に殉職された日にゃ所属長として申し開きができないよ。当面は役所関係のルートで調べられることを調べてみよう。それにほかの糸口もおろそかにはできん。そっちのほうからサーラの会に結びつくもっと強力な事実が飛び出してくるかもしれんからな」

「それなんだがね――」

黙って話を聞いていた園村がやおら口を開いた。

「銀行関係の調べではいろいろ新材料が出てきたよ。大体のところは葛木さんに随時報告を入れておいたんだが――」

矢上、沼沢、相葉の三組の失踪者の銀行口座については、特命チームは都内の銀行にあるものをほぼ調べ上げたという。それについての報告はこちらの見立てをほぼ裏づけるものだった。

沼沢兄妹にも相葉夫妻にも、やはりまとまった額の預貯金のある口座があり、それが失踪の前後に数回に分けてほぼ引き出されていた。手口は矢上夫妻の場合とまったく同じで、インターネットバンキングによる他行への振り込みだった。ただし送金先はどれも異なっていて、同一人物の仕業だとしたらいずれも架空口座の可能性が高い。

矢上幹男名義の口座から振り込みが行われた口座の名義人――田中昌也は実在しない人物だった。銀行に届け出た住所に、当時その人物が居住していた実態はなく、電話番号は当時もいまも使用されていない。おそらく口座の売買によるものではなく、巧妙に偽造された身元証明書類を使って開設したものだろう。沼沢兄妹と相葉夫妻のほうはまだ確認していないが、そちらも同様に架空であろうことは容易に想像される。

「問題はインターネット取引で使われたIPアドレスでね。矢上幹男名義の口座からの送金に使われたものもほかの二組の口座で使われたものも、アクセスのあった銀行から教えてもらったよ」

渋い表情で園村は続けた。

「どれも異なるアドレスだったが、共通している点が一つあってね。その先は彼が詳しいんだが」

園村はITに強いという評判の山中に話を振った。普段は存在感の薄い山中が、聴衆の視線を意識したのか妙に張り切って語り出す。

「IPアドレスからとりあえずドメインや大まかな地域が確認できるんです。まずそれを調べてからプロバイダーや所属機関に本人情報を問い合わせようと考えたんです。ところがどれも日本国内のものじゃなかったんです」

「やったのは外国人だということか」

「そうとは限りません。日本国内にいる人間が海外のドメインを経由してアクセスした可能性もあります。ネット犯罪で犯行の痕跡を隠すのによく使われる手口で、異なるドメインを数珠《じゅず》繋《つな》ぎに経由されると本人の特定はきわめて困難になります」

「だとすると確実に言えるのは、三組のケースともインターネットバンキングのIDは第三者の手で不正取得されたということだ。矢上夫妻や相葉夫妻、沼沢兄妹がわざわざ海外のプロバイダーと契約していたとは考えられないからな」

「使われたIPアドレスがそれぞれ異なっていたとしても、やった人間が同一人物であることは十分考えられます。銀行が記録しているのは最後の踏み台として使われたコンピュータのIPアドレスに過ぎないと思われますから」

「そのルートから実行犯を絞り込むことは無理なんだな」

葛木は拍子抜けして問いかけた。そこから一気に犯人に手が届くのではないかという期待はどうやら潰《つい》えたようだった。山中は頷いてさらに続ける。

「不可能ではありませんが、国際的な捜査が必要になります。我々には海外での捜査権はありませんから、経由したドメインが所在する国の司法機関に捜査協力を依頼するしかありません。もし協力が得られたとしても、かなりの期間を要することになると思われます」

「というと、どのくらい？」

「国によっては非協力的なところもあります。拒絶する国もあるでしょう。それに外交ルートを使いますから、こちらの捜査そのものが、国内はおろか国際的にもオープンになってしまいます」

「いまのような隠密捜査の態勢だと、捜査依頼すらできないわけだ」

大原はあからさまに落胆する。山中は残念そうに言う。

「わかるのは最終的なアクセスがどの国のどのドメインから行われたかまでで、その先となると――」

「じゃあ、やっぱり潜入捜査しかないじゃないですか」

池田はいよいよ気負い込む。こうなると葛木も納得せざるを得ない。公安から監察に情報提供の依頼があったという話が本当なら、彼らはサーラの会についてなんらかの事実を把握しているはずだ。しかし公安の体質を考えれば、それを教えてくれる可能性は乏しい。むしろ自分たちの縄張りに踏み込むなと横槍を入れられるのが落ちだろう。

「やってみるのはいいが、なんの予備知識もなく突っ込んでいくのは無茶すぎる。いまのところわかっているのはネット上での噂話だけで、実態はほとんど把握していない。もし三件の失踪事件が殺人事件に繋がるようなら、相手はただのカルトじゃない。凶悪な犯罪集団だ。下手をすると命がけの仕事になりかねない」

大原はあくまで慎重だ。池田が投げやりに言う。

「こうなると殺人事件として立件されて、帳場が立ったほうが話が早いですよ。そうなればこちらは一課長の指揮下に入って倉田さんは出る幕がなくなる。事件の広がりから見ても立派な特捜事案ですからね。場合によっちゃ広域重要指定事件になるかもしれない」

「そうなれば捜査の主導権は本庁の強行犯捜査の連中に奪われる。ここまでのおれたちの苦労の成果をそっくり連中にくれてやることになるぞ」

渋い口調で大原は言う。当初は所轄の財政面や本庁からの出向部隊の横暴に対する嫌悪が帳場開設に消極的な理由だったが、いまでは様子が変わっているようだ。大原の口癖の所轄魂にいよいよ火が点いたとも言えそうだ。

「もちろん主導権は握らせませんよ。ここまで結果を出してきたのはこのチームなんですから、葛木管理官が特捜本部の担当管理官に横滑りするのが当然の流れです。そうなれば園村さんたちのチームもセットですから、いまのメンバーで捜査が進められる。そこに近隣の所轄や機捜からの応援部隊が入れば、捜査の網をもっと広げられるでしょう」

言いながら池田が視線を向けると、冷静な口調で俊史は応じた。

「それがあるべき姿だろうね。倉田さんの決定のせいでこんな変則的な捜査態勢になっているわけで、本来そうなるのが筋だったんだから」

「それならおれも帳場開設に諸手を挙げて賛成だ。しかしそう簡単に倉田さんが折れるかね。まだ憶測に過ぎないとしても、もしサーラの会とあの人がなんらかのかたちで繋がっているとしたら――」

心許なげに大原は言う。意を決したように俊史は応じた。

「ＤＮＡ型鑑定の結果が出て、もし二つの白骨死体が矢上夫妻と別人のものだったら、まず死体遺棄事件として立件は可能でしょう。それでも倉田さんが帳場開設にうしろ向きなら、ここまでの捜査結果を持って一課長に直訴します。上の役所のパイプも使えるものなら使いますよ」

良くも悪くも俊史は図太くなった。警察庁を含めた警察組織全体を支配する内部権力の力学を、ただ嫌悪するだけでは自分が負ける。ミイラ取りがミイラになる惧れはつきまとうが、それでも使い方さえ間違えなければ組織の悪弊に対抗する武器になる。場合によっては伸《の》るか反《そ》るかの闘いになるだろう。しかしこちらももはや退くに退けない。

ＤＮＡ型鑑定の結果は一週間ほどで出ると聞いている。そこが当面の勝負のポイントになりそうだ。死因はいまも判明しないとはいえ、女性と見られる死体から砒素が検出され、しかもその死体が発見された家の住人とは別人だとしたら、殺人の可能性を孕《はら》む死体遺棄事件として立件し、特捜本部を開設するのは自然な成り行きだ。いかに庶務担当管理官でも、そうなると押さえ込むのは難しいだろう。それでもなお動こうとしないとなれば、いよいよ彼自身に疑惑の目を向けざるを得なくなる。池田が提案する。

「いずれにしても、死体のほうの答えが出るのはもう少し先の話です。当面はサーラの会に的を絞るべきです。宗教法人の届け出の線から教祖の正体を洗い出すのは課長にお任せするとして、とりあえず我々は教団の本部を眺めておく必要があるんじゃないですか」

「それならおれも行くよ」

葛木は言った。池田は渋る。

「係長は留守番と決まったじゃないですか。おんぼろ会議室といっても、我々にとっては大事な帳場です。主にはでんと座っててもらわないと」

まだ橋川に全幅の信頼を置いていないのだろう。あすも全員が出払うことになる。そこに一人だけ居残りさせるのは不安だという気持ちが読みとれる。

「場合によってはあんたが言ったように潜入捜査が必要になるかもしれん。さっき手を挙げてくれた二人はおれから見ても適任だと思うから、一緒に付き合ってもらうことにしよう。本番のまえの下見は大事だ。本人の目で状況を見ておいてもらったほうがいい。連絡は携帯で取り合えばいいから、留守番はとくに要らないよ」

葛木はさらりと応じた。刑事になりたいという橋川の希望をできるものならかなえてやりたい。一方で池田が感じている危惧にも一理ある。それらを勘案すれば、現場での橋川の振る舞いを観察するのがいちばんいい。奉職してまもなくからこの歳まで、ほとんど刑事とばかり付き合ってきた。人を見る目にさほどの自信はないが、刑事の適性を見抜く眼力なら一日の長がある。

「それならおれを含めて、所轄のメンバー全員で行きましょう。近辺でいろいろ聞き込みもできるでしょうし」

葛木の意図を察したのかどうか、池田は意外にあっさり折れた。園村も呼吸を合わせる。

「じゃあ我々はきょうの続きということで、残りの口座の確認と、相葉、沼沢の口座からの振込先の名義人を当たります。たぶん実在しないと思いますがね。それから山中には、三件の口座の取引に使われたＩＰアドレスのドメインだかなんだかを調べてもらいます」

締め括るように俊史が言う。

「なんとか立件までの道筋が見えてきたね。おれはここまでのみんなの努力を無駄にはしない。帳場が立とうが立つまいが、このヤマは絶対に我々の手で解決しよう」

「そうですよ。みんなが刑事をやっててよかったと思えるような、末代まで誇れるような仕事にしましょうよ」

テーブルを拳で叩いて池田は応じた。

2

翌日の午後、葛木たちはサーラの会の本部のある本郷二丁目に向かった。

大原は午前中のうちに手回しよく東京都と文部科学省に問い合わせてくれた。一つの都道府県内に宗教施設を持つ団体の場合、宗教法人の認可は知事の所管となり、それが複数の都道府県に及ぶ場合は文部科学大臣の所管となる。サーラの会はそのどちらでも認証されていなかった。いわゆる任意団体として活動しているわけで、そうなると公的なルートから内輪の事情を探る道はほとんどない。

佐田邦昭という元キャリア官僚が関わっていたという神智明鏡会についてもついでに調べてみた。そちらは東京都が管轄する宗教法人として登記されていたが、七年前に認証が取り消されていた。理由は団体自らの申し出によるもので、活動に違法性があった等の理由ではなく、都の担当部局ではとくに事情は把握していないとのことだった。

信教の自由は憲法で保障された権利で、監督庁という立場ではあっても、よほど悪質な犯罪や法令違反がない限り内情に立ち入ることはないという。それでも認証取り消し時点の役員の名前は確認できた。代表者が佐田和子《かずこ》で、そこに佐田邦昭ほか二名の役員が名を連ねていた。その点は俊史が勝沼警視監から聞いた話と一致している。

それだけでは神智明鏡会とサーラの会を結びつけることはできない。しかし確実な手がかりが一つ出てきた。認証が取り消された当時の神智明鏡会の教団本部所在地が、現在のサーラの会のそれと同一だったのだ。偶然ということはまずあり得ない。神智明鏡会が宗教法人の認証取り消しのあとでサーラの会と名称を変え、同じ所在地で任意団体として活動を継続していたと考えて間違いない。

だとすれば現在の教祖の土田双樹がかつて高位の警察官だったというネット上の噂は真実で、それが佐田邦昭本人である可能性は大いに高まった。そうなるとこれまでは薄墨のぼかし程度だったサーラの会と倉田を結ぶ線が、さらに一筋筆を重ねたようにくっきりと見えてくる。

「どうも惧れていた方向に進んで行きそうだな」

そんな事実を報告し、苦々しい口ぶりで大原は言った。その惧れは葛木も当然抱いていたが、実際に疑惑がここまでくっきり輪郭を現してくると怖気《おぞけ》だつものさえ覚える。あるいは自らの属する組織がそこまで汚れていたという事実を突きつけられて、堪え難い慚愧に苛《さいな》まれさえする。肩にのしかかるものを感じながら葛木は言った。

「こうなると逃げるわけにはいきませんよ」

「きのうは若い連中が張り切っていたが、ここから先はロートルの踏ん張りどころだな」

「その通りです。そういう警察をつくってしまった責任の一端は我々にあるんですから」

「ああ、ため込んだツケを返す羽目になった気分だよ」

大原は重いため息を吐きだした。そんな話を伝えると、池田は威勢よく言った。

「いいじゃないですか。おれだって宮仕えの身ですから、庶務担当管理官に楯突くというのはほんの少々気後れがありました。しかしこうなると話は別ですよ。ここで退くようなら、普通の悪党を検挙する名分が立たなくなりますよ」

「言うとおりだ。所轄がいくら頑張っても、母屋に悪い大ネズミがいたんじゃ堪らない」

「久々に燃えるヤマですよ。こうなりゃホシもネズミも一網打尽といきましょう。身内の恥を晒《さら》すことにはなりますが」

橋川も意気込みを覗かせた。

「本当は監察がやらなきゃいけない仕事なんです。しかし在籍当時、僕も長いものに巻かれていました。居候の身ですが、手伝えることがあればなんでもします。いまここでやらないと、警察官でいることが恥そのものになります」

「しかしひどい話じゃないですか。現場の刑事が暴力団に捜査情報を漏らしたとかいう話はよく新聞に出ますけど、捜査一課の事実上のナンバー2が犯罪者と繋がっているなんて。それなら警察なんてすぐ廃止して、民間に業務を委託したほうがいいですよ」

若宮は突拍子もないことを言い出した。たしかにそこまで警察が腐っているなら、そういう選択もなくはない。ただでさえ無駄飯食らいの巣窟《そうくつ》なのだから、地方財政の健全化にも貢献するだろう。山井も負けじと声を上げた。

「そういうことをしている連中が出世して、現場で真面目に働いている僕らには陽が当たらない。それじゃ警察のモラルはますます低下しますよ」

「そう言うなよ。おれは田舎の警察本部長くらいは目指してるんだから」

池田が茶々を入れると、山井はあっさり切り返した。

「適材適所というのがありますから。池田さんは所轄のデカ長がはまり役です」

そんなやりとりをどこか突き抜けた気分で葛木は聞いた。警察官も役人の一種だから、上に楯突いて得することはない。それでもやる気を見せている若い連中に、いま存分に力を発揮させるのがまさに大原の言うロートルの踏ん張りどころだ。火の粉は先の短い大原や自分が被ればいい。

3

いかにも刑事という風采《ふうさい》の背広姿の五人が固まって歩いていては目立つので、水道橋駅を出たところで二チームに分かれることにした。

池田には橋川と組んでもらい、葛木は山井と若宮と組むことにする。葛木はすでにある程度の好印象を抱いてしまっているから、まだ多少の不信感を残す池田のほうが橋川の評価には適任だ。

サーラの会の本部は本郷給水所公苑《こうえん》の小高い緑を望む洒落《しゃれ》たデザインのビルにあった。駅から歩いて十分ほどだが、住宅やマンション、オフィスビルが混在する閑静な一角で、周辺には寺院が多く、どこか宗教的な気配もある。

向かいの歩道をやや距離を置いて歩いていた池田と橋川がビルのエントランスに入るのを確認して、葛木たちは近くの路地に身を隠し、目立たないように様子を窺《うかが》った。

十分ほどで池田たちは外に出てきた。池田が歩道を歩きながらポケットから携帯を取り出すのが見える。葛木の携帯がバイブレーションモードで唸り出す。耳に当てると池田の声が流れてきた。

「しらばくれて本部事務所のある八階までエレベーターで上がってみたんですがね。フロア一丸ごと借りているようで、本部の事務所のほかに、セミナールームやら瞑想室やら礼拝室やらと書かれたドアがありました。サーラ・ファミリーという通販会社の事務所もこの階にあります」

「怪しい雰囲気はあったか」

「それが皆目。宗教色がまったくなくて、知らない人が見たら普通のオフィスにしか見えないでしょう。壁紙やカーペットはこざっぱりした色調で、華美な装飾もありません」

「ウェブサイトと一緒だな。表向きカルト色を抑えるのがそこのやり口なんだろう」

「場所柄もあるでしょうね。ほかのフロアーに入っているのはごく普通の企業のようですから、変なイメージを与えると周囲から警戒されるということもあるんじゃないですか」

「本部事務所は覗いてみたのか」

「きょうのところはやめときました。いずれ潜入捜査することもあるでしょうから、顔を覚えられちゃまずいので。幸い廊下には人っ子一人いませんでした。いたら階を間違えたふりをするつもりだったんですが」

「しかしそれだけ閑散としているようじゃ、あまり繁盛しているとも思えないがな」

「そうでもないでしょう。これまで見てきたところだと、一人あたりの金の毟《むし》り方が半端じゃない。信者の数より、どれだけ巧妙に洗脳するかが勝負なのかもしれません」

「あるいは洗脳などというまだるっこしい手は使わずに、拉致や殺害という犯罪そのものの手口で財産を奪いとる。ウェブサイトや本部オフィスのいかにも健全を装ったイメージは、小金を持った信者をおびき寄せる新しいやり方なのかもしれないな」

　慄きを覚えながら葛木は言った。悪党がいかにも悪党らしい顔をしていてくれれば刑事も仕事が楽なのだが、近ごろはそういう風潮でもないようだ。やくざにしてもかつてのように、黒のスーツに金バッジをつけてベンツを乗り回すようなスタイルは流行《はや》らなくなったと聞いている。新宿や渋谷の街を闊歩《かっぽ》するファッショナブルでイケメンの若者が、やくざ顔負けの悪事に平気で手を染めるいわゆる半グレだったりもする。

「どうしますか。近所で少し聞き込みをしてみますか」

　はやる気持ちが抑えられないように、池田がさっそく聞いてくる。

「これで帰るんじゃ無駄足だ。ただし潜入捜査のこともあるから、くれぐれも慎重にな」

「わかってますよ。警察手帳なんか出さずに、四方《よも》山話《やまばなし》を持ちかけて探りを入れようと思います」

「おれたちもそうしよう。喫茶店やらコンビニで雑談を装って話を振るのがよさそうだ」

「そうしましょう。下手すりゃこちらも命に関わりますから」

　けろりとした調子でそう応じて池田は通話を終えた。山井と若宮にそんな話を聞かせながら、葛木たちも歩き出す。

　池田と橋川はビルの近くのコンビニに入っていった。葛木たちの行く手には立ち食いそば屋が一軒ある。サーラの会が入っているビルとは道路を挟んでほぼ真向かいだ。そろそろ小腹が空いてきたところで、ついでに話を聞くのにちょうどいい。

山井と若宮と連れだって店内に入ると、六十絡みの親爺が一人、退屈そうに店番をしていた。いまどきはこの手の店もチェーン系が大半で、店にいるのもアルバイト。地元の話が聞けないケースが多くなったが、年季を感じさせる店構えから見て、ここはそういう目的に適う地場の店らしい。先客は一人もいない。聞き込みには最高の条件だ。

「へい、らっしゃい」

親爺は億劫《おっくう》そうに声をかける。壁の品書きを見ると、定番の搔《か》き揚げからエビをはじめとする魚介類、ゴボウやナスなどの野菜類まで、天ぷらの品数が驚くほど多い。

それも自前で揚げているようで、揚げ油に使っているらしいゴマ油の匂いが香ばしい。なかなかこだわりのある店らしい。自動券売機がないのもいまどき珍しい。葛木は気さくに声をかけた。

「いやいや、揚げ物の種類が多いね。こりゃ迷っちまうなあ」

「数がありゃいいもんでもないけどね。総菜に天ぷらだけ買ってくお客さんもいるんだよ」

仏頂面で親爺は答えるが、その声音には自信のほどが覗いている。本来の用向きもさることながら、味のほうにも気持ちがそそられる。

「ぜんぶ頼むわけにもいかないから、エビ天とゴボウ天を乗せてくれる？」

「そばにするの？　うどんにするの？」

「そばにしてよ」

「ああ、江戸っ子はそばだよね。で、若いお二人は？」

どうやらそばがお勧めらしい。そう言われれば山井も若宮もそばにするしかないようで、山井はそこに掻き揚げとちくわ、若宮はげそにナスを乗せてもらう。

カウンターにそれぞれの丼が並んだところで、財布をとり出そうとする二人を制し、葛木がまとめて代金を払う。締めて千円ちょっとだから、値段はまずまず良心的だ。

天ぷらはかりっと揚がり、そばはなかなか腰がある。つゆは江戸前の濃い口だが、だしの取り方が絶妙なのか、深みがあってまろやかだ。お世辞ではなく葛木は言った。

「絶品じゃないの、親爺さん。立ち食いでここまでのところはなかなかないよ」

「そうかい。そりゃよかった。ここに店を出してかれこれ四十年。この歳になっても褒めてもらえりゃ嬉しいよ」

「そんなに長いの？　じゃあ、この一帯については生き字引だ」

「昔はそうだったけどね。近ごろはマンションやらビルが建ち並んじまって、昔の住人はだんだんいなくなる。新しくきた人たちは地元とほとんど付き合わないからね」

「新しく来た人たちって、たとえばあのビルに入っているような？」

葛木は肩越しに背後のビルを指で示した。

「ああ、あそこね。十年前に建ったんだけどね――」

親爺は気を持たせるような口ぶりだ。葛木はさりげなく探りを入れた。

「オフィスビルみたいだね。入ってるのは会社関係でしょう」

「ほとんどがそうなんだけど、妙なのも入ってるんだよ」

「妙なのというと？」

「胡散臭《うさんくさ》い宗教団体でね」

「新興宗教ですか」

「それもなんだか危なっかしい感じのでね。カルトとか言うんだろ」

「たとえばオウム真理教のような？」

「そういうのとはまた違うんだよ。ただね、宗教ってのは悩んでいる人を救済するために
あるんじゃないの。ところがそこは人から財産を引っぱがすことしか考えない」

「このご近所で被害に遭われた方がいるんですか」

「被害と言っていいのかどうだかね。引っぱがされる当人たちがそれで幸せだと思ってる
ようだから。ただ傍《はた》から見てると気の毒としか言いようがない。じつはこの店の裏にある
家の老夫婦ものめり込んじゃってね。けっこうな預貯金があると聞いてたんだけど、けっ
きょくすってんてんになって、五年前にどこかへ夜逃げしちゃったよ」

「夜逃げですか」

「そうとしか考えられないんだよ。闇金の取り立て屋みたいなのがしょっちゅう押しかけるようになって、半年くらいしてから突然いなくなった」

「借金があったわけですね」

「うちが付き合っている信用金庫の営業の人間から聞いたんだけど、行方をくらます一年くらいまえから何千万円かあった預貯金がどんどん減ってって、そのうちほとんどゼロになっちゃったらしいんだよ——」

親爺の口調がやや深刻になる。

「話を聞いてみると、どうも寄進だお布施だといって教団に吸いとられていたようなんだ。そのうち自宅を担保に金を借りたいと申し出てきた。調べてみたら地所は借地で家は築後四十年という代物だったから、担保にはならないということで融資は断ったそうなんだ。もし貸したとしても、けっきょく教団に巻き上げられちゃう惧れもあったしね」

「それで闇金から？」

「結果としてそうなったんだろうね。それでその担当者が気に病んでね。身辺に変わったことがなかったかと訊かれたもんだから、知ってることを話してやったんだけどね。おれの自宅もこの近くで、その夫婦とは付き合いもあったから、困ったことがあれば相談にも乗れたんだけど、その教団に入れ込むようになってからは近所付き合いをほとんどしなくなっちゃったから」

矢上夫妻のケースと酷似している。あるいはと不安に駆られて問いかけた。

「自宅はその後、ずっと空き家になってるんですね」

「そうなんだ。それで地主も困ってるんだよ。地所は自分のものでも家屋は借地人の財産だから勝手に取り壊せない。かといって連絡しようにも所在がわからない」

「病気で亡くなっていたというようなことはないんですかね」

「最近そういうのが多いよね。誰も気づかないうちに白骨になっちゃってたという――」

葛木にすればどきりとすることを親爺はこともなげに言う。

「民生委員が心配して、警官に立ち会ってもらって家のなかを点検したんだよ。いなくなって一ヵ月くらいしたころだと思うがね」

「異状はなかった？」

「家財道具はほとんどそのままだったそうだよ。そのときはまた戻ってくるつもりかもしれないと思ったらしい。もちろん死体はなかったよ」

「捜索願は出したんですか」

「いなくなるまえの状況を考えると、たぶん夜逃げだろうと民生委員も考えたらしいんだよ。だとしたら追っかけてるのは血も涙もない闇金だ。わざわざ行方を探し出して、それが連中に漏れたら元の木阿弥《もくあみ》だから」

「なるほど。そういう判断もありますね」

　とりあえず葛木は胸をなで下ろしたが、単に死体がなかったというだけで、その老夫婦がどこかで元気で生きている保証にはならない。

「ところであんたたち、警察の人？」

　唐突に親爺は訊いてきた。葛木はたじろいだ。あまりに話が興味深くて、つい根掘り葉掘り訊いてしまった。素人に見破られるようではまだまだ修業が足りないと心のなかで冷や汗をかいたが、ここで誤魔化しても始まらない。逆に身分を告げて、さらに突っ込んだ話を聞くのも一手だと思い直した。

「失礼しました。しかしよくおわかりですね」

「いやね。うちへ話を聞きに来たのはあんたたちが初めてじゃないんだよ。二人がいなくなったころに、知らない男が店に来てね。その夫婦のことを根掘り葉掘り探るもんだから、怪しいと思って逆に訊いてやったんだよ。話を聞きたきゃ、どこの誰だか名乗るのが筋だろうって。闇金の取り立て屋だったら迂闊なことは喋れないからね。すると渋々警察手帳を見せた。所属は公安部の総務課になっていた。ここ最近も、なにか変わったことがないかと立ち寄ったよ」

　公安総務課は部内庶務だけでなく、左翼政党や市民運動、カルトなども担当する。サークラの会の内偵なら当然彼らの守備範囲だ。

「左翼や右翼の過激派だけじゃなく、怪しげな宗教団体も取り締まるんだろ。あんたたちも公安なの？」

「いや、刑事事件を扱うほうでして。申し遅れました。私はこういう者で」

名刺を差し出すと、親爺はそれを受けとってしげしげ眺めた。

「城東警察署っていうと、江東区の亀戸のあたりじゃないの？」

「よくご存じで」

「そっちのほうに親戚《しんせき》がいるんだよ。それほど親しく付き合ってるわけじゃないんだけどね。しかしこのあたりは本富士署の管轄のはずだけど」

「じつは江東区内で起きたある事件の捜査でして」

「そこにあの教団が絡んでいるの？」

親爺は目を丸くした。葛木は頷いた。

「三件の失踪事件で、いま伺ったお話とよく似てるんです。事情があって秘匿捜査中でして、詳しいお話はできかねるんですが、関与している強い疑いがあります」

「そうなの。悪さをしているのは文京区内だけじゃないんだね」

「こちらではかなり派手な活動をしてるんですか」

「派手と言っても、街中を練り歩いたり宣伝カーを走らせたりするわけじゃないけど、信者はかなりいると聞いてるよ」

「勧誘はどういう方法で?」

「病気持ちや心に悩みを抱えているような人間を狙い撃ちしているようだね。カウンセラーのような顔をして親切ごかしして近づいて、うまいこと洗脳しちゃうんだ。マインドコントロールってやつだよ」

「こちらを訪れたことは?」

「事務局で働いているらしい若い信者がそばを食いに来ることはあるけどね。騙しやすい相手とそうじゃない相手がわかるのか、おれにはそういう話をしたことがないんだよ」

「どんな連中ですか」

「オウム真理教みたいに変な服を着たり、頭におかしな機械をつけたりはしていない。そのへんの道を歩いていても普通の人間と見分けはつかないよ。特徴と言えば全員が椿《つばき》に似た花のかたちをしたバッジをつけてるくらいだね」

　それはサーラの会のサイトのロゴマークにもあしらわれている。サーラの会の名称と教祖の名前を関連づければ、仏教説話に出てくる沙羅双樹《さらそうじゅ》の花かもしれないが、植物に疎い葛木にはわからない。

「きょうはずいぶん閑散としているようですが」

「普通の日は大体こんなもんだよ。月に何度か祭礼の日があるようで、そのときは老若男女取り混ぜて信者が大勢押しかける。時間によってはエレベーターに行列ができて、ほかの入居者が迷惑すると管理人がよくこぼしているよ」

「とくに高齢者が中心というわけじゃないんですね」

「決して少なくはないが、若い連中もけっこういるよ」

「教祖は土田双樹という人物だと聞いていますが」

「おれもそう聞いてるね。じかに話をしたことはないけど、ビルの管理人の話だと、つんけんしたすかした野郎だって話だよ。おれもときどき見かけるけど、フェラーリだかなんだか外国の高級スポーツカーを乗り回して、スーツもイタリアだかフランスだかの高級ブランドしか着ないらしい」

そのあたりのことはネットの掲示板にも書いてあった。そういう教祖に寄進する信者というのは葛木には理解できないが、新興宗教の本部施設というのは、大半が豪勢な伽藍《がらん》を連ねていて、成金趣味丸出しのところは共通している。せっかく集めた寄進ならもっとましな使い道があるだろうと思うが、信者もそれで納得しているとしたら、はたが文句を言う筋合いでもない。

そういう点ではオフィスビルのフロアーを借りているサーラの会は可愛いほうだと言えそうだが、凶悪性においてはおそらく群を抜くだろう。

「サーラの会があのビルに入居したのはいつごろですか」

「建って三年くらいしてからじゃなかったかね」

「というと七年前――」

神智明鏡会の認証が取り消された年だ。やはりいったん神智明鏡会の名義で入居して、その直後になにかの理由で宗教法人としての認証を取り消し、以後はサーラの会に改称して活動を続けたということか。単に名称だけではなく、教団としての実態にもなんらかの変化があったのか――。

大原が調べたところでは、神智明鏡会の役員には間違いなく佐田邦昭が名を連ねていた。それが現在の教祖の土田双樹である可能性は高いが、それを確認するすべがいまはない。

「江東区で起きた事件がどんなものか知らないけど、もしそれがあいつらの仕業だとしたら、なんとか頑張って摘発してよ。公安の刑事ってのはただ話を聞くだけでなにもしない。おれからも民生委員からも口が酸っぱくなるほど説明してやったのに」

それが公安の体質で、刑事部門の葛木たちにも彼等の仕事の目的は正直言ってわからない。予算消化のアリバイづくりとしか思えないところがあるが、それでいて公安部門の予算規模は葛木たちが属する刑事部門のそれを凌駕《りょうが》する。

「我々としては手がけた事件はなんとしてでも解決したい。きょう伺ったお話は今後の捜査の大きな手がかりになりそうです。またなにかお気づきのことがあったら、ぜひご連絡いただけませんか」

「ああ、そうするよ。新興宗教のすべてが悪いわけじゃないが、あのサーラの会というのはどうも特殊なような気がするね。マインドコントロールされている信者にはあの教祖様は後光がさして見えるんだろうけど、おれたちからみたら血も涙もない詐欺師だよ。早いとこ監獄にぶち込まないと、これからどれだけ被害者が出るかわからない」

「おっしゃるとおりだと思います。我々の見立てが間違っていないとしたら、サーラの会は宗教に名を借りた犯罪集団です」

その犯罪集団の頭目が警察庁の元高級官僚で、いまも警察組織内になんらかのパイプを持っていそうだとまでは、さすがに葛木も言えなかった。

4

捜査の参考にと、失踪した老夫婦の名前や年齢を親爺から聞いて店を出た。

今後の捜査で立件の可能性が出てくることもあるだろう。城東署の葛木たちにとっては管轄外だが、継続捜査が本業の俊史たちは東京都全域が管轄地域だから、立件し捜査を進める権限がある。

「思わぬ掘り出しものだったじゃないですか、係長」

ほくほくした表情で山井が言う。素直に喜んでいるのはその顔でわかるが、皮肉を言われているようで落ち着きが悪い。

「それよりあの店、けっこういけますよ。潜入捜査のときは利用することにします」

若宮はもうその気になっているようだ。池田を呼び出して話のあらましを教えてやった。

「そいつは大当たりじゃないですか。怪我の功名ってやつですかね」

こちらの言い草は山井よりきつい。

「そっちは成果はあったのか」

悔し紛れに訊いてやると、落胆ぎみの声が返った。

「さほど成果はありません。コンビニやガソリンスタンドの店員はみんなアルバイトで、地元の事情には疎いし、警察手帳を出すわけにはいかないので、一般の家では話が聞けないし――」

「だったらいったん集まろうか。水道橋の駅に戻って近場の喫茶店で相談しよう。電話じゃ伝えきれない話もあるから」

「そうしましょう。ちょうど喉《のど》が渇いたところだし、潜入捜査の段取りも考えなくちゃいけませんから」

「橋川はどうだ」

つい気になって問いかけると、声を落として池田は答える。

「使えそうです。なかなかいい度胸してますよ。ビルのなかを歩き回ったときも緊張した様子はなかったし、コンビニの店員とも三味線を弾きながら器用に雑談してましたから」

「潜入捜査の候補に入れておいても良さそうか」

「いいんじゃないですか。本人が言うようにまだ刑事臭さが染みついていません。悪党はそのあたりの嗅覚《きゅうかく》が発達していますから。そのうえ教祖が元警察官僚で、おれや係長ならばればれですよ」

「しかし、あの白骨死体が連中の仕業ならかなり凶悪だ。万全の態勢で臨まないとな」

「ビルの周りで張り込んで、万一の際にはすぐに踏み込む態勢をとるべきですね。だれが行くにせよ、そういうふざけた連中に殺されたんじゃ間尺に合いませんからね」

池田は積極的だ。いくら警察官が危険と背中合わせの商売でも、無用な冒険は避けたいのが人情だ。一方で事件の真相を解明する重要な鍵がそこで拾えないとも限らない。

「まずそのあたりを全員で相談しよう。落ち合う場所は水道橋駅の東口でどうだ。そのあと適当な店を探せばいい」

「そうしましょう。そちらはそちらで勝手に行ってください。途中で出くわしても知らんふりということで」

そうしようと応じて通話を終えて、山井と若宮を促して駅方向に向かう。壱岐坂《いきざか》通りの交差点から左に入り、給水所公苑の高台の下を外堀通りの方向に歩いていると、山井が肩越しにささやきかけてくる。

「さっきから変なのが尾けてきています」

「変なの？」

葛木は軽く背後を振り向いた。紺とグレーのスーツ姿の男が二人、やや離れて同じ方向に歩いてくる。互いに前後にやや距離をおき、こちらとの間隔は一〇メートルほどだ。

片方は身長が一八〇センチ近い。一見すると細身だが、かなりの筋肉質だと背広のシルエットから感じとれる。もう一人は背丈は首一つ小さいが、横幅の広い体格は格闘技系の猛者《もさ》を連想させる。一見、普通のサラリーマンだが、目配りや身のこなしがどこか違う。

「そば屋を出てから、ずっとうしろにいるんです」

確信ありげに山井は言う。若宮もちらりと振り返り、戸惑い気味に訊いてくる。

「尾行されているんですか」

「そうらしいな。二人はそのまま歩いてくれ。おれが話をしてみよう」

葛木はその場に立ち止まる。山井と若宮はそのまま先へ行く。

背後から靴音が近づいてくる。男の一人が傍らを通り過ぎ、素知らぬ様子でそのまま歩き続ける。もう一人が背後で立ち止まったのが気配でわかる。

葛木は前を行く男を呼び止めた。

「ねえ、あんた。どういう理由でおれたちを尾行してるんだ」

男はぴたりと足を止め、おもむろに葛木に向き直る。人を食ったような薄笑いを浮かべ、動じる気配がまるでない。目的は尾行というよりある種の威圧かとさえ思えてくる。言いがたい不快感を覚えながらさらに問いかけた。

「答えてくれないか。どうしてこそこそ監視する？」

「困るんだよね、断りなしにおれたちの領分に踏み込まれては」

男の口ぶりがやけに馴れ馴れしい。同業者と知っての行動だ。

「おたくたちの領分？　つまり本富士署の刑事？」

葛木の問いに男は軽く首を振り、ポケットから名刺を取り出した。受けとって眺めると、警視庁公安部公安総務課第五公安捜査第九係、警部補、山谷健司《やまたにけんじ》となっている。

「あんた、公安の人間なのか？」

当惑を隠さず問いかけると、男は不敵な笑みを返した。

「サーラの会はおれたちのターゲットだ。所轄ふぜいに指一本触れられちゃ困るんだよ」

第十章

1

「この国の警察はどうしてそういう連中を税金で飼わなくちゃいけないんですか」

水道橋駅にほど近いセルフサービス式のティールームで、池田は苦虫を嚙《か》み潰したような顔でコーヒーを口に運ぶ。

山谷と名乗った背の高い男は、こちらの質問にはなに一つ答えず、それが警視総監に近い筋の意向だとほのめかし、サーラの会に対する捜査からはすぐに手を引けと上から目線で言い捨てて、背の低いほうを引き連れて立ち去った。はなから仲良くする気はなさそうだが、問題はどうしてこちらのターゲットがサーラの会だということを察知したかだ。

その件について俊史はまだ倉田に話を上げていない。疑わしいとすれば橋川だが、そうだとしたらここまでの彼の言動はすべて自らを信じ込ませるための芝居ということになる。

そこまでの仕掛けをして懐に入り込んで、その直後に公安が恫喝《どうかつ》をかけてきたのでは頭隠して尻《しり》隠さずもいいところだ。当人にも悪びれた様子はまるでない。池田も似たような考えらしく、橋川に対する不信感は毛ほどもみせない。

「連中もサーラの会に張り付いていたんでしょう。本庁の公安部なら係長の顔を知っていたんじゃないですか。それでたまたま見かけて因縁をつけてきたんだと思いますがね」

わかりきっているというように池田は言う。まだ釈然としない思いで葛木は応じた。

「だからっておれたちがサーラの会に目をつけていることを、どうして知ってるんだ」

「馬脚を現したんじゃないですか。うちの警備課にも公安の下っ端はいますから、こちらが区内の三件の失踪事件を追っている情報は耳に入っていたんでしょう。それでおれたちが本部の周りをうろついているのを見て、ちょっかいを出すなと釘を刺してきた。つまり三件の失踪にサーラの会が絡んでいることを向こうから認めたようなもんですよ」

「だったら公安はサーラの会がそういう悪事を働いているのを知っていて、こちらには情報を寄越さないどころかタッチするのさえ嫌っていることになる。それは連中なりに別の理由があってのことなのか、あるいは倉田管理官とどこかで結びついていて、一緒になっておれたちを潰そうとしているというわけか」

葛木は思いあぐねた。池田も腕組みをして考え込む。橋川が口を開いた。

「公安には彼らなりの理由があるんじゃないでしょうか。倉田さんの不審な動きとは別のラインだという気がするんです」

「というと？」

「監察にいたとき、サーラの会についての情報があったら提供するようにという申し入れが公安からあった件はもう話していると思いますが、もし倉田さんと結託してサーラの会がらみの事案を握り潰そうという意図があるなら、それ自体が矛盾しているんじゃないですか」

「しかし公安というのはなにを考えているかわからないところだ。もしおまえの言うとおりだとしても、犯罪集団として摘発する気があってのことなのかどうか」

池田はそれでも不審げだ。若宮が訊いてくる。

「警視総監に近い筋の意向だとか言ってたそうですけど、本当なんでしょうか」

「いまの警視総監もご多分に漏れず公安あがりだからな。そう言えばびびると思っての脅し文句じゃないのか」

池田は意に介さない口ぶりだが、やはり葛木はそこが気になった。警察本部が違えば角突き合うことの多い刑事部や組対部などと違い、公安は警察庁警備局公安課をピラミッドの頂点に全国一枚岩の組織になっていて、予算もほぼ全額が国費で賄《まかな》われる。公安以外の部署にも一部は国費が支給されるものの、大部分は地方予算が当てられていて、葛木たちからすれば公安は警察内部に存在する別組織という感覚が強い。

その意味から言えば橋川の指摘は当たっているような気がする。倉田とは別のラインで公安が動いているとしたら、その意図は不明だが、厄介な障害物がもう一つ飛び出してきたことになる。

「いずれにしても仲良く共同捜査とはいかない相手ですよ。だからといって遠慮する必要はまったくない。こっちにはこっちの捜査権があるんですから」

強い口調で池田が言う。そのとき葛木の携帯が鳴った。俊史からの着信だった。耳に当てると、張り切った声が流れてきた。

「親父、いまどこに？」

「水道橋駅近くのティールームにいるんだが――」

ざっとここまでの状況を説明すると、俊史は不快感を露わにした。

「捜査妨害どころじゃない。明らかに恫喝だよ。おれから公安に抗議を申し入れる」

「ちょっと待て。連中の狙いがまだ見えない。もし倉田さんと連携した動きだとしたら、わざわざこちらの手の内を先方に教えることになる」

「たしかにそうだね。しかし倉田さんとは関係ない可能性もある。その場合、連中の意図がわかればこちらの捜査の参考になる。必ずしも利害が一致しないとは限らないし」

「それも考えられるが、リスクの大きい賭けではあるな。公安に親しい人間はいるのか」

「いないこともない。同期の半分近くは公安だから」

「キャリアというのはそんなに公安が好きなのか」

「出世のことを考えると有利だという気持ちがどうしても働くんだろうね。それに公安の意識には、泥棒や人殺しを扱う刑事部門より、国家の治安を守る自分たちのほうが格が上だというくだらないプライドがあるようだ」

「それはおれも知っている。殺しや強盗で国が滅びることはないが、テロやクーデターを未然に防げなければ国家の存亡に関わるというのがあいつらの得意の言い草だ」

「それでやっていることといえば、いまじゃ革命を起こす力もない左翼政党やかつての過激派の活動監視。オウムのサリン事件さえ防げなかった。連中が大きな予算を食い潰し、官僚機構の中枢を握っているのは、この国の警察組織の最大の矛盾点だとおれは思うよ」

周りで人の声が聞こえるから本庁のデスクからかけているのかもしれないが、声を落とすこともなく俊史は気炎を上げる。

「しかしおれの見るところ、サーラの会はカルト集団というより、カルトの仮面をつけた詐欺集団という印象が強い。国家転覆のようなおどろおどろしい野心を持っているようには思えないんだが」

「それはおれも感じているんだよ。連中は使いでのありすぎる予算をむりやり消化するために取るに足りないような事案にも首を突っ込む可能性がなくはないから」

それも十分考えられる。というより公安がやっている仕事の全体が、葛木に言わせれば金をどぶに捨てるような事案ばかりだ。しかしそうしたことは表向きの話に過ぎず、それを隠れ蓑《みの》にある種の国民監視をやっているという疑念は葛木のような一般の警察官も少なからず持っている。そうでなければ警視庁の公安各課の人員が、花形の刑事部捜査一課を遥かに上回る理由が理解できない。一般市民の目に触れないところで活動しているから、そこに巨額の血税の浪費があるとはだれも考えない。

「だったら初任研修で気心があったのがいるから、それとなく探りを入れてみるよ。どこまで喋《しゃべ》ってくれるかはわからないけど」

慎重な口ぶりで俊史が言う。多少の期待を寄せながら葛木は応じた。

「どうせはっきりしたところは出てこないだろうから、匂いをかぐ程度でいいよ」

「ポイントは倉田さんとの繋《つな》がりだね。それがなさそうなら、多少踏み込んでいいかもしれない。向こうだってこちらが得ている情報は喉《のど》から手が出るほど欲しいだろうから。それより連絡しようとしたのは佐田邦昭の件なんだ。本人の顔写真を見つけてね」

「本当か。職員データベースにあったのか」

「そっちは抹消されていてね。個人情報保護がやかましくなって、最近は退職した職員の記録はなるべく残さないようにしているらしいんだ。それで庁内広報誌のバックナンバーを当たってみたら、やはりあったよ。警備企画室長就任時の紹介記事のところに顔写真があった。モノクロでサイズも小さいけど、人相特徴はちゃんとわかる」

「それはいいな。さっき話したそば屋の親爺が何度か教祖の顔を見ているそうなんだ。それを見せれば佐田邦昭と土田双樹が同一人物かどうかが判明する」

「だったらこれからそっちの携帯にメールで送るよ」

「そうしてくれ。すぐにその店へ戻って面通ししてもらう」

「じゃあ、いったん切るから」

俊史は忙《せわ》しなく言って通話を終えた。

2

池田がさっそく訊いてくる。

「教祖様の写真があったんですか」

「ああ、すぐにおれの携帯に送ってくれるそうだ」

「うまくいけば無理に潜入する必要はなくなるかもしれませんね」

「できればそう願いたいな。公安がこのヤマに首を突っ込んでいるとなると不確定な要素が多すぎる。どういう意図でサーラの会を捜査対象にしているのか、上の役所（警察庁）の繋がりで俊史が探ってみると言うんだが」

「倉田管理官とつるんでいるかどうかはともかく、こっちの味方じゃないのはたしかですよ。しかし敵の敵は味方という考え方もありますからね」

池田は思案げな口ぶりだ。葛木はその意味を理解した。

「場合によっては利用できるかもしれないということか」

「そうです。毒をもって毒を制すとも言いますからね」

「公安なら役者として不足はないな」

「不足がないどころか、天敵になってくれますよ。連中のやり方は捜査一課とは水と油で、その捜査一課を取り仕切る庶務担当管理官は目の上のこぶだと聞いています」

「警察庁長官の狙撃事件がお宮入りになったのも、公安と捜査一課の縄張り争いが泥沼化した結果だという話はよく聞くな」

「恥をかいたのは公安ですよ。捜査は初めからオウムの犯行という見立てで始まった。連中には連中のやり方があると言いたかったようですけど、けっきょく刑事事案に関しては素人で、そこを捜査一課に突っ込まれた。おかげで捜査の陣容が乱れたというのは向こうの言い訳で、要は無能をさらけ出しただけですから。今回は捜査一課が手を拱《こまね》いているところを連中の手で摘発する。そんな腹づもりもありそうな気がします」

考えすぎのような気もするが、あり得ないとも言いがたい。しかしそれ以上に穏やかでないのは橋川から聞いた監察への情報提供の要請で、警視庁内部に信者が多数いる可能性があるというものだ。

佐田の最終経歴は警備企画室長で、当時はまさにばりばりの公安官僚だ。その古巣の公安が警視庁内のサーラの会信者の情報を収集し、さらにはその本部周辺をかぎ回っているとなると、池田が言うような単純な構図では収まらないような気がしてきた。

「教祖の土田と元公安官僚の佐田が同一人物だとしたら、サーラの会を摘発することは公安にとって諸刃《もろは》の剣でもあるはずだ。佐田の息のかかった信者が警視庁内にいるとしたら、そのかなりの部分が公安に所属している可能性が高いんじゃないのか」

不安を拭《ぬぐ》えずに葛木は言った。池田ももっともだというように頷《うなず》いた。

「公安は公安で、うまく蓋《ふた》をしてことを収めようとしているとも考えられますね」

「もし倉田さんがそっちと結託しているとしたら、とんでもない敵を相手にしていることになる」

「そうなると警視総監に近い筋の意向だとかいう山谷という男の言い草も、ただの脅しとは思えなくなりますね」

「でも人が殺されているかもしれない事件ですよ。それも一人や二人じゃ済まないかもしれない。それを警察が隠蔽《いんぺい》するなんてことが許されるんですか」

若宮が憤りを滲《にじ》ませる。このあいだまでは殺人捜査にいかにも腰が退けていた。それを思えばえらい様変わりだ。潜入捜査に志願したことといい、どうやら心のなにかに火がついたらしい。

人間は自分が本来持っているものに意外に気づかない。池田に引きずり回されて若宮のなかで眠っていた刑事の魂が目覚めたのなら、葛木としてはもちろん喜ばしい。ただし自分の刑事人生を顧みれば、若宮にとってそれが幸福かどうかは保証の限りではない。人を導くことは難しい。池田が言う。

「そんなことを許したらおれたちも悪党の片割れになっちまう。そいつらから見たら所轄なんて掃き溜《だ》めみたいなものかもしれないが、そういうところにも鶴がいるってことを、これからとことんわからせてやろうじゃないか」

「所轄っていうのは、やっぱり掃き溜めなんですか」

若宮は落胆も露わな顔をする。慌てて池田が言い繕う。

「ものの喩《たと》えだよ。母屋にだって屑《くず》はいくらでもいる。所轄で勤め上げた名刑事をおれは大勢知っている。たまたま人事の成り行きで母屋にいたり所轄にいるだけだ。それを出来の善し悪しで居場所が違っていると勘違いするのもいる。しかしなあ。刑事っていうのは肩書きや所属じゃなくて、魂で仕事をする商売なんだ」

「魂で仕事をする商売？」

いかにも大仰な池田の物言いに、若宮はしらけるでもなく問いかける。

「おれだって金は欲しいし出世もしたい。万年巡査部長じゃ女房や子供も肩身が狭い。しかしそんなものを追いかけ始めたら刑事なんてやってられない。それだけ刑事という商売は奥が深い」

「僕も一生懸命刑事をやると、出世はせいぜい池田さん止まりということですか」

「あのなあ、口の利き方に少しは神経を使えよ。目いっぱい頑張っていれば身の丈に合った出世はついてくる。しかしそんなものを自分から追っちゃ本末転倒だ。犯人を追うのがおれたちの商売で、それだけでほかのことには目もくれられないほどの仕事なんだよ」

迷いのない口ぶりで池田は言う。そんな思い入れはかつての葛木にももちろんあった。それが知らないうちになにかを狂わせる。捜査一課殺人班の時代、家族が、同僚が、帳場を支える所轄の刑事たちがあって初めて自分の仕事が成り立っていたことに気づかせてくれたのは、死に目にも会えずに離別した妻だった。

しかしそんなふうにがむしゃらに生きた時代があったことが、いまの自分に幾ばくかのプライドを持たせてくれている。自分だって倉田のように、警察という官僚組織の出世の階段をしゃにむに登り詰めることもできたかもしれない。だからといってそこから得たものが、自分の残りの人生にささやかな輝きを与えてくれることもなかっただろう。

歳とともに答えの出せない問いが増えてくる。かつてはあらゆる問いに正解があると信じ込んでいた。迷う時間さえ惜しかった。そんな思い込みが、死んだ妻や息子の俊史のみならず、所轄の刑事たちや、ときには容疑者の心にさえいわれない傷を負わせたことがあったはずだった。

しかし——と葛木はまた思い惑う。失敗のない人生もまた空疎だ。池田にとっても若宮にとっても、そこから得られるものこそ本当の人生の果実かもしれないとも思う。

「そういえば、池田さんみたいにばりばり働く人って、あんまり出世しませんね。まえの職場は地域課ですけど、やっぱりいましたよ。仕事一筋で地元の人にも慕われて、お巡りさんのプロという感じの人でしたけど、階級は五十を過ぎても巡査長。サボるのがうまい連中に次々追い越されても、本人は気にもしていませんでした」

「わかるよ。警察官の昇任は現場での実績じゃなくてあくまで試験の点だから。役に立たない受験勉強に精を出すよりも現場の仕事で汗を流すのが好きなんだろう。おれも上司にむりやり言われて巡査部長の試験だけは受けたが、ここから先はいまのままでたくさんだ。所轄のデカ長がおれの身の丈に合っている」

共感するように池田は頷いた。若宮は余計な一言を付け加える。

「昇任したって給料は一号俸上がるだけですからね。歳が同じならせいぜい一万円の違いじゃないですか」

「おまえ、世間ずれしていないようで妙なことに詳しいな」

池田が呆《あき》れ顔で言う。実際たしかにその程度で、勤務手当がいろいろ付く地域課や交通課の外勤の巡査よりも一階級上の内勤の巡査部長のほうが手取りが少ないケースもある。

昇任システムだけでなく、給与体系でも警察は実力主義とはほど遠い。年功序列があくまで基本で、そのうえ国家公務員は地方公務員と比べて割安だから、キャリアの俊史でさえ、同年配の所轄の巡査部長クラスとさほど変わらない。

「要するに損得勘定で考えるんなら、刑事なんていますぐ辞めた方がいい。しかし人はパンのみにて生くるにあらずと言うだろう。犯罪というこの世の害悪を少しでも減らすために、おれたちは国民から公権力を負託されている。そんなやり甲斐のある仕事はそうざらにあるもんじゃない」

講義はこれで終わりというように、池田は話を締めくくる。そのとき葛木の携帯に俊史からのメールが着信した。さっそく開くと、添付されているのはモノクロの顔写真で、制服を着用しているが、写真撮影のためか無帽だ。

印刷物から複写したものだが、素人が撮ったピンぼけ写真よりはるかに鮮明で、人相特徴は手にとるようにわかる。髪は黒く、写真だけでは判断できないが、印象としては色白で細面《ほそおもて》の優男《やさおとこ》。一言で言えば俳優にでもなれそうな顔立ちだ。

退職時の年齢は四十一歳で、階級は警視正だったと俊史からは聞いている。年齢的にはその上の警視長への昇任が目前のはずだった。写真はその何年か前のものだろう。

いまサーラの会の教祖として羽振りのいい暮らしをしているとしたら、本人にすれば必ずしも道を踏み誤ったことにはならないだろうが、妻を介した宗教法人への関与が発覚しなければいまごろ警視監にはなっていた。長官や警視総監のポスト争いにも加わっていたかもしれない。傍らから覗《のぞ》き込んで池田が言う。

「すぐにそば屋の親爺に見てもらいましょう。佐田がこっちの教祖様と同一人物だと確認できれば、無理して潜入する必要はなくなりますから」

気負い込んだ様子で山井が身を乗り出す。

「僕がひとっ走りしてきますよ。全員で動くと、また公安の連中に因縁をつけられますから」

「それはいいが、一人というのも心配だな。なにやら腕っ節の強そうな連中だったから」

葛木が不安を漏らすと、橋川がすかさず手を挙げる。

「それなら一緒に行きます。僕は公安の二人組とは会っていないから、距離を置いて歩けば、気づかれずにそいつらの動きを監視できます」

「じゃあそうしてくれ。いまそちらに送るから」

俊史から届いたメールを山井の携帯に転送すると、山井はそれを確認し、橋川と連れだって店を出て行った。また携帯の着信音が鳴り、応答すると俊史の声が流れてきた。

「ちゃんと届いた?」

「ああ、ずいぶん鮮明だったな。いま山井と橋川をそば屋に向かわせたところだ。客商売の人間は人の顔を覚えるのが得意だから、親爺に見せれば間違いなく答えは出るだろう」

「それから気になることがもう一つあるんだよ」

俊史は声を落とす。葛木は問いかけた。

「佐田に関する話なのか」

「ああ。出身地なんだけど、少年時代の思い出話がそこに載っていて、どうも豊橋らしいんだ」

「豊橋？」

「偶然かもしれないけどね」

「あとあと重大なヒントになるかもしれないな」

「ああ。どうして三組とも転入したのが豊橋だったのかという謎に繋がるような気がする」

「佐田と土田双樹は同一人物とみて間違いなさそうだな」

「だとしたら公安が動いている理由も想像がつくよ。元警備企画室長が悪徳カルトの教祖だなんて話が表に出たら、世間からバッシングを受けることになるだろうから」

「公安は摘発する気はないと見てるんだな」

「ああ、いろいろ考えてみたんだけど、教団の売買が発覚してもう十二年も経っている。公安の体質からしたら、ずっと監視は怠らなかったと思うんだ」

「そのあいだ、神智明鏡会もしくはサーラの会が悪事を働かなかったとは思えないな」

「しかし立件された事件がほとんどない。せいぜい橋川が言っていた信者への暴行事件くらいで、それもけっきょく双方が和解して起訴猶予になった」

「なんだか嫌な感じだな。普通なら公安が蓋をできる事案じゃない。その暴行事件にしたって扱いは刑事部門だったわけだから」

「その公安刑事の脅し文句も不気味だね。単に公安だけじゃない。警視庁ぐるみ、あるいは警察庁も絡んでの組織的な隠蔽工作のような気もしてくる」

「しかし佐田という人は警察庁を辞めた人間だ。警察にとって不名誉なことは間違いないが、そこまでしゃにむに隠蔽するというのは異常じゃないか」

「そう言われればたしかに異常だよ。単に警察の体面という以上のなにかがありそうな気もするね。そう考えると、室井さんの異動の件にしてもなにか辻褄《つじつま》が合ってくる」

「そういう話にいちばん抵抗しそうなのがあの人だからな。おれたちだって半端な覚悟では攻めきれないかもしれないぞ」

「それどころか返り討ちにだって遭いかねない。よほど慎重に動かないとね」

「そういうことだな。とりあえずこちらも態勢を固めないと。佐田とサーラの会の教祖様が同一人物かどうかはこれから答えが出る。例の白骨死体のＤＮＡ型鑑定の結果も、もうじき出るだろう。今後の動きはそれによって決まる」

「場合によっては、おれが捜査一課長に直訴して正式の帳場を立ててもらおうと思う」

「まさか一課長までぐるということはないだろうな」

「いまは信じるしかないね。じつはうちの理事官も、最近おれと会うのを避けているようなんだ。問題が出たら倉田さんと話し合うようにということにされちゃってね」

「想像以上に包囲されていそうだな。こっちはまだ真相の切れっ端すら摑《つか》んでいないのに」

「でも向こうがそれだけ焦るということは、大きな方向は間違っていないんじゃないの」

「そこを突破できずに矛《ほこ》を納めるようなことはしたくないな」

「もちろんだよ。そのときは警察に未練はない。それよりおれの居場所そのものがなくなっているかもしれないけどね」

さばさばとした口調で俊史は言う。それを決断するのは俊史で、親父がとやかく口を出す話ではないが、できればそんなことをしなくて済むような結果に終わらせたい。

自分にしても警察への思い入れは強い。しかし臭いものに蓋をし、体面だけを取り繕うのは願い下げだ。それを摘発する自浄能力こそが、自分が半生を捧げた警察に本来求められるべきものだろう。

そのとき池田の携帯が鳴った。すぐに応答して二こと三こと言葉を交わし、こちらに向かって指でOKマークをつくる。電話の向こうの俊史に葛木は言った。

「同一人物だったようだ。土田双樹は佐田邦昭の変名だ」

「やはり厳しい戦になりそうだね」

俊史は声に緊張を滲ませた。

3

サーラの会を偵察した日から五日が経った。

十二年前に宗教団体絡みの不祥事で依願退職した佐田邦昭がサーラの会の教祖と同一人物だということは、そば屋の親爺の証言からほぼ間違いないものと結論づけられた。そうなると逆にこちらの動きは制約される。警視庁内に、いやその上の警察庁にもサーラの会の悪事を隠蔽したい勢力がいるとしたら、今後はいっそう慎重に立ち回る必要がある。

俊史は公安にいる初任研修時代の同期生と連絡をとって、サーラの会に対する公安の姿勢を探ってみたが、そんな宗教団体の話は耳にしたこともないとつれない反応しかなかったという。知っていてしらばくれているのか、それとも公安内部でも関与しているのはごく一部なのか――。俊史は後者ではないかという感想だ。

そうでなければ手を出すなという忠告くらいあってよさそうなものだが、俊史がサーラの会に関心を持っていることについて、気にとめる気配すらなかったという。葛木たちに対してもあのあと公安から接触はない。所轄の警備課には公安の刑事がいて、顔を合わせれば挨拶くらいは交わすが、こちらの動きを詮索《せんさく》するでもなく、恫喝めいた口も利かない。

園村たちはインターネットバンキングを使った巨額の資金移動に関連した聞き込みを集中的に行ったが、振込先の口座はすべて偽名の架空口座だった。使われたIPアドレスのドメインもアメリカ、中国、シンガポールとすべて外国で、各国に問い合わせて持ち主を調べてもらうには、外交チャンネルを使って捜査協力を依頼するしかない。

時間がかかる上に、おそらくそれらのIPアドレスも踏み台に使われただけのもので、そのルートから実行犯を特定するのは極めて困難だというのがITおたくの山中の意見だったが、俊史がそれとなく警察庁情報通信局のサイバーテロ担当技官に相談してみたところでも、見解はほぼ同じだった。

警視庁の刑事部には外事を担当する部署がなく、外国の警察と接点があるのは公安の外事課ということになるが、この状況でそんなところに協力を要請するわけにはいかない。正式に捜査本部が立ち上がれば気兼ねなく外交ルートが使えるが、その前にあらぬ横槍《よこやり》が入りでもすればこの捜査そのものが頓挫《とんざ》しかねない。

池田たちは三件六名の失踪者のかつての居住地周辺でいまも聞き込みを続けているが、新しい事実はまだ出てきていない。けっきょく希望が託せるのは、科捜研経由でボストンの研究機関に依頼している、矢上夫妻とその孫のDNA型鑑定だった。

帳場代わりの会議室で電話番をしていた葛木に、待ちかねた報告が入ったのはその日の午後早くだった。

「親父、ＤＮＡ型鑑定の結果が出たよ、いま室井さんから連絡をもらった」

電話から流れてきた俊史の声は高ぶっていた。

「どうだった？」

「事件は厄介な方向に転がりそうだね。どちらも矢上夫妻とは別人だった」

「本当なのか？」

問い返した声が覚えず裏返った。もちろんあり得るとは考えていた。だからこそそのＤＮＡ型鑑定だった。しかしとっさに湧き起こったのはまさかという驚きだった。

「信じたくないかもしれないけど、本当なんだ」

俊史も似た思いのようだ。そうなると事態はややこしい。こちらにとって有利な材料は、死因についてまだ完全に他殺と立証されてはいないものの、死体遺棄罪に関しては間違いなく成立する点だ。不審死体の発見が端緒となった殺人事件の場合、まず最初に適用されるのが死体遺棄罪で、そこから殺人罪の摘発に至るのが刑事捜査の常道で、それだけで特捜本部設置の名目が立つ。倉田庶務担当管理官もこうなれば本部設置の具申をしないわけにはいかないはずだ。

一方で事件はいよいよ見通しがつかなくなった。二つの死体が矢上夫妻ではないとしたら、いったいそれは誰なのだ。残り二組の失踪者のいずれかか？　だとしたら時期が矛盾する。矢上夫妻が転出したのは三年前で、ほかの二組は四年前だ。その三件とは別の死体だとしたら、事件は当初から惧《おそ》れていたようにさらに大きな広がりを見せることになる。

とはいえ発見された死体はまだその二体だけだ。文京区で発見された梶原老人の白骨死体も同じ事件に巻き込まれたものである可能性は高いが、それでも断定はできない。

「まず全員で集まって、今後の方針を固めたほうがいいな」

心急《せ》く思いで葛木は言った。俊史も呼応する。

「これから城東署へ向かうよ。室井さんも顔を出したいと言っている」

「室井さんが？」

思わず問い返す。すでに事態がひどく込み入っているのに、そこに室井が加わって混乱にさらに拍車がかからなければいいがと不安になるが、そもそも事件の端緒を摑んだのが室井だから、ないがしろにはやはりできない。

「このヤマが最後の仕事になるかもしれない。心残りなくやり遂げたいと言うんだよ」

「気持ちはわかるよ。おれたちにとっても謦咳《けいがい》に接する最後の機会かもしれないからな、大原さんにも伝えておくよ。すぐに出られるのか」

「いますぐにでも大丈夫だけど、そっちはみんなを集めなきゃいけないから、午後三時ということでどうかな」

「それでいい。これからさっそく招集をかけるよ」

よろしく頼むと言って、俊史は通話を終えた。葛木は大原に電話を入れた。事情を話すと、すぐに飛んでくると言う。大原を待つあいだに池田の携帯を呼び出して、同じく事情を説明し、臨時会議の予定を伝えた。

「面白くなってきたじゃないですか」

池田は気合いの入った声で言う。子供が迷路で遊ぶように、見通しの立たない事件ほど楽しいらしい。殺しのヤマで不謹慎の誹《そし》りは免れないが、事件解決のバネになるなら貴重な資質と納得するしかない。山井と若宮には池田から伝えてもらうことにした。

橋川はこの日、午前中から会議があると言って本庁に直行しているが、午後二時過ぎには戻ると言っていたので、あえて連絡することもない。倉田も交えての会議だとしたら、連絡をしてその場で顔色を変えられるのも具合が悪い。

さらに園村にも連絡を入れた。こちらは盛り上がるというわけにはいかず、電話の向こうで重いため息を吐き出した。

「それはえらいことだよ、葛木さん。よっぽどうまく立ち回らないと、史上稀《まれ》に見る未解決事件の責任を一身に負うことにもなりかねないよ」

はなから敗北宣言するような口振りだが、あながち責める気分にもなれない。葛木にしても半ばは途方にくれている。事件は予想を越えた広がりを見せ始め、一方でそれを押し潰そうという警察内部の不審な動き。場合によっては二正面作戦を強いられる。俊史の上司の理事官まで腰が退け始めていることを思えば、こちらの味方は限られている。俊史を気に入ってくれている刑事局長にしても、味方になるか敵に回るかはまだわからない。

「しかしこうなったら腹を括って行くしかありません」

強い口調で葛木は答えた。いまや退路を断たれたと言ってもいいだろう。尻尾を巻いて逃げるのは簡単だが、それをしたらきょうまで築いてきた刑事としての人生をどぶに捨てることになる。その人生は決して葛木一人のものではない。亡き妻が、まだ子供だった俊史が、ともに汗を流した多くの同僚たちが、陰に陽に支えてくれた賜《たまもの》だ。我が身可愛さにこんなところで放り出したら、それこそ罰《ばち》が当たるというものだ。

「あんたならそう言うと思ったよ。こうなりゃ私も逃げるわけにはいかないね。この歳までほとんど無駄飯食って生きてきたようなもんだから、そろそろちゃんとツケを払わないとね。問題はうちの班の連中だよ」

「我々と違って、これから先がありますからね」

「逃げたい奴は逃げたらいいさ。しかしね、あなたの息子さんだから言うわけじゃないが、うちの管理官は大したもんだよ。キャリアとして前途洋々のスタートを切ったばかりだというのに、いつでもそれを棒に振っていい覚悟のようだ」

「青臭いのだけが取り柄です」

「いやいや、若いのに骨がある。私もご多分に漏れず、キャリアなんて虫の好かない連中ばかりだと思ってたんだが、なんでも等し並みに決めつけるのは間違いだってことに、葛木管理官と付き合うようになって気がついたんだよ」

「ほかのキャリアとどこが違うんですか」

ついそんな質問をしてしまうところが親馬鹿そのものだとはわかっているが、他人の評価はやはり気になる。

「キャリアという立場に恋々としない。だから普通のキャリアにとっては危険極まりない崖っぷちも、彼にとっては遊歩道みたいなものなんだろうな」

あまり褒《ほ》められているようには感じないが、それでも本質は言い当てている。親の目から見ればいかにも危なっかしいが、本人にとってはそれが当たり前の生き方で、恐怖を感じる神経の本数が生まれつき足りないのではないかと心配になることもある。

しかしよかれ悪しかれそれが俊史の個性なら、まっとうさせてやるのが親の冥利《みょうり》というものだ。末は警察庁長官という夢もときには見るが、心に恥じることをしてまで私欲にしがみつくことはない。

「親の目から見ても変わり者です。園村さんたちを引きずり回して、迷惑をかけるようなことにならなきゃいいんですが」

謙遜《けんそん》のつもりで言ったそんな言葉を、心外なという調子で園村は遮《さえぎ》る。

「迷惑なんてとんでもない。今回のヤマはどこかで我々が飯を食っている組織に繋がっている。それもどうやら我々の手の届かない上のほうらしい。そういう腐った連中と容赦なく闘おうという管理官の目は、いつもおれたち末端の人間に向けられている。まともな警察官が良心に恥じることなく仕事ができる警察をつくろうという情熱が、日ごろの言葉や行動から自然に伝わってくるんだよ」

自分もそんなふうには見ていたが、親の欲目かもしれないという思いはついて回る。園村の言葉は心に響いた。

「そう言ってもらえれば、親父としても肩身が広いというものです」

「ああ。うちの連中は私がコントロールするよ。なに、あいつらだって葛木管理官が来てから変わったんだよ。あれでも刑事の魂はどこかにちゃんと持っているはずなんだ」

近くにその部下たちがいるのだろう。声を落として園村は言った。

そんな電話を終えたところへ、大原がやってきた。

「いよいよ帳場開設か。警務課長に絞め殺されそうだな」

開口一番、大原は渋い顔をするが、その目には並々ならぬ意欲が漲《みなぎ》っている。池田と園村には連絡済みだと報告し、葛木は言った。

「警務課長には泣いてもらうしかないでしょう。ここは刑事人生の正念場です。悔いを残すようなことはしたくありません」

「そりゃそうだ。おれだって刑事の魂はなくしちゃいない。祖父《じい》ちゃんは出世はしなかったがいい仕事をしたんだぞって、孫に自慢くらいはしたいからな」

「倉田さんがどう反応するかですよ」

「おれたちの商売じゃ、死体遺棄は殺しの同義語だからな。これで帳場を立てなかったら、いくらなんでもやり方が露骨すぎる。どういう理由でブレーキをかけてきたのか知らないがこの辺でそろそろ限界だろう」

「我々じゃなくたって疑いの目を向けることになるはずですよ。いくら強い権限があったって、その使い方に不信感を持たれたら盤石な立場は保てませんから」

「ああいう人間はいつも上しか見ない。しかし躓《つまず》きの石ってのは足元に転がっているもんだからな」

「それが我々かもしれませんね」

「ああ。飛ぶ鳥を落とす勢いの庶務担当管理官といえども、所轄魂を見くびるとただじゃ済まないことを思い知らせてやるしかない」

「所轄魂ですか。久しぶりに聞きましたね」

いかにも泥臭い、しかし耳に心地よい言葉だ。葛木の気持ちのなかで、それは所轄だけのものではなくなった。いましがたの園村の話を聞けば、迷宮入り事件という難題ばかりを押しつけられて、課内で無能呼ばわりされる特命捜査対策室の面々にも通じる意味がある。園村が言うように、彼らもまだ刑事の魂を失ってはいないと信じたい。

4

橋川は二時過ぎに戻ってきた。葛木が事情を聞かせると、慎重な口振りで橋川は言った。

「きょうは全体会議で、倉田さんを前に各班のトップが現状報告をしたんです。しかしここで扱っている事案については、存在すらしないように話題に上りませんでした」

「こちらの状況について報告は求められなかったのか」

「会議が始まる前に上司には報告を済ませておきました。とりあえずあれからとくに進《しん》捗《ちょく》はないような話をしてあります。なにかと警戒されて、顔を合わせても軽口一つ叩いてくれないとたっぷり愚痴を言っておきました」

「どんな反応だった？」

「まずは安心と言ったところでしょうか。上司の腹のうちは読めませんが、倉田さんの意向に逆らう気がないのは間違いありませんから」

「公安との関わりについて、なにか気配のようなものはなかったか」

「なにもありません。共同捜査の案件があれば窓口は我々の部署になるんですが、いまのところ公安からもこちらからもそういう話は出ていないようです。そもそもそういう申し入れは年に数回、それもごく小さな事案に関してあるくらいで、共同捜査といっても、ほとんどこちらからの情報提供というかたちです。向こうからは見返りのようなものはなにもないんです」

橋川は口惜しげに言う。口止めした上ではあるが、こちらは包み隠さず橋川には情報を提供している。自分からの見返りがないのが悔しいとでも言いたげだ。

ここまでの状況を考えれば、倉田と公安のあいだになにもないとは考えにくいが、そうした会議の場で、その気配どころか、こちらの事案そのものに関心がないように振る舞っているのがかえって不審だとも言える。

それほど興味がないのなら、橋川をこちらに張り付けている理由がわからない。橋川がやはり食わせ者で、倉田の意向に従って三味線を弾いているのかとも勘繰りたくなるが、もし橋川の口からこちらの情報が漏れているとしたら、倉田の尻にはすでに火がついている。もっと露骨な妨害工作が行われていいはずなのだ。

その意味で、いまのところ橋川を疑う理由はなさそうだ。公安の動きにせよ倉田の動きにせよ、あるいはこちらの思い過ごしではないかとも思えてくる。倉田が立件に消極的なのは、自分で勝手にお宮入りになると値踏みして、捜査一課の汚点になるような事案には手を出すべきではないという、彼一流のビジネス的発想からのものでしかないのではないか――。

もちろん警察の捜査のあり方としてそこは大きな問題だが、組織絡みの謀略という方向にあまり想像を飛躍させると、逆に自縄自縛《じじょうじばく》になりかねない。公安の動きにしてもそうで、カルトの活動監視は彼らの通常の職掌の範囲だから、サーラの会に注目していたとしても、とくに不自然というわけではない。警察庁の公安の元高級官僚が名前を変えてサーラの会の教祖に納まっていることに多少の不快感はあるだろうが、それが職務を逸脱した行為ということでもないだろう。

彼らの縄張り意識が常識を越えているのはいまに始まったことではない。たとえ刑事事件の捜査であっても、自分たちが抱えているネタに手出しをされるのがただ不愉快なだけかもしれない。

その答えはこれから数日のうちに出るだろう。今回のＤＮＡ型鑑定の結果を受けてもなお、捜査本部の設置に渋るようならいくらなんでも異常だが、この期に及んでそれはないだろうというのが、長年刑事捜査に携わってきた人間としての感覚だ。

5

池田たちは待ちきれなかったように、午後二時半過ぎには署に戻ってきた。それからほどなく園村と配下の捜査員もやってきた。

捜査の流れには潮目がある。ＤＮＡ型鑑定の結果は謎を解明したというより、新たな謎を噴出させたようなものだが、それでも捜査が大きく前進したことには変わりない。事件はさらに広がりを見せるかもしれない。特捜本部が開設されるのは間違いないと、全員がすでに確信している。

「今回はおれたちの帳場ってことですよ。特命のみなさんとも仲良くやっていけそうですし、辛気臭《しんきくさ》い思いはしないで済むから、捜査は一気に進むでしょう。近隣の所轄や機捜から助っ人も集まるし」

池田はことのほか機嫌がいい。本庁から出張《でば》ってきた一課の刑事を殴り倒した武勇伝は署内の語り草で、母屋の刑事たちのあいだではいまも天敵と見られている節があるが、本人もあえて角突き合うのは好まないだろう。

「そういう成り行きになったらよろしく頼むよ、池田君。帳場に出るのは何年ぶりかだから、私も勝手を忘れちゃってってね」

園村もさっそく呼応する。配下の面々もここまでの道すがらじっくり言い含められたのか、皮肉屋の岸本もことさら棘《とげ》のある言葉は口にしない。宴会部長の浮田にしても、どこか高揚した気配さえ覗かせる。

「帳場というのは捜査能力も大事だけど、けっきょく雰囲気に尽きるんだよ。私もいくつか帳場は経験したけど、ぎすぎすしたところで順調に捜査が進んだのは見たことがない」

刑事としての手腕より宴会部長としての手腕を生かしてせいぜい雰囲気作りに励むつも

りのようだが、そういう役回りもあっていい。

「言うとおりだよ。しばらくはうちの講堂で寝泊まりすることになるかもしれんから、せいぜい仲良くやっていこうや。みんなに汗をかいてもらうわけだから、晩酌代くらいはケチらないように警務課長に言い含めておくよ」

大原も調子に乗りだした。張り切る方向がずれている気がしないでもないが、所轄の刑事にとっては気持ちがうしろ向きになりがちな帳場開設がこんなお祭り気分で始まるなら、それはそれで上々の滑り出しというべきだろう。

「しかし、あの死体が矢上夫妻じゃなかったとしたら、いったいどういうことになるんでしょうね。さらにぞろぞろ死体が出てきそうな気がしませんか」

若宮は怖気《おぞけ》をふるう。日ごろの言動は刑事らしくなってきたが、死体嫌いはまだ克服できていないようだ。もっとも死体が好きな人間となるとある種の変質者以外に考えられないが。

「一見するとわからないことだらけだが、じつは核心は見えている。すべての事情はサーラの会の教祖様がご存じだよ。帳場が立てば人海戦術で連中の周辺を嗅《か》ぎ回れる。余罪はいくらでもあるはずだ。別件でもなんでも令状をとって教団本部にガサ入れすれば、答えは向こうから転がり出てくる。もちろん死体の数は少ないほどいいけどな」

意気軒昂《けんこう》に池田は言う。その考えに間違いはない。答えのありかはわかっているのだ。

「帳場が立ってしまえば、公安だろうが倉田さんだろうが簡単にブレーキはかけられない。時間はかかるかもしれないが、見つけた獲物は逃がさない。願い下げなのはそこに警察内部のおかしな人脈が繋がっていることだよ」

葛木は言った。いま不安なのはむしろそちらだ。倉田の動きも公安の動きも事件と直接関係はないと思いたいのは山々だが、ついそう考えたくなる材料にはこと欠かない。

そのとき会議室のテーブルで警察電話が鳴った。近くにいた若宮が応答し、かしこまった顔で葛木に受話器を差し出す。

「葛木管理官からです。急ぎの用事のようです」

不穏な思いで受話器を受け取り耳に当てると、どこか切迫した俊史の声が流れてきた。

「困ったことになったよ、親父。いま庶務担当管理官と話をしてきたんだけど」

「倉田さんと？」

「ああ、帳場を立てるなら早いほうがいいから、例のＤＮＡ型鑑定の結果を報告しに行ったんだよ」

「倉田さんだって納得しただろう。殺しの筋が出たのは間違いないからな」

「それがなんとも露骨な話が飛び出してね――」

俊史は口ぶりに不快感を滲ませる。

「やはり帳場を立てるわけにはいかないと言うんだよ」

「なんだって？」

　思わず声を上げていた。周りのみんなが振り向いた。

「不審死体なのは間違いないが、殺人だと立証されたわけじゃない。矢上夫妻は生きているかもしれない。沼沢兄妹にしても相葉夫妻にしても単なる失踪者というだけで、殺されたと見るのは早計だ。まずその死体が誰かを割り出すのが先決で、答えが出るまでは殺人事件とは認知できないと――」

「あの人だって刑事捜査の現場は長いはずだ。どうしてそういうひねくれたものの見方ができるんだか、おれには理解できない」

「同感だよ。それで訊いてやったんだよ。なにやら他意があるんじゃないんですかってね」

　俊史の言葉にさすがに葛木もどきりとした。

「大胆な突っ込みを入れたな。反応はどうだった？」

「慌てた様子もなかったよ。事件というのはただほじくり出せばいいというもんじゃない。解決できそうもない事件に人員や予算を投入して、解決可能なほかの事件が手薄になるのでは職務怠慢だ。いかに警察でもこの国で起きるすべての犯罪を摘発するのは不可能だ。だったら適切に取捨選択して、血税の無駄遣いを防ぐのも上に立つ人間の重要な役目だと、得意のご高説を拝聴させられたよ」

うんざりしたという様子の俊史に、葛木はきっぱりと応じた。

「一見説得力のある話だが、犯罪の本質をわかっちゃいない。それじゃ悪事を働く連中に、上手にやれば罪にはならないというメッセージを送ることになる」

「そのとおりだよ。警察がビジネスライクに犯罪を捉《とら》えれば、悪いことをする連中もビジネスライクにものを考えるようになる。警察と犯罪者のあいだにそんな関係が出来上がったら、まともに税金を払っている一般市民は救われない」

「しかし見事に狸《たぬき》を演じているな。サーラの会のことは報告したのか」

「話したよ。いま悔やんでいるけどね。帳場が立たないなんて天から思わなかったから」

「知ってはいたんじゃないのか？」

「名前を出したらはっとした様子だったから、ご存じですかと訊いてやったら、名前をたまたま知っていただけで、こっちの事案との繋がりは初耳だとはぐらかしたよ」

「公安の刑事の件は？」

「それも言ってやろうかと思ったんだけど、いまのところ事件と直接は関係ないし、手の内をすべてさらけ出すのももったいないから言わないでおいた」

猪突《ちょとつ》猛進するかと思えば妙に冷静なところもある。言ったところでしらばくれるだけだろうし、事態がさらに面倒になったときに切り札として使えるかもしれないから、そこはなかなかいい判断だ。俊史は声を落とす。

「どうも臭いね。一課長の判断はどうなんですかって訊いたら、自分から相談するほどの事案じゃないのでまだ耳に入れていないと言うんだよ。だったらおれのほうでじかに伺いを立てますがいいですかって言ってやったら、それは止めるようにと慌てて言って、それからぼそりと漏らしてね。この件については上の意向も働いているから、我が身が大事なら慎重に行動したほうがいいと忠告された」

「上のほうというと、捜査一課長のことなのか？」

「どうもそういうニュアンスじゃなかったね。そのさらに上という印象だった。だれだか訊いても教えなかった」

「例の公安刑事の恫喝と符合するな。警視総監に近い筋の意向だというあの話――」

倉田にせよ公安にせよ、事件を隠蔽しようという意図ではないと解釈しようとしていたが、やはり甘かったかと思い直す。それならそれで腹を括るしかない。葛木は訊いた。

「これからこちらへ向かうのか？」

「ああ、とんだところで時間がかかってみんなを待たせて申し訳ない。室井さんも苛ついているかもしれないから、これから一緒に公用車をひとっ走りさせるよ。三十分もかからないから」

「わかった。詳しい話はそのときに聞こう。どうもガチンコ勝負になりそうだな」

「ああ、ここで負けるようなら辞表を書くよ。こっちの心まで腐らないうちにね」

そうさらりと言って俊史は通話を終えた。話の内容を報告しようと大原を振り向いたところへ、こんどは胸ポケットの携帯が鳴り出した。

応答すると機捜の上尾からだった。

「もう無線は聞いたんだろ」

「いや、ずっと会議室にいるんで聞いていない。なにかあったのか」

「いま墨田区内の現場にいるんだが、また出たんだよ」

「出たって、まさか――」

「たぶん、そのまさかで当たりだな。場所は業平《なりひら》三丁目の廃屋だ。白骨化した死体が二体。消防署員が区の許可を受けて調査に入って判明した。こっちは殺しで間違いないな」

「というと？」

「どちらも手足をロープで縛られているんだよ」

「身元は？」

「これから調べなきゃいけないんだが、そこは十年以上前からの廃屋で、錠も壊れているから、かつての住人かどうかはわからない。そっちの事案と繋がるんじゃないのか」

上尾は声を落とす。惧れていたことが起きてしまった。繋がるかどうかはまだわからないが、もしそうだとしたら、文京区の老人と合わせて死体は五体になった。若宮を笑ってはいられない。背筋に悪寒が走るのを葛木は覚えた。

第十一章

1

「白骨死体となると死因の特定は困難なんだが、状況からして他殺なのはまず間違いないだろう」

渋い表情で室井は言った。自ら現場に飛んで行きたかったが、若い同僚に先を越されてしまったらしい。やむなく俊史の公用車に同乗して、ついいましがた城東署に到着した。

「だとすると本庁からは殺人班が出張ることになりますね」

そこが厄介だと思いながら葛木は頷いた。所轄は本所《ほんじょ》警察署で、こちらの事案との関連性が明らかにならなければ葛木たちは手が出せない。間違いなく繋がっているというのはあくまで直感で、そこを判断するのも倉田管理官の仕事になる。これまでの経緯からすれば、別個の事件と見立てるのはまず間違いないだろう。

「迂闊《うかつ》だったよ。場所が墨田区で白骨死体が二つと聞いてぴんと来たんだが、聞いたのは続報で、そのときは別の検視官が現場に向かっていた。第一報が入ったときたまたま席を外していたんだよ」

そう悔しがる室井もまた、新しい死体を一連の事件と決めてかかっているようだ。しかしその後の本庁側の動きは緩慢で、無線のやりとりを聞く限り、すぐに帳場が立ちそうな様子はない。俊史も苛立《いらだ》ちを募らせる。

「帳場が立っても、倉田さんの息のかかった班に出張られたんじゃ連携して捜査するのは難しいね」

「そもそもその事案を殺しと見立てるかどうかさえ怪しいところだな」

室井は苦い表情で吐き捨てる。葛木は問い返した。

「まさか。手足をロープで縛られているというのに？」

「そんなの不思議でもなんでもない。背中に四〇〇キロのコンクリートを背負った水死体を事故死と見立てたり、車のトランクから出てきた死体を自殺と見立てたりという首を捻《ひね》るようなケースを、おれもこれまで何度か耳にしたよ」

「本当に？」

冗談かと思って問い返すと、室井は真面目な顔で頷いた。

「死人に口なしというのは警察のためにある言葉かもしれないな」

警視庁切っての死人の専門家にそう言われると妙に説得力があるものだ。通信指令本部と現場の交信もいまは箝口令《かんこうれい》でも敷かれたように途絶えている。やむなく葛木のほうから上尾に電話を入れた。上尾は露骨な猜疑心《さいぎしん》を滲ませた。

「そっちで死体が出たときと似た動きだな。今回は倉田さんが出張ってきたんだよ。検視官となにやら内緒話をして、すぐに帰っていったがね」

「死体は？」

「検視官が監察医務院へ運んでいった。正式の検視手続きは踏むつもりのようだが」

「現場の鑑識は？」

「やったよ、一応な。そっちのときよりはサービスがいい。しかし何年前のかわからない死体だし、現場は廃屋で雨も風も吹き込むから、めぼしい物証が出てくるとも思えない」

「とりあえずやるべきことはやったというアリバイづくりのような気もするな」

「そうなんだよ。おれたちは所轄の連中と初動の聞き込みをやっているが、本庁殺人班が出張る様子もない。帳場を開くんなら、もう引き継ぎをしてなくちゃいけないんだが」

「死体が発見された家はだれが所有してるんだ」

「十年ほど前から空き家でね。そこに住んでいた年寄りが亡くなって、子供が相続したんだが、どこか遠くにいるらしくて、生きているのか死んでいるのかもわからないそうだ」

「近ごろその手の廃屋が都内には多いらしいな」

「おれの巡回地域でもよく見かけるよ。相続で揉《も》めて放置されていたり、取り壊し費用が惜しくてそのままにしていたり、更地にすると固定資産税が跳ね上がるという理由もあるそうだ」

「だとしたらたまたまそこにあったというだけで、家の持ち主とは関係なさそうだな」

「白骨死体じゃ、いつ死亡したかも特定できないだろう」

「誰かが侵入して遺棄したとしたら目撃者に期待するしかないが、人の記憶も死体と一緒で、長い年月のあいだに風化するからな。どうせお宮入りになるんなら、はなから手間はかけないほうがいい——。倉田さんならそう考えそうだな」

「それだけの話ならまだいいんだよ」

「なにか気になることでもあるのか」

上尾は興味深げに訊いてくる。葛木は曖昧《あいまい》に答えた。

「いろいろな。あとで手助けしてもらうことになるかもしれん」

「ややこしい事情があるようだな」

「いまあんたを巻き込むと、迷惑をかける」

「なあ、遠慮はするなよ。おれもおたくたちの事案に関しては本庁の動きがなにやら臭いと思ってる。大したことはできないが、機捜は所轄より縄張りが広い。本所署の動きは逐一耳に入れてやるよ」

上尾は察しよく言う。初動捜査で現場に立ち会った上尾にすれば、その後の捜査の進展が焦《じ》れったく見えているのだろう。強い口調で葛木は応じた。

「ここまで来たらなにがなんでも帳場を立てさせる。そしておれたちのチームが主導権を握る。本所とも合同で動けるように持っていきたい。そこは政治的な駆け引きが必要になるかもしれないな」

「息子さんの才覚の見せどころだな」

そういう上尾の声がどこか嬉《うれ》しそうだ。俊史が初めて管理官として臨んだ城東署の帳場には、助っ人部隊の一員として上尾も参加した。そのときの俊史のキャリアらしからぬ青臭い言動にむしろ好感をもったようだった。今回も期待を寄せてくれているのなら葛木としても嬉しい。

「才覚はともかく、気合いは入っているようだ」

「また親子でいい仕事ができるといいな。帳場が立ったら志願してでも助っ人に行くよ」

上尾はそう言って通話を終えた。話を伝えると大原は不快感を滲ませた。

「なんだか似たパターンになりそうだな。所轄が本所署となると、我々は口出しできないし」

「このままじゃ倉田にいいように操られて、そっちも立件せずに終わりかねん」

室井も吐き捨てる。腹を括ったように俊史が言う。

「こうなったら上のパイプを使うしかないね。大きな賭けになるかもしれないけど」

「上のパイプって、ゼミの先輩の勝沼刑事局長か」

葛木は問いかけた。殺人事件を追うのは現場の刑事で、上の役所の高級官僚まで絡んだ政争の具にはしたくない。だからといってここで手を拱いてはいられない。

「あんたにはそういう伝手《つて》があるのか、管理官？」

室井は驚きを隠さない。俊史は気負う様子もなく頷いた。

「大学では恩師が同じだったんです。なにかと目をかけてもらっています」

「それなら心強い。あの地位までのし上がったキャリアにしては現場の気持ちがわかる人だよ。まだおれが平の刑事だったころ、一緒に事件を追ったことがある――」

感慨深げに室井は続けた。

「そのころはキャリアが一課の管理官というのは非常に珍しかったんだ。たたき上げの連中は上にばかり目が行くが、あの人は下に目配りが行き届いた。こっちは平で身分の開きは大きかったが、下っ端とも忌憚《きたん》のない話をしてくれた」

「刑事畑一筋の人じゃないですか。出世には不利だと聞きますがね。権力基盤は公安畑と比べて弱いとも――」

首をかしげる大原に室井は力強く言い切った。

「むしろそのほうが頼り甲斐があるんだよ。人脈のエスカレーターで出世するのはだれでもできる。しかしああいう人は自分の足で階段を登る。そういう気概があるから上に媚《こ》びへつらうこともない。いまの葛木管理官とよく似ているよ」

俊史は照れ隠しのように渋い顔だが、そう言われて葛木は鼻が高い。しかし勝沼局長が歩いて登った階段が、栄達を目指す官僚にとっていかに危険な道かも想像がつく。

いま俊史がやろうとしていることは、階段というより絶壁をよじ登るような無謀な行為になりかねない。命綱は勝沼局長というたった一人の人脈だけで、もし裏切られたら奈落の底へ真っ逆さまだ。それでも俊史は飄々《ひょうひょう》としている。

人生には強くなれる時期が二つある。一つはいま俊史が生きている年代だろう。転んでも立ち上がるための時間がいくらでもある。若さは冒険の貴重な原資だ。一方でそれは日に日に目減りする。使うならまさにいましかない。

そしてもう一つがいま葛木が生きている年代だ。ことさら追い求めるものもなくなって、守るべきものは人としての矜持《きょうじ》のみ。失うものが少なくなるほどに世間で怖いものも減ってくる。だからきょうまで歩んできたこの人生をどぶに捨てることだけはしたくない。

「本所の課長とはたまに飲む機会があって、おれも知らない仲じゃない。管轄を跨《また》いだ事件では何度か連携したこともある。そのレベルなら協力関係はつくれると思うんだが、問題は署長だな――」

大原が渋い表情で口を挟む。

「葛木管理官の前じゃ言いにくいが、着任して間もない若いキャリアでね。腰掛け仕事と割り切って、厄介な事案には手を出したがらない。大きな事件で手柄を上げることよりも、いかに経歴に疵《きず》をつけずに上の役所へ戻るかを人生の一大事と心得ているタイプらしい」

所轄の署長はノンキャリアの警察官のおおむね出世の頂点といえる。しかしキャリアにとっては出世街道の単なる一里塚だ。上の役所は一種のOJT（職場内訓練）とでも考えているのか、警視庁管内にも道府県警にもその手のキャリア署長が少なからずいる。俊史もそのうち歩むコースだろう。ただし今回のヤマで致命的な疵を負わない限り――。

「村内幸弘《むらうちゆきひろ》警視正でしょう。前職は警備企画課の課長補佐ですよ」

意に介す様子もなく俊史が言う。警備企画課は警察庁の公安の元締めで、そこからの天下りなら刑事事件には疎《うと》いとみていい。そこをつけ込まれて倉田にいいようにあしらわれる可能性がなくもない。葛木は問いかけた。

「付き合ったことはあるのか」

「初任研修のときの担当指導官でね。といってもとくになにかしてくれるわけじゃない。困ったことがあったら相談に来いと言われるくらいで」

「なにか相談したことは？」

「福利厚生関係のこととか直接職務に関係のない話くらいでね。初対面のとき公安を志望する気がないと言ったら、そこで見限られたようだった」

「そういう相手なら見限ってもらったほうがありがたいというもんだよ、管理官」

室井はいかにも満足げな口振りだ。池田もここぞと口を挟む。

「まずは下から突き上げるしかないでしょう。おれも本所署には知ってる人間がいますから」

「ああ、使える手蔓《てづる》はすべて使うべきだ。管理官の伝手がいちばん強力かもしれないが」

大原も張り切り出す。それでも園村は憂い顔だ。

「こちらの事案にしたって殺人事件なのは明らかだ。小学生でもわかるそんな理屈を倉田さんは認めようとしない。どう考えても依怙地《いこじ》だよ。単に官僚的な発想でブレーキをかけてるわけじゃなさそうだ。この先なにか落とし穴がありそうな気がするね」

彼一流の処世のアンテナがなにかを感じているらしい。俊史に対する倉田の動きはたしかに強引で、しかも恫喝めいた口さえ利いている。庶務担当管理官といっても職階上は一課長の下の中間管理職に過ぎず、いまやっていることは明らかに権限を逸脱している。

それを考えればバックになんらかの強力な力が働いているという気がしてくる。今回の不自然な対応が捜査一課長の意を受けたものとは考えにくいのだ。倉田から正確な報告がなされているのなら、一課長は捜査の現場を知り抜いたベテランだ。このヤマを殺人事件と見なさないはずがない。

もしそうだとしたら、一課長に対してさえ見て見ぬ振りを強いるような力が働いているというとことか。室井に対する人事面からの圧力を思えば、一筋縄ではいかないものが隠されていると思いたくなる。

「なあに、警察というのは犯罪を摘発してなんぼの商売だ。そこは公安だろうが刑事だろうが変わりない。その原則に逆らうような決定なら、証拠を揃《そろ》えればいくらでも覆せる。DNA型鑑定の結果を見れば、こっちの死体に関しては殺されたと考えるのが妥当だし、家の主と別のものが見つかったという点じゃ、業平の死体もこちらとパターンがそっくりだ。倉田がどう言いくるめようと現場の刑事にはすぐ嘘がばれる」

室井は意気軒昂に言い放つ。その正論が通じないからこちらは頭を痛めているのだが、頓着《とんちゃく》せずに猛進するところが室井の真骨頂だ。お陰で冷や飯を食ってきたところもありそうだが、そんな正論が通る社会が正常で、屁理屈を捏《こ》ねてそれをねじ曲げる連中がいれば、警察であれどこであれ組織は必然的に腐っていく。

「室井さんの言うとおりだよ。警察の事情で犯罪が見逃されるんじゃ社会的公正が保てない。それじゃ法治国家の土台ががたがたになる」

俊史も気負い込むが、浮田を始めとする特命捜査対策室の面々はどこか浮かない表情だ。その心中を察したように園村が発破をかける。

「おまえたちは上の命令で動くだけで、責任をとるのはおれたちだ。心配することはなにもないから、張り切っていい仕事をしてくれよ」

「自分たちのことは少しも心配してませんよ――」

　口を開いたのは皮肉屋の岸本だ。

「ただね、このヤマ、なんだか薄気味悪い。とんでもない化け物が飛び出しそうな気がしませんか」

「犯人とは別の化け物ってことだな」

　園村が問いかける。全員がこくりと頷いた。岸本が続ける。

「倉田さんなんか目じゃない大物かもしれません。仕掛ける以上は負けられない。さもないと管理官がこれからのキャリア人生を棒に振ることになりかねない。管理官は我々にとって大切な人だから、全力で護らなきゃいけないとみんなで気合いを入れてるんです」

　俊史は一瞬意外な表情を浮かべたが、思いを酌みとったように穏やかに応じた。

「心配してもらって嬉しいよ。もちろん絶対に負けられない。しかしそれは保身のためじゃない。警察を、子供でもわかる単純な正義よりも上の都合が優先するような馬鹿な組織にしたくないからだ」

「そうですよ。そんな話がまかり通るならおれたち全員が税金泥棒だ。下手すりゃ犯人蔵《ぞう》匿《とく》や殺人幇助《ほうじょ》の罪を犯すことになる」

　池田は我が意を得たりという表情だ。そこは頷くしかない。警察が組織である以上、理想と現実のあいだにはギャップがある。池田が言っているのは大袈裟《おおげさ》ではない。葛木も長い刑事生活で、現場の事情とのせめぎ合いから泣く泣く手を引いた事案がなかったわけではない。しかしそれは決して消せない慚愧《ざんき》としていつまでも心に居残っている。いま仕掛かっているヤマはそれとは違う。事件の構図はまだおぼろげだが、犯人はほとんど見えている。あとは人員を投入し、真相を解明し、起訴するに足る証拠を積み上げるだけだ。文京区の梶原の梶原老人と見られるものを加えれば、すでに事件に繋がりそうな白骨死体が五体。梶原の妻を含めれば確認されている失踪者は七名に上る。

それらのすべてがサーラの会に繋がるなら、事件はさらに大きな広がりをもつとも考えられる。五つの死体も七名の失踪者も氷山の一角に過ぎないのかもしれない。

倉田一流の効率捜査の屁理屈もここまで来れば通用しない。それでもごり押ししようとするなら、その背後に岸本が言うような化け物が潜んでいると考えたくなる。慄《おのの》きを覚えながら葛木は言った。

「その真意がなんであれ、倉田さんがやろうとしていることは結果において犯罪の隠匿だ。いまはあの人が堅い壁だが、ここまでくれば力ずくでもぶち破るしかないな」

傍らで俊史が大きく頷く。

「任せてくれよ。そこはおれの仕事だ。みんなはとりあえず捜査に専念して欲しい。この程度の所帯だからやれることは限られるけど、小さな証拠の積み重ねこそが倉田さんの策謀に対抗する有力な切り札になる。それがおれにとってはいちばん嬉しい援護射撃だ」

「おれはこれから本所の死体の担当検視官を摑《つか》まえて、じっくり話を聞き出してみるよ。倉田の動きもある程度そこから読めるはずだから」

室井が言うと、橋川も身を乗り出す。

「僕も夕方本庁に戻りますから、倉田さんの動きについてはなにかわかるはずです。本所の件をどう扱う気なのか、わかった範囲で報告します」

「帳場を立てる気があるんなら、もう指令が飛んでていいんじゃないですか。隣の所轄だからうちにもお呼びがかかるでしょう。それがいまだにないということは、やはりやる気がないんですよ」

わかりきったことのように池田は言う。ここまでの倉田の言動からすれば、そんな見方が妥当だろう。なまじこちらとは別件で帳場が立てられたらむしろやりにくい。仕切るのは倉田の息のかかった本庁殺人班だ。葛木たちは助っ人として招集されて、見当違いの捜査を強いられることになる。

「おれはいったん本庁に戻るよ。そのあと隣のビルへ出向いて勝沼局長と会ってみる。わかってくれると思うけどね」

「ああ、いちばん頼りになるのがそのラインだな。しかし用心はしたほうがいい。勝沼さんの配下には倉田さんのパトロンの宮島捜査第一課長がいる。そこからおれたちの動きが漏れれば、倉田さんが別の手段に出てくる惧れがある」

「そのあたりの事情は説明しておくよ。というより宮島さんの人脈についても知らないわけじゃないはずだから、心配はないと思うけどね」

俊史は勝沼を信頼しきっているふうだ。そこに落とし穴がなければいいがと危惧するが、倉田に対抗できそうな味方がほかに見つからない以上、ここは信じて進むしかない。

2

けっきょく特捜本部はその日のうちに開設されず、本所署の警務課や刑事課は宙ぶらりんの状態に置かれているらしい。

室井はあれから俊史と連れだって本庁に戻り、墨田区の白骨死体を担当した検視官から話を聞いたという。夕刻、俊史がその話の内容を伝えてきたが、打撲による骨折や刃物傷のような外傷は認知できず、死因は特定できないとのことだった。

どちらも両手両足をロープで縛られて押し入れのなかに放置されていた。家には家財道具はなにもなく、窓は破れて風雨が吹き込む状態で、鑑識も身元特定に結びつきそうな遺留物はなに一つ発見できなかったという。

大原は馴染みの本所署の課長に状況を問い合わせたが、庶務担当管理官の対応はこちらのケースとよく似ていて、いまだに他殺か自然死かの結論を出しておらず、所轄レベルで捜査に乗り出すべきかどうか判断を保留しているところらしい。

家屋敷は遺族が相続してから何度も転売されており、現在の所有者は都内の零細な不動産業者で、通りから奥まっている上に地所が狭く、買い手がつかずに持て余しているとのことだった。区からは上屋を取り壊すように何度も要請があったが、想像どおり固定資産税の関係で応じるわけにはいかなかったという。業者自身もここ五年ほどは立ち入ったこともなく、いつから死体があったのか皆目わからないとのことらしい。

本所署はいまも倉田の策謀に気づいているわけでもなく、捜査一課の司令塔が殺人事件と認定しなかった以上、とるに足りない事件だと高を括っている様子で、こちらの捜査状況にとくに関心も示さなかったという。場合によっては手持ちの情報をすべて開示して捜査協力を取りつける必要があるが、一方で倉田に情報が流れる惧れがある。いまは互いに化かし合いだから、なるべく相手を情報過疎にしておく必要がある。

俊史が警察庁に出向いてみたところ、本命の勝沼局長はきょうは出張で、帰って来るのはあすの午後になるらしい。やむなく携帯に電話を入れて面談を申し入れたところ、だったら晩飯でも食いながら話そうということになったという。

その晩、俊史が一之江の自宅にやってきた。みんながいる前では自信に溢《あふ》れたところを見せていたが、親父の前では遠慮なく焦燥を滲ませた。

「倉田さんはいったいなにを考えているんだろう。公安までこの事案に絡んできているとしたら、いったい背後になにが隠されているんだろう。きょううちの岸本が言ってたけど、本当に手強い化け物が出てきそうな気がしてきたよ」

「サーラの会が公安と因縁があるのはわかるが、畑違いの倉田さんが潰しに走っているのが解せない。倉田さん個人の意向ではなく、もっと上からだとしか考えられない」

自らも不気味な圧力を感じながら葛木は応じた。

「公安と刑事を両睨《にら》みできる立場の人間となると――」

俊史は口にしなくてもわかっているというように言いよどむ。捜査一課長は刑事部門一筋の叩き上げだからとりあえず除外できるとしても、その上の刑事部長はキャリアのポストで、前職が公安というケースは珍しくない。従っていま起きている事態の背後にいるのは刑事部長以上のポストにある人間と考えていい。

「一課長にも圧力がかかっていると見るべきだろうか」

「おれとしてはそういうものに屈しない人だと信じたいが、あまりにも倉田さんがやりたい放題だ。この事案がまったく耳に入っていないはずはない。長年刑事をやってきた人間なら、殺しの可能性をまず考えると思うがな」

「それでも動く気配がほとんどない。一課長は骨のある人だと思っていたけどね」

「ノンキャリアでもあそこまで登り詰めると、おれたちのような末端の刑事とは事情が違う。背負っている責任も大きいが、それ以上に守るべきものが多くなる」

「ああいう人でも保身に走るかもしれないと見ているの？」

「保身というのとは違うかもしれない。内実は公安が羽振りを利かせていても、世間一般の目から見れば捜査一課は警視庁の表看板だ。その看板に疵がつけば警視庁そのものへの信頼が失墜する」

「つまり捜査一課自体がこの事案になんらかの関与をしていると？」

「そう考えないと辻褄が合わない」

「だったら倉田さんは一課長の指示で動いているということになる」

「しかしおまえが一課長と直談判するのを倉田さんは嫌ったんだろう。圧力の源はもっと上だというようにほのめかして」

「そうなんだよ。一課長は蚊帳《かや》の外だというようにも受けとれた」

「身動きできないのかもしれないな。上からも下からも圧力をかけられて」

「しかしもし捜査一課の看板に疵がつくような不祥事があるんなら、それを摘発してこそ看板は保たれるんじゃないの。組織というのは腐るものだといつか親父は言っていた。そこにメスを入れる自浄能力があってこその立派な看板じゃないのか」

「そういうことは、ちゃんとわかっているはずなんだが」

「だとすると心配になってきたよ。勝沼さんだってどう反応するかわからない」

俊史は不安を隠さない。事件は大きな広がりを見せようとしている。その捜査の行く手を遮るように不可解な壁が立ちはだかる。その壁の厚さが途方もないものに思えてくる。

「山を動かせるかどうかだな。おれたちの力で――」

葛木は覚束ない思いを口にした。背後には公安の影までちらついている。警視庁全体が、いや警察全体がこの事案に蓋をしにかかっているとしか考えられない。そうだとしたら自分たちはそれを果たして撥《は》ね除《の》けられるのか。

「動かしたいよ、できるものなら」

俊史は唇を嚙《か》みしめる。刑事の親父に憧れて警察官の道を選んだ。ノンキャリアとキャリアの違いはあっても、警察という社会に生きる自分に少なからずプライドを持っている。どんな理由があるにせよ、その警察が悪の味方につくのなら、きょうまで自分を支えてきたそのプライドが瓦解《がかい》する。俊史にとっても葛木にとってもこれは自分を護る闘いだ。こんな事態に直面するまで、自分にとっての警察を、刑事として生きた自分の半生を、これほど失いがたく感じたことはない。

「出来るさ、絶対に――」

葛木は覚えずそう口にした。言いしれぬ恐怖に慄きを感じている自分を叱咤《しった》するように。

俊史は小さく微笑んだ。

「親父からそんな言葉を聞きたかったんだ。来た甲斐があったよ」

「なんの保証もない言葉だぞ」

「そんなの要らないよ。本当の気持ちから出た言葉だと感じられればそれでいい」

「おまじないのようなものなのか」

「かもしれないね。でも言葉の力ってそういうものだよ」

俊史は妙にさっぱりした顔で言う。そんな俊史の言葉によって自分もまた肩の荷がわずかに減った気分になる。犯罪捜査とはまた別の大きな闘いをこれから強いられることになる。人生はなかなか楽に生きられない。しかしそれを嫌って逃げたとき、人はなにかを取り逃がす。自分は果たして逃げなかったかと刑事としての半生を省《かえり》みる。組織の悪に目をつぶり、易きについてはこなかったかと——。

否と言いきる自信はない。所属する組織の悪に寛大なのは人間にとって普遍の悪弊かもしれないが、悪の追及を飯の種にする警察官にとって、それは自らを貶《おとし》める行為以外のなにものでもない。

そんな一人一人の警察官の正義への怠惰が、自分たちの前に立ちはだかる伏魔殿をも思わせる奇怪な警察をつくり上げたのだ。これから闘おうとしている敵を育ててきたのは自分でもあるのだと、忸怩《じくじ》たる思いを嚙みしめる。いまがそのつけを払うべきときかもしれないと葛木は思った。

3

翌日、出勤したばかりの葛木は、大原から寝耳に水の話を聞かされた。

「隣の所轄の白骨死体は、倉田にとってはおれたちのほうより上等だったらしい。ついいましがた帳場開設の指令が飛んだよ」

「本当ですか?」

葛木は慌てて問い返した。それもあり得ると考えてはいたが、ずばりその手で来られたのは思いもよらないことだった。それ以上にこの事件をとことん闇《やみ》に葬ろうとするような倉田の執念に怖気立つ。大原も同感のようで、渋面をつくって舌打ちする。

「してやられたよ。おれたちのヤマはこれでお宮入り決定だな」

「そうはさせないつもりですが、やりにくくなったのはたしかです、応援の要請は?」

「普通なら真っ先にお呼びがかかるのに、今回はまだなにもない」

「本庁から出張ってくるのは?」

「強盗犯捜査第三係だそうだ。ばりばりの殺人班は出払っているとの理由でな」

大原の口調は投げやりだ。帳場がいくつも立ち上がって人手が足りないとき、殺人班以外の部署が出張ることは珍しくない。しかし業平の死体がこちらの事案と繋がるとしたら、事件の広がりは半端な規模ではない。それが倉田の頭にないはずはなく、承知でやっているとしたらやはり不審な意図を感じざるを得ない。

強盗犯捜査係といっても、捜査一課に所属する以上、それなりのキャリアを積んだ刑事たちで、殺人捜査に関してもずぶの素人ではないが、帳場の士気には影響するだろう。所轄の刑事は捜査一課から出張ってくるエリート刑事たちを好意的な目では見ていない。それが殺人のプロではないとしたらなおさらだ。その点では大原の言うとおり、本気で事件を扱おうという意欲が感じられない。

さらに不可解なのは、隣接する城東署に人員の派遣を要請してきていない点だ。普通は土地鑑や人脈を重視して、近隣署からの応援部隊を中心に帳場を編成するものなのだ。事件を解決しようという意志があるのなら、城東署の人員を重点的に組み入れるのが常道というものだ。

倉田の思惑は想像がつく。墨田区の死体をこちらの死体と切り離したいのだ。俊史はすでに城東署への帳場開設を倉田に具申している。その際は彼自ら管理官として配下の特命第三係とともに乗り込みたいという考えも伝えてある。普通なら事前に俊史になんらかの打診があっていいはずだ。そもそも古い白骨死体の捜査なら、継続捜査が専門の特命捜査対策室が性格的にも合っている。

「我々をとことん潰す気だとしか思えませんね」

葛木は覚えず憤りを滲ませた。大原も頷いた。

「強盗班の連中には失礼かもしれないが、殺しの捜査の布陣となるとそれじゃ三流もいいとこだ。同じ刑事捜査でも、被害者が生きているのと死んでいるのとじゃ捜査の手法がまるで違うからな」

「いまどき都内で白骨死体なんて珍しくもない。おざなりな捜査をした上で、そういう不審死体の一つとして埋没させる。そういう片の付け方ならマスコミも取り立てて注目しないでしょうからね」

「きのう室井さんが言っていたように、小学生が見ても他殺だとわかる死体が自殺や事故として片付けられたという話はよく聞くよ。そういうのはたまたま大きな事件を抱えていた所轄の管内というケースが多いんだよ」

「たとえ他殺の疑いが濃厚でも、社会的な反響の少ない事件なら、人手が足りないから自殺や事故にしてしまう。だとしても今回の事案に関しては話が違いますよ」

「たしかに帳場はいくつも立っているが、マスコミが沸き立つような派手な事件は抱えていない。倉田の普段の言い草だと、営業上目立つ事件を重点的にという話だろう。そういう点から言えば、この事案はもし立件したらマスコミが騒ぐのが間違いのない大ネタだ。まさにあいつのお眼鏡《めがね》に適う事案のはずなのにな」

「事件解決の糸口は案外そちらにあるかもしれませんね」

穏やかではない思いで葛木は言った。大原が慌てたように問い返す。

「倉田やその背後の人間が事件に関与していると？」

「可能性としての話に過ぎません。しかしそう考えると妙に辻褄が合ってきませんか」

「たしかにな。白骨死体や失踪者のことも含め、宗教団体の看板の裏でサーラの会がどんな犯罪に手を染めているか、連中が知っているのは間違いない。刑事捜査と別のルートでそれを知り、ずっと放置してきたとするなら、そいつらも片割れだと見るしかない」

「いやな話になってきましたね」

「ああ。だからといって、ここに及んで黙って見過ごすわけにはいかない。場合によっては倉田をしょっ引くことにもなりかねないな」

「それができれば手っ取り早いんですがね。向こうも伊達《だて》に警察で飯を食ってきてはいませんから、簡単に尻尾は出さないでしょう」

「上手くやれたとしても、警察の信用に致命傷を与えかねない大手術になりそうだな」

「捜査一課長もそこで思い悩んでいるのかもしれません」

「最後までやり抜く気はあるか」

大原が真剣な顔で訊いてくる。葛木はきっぱりと頷いた。

「警視庁が、いやそれ以上に警察という組織がそういう病魔に冒されているのなら、あえて延命させること自体が罪ですよ。いったん解体して出直すくらいの荒療治が必要です」

大原は満足そうににんまり笑った。

「おれも同じ考えだよ。定年間際のこんな首、いまさら惜しくもなんともない。まずいことがあれば責任はすべておれがとる。あんたを含め、若い連中に累は及ばせない」

「私もすでにいい歳ですよ。力及ばずという話で終わるなら、自分からこの首を差し出します。屑どもと一緒に腐るよりそのほうがはるかにましですから」

「息子さんも腹は括っているようだな」

「そこは心配要りません。まだ若いから出直しはいくらでもできます。警察が人生の終着点というわけじゃありません」

「その覚悟なら、おれも全面バックアップだ。本所の帳場に呼ばれなかったのはむしろもっけの幸いだよ。本庁の連中に鼻面を引き回されるよりずっとやりやすい。手が足りないのが難点だが、そこは全員の頑張りでカバーするしかないだろう」

「そんなところかもしれません。ゆうべも俊史と話をしたんです」

「結論はどうだった?」

「なんとか山を動かそうと——。悲観する材料は探せばいくらでもありますが、まずはやらなくちゃ本当の答えは見つからないでしょう」

気負いのない口調で葛木は言った。大原はそのとおりだというように頷いた。

「最初から動かせない山だと決めつけて、おれもいろいろ見て見ぬふりをしてきた。これが最後のご奉公かもしれないから、こんどばかりはきっちり仕事をしたい。倉田のような屑をのさばらせておいたんじゃ、定年退職しても枕を高くして眠れない」

4

早起きが取り柄のロートル組がそんな話をしていると、池田や山井や若宮が相次いで姿を見せた。特命の面々と橋川が姿を見せたところで、葛木がさっそく事情を説明した。本所署での帳場開設については、橋川も事前に聞かされていなかったようだった。俊史からもさっそく電話があって、すぐにこちらに飛んでくると言う。

「おれたちを露骨に外しにかかったわけだね。ここまで敵対的に出てくるとは思わなかったけど、それはそれで都合がいい。向こうが勝手に馬脚を現したとも言えそうだし」

「のんびりしていると、こっちにもう一段の圧力をかけてくるかもしれん。室井さんのような配転の話は、おまえのところにはまだ来ていないんだな」

「いまのところはね。しかし用心はしないと」

「当面の期待は勝沼さんとの話し合いだな。彼くらいはクリーンだったらいいんだが」

「信じたいところだね。ゼミの懇親会で一緒になったときは、警察が抱えている不祥事の構造的な側面を盛んに指摘してね。組織的な大改革をしないと病根は断てないような話をしていたよ。おれに対して二枚舌は使えないと思うけど——」

「おれたちがこの仕事をまっとうすることが、どうやらその改革の導火線になりそうだな。そのあたりのことをしっかり伝えてくれよ」

「そうするよ。きっとわかってくれると思う。じゃあ急いでそっちへ向かうから」

気忙《きぜわ》しげに言って俊史は通話を終えた。その声の調子が昨晩より明るいのが葛木には心強かった。

「けっこうな話じゃないですか。向こうは追い詰められているってことですよ。いくら倉田さんでも、手足を縛られた死体を病死や自殺だと言いくるめるのは難しかったんでしょう。これからこっちも気合いを入れて、連中のケツに火を点けてやりましょうよ」

事情を説明すると、意に介さない様子で池田は言った。園村はむしろ安心したようだ。

「あんたたちが応援に駆り出されたら我々は宙ぶらりんになっちまう。せっかくうまくいっている捜査の流れを断ち切りたくないからね」

「本来なら園村さんたちが出張るのが自然で、そういう事情は百も承知なのに、あえて強盗班を当ててきた。沽券《こけん》に関わるんじゃないですか」

池田は煽《あお》るように言う。園村に代わって岸本が応じる。

「舐《な》められたというより嫌だったんだよ、うちの管理官に現場を仕切られるのが。いまやあの人は、室井さんと並んで倉田さんにとっては天敵になりつつあるからね」

鼻が高いと言いたげな岸本の表情が葛木には嬉しい。浮田も傍らで言い添える。

「どう言いくるめて帳場をたたむつもりか知らないけど、白羽の矢を立てられた強盗班だっていい気分じゃないと思うがね。腐っても刑事なら、そんな出来試合のような捜査は嫌だろうね。そのうち謀反が起きかねないよ」

意欲満々で大原が身を乗り出す。

「そうなったら任せて欲しいね。本所署や近隣の所轄の連中はよく知ってるから、攪乱《かくらん》作戦に出てやるよ。事件の真相ってのは磁石みたいなもので、まともな刑事なら自然にそこに引きつけられる。そうやって出来た隙間《すきま》に楔《くさび》を打ってやれば、倉田のお手盛りの特捜本部なんて一発で瓦解するさ」

葛木はそこまで楽観的にはなれないが、ゆうべ俊史が言っていたように、言葉にはある種の魔力がある。岸本や浮田や大原の威勢のいい言葉が潮目の変化を感じさせる。

捜査の過程ではそんな瞬間が何度か訪れる。言葉ではうまく言えないが、これでいけると感じさせるある種の空気の変化だ。倉田の強引すぎるやり方が今回は明らかにそういう潮目をつくった。

そして葛木の刑事としての直感は、いま自らの所属する組織に向かっている。このヤマの容疑者を集合としてとらえるなら、その中心にいるのは土田双樹だが、倉田やその背後にいる大物もその集合に間違いなく含まれる。

いっそサーラの会を監視するより、倉田の身辺に張り付いたほうが成果が出てきそうな気さえしてくる。池田も似たような思いのようだ。

「倉田さんの敷鑑《しきかん》（親族関係や人脈）を当たってみる手もありますよ」

すでに倉田を容疑者扱いだ。その提案に大原も乗ってくる。

「なんだか監察みたいな仕事になってきたが、やってみる価値は大いにあるな。そういう団体と付き合いがあるというだけで庶務担当管理官からの更迭は間違いないだろう。検挙するような罪状が認められなくても、そういう事実を監察に通報すれば、あとは連中が案配よくやってくれる」

「ゲシュタポにチクるわけですか。課長もなかなか人が悪い」

池田はいかにも楽しそうだ。そこへ橋川が割って入る。

「倉田さんの資産状況やお金の出入りはチェックしなくていいですか」

「銀行の口座を調べるってことか。それならフダ（捜査関係事項照会書）が必要だが、控えは庶務担当部署で保管することになっている。倉田に感づかれたらヤバイだろう」

「そんなの要りません。僕が電話を一本入れるだけで教えてくれるところがあるんです」

「どこなんだよ、いったい？」

「警察信組《けいしん》ですよ」

疑心を隠さない池田に、橋川はあっさり答える。

「顔が利くのか」

「監察にいたときしょっちゅう問い合わせをしていましたから、馴染みの担当者がいまもいます。給与の振り込みから口座引き落とし、車や住宅のローンまで、警察官の大半が信組をメインバンクにしています。預金金利が高かったりローンの金利が低かったりするぶん、金の動きはきっちり把握されているんです」

「信組の口座を監察が覗いているという話はよく聞くよ。おれの懐具合もわかるのか」

「調べようと思えばいつでも。なんの手続きも要りません」

「呆れた話だな。しかしいまは部署が違うだろう」

「心配は要りませんよ。気は心ってやつですから」

橋川は少しも動じない。池田が大原に確認する。

「いまの話、信用してもいいですかね」

「いいだろう。ただし倉田だって警察官だから信組の性格はわかっている。サーラの会とのあいだで金のやりとりがあるにしても、振込先に信組の口座は使わないだろうが、不審な資金移動や所得に見合わないローンでもあれば、状況証拠として意味を持つ」

「じゃあさっそくやってみます」

橋川は携帯をとりだした。本人が言うとおり、所属も告げず橋川だと名乗って、友達言葉でしばらくやりとりし、本題を切り出すと、相手はあっさり応じたようだった。

「話はつきました。さっそく調べてくれるそうです。不審な資金の動きがあればファックスで送ってくれます。ローンの総額や月々の返済額もです」

「倉田の旦那に知られるようなことはないだろうな」

池田はなおも疑念を滲ませる。橋川は笑って請け合った。

「警官ならだれでも薄々感づいていることですけど、大っぴらに認めれば預金者が逃げますから、信組はそういう問い合わせの事実を一切公表しません」

「監察ってところは、ただでいるだけの部署じゃないんだな」

池田はため息を吐きだした。意外にヒットするかもしれないと葛木は期待した。いくら宮島の引きがあるといっても、倉田の出世のスピードはノンキャリアとしては異例だとの評判で、金の力が働いているというまことしやかな噂もある。

給与だけでまかなえる金ではないのは明らかで、そんな話が噂のレベルで終わっているのは、暴力団やパチンコ業界、風俗業界と懇《ねんご》ろの組対部や生活安全部の経歴がなかったせいなのだが、サーラの会と深い癒着があったと考えれば、噂の信憑性《しんぴょうせい》は増してくる。

「問題は敷鑑のほうだよ。どうやって当たるんだ」

大原が問いかけると、池田はさっそく橋川への丸投げを企てる。

「元監察なら職員の履歴情報は当たれるだろう。そっちはなんとかならないのか」

「監察にいるあいだはいくらでも人事情報を閲覧できたんですが、部外者は覗けないようになってるんです。異動した時点で僕のパスワードは使えなくなっていて」

「そこをなんとかこじ開けられないか。ハッカーとかがよく侵入するだろう」

「それじゃ犯罪になっちゃいますよ。ちょっと考えてみます。当時の同僚もまだいますから」

　橋川は覚束なげに頷いた。葛木は慌てて言った。

「くれぐれも無理はしないでな。そんな話が倉田さんの耳に入ったら、いま以上にことがややこしくなる。それに君にだって災いが起きかねない」

「もちろん十分注意します。でも池田さんに言われてみると、監察の情報は宝の山のような気がしませんか。警部以上の管理職については徹底して情報を収集しているんです。人によっては下ネタに類するような話まで」

　橋川は恐ろしいことを言う。大原と園村の顔が心なしか強張った。

「問題はサーラの会ですよ。どうします。この状況になると、むしろ遊ばせておいたほうがいいかと思うんですが」

　慎重な口ぶりで池田が言う。捜査の焦点を倉田に移すとしたら、逆にそちらは刺激を避けたほうがよさそうだ。大原が口を開く。

「たしかにな。教祖の土田が警察庁を辞めた佐田と同一人物なのはそば屋の親爺の証言で確認がとれている。このあいだの偵察でも表向き悪さをしている様子はみられなかった。

リスクを冒しても徒労に終わる可能性は高そうだ」

「それじゃ僕は出番がなくなりますね」

若宮が口惜しそうに言う。葛木は穏やかに宥《なだ》めてやった。

「危険な仕事だから立派なわけじゃない。大事なのは功を焦らず地道に結果を出すことで、当たり前のことを当たり前にやるのが本当の意味での優秀な刑事だ。現に池田と外回りをするようになって、いくつも成果を上げている。おまえには素質があると見てるんだが」

「本当ですか」

若宮は細面の顔をほころばす。色白だった肌も日焼けして、どことなく精悍《せいかん》な顔つきになってきた。池田が背中を軽くどやす。

「出番がないなんて甘ったれたこと言うなよ。きょうはこれから倉田の自宅周辺で聞き込みだ。本人に気取られちゃいけないから、けっこう技術が要るんだよ。おまえの場合、人に警戒心を与えないから、案外向いているかもしれないけどな」

「わかりました。聞き込みって面白いですよ。池田さんみたいに普段は強面《こわもて》の人でも、町のお婆ちゃんの前だとけっこうお茶目になったりして」

「そういう舐めた口を利いてると、あとでたっぷりしごいてやるからな」

照れ隠しのように池田は渋面をつくり、湯飲みの渋茶を飲み干した。そのとき俊史が会議室にやってきた。

「ごめん。決裁する書類がいくつかあって遅くなっちゃった」

ここまで話した内容をかいつまんで説明すると、俊史は異議を挟まず頷いた。

「それでいいと思うよ。今回のことでむしろターゲットが明確になってきた。ところで、ついさっき新しいネタを摑んだよ」

「倉田さんについてか」

葛木が問いかけると、俊史はあっさり首を横に振る。

「佐田邦昭、つまりサーラの会教祖の土田双樹のことなんだけど――」

「事件の解明に結びつきそうなネタか」

葛木は期待を覗かせた。俊史は大きく頷いた。

「けさ早出して、例の写真が載っていた広報誌のバックナンバーを調べたんだけど――」

「なにかめぼしい記事が？」

「あったんだよ。いまから十数年前、オウム真理教の地下鉄サリン事件があった年の三年後の記事でね。佐田はその前年にアメリカのある研究機関に派遣されていたんだ」

「というと？」

「ＦＢＩの犯罪科学研究所だよ。犯罪科学の研究機関としては世界最大で、爆発物から微小遺物の分析から犯罪心理学まで、最先端の研究を行っているところらしい」

「そこでなんの研究を？」

「マインドコントロールだよ」

「本当なのか？」

葛木は覚えず問い返した。大原たちが生唾《なまつば》を呑《の》み込む音が聞こえたような気がした。

「当時、オウム事件をきっかけに日本の警察もマインドコントロールの研究に力を入れだしたらしくてね、その先兵として派遣されたのが佐田邦昭だったわけだ。広報誌に載っていたのは帰国報告を兼ねた論文で、マインドコントロールの怖さを盛んに強調し、そういう新しい犯罪類型に対応できる態勢構築の必要性を盛んに強調する内容だった」

「マインドコントロール技術をネタに、その当人が危険な商売に足を踏み入れたわけだ」

「そういうことになるね。いくらなんでもそんな事情を警察庁サイドが知らなかったはずがない」

「公安はそれを知っていて、サーラの会を警戒していた。善意に解釈すればそうなるな」

「そうだとしたら公安の目は節穴だね。これまでにおれたちが把握している五つの死体と七人の失踪者。それがすべてサーラの会に繋がるとしたら、あるいはわかって見逃していた可能性もある」

重い口調で俊史は言う。会議室の空気が張り詰める。束の間の沈黙を大原が破った。

「管理官の見立てに説得力があるな。公安だって秘密捜査のプロだ。サーラの会が想像どおりの悪事を働いているとしたら、それにきょうまで気づかなかったとは考えられない。

どういう意図があったかは知らないが、わかって見逃していた可能性はあるだろう」

「だったら公安も倉田もグルじゃないですか。一課長より上の人間の意向で動いているという倉田の話が本当なら、警視庁と警察庁を含めたこの国の警察全体がグルだということになってしまう」

吐き捨てるように池田は言った。怖気立つものを感じながら葛木は頷いた。

「おれたちが相手にしているのは、とてつもない巨悪なのかもしれないな」

そのとき庁内ＬＡＮに接続したノートパソコンを操作していた橋川が声を上げた。

「監察のデータベースに入れました。僕のＩＤとパスワードがまだ生きていたんです。システム担当者が抹消するのを忘れていたようです」

「だったら倉田さんのファイルも覗けるな」

池田が勢い込んで問い返す。橋川は黙って頷いて、パソコンをさらに操作する。ほんの数分で目指すファイルを見つけたようで、橋川はそれを画面に表示した。

「驚きました。倉田さんと佐田は間違いなく繋がっています」

「なんだって？」

橋川の肩越しに池田がパソコンの画面を覗き込む。落ち着いた声で橋川は応じた。

「二人は縁戚《えんせき》関係にありました。佐田邦昭の妻は倉田管理官の義理の妹に当たります。いまプリントアウトしていますから、詳しいことはそちらをご覧ください」

第十二章

1

「先生、動き出したようです」

倉田庶務担当管理官の自宅を張り込んでいた池田から連絡があったのは、三日後の午後八時少しまえだった。葛木は勢い込んで問いかけた。

「一人でか?」

「ええ、奥さん同伴かと期待したんですがね。車は自家用のクラウンです。午後七時過ぎに公用車で帰ってきたんですが、そちらの車はすぐに戻っていきました」

「七時か。庶務担当管理官としてはずいぶん早いご帰館だな」

「きのうもおとといも午前様に近い時間でしたから、パターンとしては異例でしょう。いま都心方面に向かっています。こちらも追尾に入ったところです」

「都心方面？　だったらわざわざ戻らずに本庁から直行すればよかった」

「そこが公用車付きのお偉いさんの不自由なところなんでしょう。ドライバーの目がありますから。運転手付きの公用車をじかに差し向けるには具合の悪い場所のようですね」

「こちらの仕掛けに反応したとみてよさそうだな」

「そう思います。教祖様のほうはどうなんですか」

「まだ連絡は入らない。都内のどこかで落ち合う予定なら、そのうち動きがあるんじゃないのか」

　手応えを感じながら葛木は言った。そちらのほうは日中は特命の浮田と岸本が、夜は山井と特命でいちばん若手の青野が組んで、交代でほぼ丸一日張り込んでいる。倉田は日中は本庁や現場にいるとわかっているので、張り込みは夜間だけで、こちらは池田と若宮が担当している。

　園村はここ数日は本庁に戻って、ＩＴ通の山中と組んで失踪者の口座からインターネットバンキングで預金を引き出した人物を追っているが、振込先はどれも架空口座で、口座をつくった人間を突き止めるのは容易ではない。不正アクセスしたＩＰアドレスからの犯人特定も、やはり海外のサーバー管理者から必要な情報を聞き出すのは困難で、外交筋の後押しが得られないと結果を出すのは相当難しいようだった。

　サーラの会の教祖の土田双樹こと佐田邦昭の妻が倉田の妻の妹だった――。橋川が探り出したその情報は、倉田にとってはアキレス腱のはずだった。橋川はこちらがとうにその事実を把握して、水面下で内偵を進めていたという話をでっちあげ、まことしやかに本庁の上司にご注進に及んだ。それと同時に葛木たちは、府中にある倉田の自宅と本郷のサーラの会本部の監視を開始したわけだった。

監察という部署を月給泥棒の一種だとこれまで高を括っていたが、どうしてやることにそつがない。両親の来歴から学歴、入庁以来の経歴や賞罰の記録、家族構成から縁戚関係。加えて特記事項という項目には、ギャンブルや酒癖、女癖、過度な借金の有無といった話まで、興信所まがいの情報が網羅されていた。

橋川によれば、警部以上の警察官はすべてこうした記録の対象になっているとのことで、こんな情報が表に漏れ出せば、私生活は丸裸にされてしまう。それゆえもちろん監察は門外不出にしている。異動して数年経つ橋川のIDとパスワードが抹消されずに生きていたのはご愛敬だが、ゲシュタポの異名はあながち伊達ではないようだ。

しかし倉田の私生活に関しては、妻の妹が佐田と婚姻関係にあること以外に大きな汚点はなく、過重なローンは抱えていないし、家庭や夫婦間に問題があるわけでもなさそうだ。橋川は警察信組からも口座の情報を取り寄せたが、こちらも所得に見合った住宅ローンの残債があるくらいで、不審な金の出入りはとくにない。

もちろん信組の口座の資金の動きが監察から丸見えだくらいは倉田も知っているはずで、

ほかの金融機関も確認しないと簡単に結論は出せない。かといって金融機関への照会に必要な捜査関係事項照会書の控えは庶務担当部署に集約される決まりになっているから、庶務担当管理官の個人口座を所轄の刑事が嗅《か》ぎ回っているという話になれば、ことが穏便に済もうはずがない。

池田からの報告だと、府中市内の倉田の自宅は築後二十年は経っていそうなありふれた建て売り住宅で、マイカーも年式がだいぶ古く、その点からも給料に見合ったごく質素な暮らし向きといえそうだ。となるとサーラの会の上がりの一部が倉田に渡り、その見返りに捜査妨害に走っているという読みは外れの公算が強くなる。だからといってここまでの倉田の不審な動きと佐田との縁戚関係が不可分だという考えは捨てきれない。

倉田は現役の警察官、佐田もかつてはバリバリのキャリアだったから、監視や追尾に覆面パトカーは使えない。そこで池田にも山井にもマイカーを供出してもらった。いざというときは自分も動くつもりで、葛木もここ数日はマイカー通勤だ。

「感づかれている気配はないんだな」

「張り込まれているとは想像していないでしょう。警戒している様子はありません」

「紺屋《こうや》の白袴《しろばかま》で、自分が捜査対象になるという感覚が警察官にはもともと希薄だから」

「そうでしょうね。監察のへたくそな尾行はよく聞く話ですが、それでもとっ捕まる間抜けがいるわけですから」

「こちらもすぐに動けるように待機しているから、行き先が読めた時点で連絡してくれ」

「了解。まさか本郷の教団本部ということはないでしょうがね。それじゃサービスしすぎですから」

「それならこっちも助かるが、たぶんそうは甘くはないだろうな。けっきょくただの野暮用で、尾行が空振りということもあり得るからな」

「しかしそろそろ尻尾を出すころじゃないですか。ひょっとしたら、出てくるのは倉田さんなんか目じゃないくらいの大ネズミの尻尾かも」

池田は舌なめずりするように言う。期待を覚えながら葛木は応じた。

「警察庁の宮島捜査第一課長か」

「あり得ると思いませんか。このヤマ、けっこう構図はでかいと思います。宮島さんで止まればまだいいんですが」

池田は臆《おく》するところがまるでない。しかし葛木は息詰まるような圧力を感じた。そうだとしたらその巨大な敵に果たして勝つ手立てがあるのか。なす術《すべ》もなく打ち砕かれるなら最初から闘わないほうが利口だろう——。そんな気にさえなってくる。

俊史は先日、宮島の上司である勝沼刑事局長と会食した。しかし反応は期待を裏切って、やけに慎重なものだったらしい。サーラの会の犯罪とその隠蔽への倉田の関与が立証されるまでは極力穏便に捜査を進めるようにというのが勝沼のアドバイスで、できればことを荒立てて欲しくないという願望が言葉の端々から読みとれたという。

そのときポケットで携帯が鳴った。取り出して覗くと山井からの着信だ。

「本郷でなにかあったようだ。あとでかけ直す」

池田にそう言って警察電話の受話器を置いて、慌てて携帯を耳に当てる。

「佐田が動き出したのか？」

問いかけると、緊張を帯びた声で山井は応じた。

「いまエントランスから出てきて、迎えに来たタクシーに乗ったところです。走り出したらこちらも追尾します」

「自慢のフェラーリじゃなくてタクシーなのか」

「フェラーリだけじゃなくベンツも持ってるんですがね。それでもタクシーを使うということは、よほど目立ちたくない用向きなんじゃないですか。服装も地味なビジネススーツです。日中はシルクっぽいマオカラーのスーツが好みのようで、毎日色や材質の違うものを着こなして、けっこう教祖様然としているんですが――」

山井は皮肉な口振りだが、その指摘は当たっているだろう。どこかで倉田と落ち合う可能性がある。

「一人なのか？」

「そうです。きょうは日中にも出かけたんですが、そのときはベンツで、教団の若い連中がお供していました。行き先は九段のホテルのレストランで、ただの食事だったようです」

「お供なのかボディーガードなのか知らないが、そいつらもいないとなると、倉田さんと似たパターンだな」

「倉田さんも？」

「ああ。いま自家用車で家を出たと池田から連絡が入ったよ。向こうも一人で、わざわざ一度公用車で自宅に帰って、すぐあとにマイカーで都心方向へとんぼ返りしたようだ」

「だったら都内のどこかで密会するんじゃないですか」

山井は期待を滲ませる。どうも部下たちのほうが腹が据わっているようで、これではチームのボスとして立つ瀬がない。

「その可能性が高いな。おれと課長もすぐ飛び出せる状態で待機している。行き先の見当がついたらまた連絡を入れてくれ」

「了解しました。課長まで臨場ですか。相手が倉田さんとなると気合いが入りますね」

「万一こちらの動きに感づかれると厄介なことになりかねない。そのときのことも考えてだ。階級は向こうが上でも年の功で大原さんが勝る。場合によっては頼りになる」

「それなら大船に乗った気分です。いま走り出しました。さっそく追尾します」

張り切った声で言って山井は通話を切った。話の調子で事情を察したようで、大原は椅子にかけてあった背広を羽織ってすでに立ち上がっている。葛木も追随しかけたとき、またデスクの警察電話が鳴りだした。受話器をとると池田からだった。

「国道二〇号線を都心方向に向かっています。調布ICから中央道に入るつもりかもしれません」

「そうか。佐田のほうも教団本部をタクシーで出たところだ。そっちは山井たちが追っている。おれたちもとりあえず署を出て都心方面へ向かうことにする」

「どうやらランデブーの可能性が高まりましたね」

池田は声を弾ませる。その現場を押さえることが事件解明に繋がるわけではないが、倉田を身動きのできない状態に追い込めるのは間違いない。問題はその先をどうするかだ。

正直を言えば現在の陣容でサーラの会の犯罪事実を立証するのは難題だ。特別捜査本部が設置され人海作戦がとれるなら、架空口座をつくった犯人の特定も不可能ということはない。踏み台にされた海外のサーバーの捜査でも当該国の協力が得やすくなるだろう。しかしそのためには現場刑事にとって馴染みの薄い政治工作に手を染める必要がある。むろんそちらは俊史の領分だが、現場のバックアップがなければそれもけっきょく宙に浮く。

池田との通話を終え、大原に事情を説明しながら駐車場に向かい、葛木の運転でまずは都心方面へ走りだす。助手席の大原が、葛木に代わって本庁の俊史に電話を入れる。

「読みどおりどちらも動き始めましたよ。我々も都心方面に向かっているところで――」

　ざっと経緯を説明し、しばらく説得調の会話を続けて、大原は複雑な顔で通話を終えた。

「管理官も出向くと言うんだが、止めておいたよ。まだ状況が微妙だからな。こっちの動きが気取られた場合、引っ込みがつかなくなるようじゃまずいだろう。いまの態勢ならおれやあんたの勇み足で済む。管理官は最後の決め球として温存しないとな」

　その言葉には俊史への思いやりが感じられた。当人はどう受けとったかわからないが、葛木にはそれがありがたかった。もし倉田サイドから理不尽な攻撃があるようなら、矢面に立つのは自分だと葛木は腹を括っていた。俊史だけではない。池田や山井や若宮や特命の山中、青野、そして橋川――。そんな若い連中の将来を断ち切るようなことが絶対にあってはならない。葛木は慎重に応じた。

「それがいいかもしれません。管理官同士のガチンコ勝負になってしまうと、さらに上のほうを刺激して、余計な介入を招くことになりかねませんから」

「しかし倉田と佐田にそんな繋がりがあるという話が、ここまで表沙汰《おもてざた》にならずに来たのはやはり意味ありな気がするな」

「義理の妹の夫となると法的には他人ですから、あえて表に出す話でもないんでしょうが、噂くらいは聞こえてもよさそうですね。まあ当人たちが黙っていれば済む話でしょうが」

「監察がどうやってそのネタを仕入れたのかは知らないが、少なくとも佐田の公安時代の同僚がそんな話を知らないとは思えない。こうなると公安も倉田とグルだと考えないわけにはいかなくなる」

「文京区の梶原老人の一件で橋川が動いたとき、監察の上の人間もなあなあでお茶を濁したそうじゃないですか。その一方で公安は、サーラの会に関係している警察官の情報を監察に求めている」

「公安も監察もたぶんおれたちよりずっと大きな事実を知っていて、それになんとか蓋を被せてきた。ひょっとするとサーラの会絡みの死体の数は、おれたちが見積もっているよりもだいぶ多いかもしれないな」

大原は猜疑心を剥《む》き出しだ。そんな言葉が葛木にもいまは大袈裟に聞こえない。

行き先が定まらないから、とりあえず清洲橋通りを日本橋方面に向かう。二人の行き先の見当がもう少しついたところで浜町か箱崎で首都高に入れば、都心部ならどの方面でも直行できる。こんな時間でも都心に向かう車は比較的多く、ときおり渋滞気味になる。覆面パトカーなら赤色灯を出してサイレンを鳴らす手もあるが、きょうはマイカーだからそうもいかない。

青野は趣味が写真だという話で、今回の監視では自前のデジタル一眼レフを持参して現場を押さえると張り切っている。倉田と佐田が密会したとしても、それが犯罪というわけではないのだが、ここまでやられっぱなしの状況を反転させる決め手にはなるだろう。

いまは及び腰の勝沼刑事局長にしても、鬱陶《うっとう》しい存在の宮島捜査第一課長を蹴落とす恰《かっ》好《こう》の材料にはなるはずで、さらに宿敵の公安がそこに絡んでいるとなれば、次長の座に駆け上がる千載一遇《せんざいいちぐう》のチャンスとみるはずだ。

元来その手の政治的な筋読みは得意ではなかったが、俊史がキャリアとして警察官人生を歩み出すようになってからは、警察庁人事が官報に載るとつい関心をもって見るようになった。そういう点では大原が巧者で、今年の人事でも局長ポストのいくつかを的中させている。そんな大原との雑談で、上の役所がどういう力学にしたがって動くものなのか、直感的にわかるようになってきた。

だからといって俊史に対してなんの支えにもなれないが、これから向かおうとする局面では、いままで以上にその方面へのアンテナの感度を上げざるを得ないだろう。

2

清洲橋にさしかかったところで山井から連絡が入った。助手席の大原が受けて、手短にやりとりして報告する。

「佐田はいま西神田から首都高速に入ったそうだ。その先どっちに向かうかだな。日本橋方面か六本木方面か、それとも新宿方面か」

「だったら箱崎まで下を走って、行き先がわかったところで我々も高速に乗りましょう」

「それがいい。高速は一度入ってしまうと小回りが利かないからな」

大原は頷いたが、そうは言っても気持ちがはやる。しかし道路はいよいよ渋滞気味で、決定的な場面に立ち会えるかどうか微妙になってきた。山井や池田に任せておいてもいいのだが、自らその場に居合わせることが、葛木にはなにか重要なことに思えてならない。

刑事の本能とも言うべき現場への執着——。そういう話でもないような気がする。これから目の当たりにしようとしているのは、まさしく警察の腐敗そのもので、その責任は自らも負うべきものだ。そのおぞましい真実を若い若宮たちが目の当たりにするとき、自分もその場に立ち会って、これまで同様目をそらして逃げようとするかもしれない自らに軛《くびき》をつける——。それが刑事としての魂にとっていま避けて通れない試練だと思えた。

ようやく清洲橋を渡りきると、また大原の携帯が鳴りだした。こんどは池田からのようだった。手短に応答して大原は通話を終えた。

「倉田はやはり中央道に入って高井戸方面へ向かっているそうだ。いまは三鷹のあたりらしい。二人がどこかで落ち合うつもりなら、佐田は新宿方面へ向かう可能性が高いな」

大原は大胆に予測する。車の流れは先ほどよりもさらに悪い。葛木もいよいよ焦れてきた。佐田が箱崎方面に向かってくるとすれ違いになる公算が高いが、それ以外の方向なら、早めに高速に乗ったほうが有利だろう。カーナビで確認しても首都高では目立った渋滞の表示は見られない。

「たしかに新宿方面が当たりかもしれません。下でぐずぐずしていてもしようがないですから、このへんで高速に入りましょう。浜町入口から入ってすぐのところが箱崎のパーキングエリアです。そこで山井からの連絡を待てばどっち方面でも追随できます」

そう提案すると、葛木同様焦れていたのか大原は即座に頷いた。

「そうしよう。まったくの山勘なんだが、佐田が首都高新宿線に向かうとすると、なにやら辻褄が合うんだよ」

「どういうことですか?」

「宮島警視監の自宅は高井戸にある」

「よく知ってますね、そんなこと?」

「調べたんだよ。そっちもいつ張り込むことになるかわからんから」

大原はしたり顔だ。言いたいことが読めてきた。

「地理的にはどんぴしゃですね。高井戸なら中央道と首都高新宿線の連結点ですから。しかし大胆なことを」

「それほどおかしな話でもない。レストランや料亭だと誰かに見られる可能性がある。警察官僚も警視監クラスになるとマスコミ関係者に顔を知られている。庶務担当管理官となると警視庁詰めの記者連中で知らない者はいない」

「教祖様だって、いつなんどき信者に出くわさないとも限らない」

「想像どおりの悪さをしているなら、恨みをもっている元信者もいるだろうからな」

「しかし宮島警視監と倉田さんの関係はわかるにしても、宮島さんが佐田とどう繋がっているのかがわかりませんね」

葛木が首を傾げると、大原はこともなげに言う。

「佐田の出身は公安でも、サーラの会にとって鬱陶しいのは刑事警察の動きだよ。あそこの教義には極端な終末思想や国家転覆の野望のようなものはみられない。その点はオウム真理教とは毛色が違うから、公安サイドには厳しく取り締まる根拠がない。ところが拉致監禁から暴行や殺人に至るまで、やっていることは刑事犯罪そのものだ」

「それで刑事部門の大物官僚を囲い込む必要があった――」

「今回の倉田の行動もそうだが、そこまで凶悪な犯罪に手を染めている疑いがあるのに、警察沙汰になったのは例の暴行事件だけで、それも起訴猶予になっている。公安よりむしろ刑事部門の上のほうから強い圧力がかかっていると考えたくなる」

大原の話はきわどい方向に向かっていく。むろん抱いて当然の惧れだが、葛木もそこまで言葉にするのはためらわれた。

「しかし刑事犯罪が専門の捜査一課が犯罪集団に手を貸すとは――」

「これからその答えが出るわけだが、おれだって正直言えば信じたくない。しかし倉田のここまでの動きが刑事捜査の常識に照らして矛盾だらけなのは間違いない」

大原は苦虫を嚙み潰したように言う。葛木もそこは否定のしようがない。浜町入口から首都高に入り、箱崎パーキングエリアに車を停めたところへ、俊史から電話が入った。

「いまは運転中じゃないの?」

「いや、箱崎のパーキングで待機している。倉田さんも佐田も高速を移動しているから、こちらも即応できるようにな」

「じつは気になることがあって――」

俊史は不安げな調子で切り出した。

「いま晩飯を食いに外へ出たところなんだけど、合同庁舎の前を通りかかったとき、タクシー乗り場に勝沼刑事局長が一人でいるのを見かけてね」

「勝沼さんがタクシーに?」

意外な思いで問い返した。警視庁の管理官クラスでも公用車があてがわれるくらいだから、警察庁の局長クラスなら移動は公用車というのが当然だ。通勤時の送迎はもちろんのこと、緊急時に対応できるように、私用でも公用車の使用が奨励されていると聞いている。それがわざわざタクシーを使うというあたりが、佐田の動きと似ているようでいかにも気味悪い。

「どこへ出かけるところだったんだ」

「声をかけようと思ったところへタクシーが来て、そのまま走り去ったからわからない」

俊史は困惑を隠さない。不穏なものを感じながら問いかけた。

「倉田さんと佐田の動きにリンクした行動だと言いたいわけだ」

「まさかそこまではというのが本音なんだけど――」

俊史は言葉を濁す。先日の会食の際の勝沼の反応が煮え切らなかったという話は聞いている。その勝沼に俊史は、かなりのところまで手の内を明かしてしまった。

特捜本部の開設を拒否しているのと引き替えに、倉田もこちらの動きに関しては情報過疎の状態にある。インターネットバンキングによる不正送金やら、居酒屋の店主や近隣住民による目撃証言といった細部の話は倉田にはまだ伝えていない。

矢上夫妻の家で発見された二組の死体のDNA型鑑定の結果や、そこから砒素《ひそ》が検出された話についてはすでに俊史が報告しているが、それらを繋ぐ細部の事実をぼかしているので、倉田としては隔靴掻痒《かっかそうよう》の感があるはずなのだ。

橋川を味方につけた件については話さなかったが、そうした部分まで勝沼に聞かせたことが、いまとなっては俊史の後悔の種のようだ。励ますように葛木は言った。

「おまえが気にするのはわからないでもないが、せめて勝沼さんくらいは信じないと、おれたちは絶望するしかなくなるぞ。それならいまここで尻尾を巻いて、別の身の振り方を考えるほうが利口じゃないか」

「それはたしかにそうだけど——」

俊史にいつもの歯切れがない。そこには葛木と通じる思いがあるだろう。乗り越えるべき障壁はあまりに険しく、一つ足場を踏み外せば奈落の底だ。それが自分一人に降りかかる運命なら腹も括れるだろう。しかし彼の配下には園村たちのチームがある。普通なら安穏と過ごせたはずの彼らの警察官人生を棒に振らせることにもなりかねない。

こちらも事情は似たようなものだ。葛木にしても大原にしても、いまさら刎《は》ねられて惜しい首ではない。池田は止めろと言ってもやるだろう。しかし山井や若宮や橋川を道連れにするのは心が痛む。

かといってここで見て見ぬふりをするということが彼らにどんな禍根を残すものか。自分がいま感じている慚愧を、彼らにも一生背負わせることになりかねない。そう考えたとき、湧き起こる怒りが抑えられない。自分や大原や俊史がとくべつ変わった人間だとは思わない。ごく常識的な正義感に拠って立つごく凡庸な警察官に過ぎないはずだ。若宮たち若い連中も同様だ。それが邪魔者扱いされるとしたら、腐っているのは組織そのものだ。

ところが組織というのは必然的に腐らずにはいられないものなのだ。一人の人間として付き合っている限り見識のある尊敬に値する人物が、組織の一員として行動すると、とたんに理屈に合わない言動に走る。それも地位が上がれば上がるほどその傾向が強い。

倉田の上司の捜査一課長にしてもあるいはそうかもしれない。刑事時代には敏腕の名を轟《とどろ》かせ、倉田などは足元にも及ばない実績を積んできた。その事実を否定するものは警視庁内にはいないだろう。

その一課長が倉田に牛耳られてでもいるように捜査開始の号令を発しない。特捜本部の立ち上げは形式的には刑事部長の職掌だが、事実上の決定は捜査一課長が下す。そのための意見を具申するのが庶務担当管理官の倉田の仕事で、このヤマについての報告が一課長に届いていないはずがない。

いわゆる組織のバイアスがそんなところにも働いているのか。倉田に牛耳られているだけではなく上からもなんらかの圧力がかかっているのか、いまはただ想像するしかないが、だからこそ葛木は勝沼を信じたい。信じていい人間がせめて一人くらいはいて欲しい。

「勝沼さんと宮島さんはいまもつばぜり合いを演じているんだろう」

「役職は局長と課長でも階級は同じ警視監で、ライバル意識は強いようだね。とくに宮島さんのほうが」

「だったら心配はない。会食したときあまり積極的じゃなかったのは、おまえの将来を案じてのことじゃないのか。これからやろうとしていることがキャリアにとってリスキーなことを彼は十分承知だろうから」

「おれもなるべくそういうふうに考えたいけどね」

「正直なことを言えば、おれだってうちの若い連中のことが心配だよ。だからといって、ここで逃げたら彼らの今後はどうなる。長いものには巻かれろという教訓を与えるだけじゃ、おれが付き合ってきた大半の上司と変わらない。いまやれることは、火の粉はすべておれが受けながら、刺し違える覚悟で勝負をすることだ」

「そこまで腹を固めているの？」

俊史は驚いたように訊いてくる。葛木は言った。

「おれの場合は借金の返済だが、おまえのほうは未来への投資だよ。おれが半生を捧げた警察がまだ心底腐ってはいないと信じたい。若宮も山井も橋川も、もちろんおまえだっておれにとっては虎の子の希望なんだ」

「親父にそこまで言われると、なおさら逃げるわけにいかないね」

「どんな成り行きになるかまだ読めないが、このヤマは単なる犯罪捜査じゃ終わらない。この国の警察をまっとうなものにするためにキャリアの道を選んだとおまえは言った。まさしくいまがその志を貫くときかもしれないな」

「だったら是が非でもその期待に応えないとね。ここで潰れてしまうんじゃ、わざわざキャリアになった甲斐がない」

「その意気だよ。上にへつらって出世したって、人として誇れることなんかなにもない」

「だったらおれのいちばんの誇りは親父の息子だってことだ」

「そこまで言っちゃいないがな。うだつの上がらない人生だったが、それでもなんとか地に墜とさずにここまでやってきた。どうやらこのヤマが最後の仕上げになりそうだ。心おきなく勝負をかけるつもりだよ」

「定年まではまだ間があるじゃない」

「ここで終わっても惜しくはない。それが少しでも世の中の足しになれば、残りの警察人生に未練はない」

「そうはさせないよ。もうしばらくおれの相棒で頑張ってもらわなくちゃ。まだまだ吸収することがあるんだよ。親父からも大原さんからも」

「もう出涸《でが》らしだ。栄養になるものなんかなにもないぞ」

「あるよ。所轄刑事の魂がね。おれがキャリアになったとき、親父が本庁から所轄に異動してくれた。それは幸運だったような気がするよ」

思いのこもった調子で俊史が言う。胸に迫るものを感じながら葛木は応じた。

「おれもだよ。大原さんや池田と知り合って、自分の商売の見え方ががらりと変わった。所轄の警察官が地べたにしっかり足をおいているからこそ、この国の警察は存在するに堪えるのだと」

そんなやりとりを終えたところへ、こんどは大原の携帯が鳴りだした。池田か山井のどちらかだろう。二こと三こと相槌《あいづち》を打って通話を終え、大原は勢い込んで振り向いた。

「教祖様は竹橋で都心環状線に入って三宅坂方面に向かっているようだ。おれの読みが当たったな」

「できれば外れて欲しかったんですがね。我々も出発しましょう」

葛木は車を発進させた。下の道路と違って高速は意外に空いており、制限スピードいっぱいで走れるのはありがたい。

「管理官からはなんの用事だ？」

大原が訊いてくる。勝沼局長の話を聞かせると、大原は重々しく呻《うめ》いた。

「まさかとは思うがな。もし勝沼さんまで絡んでいるとなると、上の役所を巻き込んだ刑事部門挙げての隠蔽工作になっちまう。そこに公安がどう絡んでいるのか知らないが、事態は甚だ厄介な方向に向かってしまう」

不安を煽るような口振りにしては、大原は達観しているように楽しげだ。葛木は訊いた。

「どう思いますか、局長の件？」

3

「派閥力学からいえばまずあり得ないんだが、あくまで外から見ての話だからな。合従《がっしょう》連衡《れんこう》は派閥抗争の常だから、共通の敵に対して手を組むということもあるだろう」

「共通の敵というと？」

「公安だな。彼らがサーラの会に接近しているのは、教祖がかつての同僚だからじゃないかもしれない」

「というと？」

「警察庁内では、最近、勝沼さんに加えて宮島さんが台頭してきて、次長ポストの争いで公安が押され気味だと聞いている。まだ先の話だが、長官と警視総監の二つのポストを刑事部門に明け渡したら、警視庁の歴史始まって以来の椿事《ちんじ》だそうだ」

「潤沢な予算や人員を削られるかもしれないと惧れているわけですね」

「大方そんなところだろうが、公安としては刑事部門の台頭を切り崩す武器として使えるとみているのかもしれないぞ」

「つまり今回の事件の隠蔽は、公安ではなく上の役所の刑事部門の差し金だと？」

「ああ。佐田が公安出身だということに、おれたちは引っかけられていたのかもしれない。ところが今回のヤマとの絡みでは、むしろ刑事のほうと繋がりがあった」

「倉田さんの義理の妹の縁ですか」

「それだけだとも思えない。勝沼さんにすれば、倉田なんてとるに足りない下っ端に過ぎない。宮島さんにとっても似たようなもので、子飼いにしておく意味はあるだろうが、今後のポスト争いに決定的な影響を与える存在じゃない」

「だとしたらサーラの会はもっと上のパイプで繋がっていると？」

「あんたたちが会った公安の男は、警視総監に近い筋が背後にいるようにほのめかしていたそうだな」

「ええ。しかし現警視総監も公安の派閥に属している人でしょう」

「だから話がややこしいんだが、その層の人間が公安を動かしているとしたら、敵の敵は味方という考えが浮かんでこないか」

「敵の敵は味方ですか」

葛木は唸《うな》った。ここでも大原の読みは大胆だ。しかしそうなれば二つの派閥の闘いのなかにこちらの捜査は埋没しかねない。

「その予想はできれば当たって欲しくないですね」

「ああ、おれだってそう願いたい。それじゃどっちが勝とうが、私利私欲のためなら本来の犯罪捜査を二の次と考えるような輩《やから》が日本の警察のトップになってしまう」

「二の次にするどころじゃない。事件そのものに関与したとさえ疑われますよ」

「なんにせよ、やれるだけのことは徹底的にやろうや。おれとあんたが捨て身になってな。若い連中を巻き添えにしたくはないが、かといって悪い手本は見せられない。息子さんにはそんな話をしてたんだろう」

「ええ。つい気負った口を利いてしまいました。しかし気持ちは課長と一緒です」

「警察官人生もどん詰まりに来て、むしろいいヤマに巡り合えたとおれは思っているんだよ。世間にはもっと旨みのある仕事があるだろうが、正義なんていう気恥ずかしい看板で商いできるのは警察官と検事くらいだ。その看板を泥まみれにするような連中を退治して終われるんなら、まさに警察官冥利《みょうり》に尽きるというもんだよ」

大原はにんまり笑ってみせる。葛木も肩の力が抜けた。警察内部の腐敗を追及するとなると刑事の商売とは畑が違うが、この世界を少しでもまともな方向に正していくために、やるべきことをやるのに変わりはない。

車はスムーズな流れに乗って江戸橋ジャンクションから都心環状線に入る。こんどは池田から電話が入る。大原が受けて気忙しく応答する。その顔色が変わった。

「どうも当たって欲しくない方向にことは進んでいるようだ。倉田は高井戸で高速を降りた。いま環八通りを高井戸駅方面へ向かっているそうだ」

通話を終えて大原は複雑な表情で報告する。

「宮島さんの自宅は？」

「たしかそっちの方角だったな――」

大原は手帳を取りだして確認する。

「間違いない。自宅は高井戸東四丁目だ。まだそこへ行くと決まったわけじゃないが」

大原はそう言うが、宮島と倉田の関係の近さを考えれば、ほとんど決定的と言っていいだろう。

また大原の携帯が鳴りだした。こんどは山井からの連絡だ。こちらも大原の勘が当たったようで、佐田の乗ったタクシーは三宅坂から新宿線に入ったという。新宿線は高井戸で中央道と接続する。宮島の自宅を目指す最速のルートだ。もはや偶然とは言いがたい。

「いやはや、自分が怖くなってきたよ」

大原は怖気立つような素振りをみせる。こうなると俊史が抱いた危惧《きぐ》だけは当たって欲しくない。

皇居のお濠《ほり》を左に見ながら竹橋《たけばし》を過ぎ、そのまま三宅坂方面に向かう。アクセルを踏む足に力が入り、慌ててわずかにそれを緩める。いま乗っているのは民間車両で、スピード違反で捕まれば厄介だ。警察手帳を見せて捜査中だと言えば切符は切られないだろうが、そんなことをしている時間が大きなロスだ。

「管理官がやきもきしているだろう。おれから電話を入れておこう」

大原は短縮ボタンを押して携帯を耳に当てる。俊史はすぐに応答したようだ。現状を説明し、しばらくやりとりをして、状況が変わったら報告すると言って通話を切った。

「だいぶ気を揉んでいるようだが、こうなったら行くところまで行くしかないと言っておいたよ」

大原は言う。行くところまで行った結果が自らの出処進退に繋がりかねないことを、当人は意にも介していないようだ。

4

山井と池田からの連絡によると、佐田のタクシーは予想どおり新宿線に入り、高井戸方面に向かっているという。高井戸で中央道を降りた倉田の車は環八通りを荻窪方面へ向かっているようだ。こちらもすでに赤坂トンネルを抜け、信濃町《しなのまち》付近にさしかかるところだ。

葛木のポケットで携帯が鳴りだした。取りだして大原に手渡し、代わって受けてもらう。

「ああ、園村さん。こんな時間まで外回りかね」

大原は気さくに応答する。葛木は覚えず耳をそばだてた。きょうはもう帰宅していると思っていた。その園村がこんな時間に電話を寄越したとなると、なにか新ネタを見つけでもしたかと期待が湧いた。

「本当かね。そりゃ山中君の殊勲だな。ちょっと電話を替わってくれ」

大原の声がほくほくしている。山中の殊勲となると、不正アクセスに使われたＩＰアドレスの件だろう。ひとしきり山中の話を聞いて、大原は手放しの喜びようだ。

「だったらあと一歩だな。それが特定できたら不正アクセス禁止法違反容疑で逮捕状が請求できる。管理官には伝えたのかね。ああ、そうか。じゃあ大喜びだろう。おれたちも、もうじき祝杯を上げられそうだな」

大原はまた園村に代わってもらい、こちらの状況をかいつまんで聞かせ、通話を終えて振り向いた。

「細かい話はよくわからないが、踏み台に使われたサーバーの一つがシンガポールのある大学のものだったらしい――」

山中はだめ元で銀行のサーバーにアクセスしたIPアドレスの所有者を調べ、虱潰《しらみつぶ》しに連絡をとった。なんとか協力してくれたのが、唯一その大学のシステム管理者だった。

メールで情報を交換すると、向こうも最近外部から侵入されている形跡に気づき、犯人を特定しようとしていたところらしい。調べてみるとそのサーバーはここ数年にわたって日本から侵入されていて、犯人はそのアドレスを利用して日本の銀行に頻繁にアクセスしていたという。

なんらかの犯罪に利用されている可能性が高いとその大学では考えて、侵入者のIPアドレスから身元を特定しようと日本のサーバー管理者に問い合わせたが、守秘義務を楯《たて》に教えてくれない。その後も巧妙な手口で侵入され、つい数週間前にもやはり同様な不正アクセスがあったという。

先方が困り切っていたところへ山中からの問い合わせがあった。もし日本側で侵入者を特定し、再発を防止してくれるならという条件でそのＩＰアドレスを教えてもらい、山中は調査に乗り出した。シンガポールのサーバーに達するまでに侵入者は三つのサーバーを踏み台にしていたが、幸いなことにそのいずれもが日本国内のものだった。

さっそく園村が捜査関係事項照会書を作成し、捜査協力を要請した。シンガポールからの問い合わせにはすげなかったが、警視庁からとなるとそうもいかないようで、ついいましがた山中は大本のＩＰアドレスの特定に成功したらしい。

海外のサーバーをもう一つ二つ経由していたらまず不可能だったと山中はみていて、使われたいくつものルートのうち、それだけがシンガポールのそのサーバーのみを踏み台に使っていたらしい。犯人にすれば上手の手から水が漏れたようなもので、こちらにとってはまさに僥倖《ぎょうこう》というわけだった。

「それで侵入犯とサーラの会は結びついたんですか」

「そのＩＰアドレスはサーラの会が経営している通販会社のものだった」

「サーラ・ファミリーですか。だったらすぐ逮捕状がとれるじゃないですか」

葛木は勢い込んだ。大原は首を振る。

「そのまえに証拠を押さえないと。向こうは自分たちも踏み台にされた被害者で、真犯人は別にいると言うだろう。まずはガサ入れだ。ここ最近も不正アクセスをしていたようだから、パソコンのなかにそのためのソフトやデータが存在するはずだ。それを押さえるのが先決で、その前に逮捕状を請求してもファイルを消されたらどうしようもない」

「たしかに最近のなりすまし事件の捜査では誤認逮捕が起きてますから。しかしこの事案に限っては間違いなくサーラの会の仕業でしょう」

「ああ。園村もそのへんが気になって、裁判所へお伺いを立てたそうなんだよ。やはり即逮捕状というのは無理だそうだ」

「だったらすぐにガサ入れの令状を。それくらいは出るんでしょう」

「それならなんとかなると言っていたそうだ。こっちの成り行き次第だが、できれば朝いちばんで裁判所へ走ってフダをもらってくるそうだ。疎明資料は山中と二人で徹夜でつくると言っている」

「課長、これはすごいチャンスですよ。コンピュータだけじゃない。帳簿や資料の類いもごっそり押収すれば、悪事の構図がはっきりしてくるんじゃないですか」

「ああ。ただしサーラの会の本体じゃないのが惜しいところだな。サーラ・ファミリーが関わっているのはせいぜい霊感商法の類いだろう」

「それでも本体との繋がりは必ず見えてきます。オーナーは佐田のはずですから、事情聴取もできるでしょう。ここは一気呵成《いっきかせい》に行くだけです」

覚えず声に力が入る。ようやく希望が見えてきた。これだけの材料を手にすれば、倉田ももはや逃げは打てない。

5

生まれ育ったのが荻窪で、高井戸近辺は土地鑑があると大原が言うので、代々木《よよぎ》のあたりで運転を交代する。それはようやく出てきた明るい見通しについて、俊史とじかに話をさせようという大原の気働きのようだった。さっそく俊史に電話を入れようとしたとき、山井からの連絡が割り込んだ。

佐田のタクシーはいま初台《はつだい》を過ぎたところで、一路高井戸方面を目指しているという。山井たちは二〇メートルほどの車間で追尾しており、いまのところ気づかれた様子はないらしい。後部座席で頻繁に携帯を耳に当てている佐田の様子が見えるとのことだった。早晩尻に火が点くことを知ってか知らずか、教祖様はいまも現世の仕事でご多忙らしい。IPアドレスの話を伝えると、山井は狂喜した。

「そいつはすごいじゃないですか。やっと捜査の壁に風穴が開きましたね。教団そのものじゃないにしても、実働部隊の本丸に手を突っ込めるわけですから、きっと大きな成果がありますよ。倉田さんの鼻を明かしてやれるじゃないですか」

「鼻を明かすどころか、眼にもの見せてやるというところだな」

「これから始まるランデブーも、こうなったら楽しく見物させてもらいましょう。写真も大ネズミ小ネズミがそろったところを青野がきっちり押さえます」

「ああ、捜査の潮目は思いもよらないかたちで変わるもんだ。山中の逆転ホームランといったところだな」

山井の興奮に煽られるように葛木は言った。一緒に捜査を始めた当初は穀潰《ごくつぶ》しにしか見えなかった山中が事件解決の立役者になる——。それも刑事捜査の醍醐味《だいごみ》だ。優秀な刑事がいつも成果を上げるとは限らない。むしろ思いがけない伏兵が事件解決の道筋をつける。捜査の現場はつねに総力戦だ。倉田の動きが気になるのと、山中の手柄のことを伝えたくて、池田にこちらから電話を入れてみる。

「そちらはどんな状況だ？」

「課長の想像どおりですよ。いま環八通りから右折して、五日市《いつかいち》街道に入ったところです。だいたいこのあたりが宮島さんの自宅のある高井戸東四丁目ですよ」

「こっちももうじき高井戸の出口だよ。お三方が勢揃いするのは間違いないようだな」

「きょうは課長の勘が冴え渡ってますからね」

池田は楽しそうに言う。山中の話を聞かせてやると、その声がいよいよ弾んだ。

「これで勝負は決まりですよ。倉田さんの出世街道驀進《ばくしん》にも急ブレーキがかかりそうじゃないですか。そもそもああいう人が捜査一課の大番頭に抜擢《ばってき》されたことが間違いのもとだったんですよ。これで本庁捜査一課もやっとまともな商売のやり方に戻るでしょうよ」

「その程度のことで済んでくれればいいんだが――」

不退転の思いで葛木は言った。これから摘出することになるだろう病巣は、あるいは患者に生命の危機をもたらすほどのものかもしれない。そしてその患者とは、自らが半生を捧げた警察なのだ。その意を汲《く》んだように池田は応じる。

「身内だからって手加減する気はありません。内輪の人間のご都合主義で警察がいいように使われるようになったら世も末じゃないですか。それに荷担して死ぬまで恥を背負って生きるくらいなら、この首を懸けてでも連中に一泡吹かせてやりますよ」

そんな話を終えたとたんに、焦れてでもいたように俊史から電話が入った。

「園村さんから話を聞いた？」

「話したのは課長だが、だいたいはわかったよ。このヤマもやっと目鼻がつきそうだな」

「ああ。もう特捜本部なんて必要ない。ただし倉田さんや宮島さんを揺さぶるために要求は取り下げないよ。こうなるとサーラの会の摘発だけで幕を引きたくはないからね」

強い調子で俊史は言う。倉田にはさんざん格下扱いされてきた。胸に溜め込んだ思いは相当のものだろう。共感を隠さず葛木は応じた。

「これからなにを相談するつもりか知らないが、サーラ・ファミリーにガサ入れすれば、これ以上事件に蓋はできない。帳場を立てないのはだれが見たって不自然で、立てたら立てたで捜査の矛先が自分に向かう。倉田さんにしてみれば最悪のシナリオだろうな」

「おれたちの見立てが正しいなら、隠蔽しようとした犯罪があまりに大きすぎるよ。倉田さん一流の効率捜査の理屈からしても、これだけの大事件を闇に葬るのは矛盾していると言うしかない。まだ答えは見えないけど、背後には相当おぞましい事実がありそうだね」

「それは絶対に明らかにしなきゃな。そこを怠るようじゃ、おれたちは犯罪者以下になってしまう」

「たしかにね。逮捕されて罪を償う犯罪者のほうがずっとましで、権力という楯の背後で自らは安泰のまま悪に手を貸す警察官は、本当に犯罪者以下かもしれないよ」

重いため息とともに俊史は言う。こんな親父の背中に憧れて警察官の道を選んだと言われたときはどうにも面映ゆいものを感じたが、いま俊史と自分は心が一つになっている。倉田や宮島の不審な動きを含め、この事件を妥協することなく解決したときが、自分も俊史も警察官としての人生を終えるときかもしれないとふと思う。

組織には惰性のような自己防衛本能がある。物事の是非に拘《かか》わらず、逆らえばその惰性に押し潰される。それを惧れて惰性に身を任せるうちに、一般市民の感覚からはかけ離れた奇妙な特権意識を持つようになる。警察という強権を付与された組織ではそんな傾向がことのほか強い。

普通の市民の感覚に寄り添って生きることが、警察官が正気を失わずに生きられる唯一の道だということが、所轄に異動してようやくわかった。そしてその正気を保ち続けることが、組織の側からはときに害悪と見なされることも――。だからと言ってもう退くことは許されない。

「犯罪者以下には成り下がりたくない。警察をそんな屑ばかりの組織にもしたくない。おれは警察が好きだから」

覚えず葛木は言っていた。さばさばした口調で俊史は応じる。

「おれもそうだよ。だからこのまま警察を腐らせたくない。おれ一人の力は小さくても、それでも少しはなにかが変わる。みんながそうやって頑張れば、やがて大きくなにかが変わる。そんな触媒になれるんなら、それだけでもキャリアになった甲斐がある」

そのときダッシュボードの上で大原の携帯が鳴った。またかけ直すと言って俊史との通話を終え、そちらを耳に当てると、池田の声が流れてきた。

「係長。倉田さんの車が停まりました。『宮島』という表札のかかったけっこう立派な邸宅の前です。いま車から出てきて、門扉を開けてなかに入りました。ずいぶん慣れた様子です。たぶんしょっちゅう来ているんでしょう」

「その家の番地は？」

「高井戸東四丁目三十八番地――」

池田が読み上げた番地を復唱すると、運転席の大原が頷く。

「間違いないな。宮島さんの自宅だよ。おれたちはもうじき高井戸の出口だ。佐田のタクシーもまもなく着くだろう」

「ええ、ちょうどいまタクシーが一台着いたところです」

「本当か？　ちょっと早すぎるな。山井からはまだ連絡がないし――」

そう答えながら、かすかな不安が脳裏をよぎった。池田の声が緊張を帯びた。

「佐田じゃありません。しかしどこかで見かけた顔です。ひょっとしてあの人は――」

「勝沼刑事局長か？」

覚えず葛木は声を上げた。大原が驚きを露わに振り向いた。池田は声を押し殺す。

「そのようです。面識はありませんが、広報誌に載った写真を何度か見ています。しかしどうしておわかりで？」

池田は怪訝《けげん》そうに問い返す。慄きを覚えながら葛木は大原と顔を見合わせた。

第十三章

1

宮島の自宅近くに達したところで、先に到着していた池田たちと連絡をとり合い、適当に離れた場所に車を停めて、徒歩で宮島の家へ向かった。池田たちは近くの小公園の木立の下の暗がりにたむろしていた。そこからは宮島邸が間近に望める。門扉の横には倉田のものとおぼしいクラウンが停まっている。

「腕が悪いもんで、ちょっとピンぼけですが――」

池田が差しだしたデジカメのディスプレイに、タクシーを降りてくる五十代後半くらいの人物が写っている。髪は銀髪のオールバックで、身長は一七〇センチくらい。銀縁の眼鏡をかけた顔立ちは柔和で、熾烈《しれつ》な競争を勝ち上がってきた強者の印象はない。

「間違いないよ。勝沼刑事局長だ」

覗《のぞ》き込んで大原はため息を吐く。

「佐田は？」

葛木は問いかけた。池田が答える。

「勝沼さんが家に入って十分くらいで着きました。そっちは青野がしっかり撮影したようです」

促されて青野が自慢のデジタル一眼レフのディスプレイを見せる。こちらは腕はたしかなようで、高感度撮影で画像は若干荒れているが、ピントは正確だ。

口髭《くちひげ》を蓄え、肩に達するくらいの長髪だが、その顔は俊史が庁内広報誌で写真を見つけた警察庁在職当時の佐田で間違いない。山井が報告したとおり、地味なビジネススーツ姿で、危ないカルト教団の教祖様とは思えない。

青野は抜かりなく門扉の表札も写し込んでいた。佐田が自宅を訪れたことに関して、これで宮島は言い逃れ出来ない。倉田の車も、青野はナンバープレートと宮島邸の門構えを一緒に写し込んでいる。

「これからさらに四人のそろい踏みが撮れるかもしれませんよ。それを突きつけられたら、いくら雲の上のお偉いさんでもぐうの音も出ないでしょうよ」

池田はほくそ笑むが、そこまで楽観視していいものか葛木は思い惑う。逆の見方をすれば、佐田のバックには倉田どころではない大物警察官僚二名がいることになる。彼らが一筋縄ではいかない敵なのは間違いない。倉田がここまで臆面《おくめん》もなく理の通らない捜査妨害を続けてこられたのも、そういう大物が背後にいてのことと考えれば納得がいく。

どこの役所にもなんらかの利権がある。警察も例外ではない。犯罪を摘発するか否かの裁量はまさに警察の巨大な利権以外のなにものでもないだろう。その利権に群がるのが政治家、大企業、宗教団体だという見方も決して穿《うが》ったものではない——。

選挙違反で摘発されるのは末端の運動員や秘書までで、政治家本人の逮捕に至ることはほとんどない。甚大な人的、社会的被害を出した企業事故を警察が積極的に摘発したケースはごく稀《まれ》だ。そしてオウム真理教の初動捜査の出遅れに象徴されるように、宗教絡みの事案にもつねに及び腰だ。

強盗や殺人をけちな犯罪と言う気はないが、そちらの摘発に熱心なわりには、社会的な影響力の強い相手には手心を加えているとみられても仕方がない。これまで葛木が手がけてきたような普通の刑事事案とは違う発想がおそらく必要だが、権謀術数を駆使する闘いは彼らの独壇場だ。迂闊《うかつ》に仕掛けても赤子の手を捻《ひね》るように動きを封じられかねない。大原は嘆息する。

「信じたくないものを見ちまったな。勝沼さんまでぐるだとは、さすがのおれも考えてもみなかった」

気持ちを奮い立たせて葛木は言った。

「サーラ・ファミリーへのガサ入れにしても、慎重に進める必要がありそうですね。動かしがたい証拠が出てくれば、彼らも正面切っては潰《つぶ》しにかかれない。しかし向こうもこんなところで鳩首《きゅうしゅ》密議をしているということは、いよいよ尻《しり》に火がついたと感じているのかもしれません」

「窮鼠《きゅうそ》猫を嚙《か》むと言うが、向こうはそこいらの猫なんか軽く踏みつぶしてしまう大ネズミだ。追い詰められていると思ったら、どういう奥の手を使ってくるか予断を許さんぞ」

大原は慎重に応じる。

「しかし連中だって裁判所までは丸め込めないでしょうよ。園村さんと山中がいま知恵を絞っていますから、ガサ入れの令状が出るのは間違いない」

池田は確信している口振りだ。日本の場合、令状請求が却下されるケースは極めて稀だ。強制捜査や被疑者の逮捕を裁判所が発付する令状に基づいて行ういわゆる令状主義は、警察や検察に過剰に捜査権を行使させないためにあるものだが、実際にはその点はほとんど機能しておらず、誤認逮捕や冤罪《えんざい》の温床になっているという批判もある。しかしいまこの状況ではその適当さに期待するしかない。

「管理官に報告せんといかんな」

重い口振りで大原が言う。俊史は落胆するだろう。勝沼を信頼してここまでの捜査状況を報告したのは彼だった。日ごろ耳にしていた言動や人脈から考えて倉田の策謀には与《くみ》しないはずだ――。そんな俊史の話を聞いて信用していいと判断していたから、葛木も大原も彼の行動を責める立場ではない。

「私が電話しますよ」

葛木は腹を括って携帯を取り出した。大原は頼むと言うように頷《うなず》いた。本庁の直通番号を呼び出すと、待ちかねていたように俊史は応答した。

「どうだった、お三方のそろい踏みは？」

「それが、お三方じゃなくてもう一人増えちまった」

「もう一人？」

俊史の声に不安が滲《にじ》む。声を殺して葛木は言った。

「勝沼刑事局長だよ――」

池田から聞いた状況を説明すると、俊史は落胆を隠さない。

「おれの不安が的中したらしいね」

「ああ、どうやら甘く見ていたようだな。この国の警察がここまで得体の知れない怪物だったとは――」

「勝てるだろうか、おれたちはその怪物に？」

「保証はないが、逃げるわけにはいかないな」

気負うことなく葛木は言った。自分が所属する巨大な組織を敵に回すことになるかもしれない。これまで威勢のいい口を利いてはきたが、できればそんな方向に進むのは避けたかった。その歯止めになると期待していた勝沼が敵側だと判明したいま、むしろ憑《つ》き物が落ちたような気分だった。

「おれは大きなミスをやらかしたよ。きょうの会合を呼びかけたのは勝沼さんかもしれないね。迂闊に手の内を明かしたおかげで、防御を固めさせてしまったのかもしれない」

俊史は歯噛みするような口振りだ。結果を見ればたしかにそうかもしれないが、あのときの選択肢としてほかになにがあったと言えるのか。いまそれを悔やんでも始まらない。

葛木も若い時分に捜査を大きく後退させるようなポカをやらかしたことがある。体全体から血の気が失せて、自分が世界でいちばん間抜けな刑事に思えた。そのとき辞表を書くのを思い止まらせてくれたのは、あるベテラン刑事の一言だった。

「仕事でどじを踏まない方法を教えてやろうか。それはなにもやらないことだよ。みんなのあとにくっついて、ただやってるふりをすればいい」

厭味《いやみ》を言われたように感じて葛木は身構えた。

「それじゃ刑事になった意味がないでしょう」

「そう思うんだったら、あの程度のどじを後生大事に抱え込んじゃいけないよ。そんなもの、おれにだって押し入れに入りきれないほどある。この帳場にいる連中はみんなそうだよ。そういうどじを肥やしに育ってきた。それで責任をとって辞めるなんてのは思い上がりもいいとこだ」

「思い上がり？」

「ああ、思い上がりだよ。この帳場を一人で背負っているような顔をしてるよ」

刑事はそう言って穏やかに微笑んだ。そのとき捜査上の失策とは別の意味で、葛木は赤面する思いだったのを覚えている。そんな経験を顧みれば、いまの俊史の気持ちは手にとるようにわかる。あえて強い口調で葛木は言った。

「なあ、すべてを自分で背負い込むな。これはおまえ一人の力で動かせるヤマじゃない。いや、どんなヤマだってそういうものだ。それがおれたちの商売のやり方だ。おまえのミスくらいで頓挫《とんざ》するようなら、最初から勝負に負けている」

それでも俊史は慚愧《ざんき》を滲ませる。

「しかしミスはミスだよ。おれが間抜けだからこういうことになったんだ」

嚙んで含めるように葛木は言った。

「いまその間抜けを直している暇はない。それより駒を進めることだ。まずはサーラ・ファミリーへのガサ入れで固い証拠を押さえる。そこから先の闘い方は先方の出方次第だよ。いまから戦々恐々としても始まらない」

話の成り行きがわかっているのか、同感だというように傍らで大原が頷く。

「室井さんにやってきたような汚い手を使われたらどうする？」

俊史はなおも不安げだ。吹っ切れた気分で葛木は応じた。

「そのときはそのときでいいじゃないか。しかし人事というのはきょうあしたで急に動かせるもんじゃない。首を飛ばされるまえに勝負に出ることだ。首が飛ぶのがおまえでもおれでも、そのときは連中にとっちゃあとの祭りだ」

「そうだね。あしたのガサ入れが勝負だね。向こうはまだ想定もしていないはずだから」

俊史の声にいくらか明るさが戻った。さらに一押しするように葛木は言った。

「たしかに向こうはおれたちなんか一ひねりにできる権力を持っている。しかし犯罪が事実として存在し、その証拠がががっちり押さえられれば、どんな大物だってそう簡単には逃げられない。ここまで来たら仕留めなきゃいけない獲物は佐田だけじゃない」

「そういう役所だとわかった以上、おれもいまさら長居をする気はないよ。しかしこのヤマだけは片付けて終わりたい。それが出来なきゃ死ぬまで悔いを抱え込む」

俊史はきっぱりと言った。胸に熱いものを感じながら葛木は応じた。

「おれもそれだけは真っ平だ。たとえ身内だろうと、どんな圧力をかけられようと、ここで刑事としての人生の決着をつけておかないと、死んだ母さんまで裏切ることになる」

通話を終えて振り向くと、池田が語りかけてきた。

「やりましょうよ、係長。こっちのことは心配しなくていいですよ。気を遣ってもらうようなことがあったら、それはおれたちが足手まといになるということです。それじゃ気持ちが収まらない。みんな同じ思いのはずですよ」

　山井、若宮、青野の若手三人を池田は振り向いた。三人は高揚した表情で頷いた。池田の脅しが利いての態度ではないことがその瞳の輝きから読みとれた。大原も気合いの入った声で言う。

「案ずるより産むが易しと言うからな。ＩＰアドレスの件もあるし、たったいま目撃した密会の件もある。現時点でおれたちが先行しているのは間違いない。要はそのアドバンテージをきっちり生かすことだ」

2

　徹夜でつくった請求書面と疎明資料を携えて、山中は翌日の朝いちばんに東京簡裁へ走った。令状や逮捕状は地裁もしくは簡裁に請求することになっているが、情報の漏洩《ろうえい》を避けるため、刑事事件とは疎遠な簡裁を選んだ。

　昨夜はあれから二時間ほどして、連中は絶好のシャッターチャンスを提供してくれた。尾行されているなどとは想像すらしていなかったらしく、宮島邸のまえにタクシーが二台到着すると、倉田、勝沼、佐田の三人が揃って玄関から出てきた。さらにサービスよく宮島も見送りに姿を現した。三脚を構えて満を持していた青野は、そのそろい踏みを望遠撮影できっちりカメラに収めた。

勝沼と佐田はそれぞれタクシーで、倉田は自家用のクラウンで帰っていった。決定的な写真はすでに押さえたし、三人ともそのまま家に帰るものと思われた。これ以上あえて尾行することもないと、こちらも都心方面へ戻り、新宿で俊史と落ち合った。

本庁で疎明資料の作成にかかり切りの園村たちとは携帯で連絡をとりながら、当面の作戦を話し合った。

宮島宅での密会の件は隠し球としてしばらく温存することにした。早急に進めるべきはサーラ・ファミリーへのガサ入れで、全員が本郷の教団本部があるビルの近辺で待機して、令状が発付されたら遅滞なく踏み込むことにした。

肝心なのはハッキングに使われたコンピュータとその使用者の特定で、そのためにはとりあえず事務所にあるすべてのコンピュータと関連機器を押収することになる。

それによって得られるものは大きい。眼目は不正アクセス禁止法違反の立証だが、同時にコンピュータ内部に保存されているサーラ・ファミリーの顧客情報も調べられる。そこからサーラの会の活動実態や、違法な霊感商法の内容も把握できるだろう。

押収したコンピュータや関連するドキュメント類の解析にはその道に詳しい人間が必要で、現在の陣容では山中一人しかいないが、それでは手に余るとみて、俊史は警察庁情報通信局不正プログラム解析センターの三村《みむら》という技官を呼ぶと言う。

畑は違うが入庁が同期で、初任研修でグループが一緒だったようで、事情を話したら二つ返事で引き受けてくれたらしい。純粋な技術部門のため刑事や公安とのしがらみはなく、あらぬところから横槍《よこやり》が入る惧《おそ》れはないという。

葛木たちは午前九時にガサ入れ用のワゴン車と覆面パトカーに分乗して城東署を出発した。微妙な立場の橋川は大原とともに留守役で署に居残った。俊史と園村とは現地で落ち合って、教団本部のある本郷二丁目の路上で待機する。

山中が令状を携えて駆けつけたら遅滞なくビルに踏み込む。コンピュータがらみのガサ入れは葛木も池田を始めとするチームの面々も初めてだが、段どりは山中がすべて指示することになっている。要するに事務所にあるサーバーやパソコンと外付けのハードディスク、フラッシュメモリー、CD－ROM、DVD－ROM。さらにコンピュータ関係の書籍や資料の類いを手当たり次第に押収すればいいとのことだった。

解析には時間を要するが、とりあえず押収してしまえばこっちのものだ。いま使っている会議室はその作業には手狭なので、大原は署内でいちばん大きい会議室を確保した。

サーラ・ファミリーの経営実態は登記簿で確認してある。社長は宮本考一《みやもとこういち》という人物で、おそらく教団関係者だろうが、その素性はわからない。佐田本人も妻も役員に名を連ねておらず、株主名簿にも名前は見当たらない。不安なのはその点で、不正アクセスの証拠を押さえたとしても、教団とは関わりがないと逃げを打たれる惧れがある。

サーラ・ファミリーの関係者が熱心な信者なら、罪を被って自らトカゲの尻尾になる可能性もある。佐田の犯行への関与をどう立証するか。そこが頭を悩ますところではある。

本郷二丁目の待機予定地点に到着したのが九時三十分。俊史と園村もそれからまもなくやってきた。山中から連絡が入ったのは十時を少し回った時刻で、令状は問題なく発付されたらしい。タクシーを飛ばしてこれから駆けつけるという。

矢上夫妻宅の捜索のときは鑑識課員にどやされていた山中だが、今回はチームのエースという趣だ。久しぶりのガサ入れに池田はいつも以上に張り切っている。若宮たちや特命の面々も同様で、閉塞していた状況に風穴が開くことを期待する表情がありありだ。

俊史は高揚と緊張が相半ばという顔つきだ。これが勝沼や宮島への宣戦布告になるのは間違いない。それは俊史にとって戻るに戻れない道に踏み込むことだ。

ここでしくじれば敵に一矢を報いることなく敗退する。それはキャリアとしての栄達はもちろんのこと、警察官としての誇りさえ打ち砕かれて組織を去ることを意味するだろう。むろん葛木にとっても退路はない。そのときは自らも運命をともにする腹は固めている。

ほどなく令状を携えて山中がやってきた。さっそくビルの前に車両を移動して、押収品収納用の段ボール箱の束を携え、全員がサーラの会とサーラ・ファミリーが占有する八階のフロアに向かった。

ことコンピュータ関係の事案となると山中は水を得た魚のようで、葛木たちはその指示のままに機器や記録メディアを段ボール箱に放り込み、押収品目録を作成するだけだった。

3

社長の宮本は出社しておらず、捜索に立ち合ったのは経理課長の水野《みずの》と名乗る三十代半ばくらいの若い男だった。葛木が捜索令状を読み上げると、水野は動転した。

有無を言わせず捜索を開始すると、水野は慌ててどこかに電話をかけて、目の前で起きている事態を説明した。口の利き方が丁寧なところをみると、相手は社長の宮本か、あるいは教祖本人か。

そのうちどちらかが顔を見せるものと思っていたら、けっきょく立ち合ったのは水野とシステム担当者の今村《いまむら》という男だけで、フロアにいた十数名の職員の大半は室外に退去した。青ざめた顔をしていたのは今村で、室内のコンピュータには一切手を触れないように命じた上で、山中がシステムの概要について説明を聞いた。

惧れていたのはレンタルサーバーやクラウドと呼ばれる外部システムにデータを蓄積しているケースだった。その場合、そちらの会社に対する令状を新たにとらなければならなくなる。しかし幸いにもサーラ・ファミリーは自前のサーバーを運用していた。コスト面でもメンテナンス面でも負担の大きいサーバーを自ら運用していたということは、よほど外部に漏れては困る情報を抱えていることを示唆しているとも言えるだろう。

メインのフロアには二十人分ほどの机があり、それぞれにパソコンとヘッドセットを取りつけたビジネスフォンが一台ずつ置かれ、テレビのコマーシャルなどで見かける通販会社のコールセンターそのものだ。システム管理室にはラックに組み込まれたサーバーコンピュータがあり、サーラ・ファミリーそのものはそれなりに実態のある会社らしいことがわかる。

管理職用のデスクや社長室にもコンピュータがあり、総数は三十台前後に及びそうで、用意した車両では積みきれない。そこで若宮を近くのレンタカー会社に走らせ、大型のワゴン車を二台借りることにした。各機器ごとに目録に記入し、使用者の氏名を聞き出し、各種の配線を外して段ボール箱に収める作業は実際にやってみると骨が折れる。壊せば法外な損害賠償を請求されそうなので、極力丁寧にとり扱う。

踏み込んで二時間ほど経ったが、教祖の佐田も社長の宮本も姿を見せない。普通ならオーナーや責任者が不当捜査だなんだとクレームをつけてくるものだが、やけに大人しいのがかえって薄気味悪い。

教団本部のオフィスにいるなら任意の事情聴取をとも考えた。大原に相談すると、せっかく大人しくしているのをあえて刺激して、妨害工作に走らせることになってもまずいという意見で、けっきょくその考えに納得し、いまは押収作業に集中することにした。

午後三時を過ぎ、そろそろ作業があらかた終わろうとするころ、予期すらしていなかった事態が起きた。携帯電話への連絡を受けたのは園村で、二言三言ていねいなやりとりをしてから、園村は頓狂《とんきょう》な声を上げた。

「なんですって？　いったいだれが？」

苦虫を噛み潰したような顔で相手の話に聞き入って、慇懃《いんぎん》に礼を言い、園村は俊史に報告した。

「困った事態になりましたよ。連中が地裁に準抗告したようです」

「準抗告？」

こんどは俊史の声が裏返る。準抗告とは勾留《こうりゅう》・保釈・押収などの処分に対して行われる異議申し立てで、簡裁が発付した令状に関しては地裁で審理される。逮捕状や捜索令状に対する準抗告が認められるケースは極めて稀で、処分が覆るケースはそれ以上に稀だ。しかし刑事訴訟法に規定がある以上、申し立てがなされれば裁判所は受けるしかない。

「申し立てをしたのはサーラ・ファミリーの代理人、つまり弁護士のようです。こういう事態も想定していたんでしょう。やけに反応が早い。連絡をくれたのは令状請求の受付を担当した事務官です。地裁の審理はあす以降で、執行はそれまで見合わせたほうがいいというアドバイスでして」

園村は消沈も露わだ。傍らで山中も天を仰ぐ。捜査一課内で穀潰し扱いされていた彼らにとって今回の捜索は存在感を示す絶好のチャンスだった。準抗告などという小手先の手段でその道が閉ざされるのは堪らないはずだ。池田は鼻を鳴らす。

「そんなもの棄却されるに決まってますよ。それに準抗告自体には執行停止の効力はないでしょう。ここで引っ込むようなら警察はなんのためにあるんだかわからない」

「ところが敵もしたたかなんだよ。申し立ての理由の一つとして営業損失のことを持ち出しているらしい。コンピュータ機材を押収されれば通販の仕事は成り立たず、一日あたり数千万円の損失が発生する。それは営業権の侵害で、もし押収が強行された場合は国家損害賠償法の規定に基づき提訴するというような文言まであるそうだ」

「ずいぶんふっかけてきたもんですね。こんなけちくさい霊感商法の悪徳企業にそれほどの商いができるわけがない」

「たしかにそこは眉唾《まゆつば》だが、商売をしている以上、営業できなければ損失が出るのは間違いない。あり得ないとは思うが、もし準抗告が認められたら、のちのちの裁判で押収物は証拠として認められない。そのうえ巨額の損害賠償を請求されたら、警察も困るが簡裁としても体面が保てない。だからとりあえず地裁の審理が済むまで執行を停止して欲しいと言うんだよ」

俊史が声を上げる。

「それじゃ佐田の思うつぼですよ。今回のガサ入れは敵の虚を突くことに意味があった。すでに仕掛けてしまった以上、一日でも執行を延期すれば連中は証拠を隠滅できる。準抗告が棄却されても、そのときはもう手遅れだ」

「そこが向こうの狙い目でしょう。棄却を想定したうえでの脅しです。地裁で棄却されたら最高裁への特別抗告という手もある。そうなるとさらに引き延ばしができる」

園村は苦り切る。葛木もしてやられたという思いだった。池田が苛立《いらだ》つように問いかける。

「まさか地裁にも、連中の息のかかったのがいるということはないでしょうね」

「それはないと思うが、最近、この手のコンピュータ犯罪の捜査で誤認逮捕が発生している。その点を考慮して地裁の判断が慎重になる惧れがあると、その事務官は心配してね」

「たしかにあの事件じゃ警察は赤っ恥を掻《か》きました。しかしこの件はそれとは違います。サーラの会の犯行を裏づける状況証拠はいくらでもある。こんどのガサ入れでその直接証拠が手に入る。ここで引いたらすべてがふたたび闇の底に沈んでしまう」

そこは池田の言うとおりで、葛木にしても断腸の思いだ。しかしたとえ稀でも準抗告が認められるケースはある。強行するには万一の際のリスクがあまりに大きい。さすがに佐田は元警察官僚で、法の弱点をよく知っている。逮捕状にしても捜索令状にしても、執行するものにとって決して万能の武器ではないということだ。

「おれは賭けてみたいよ、親父」

唐突に俊史が言う。その表情には並々ならない決意が漲《みなぎ》る。

「このまま続行するのか」

確認すると、俊史はきっぱりと頷いた。

「こちらが最悪のケースを惧れることが、まさに佐田の思うつぼなんだよ。敵の内懐へここまで食い込めたのは全員の努力の結果じゃないか。こんなところでそれを無にするなんておれにはできない。責任はおれが一人で負えばいいことだ」

「管理官、なにもそこまで――」

さすがの池田も慌てた様子だ。浮田を始め特命の面々も互いに顔を見つめ合う。俊史は続けた。

「心配は要らないよ。いまは自信をもって攻めていくことだ。ここまで来てその程度の脅しで怖じ気づいちゃいられない。崖っぷちに追い込まれているのは向こうなんだから」

俊史を囲んでいた人の輪の一角で拍手が聞こえた。若宮だった。その思いが感染したように、青野が、山中が、山井が、さらに岸本や浮田まで拍手の輪に加わる。池田が弾んだ声を上げる。

「そうこなくちゃ。おっしゃるとおり遠慮は要りませんよ。やつらの悪事が立証できたら、あとはつべこべ言わせない。それに損害賠償を請求されたって、おれたちの懐が痛むわけじゃないですから」

　そんな頼もしい反応に、胸にこみ上げるものを感じながら葛木は言った。

「いい判断だよ、管理官。ここは当たって砕けろだ。この会社が日銭をどのくらい稼いでいるのか知らないが、営業ができなければそれだけ霊感商法の被害が減るということだ。臆病《おくびょう》風を吹かせておれたちが逃げたら、悪事の片棒を担ぐのと変わりない」

　そのとき俊史のポケットで携帯が鳴った。取りだして葛木ですと応答し、しばらく相手の話に耳を傾けたあと、俊史は気迫のこもった声で応じた。

「お言葉ですが、管理官。特捜本部が立ち上がっていない以上、この件に関する捜査指揮権は私にあります。ここで手を引くことは司法警察員としての職務の怠慢です。その要請はお受けいたしかねます。それでは失礼します」

　通話を終えて、さばさばした表情で俊史は言った。

「倉田さんからだよ。さっそく動き出したようだ。きっぱり断ったよ、捜索をいますぐ中止するようにというもんだからね」

　捜索が終わったのは午後四時を過ぎたころだった。そのあとシステム担当者の今村から事情聴取をした。コンピュータの専門家ということで、ハッキング実行犯の可能性がいちばん高かったが、じつは今年の春からここで働くようになった派遣社員で、サーラの会の信者でもないという。

この会社のコンピュータからハッキングが行われ、内外の複数のコンピュータを踏み台にいくつかの銀行口座で不正な資金移動が行われている事実を指摘すると、今村は驚きを隠さなかった。システムエンジニアとしてのキャリアは十年ほどあり、セキュリティ関係の業務を担当したこともあるが、この会社のシステムを使って外部のコンピュータに不審なアクセスが行われている形跡は確認していないという。

もちろん鵜呑《うの》みにはできない話で、真実は押収したコンピュータの解析によって明らかにするしかない。また事情聴取したいことが出てくるかもしれないからと念を押すと、今村は積極的に応じる姿勢を見せた。サーラの会の信者ではないのに、たまたまここに派遣されているだけで犯罪の容疑がかかるのは堪らないという態度がありありで、葛木の心証としてはシロだった。

一方、水野の話によれば、社長の宮本は関西方面へ出張中で不在とのことだった。こちらも真相はわからない。水野からのガサ入れの一報を受けて雲隠れしている可能性もある。サーラの会との関係については、単なる業務提携で、資本面でも経営面でも繋《つな》がりはなく、社長の宮本も自分も信者ではないと強調したが、それも信用できる話ではない。経営者でも株主でも、名義だけのダミーを立てることはいくらでも可能だ。

ハッキングの容疑については、予想どおり自分たちも踏み台にされただけだと水野は主張した。矢上、沼沢、相葉の三組の失踪者についても心当たりはないと言うが、もしあったとしたらなおさら認めるわけがなく、それも押収したコンピュータのなかで探すしかないだろう。そこに彼らの口座へのアクセスの痕跡《こんせき》が見つかれば言い逃れはできなくなる。

4

地裁の審理は予想以上に迅速で、準抗告が棄却されたとの連絡があったのは翌日の昼近い時刻だった。ただしこちらの想像どおり、先方の弁護士はすぐさま特別抗告の手続きに入り、最高裁はそれを受理したという。

最高裁に問い合わせると、審理は三日後の予定だとのことだった。地裁での棄却決定が特別抗告で覆ることはまずあり得ない。しかし可能性がゼロとはいえない以上、解析作業は急ぐべきだ。

たとえ抗告が認められたとしても、それまでにこちらが結果を出せばいい。証拠採用は無理でも真相究明の原動力にはなる。彼らの犯行が立証できれば損害賠償もなにもない。サーラの会にせよサーラ・ファミリーにせよ、佐田の牙城《がじょう》は崩壊し、倉田たちを含むその取り巻きともども司法の裁きを受けることになる。

しかしシステムの解析は思うように捗《はかど》らない。実質的に作業を担当できるのは山中と三村という技官だけで、葛木たちにできるのは、保存されている過去七年分の取り引き記録のチェックくらいだ。

すでに把握している矢上、沼沢、相葉の三組の失踪者と、死体で発見された梶原重治の妻の名前を探したが、該当するものは一件も出てこない。そこから彼らとサーラの会との関わりが立証できないのは残念だが、矢上夫妻にしろ相葉夫妻にしろ、周囲の証言からサーラ・ファミリーの商品を購入しているのは明らかで、その痕跡がないこと自体、なんらかの事実を隠蔽《いんぺい》するための工作がなされたとみて間違いない。しかしそれはあくまで憶測に過ぎず、意図的に抹消された事実が立証できない限り、訴追に堪える証拠にはならない。

不審なことはほかにもあった。ドキュメントには書かれていないサーバー運用の細かいポリシーについて確認したいと三村が言うので、システム管理者の今村に電話を入れると、本人都合で契約解除となり、後任はまだ決まっていないという。

水野に連絡先を訊《たず》ねても、派遣社員だから自分たちは把握していないとしらばくれる。それではその派遣会社はどこかと訊くと、取引先の情報は企業機密の一種だから答える義務はないと突っぱねる。きのうの水野は青菜に塩だったが、敵側は一晩のうちに態勢を立て直したらしい。

会議室の空気に焦燥の色が漂い出す。山中から話を聞いて、不正アクセスの起点がサーラ・ファミリーのサーバーで間違いないと三村は断言した。しかし捜索を予期して痕跡を消していたとしたら、不可能とは言わないまでも解析は著しく困難になると言う。不首尾に終わった場合、特別抗告が棄却されても過剰捜査による損害の賠償という理屈は成り立つから、民事訴訟に出てくる可能性もある。

国家損害賠償法に基づく訴えがハードルが高いと見なせば、捜査を指揮した俊史個人が提訴されることも考えられ、敗訴した場合の賠償金が目の玉の飛び出るような額になる惧れもある。

その場合、明白な物証とまではいかなくても、容疑に一定の合理性があったと認められる材料を見つけない限り敗訴の可能性が高いというのが、簡裁の事務官を介して園村が聞いた担当裁判官の感想らしい。そうなると自分の経歴に疵《きず》がつくと思っているのか、簡裁側からは事務官を通じて何度か園村に問い合わせがあったという。もちろん園村は心配ないと強気に答えた。

「そのときはとことん民事で争うさ。佐田を刑事で訴追できなくても、民事で勝てば限りなくグレーに追い込める。それを端緒にもう一度刑事捜査に着手するという目も出てくる」

俊史はそう嘯《うそぶ》くが、葛木は気が気ではない。最悪の状況に立ち至ったら親子ともども辞表を書けばいいと高を括っていたが、下手をすれば俊史は一生の重荷を背負うことになる。葛木としてはせめて自分の退職金で済む程度であればと願うしかない。

そんな話を聞いて目の色が変わったのは捜査チームの面々だ。このまま訴追を断念する結果に終われば、俊史を借金王にすることになりかねない。とくに山中の気合いの入れようは尋常ではなく、さっそく警務課の倉庫から備品の布団を借り出して会議室に寝泊まりする態勢を整えた。三村もそんな状況を見かねて山中に付き合うと言い出した。

若宮たち若い連中も追随しようとしたが、それでは全員がバテてしまい、肝心なときに動けなくなると山中と三村はそれを制した。本音は素人の助っ人が何人いても邪魔なだけだというところだろう。

けっきょくシステムの解析は二人に任せるしかない。それならあすから残りのメンバーで、佐田を含む怪しい四人組の監視をしようということになった。

5

山井と組んで、勝沼刑事局長の身辺監視を担当している若宮から気がかりな連絡が入ったのは翌日の午前中だった。

「係長。変なんです。局長の家の前にパトカーが停まって、制服警官と所轄の刑事らしい背広姿の男が朝から出入りしています。なにか事件が起きたようなんですが、車載通信系無線にも署活系無線にも情報が入らない。どういうことなんでしょうか」

葛木は不穏なものを感じた。空巣にでも入られたのだとしたら、現場に出向いた警官からの連絡が警察無線に流れるはずで、それがないとすると、その種の事件とは別の事情で動いているのか、あるいは公にしたくないような理由のある事件が起きたのか——。

「こちらで確認してみる。そのまま監視を続けてくれ」

そう言って受話器を置き、この日は朝から会議室に詰めている俊史に事情を説明した。俊史もなにかを感じたらしく、すぐに警察電話の受話器をとった。かけたのは警察庁の刑事局のようで、勝沼の所在を確認したあと、やや長いやりとりをして通話を終えた。

「おかしなことになってるみたいだ。三日前の夜から行方がわからないそうなんだ」

俊史は困惑したように首を傾げる。葛木も戸惑いを隠せない。

「つまり四人が密会した晩からか。あのあと家に帰っていないのか」

「それがはっきりしない。最初は休暇をとっているという返事だったんだけど、しつこく訊いたら、じつはおとといもきのうもきょうも欠勤しているそうなんだ」

「毎朝、迎えの公用車が行くんじゃなかったか」

「そうなんだ。最初は奥さんが応対して、頭痛がひどいので休むと言ってたんだけど、きのうになってやっとそのことを公用車の運転手に明かしたらしい。世間体もあるし、そのうち帰ってくるんじゃないかと奥さんは嘘をついたようなんだ」

「それで所轄が捜索を？」

「たぶんそうなんだろうけど、どうも庁内に箝口令《かんこうれい》が敷かれていて、電話に出た職員も詳しい事情がわからないらしい」

「家族とも連絡はとれていないのか」

「そのようだね。事件性があるにせよないにせよ、あのクラスの高官の失踪となると、警察庁にとっては不祥事ということになるんだろうね」

俊史は複雑な口振りだ。大の男が二日三日行方がわからないと届け出ても、一般市民なら警察はまず捜査には乗り出さない。本人の意志による失踪の可能性が高いからだが、消えたのが勝沼となると不穏な思いが拭《ぬぐ》えない。宮島の家を出たあとも尾行を継続しなかったのが悔やまれる。

そしてもう一つの疑念が湧いてくる。あのとき勝沼を倉田たちの一派だと決めつけてしまったが、果たして真相はどうだったのか。勝沼の失踪に彼らが関与していないと言えるのか――。

「いやな感じだね」

俊史が怖気《おぞけ》だつように言う。葛木は頷いた。

「おれたちがとんでもない思い違いをしてなきゃいいんだが」

「あの密会は、必ずしも仲好し同士の集まりじゃなかったということか」

「ああ。おまえの人を見る目がそれほど狂っているとは思えない。もし勝沼さんが連中にとって邪魔な存在だったとしたら――」

「失踪者をつくるのはお手の物のようだからね。そうだとしたら、倉田さんやサーラの会の件をおれが相談したからかもしれない」

「迂闊《うかつ》に結論は出せないが、厄介な事態になっている可能性がなくもない。まずは大原さんに知らせないと」

葛木は警察電話の受話器をとり、刑事部屋にいる大原を呼び出した。事情を説明すると、大原もなにかを感じとったらしい。すぐに会議室に飛んで来るという。

「倉田さんが事情を知っている可能性があるね」

俊史が言う。それは大いにあるだろう。もし失踪に関わっていないとしても、事件性が疑われれば庶務担当管理官に連絡が行くはずで、知らないという言い訳は通用しない。

「いったいなにが起きたんだ。車載通信系無線は刑事部屋で朝から鳴りっぱなしだが、そんな話は一度も流れていないぞ」

大原が首を捻りながら会議室に入ってきた。葛木は俊史と話していた内容をざっと説明した。大原は唸《うな》った。

「局長の自宅はたしか荒川区だったな」

「南千住《みなみせんじゅ》です。所轄は南千住署です」

「電話を入れて訊いてみるよ。そこの課長とは懇意にしてるから」

大原は受話器をとった。相手はすぐに出たようで、勝沼局長の件だがと単刀直入に切り出した。五分ほどで話を終えて大原は振り向いた。

「母屋から口止めされてるらしいんだが、けっきょくぜんぶ喋《しゃべ》ってくれたよ」

「母屋のだれですか」

葛木が訊くと、大原は露骨に不快感を滲ませた。

「決まってるだろ。倉田だよ」

「調べはどこまで進んでるんですか」

「いまのところ、公用車のドライバーと家族からの話以外に手がかりはなにもないようだ。最後に見かけたのがドライバーで、夕方待機所に立ち寄って、きょうは個人的な用事があるから送らなくていいと言われたそうだ」

「あのクラスのキャリアは、そういう場合でも公用車を使うと聞いていますがね」

「そうは言っても、プライベートな生活を覗かれたくない気持ちはだれにでもあるからな。大物官僚でも送迎を断ることは珍しくないそうだ」

「そのあとだれも目撃していないと？」

「おれたちとあの三人を除けばね」

皮肉な調子で大原は言う。

「自宅への連絡は？」

「夕方、人と会う用事があって遅くなると連絡があったそうだが、そもそも十時前に帰ることがほとんどない人で、とくに心配はしなかったらしい。ところが十二時を過ぎても一時を過ぎても帰ってこない。携帯も通じない。そのときは電池が切れてるんだろうと思っていたが、朝になっても帰らない。奥さんは慌てて騒ぎにしたくなかったから、とりあえずその日は待つことにして、迎えのドライバーには風邪で休むと言っておいたらしい」

「そのあたりはおれが聞いた話と一致してるね。倉田さんはその晩、自分が会っていることを隠しているわけだ」

俊史は苦々しげに吐き捨てる。

「とんでもないことが起きているような気がするな。ほっとくわけにはいかないぞ」

大原は重いため息をつく。葛木は言った。

「やるしかないでしょう」

「やるってなにを？」

俊史が問いかける。腹を固めて葛木は頷いた。

「倉田さんから事情聴取するんだよ。サーラの会絡みの失踪事件並びに勝沼局長の失踪事件の重要参考人としてな。例の写真を見せれば逃げは打てない」

6

俊史は倉田に電話を入れた。用件はサーラの会の捜査に関することだとぼかしておいた。大原と葛木も同席したいと言うと、戸惑った様子だったらしいが、拒否はしなかった。気分としては逮捕状を持参したいところだが、まずはあの写真を見せてどう釈明するかじっくり聞くしかない。

不安なのは勝沼局長の安否だった。まさか殺害するようなことはないと信じたい。しかしその失踪に佐田が関与しているとしたら楽観はできない。

久しぶりに本庁捜査一課のフロアに足を踏み入れると、かつての同僚たちが驚いた顔で葛木を見る。華の捜査一課から好きこのんで所轄へ異動した変人という評判は定着しているようで、声をかけてくる者もいるが、その距離感がどこか微妙だ。

倉田は応接室を確保して待っていた。三人が入室すると、機嫌よく声をかけてきた。

「三人お揃いで、なにかいい話でも聞かせてもらえるのかね。サーラの会の捜査は行き詰まっているように漏れ聞いているが」

橋川が適当に三味線を弾いてくれているのか、倉田は勝ち誇ったように訊いてくる。押収したコンピュータの解析や失踪者の行方の解明はたしかに現状は頭打ちで、その点では倉田の解釈が当たっていなくもない。だが目の前にいる三人が自分に致命傷を与える爆弾を携えた刺客だとは、当人はまったく気づいていないようだ。俊史が口を開く。

「ご心配には及びません。標的はしっかり捉えています。それより本所署管内の死体の捜査は進んでいますか」

倉田は不快げに唇を歪《ゆが》めた。

「私の仕事は帳場を立ち上げるところまででね。そこから先は担当管理官の指揮に任せるだけだ。残念ながらまだはかばかしい報告は上がっていないよ」

「どうして我々の事案と結びつけてお考えいただけなかったんですか」

「空き家から死体が出たという共通点だけで結びつけなきゃいけないのかね。だったら東京都内で見つかる不審死体のかなりの数が同一犯の犯行ということになる。我々プロはそういう乱暴な論理で捜査を進めるわけにはいかないんだよ」

倉田は平然と言い返す。大原が皮肉な調子で口を挟む。

「そういう理由で、本所署の帳場にはうちの署から応援部隊を呼ばなかったんですか」

「そんなことはないよ。いまも言ったように、一度帳場が立ち上がったら私は捜査方針に口出しをする立場じゃない。たまたま城東署に応援を要請しなくても人員が足りてしまった。それだけのことでね」

「しかし我々のほうの死体と比べれば、ずいぶんいい扱いを受けてるじゃないですか」

「なんだよ。三人雁首《がんくび》を揃えて私に厭味を言いに来たわけか」

倉田は小馬鹿にするように顎《あご》を突き出す。落ち着いた口調で葛木は言った。

「死体から砒《ひ》素《そ》が検出された。DNA型鑑定の結果、死体は発見された家の住人ではなかった。しかもその家の住人は三年前に消息を絶っている。さらに同じようなパターン、つまり実態の伴わない住民票の移動によって消息がわからなくなった男女がもう二組、区内にいる。それでも事件性がないという根拠をお訊きしたいわけでして」

倉田は言い含めるように身を乗り出す。

「勘違いしないで欲しいんだよ。あくまで現場に先乗りして帳場を立てるべきかどうか判断するのが私の仕事でね。おたくたちが捜査を進めること自体に口出しをする立場にはない」

「うちの管理官から報告は受けておられると思いますが、我々はこの事案には大きな広がりがあるとみています」

「もちろん聞いてるよ、葛木さん。息子さんは非常に情熱家でね。そちらの事案に対する思い入れも強いようだ。こんな言い方は変だろうが、キャリアにしておくには惜しい人材だよ。ノンキャリアだったら理想的な刑事になったかもしれん」

「お褒めに与《あずか》ったと承っておきます。ただその情熱が空回りしているとお感じなら、それは間違っているとご指摘したいんです」

「ほう。あなたもかつては一課で名刑事として鳴らした方だ。お考えを拝聴しましょう」

倉田の舐《な》め切った口振りにむかつく気分を抑え、葛木は続けた。

「じつは先日、サーラの会の本部を張っていたときに、ある刑事から恫喝《どうかつ》めいたことを言われましてね。自分たちの領分に勝手に踏み込んでもらっては困ると」

「本郷のあたりだと、本富士署の刑事かね」

倉田は大袈裟《おおげさ》に眉間《みけん》に皺《しわ》を寄せる。葛木は首を振った。

「いや、警視庁公安部の刑事でした」

「公安が？　連中がカルトに関心をもつのはわかるが、恫喝とは穏やかじゃないね」

とぼけているのか、公安の動きについて本当になにも知らないのか、その反応からはまだ読めない。例の写真を突きつけて一気に突き崩したい衝動に駆られるが、そのまえに穏便に探れるところは探っておくというのが事前に打ち合わせておいた作戦だ。

「それが警視総監に近い筋の意向だというようなこともほのめかしました。倉田さんのほうでなにか心当たりは？」

「公安がそちらの捜査に圧力をかけていると言いたいわけだね。なるほど、不快な話ではあるが、あなたも警察という職場で長いキャリアをお持ちだから、連中の性癖はよくご存じじゃないのかね」

「といいますと？」

「要するに縄張り意識だろう。彼らは彼らで勝手にサーラの会をお客さんと決めてかかっているんだよ。あの連中は刑事警察をつねに見下す。だからこちらの捜査活動とバッティングすると聖域に土足で踏み込まれたような不快感を示す。そういう態度には私もずいぶん辟易《へきえき》させられたもんだ」

「彼らの立場は倉田さんとはまた別だと？」

軽く挑発してやると、さも不快げに倉田は鼻を鳴らした。

「私がおたくたちの捜査に圧力をかけているように聞こえるね」

「そうは言っていませんが、積極的ではないのもたしかですから」

「逆におたくたちが私の考えに耳を貸さず、厄介なだけで成果が出るはずもない事案にかまけている理由がわからない」

「犯罪がやり得の商売になっちゃかないませんから」

「それは心外な言い方だな。おたくたちのように、解決の見通しのない事件に闇雲に突っ込んで、解決可能なほかの事件をおろそかにする。そのほうがはるかに犯罪をやり得にする結果を生むんじゃないのかね」

「解決の見通しがないと言うけどね、管理官――」

手ぐすねを引いていたように大原が身を乗り出す。階級が下でも勤続年数で遥かに上回るから言葉遣いに遠慮がない。

「帳場は立たない。人員を投入できない。予算もない。ないないづくしで、それでも我々は獲物を包囲しつつある。組織を上げてのあと一押しがあればこのヤマは解決したようなもんだ。それともあんたのほうに解決されては困る事情でもあるのかね」

「大原さん。言っていい言葉とそうじゃない言葉がある。それじゃ私は犯罪者の片割れだ」

「自覚があってかどうか定かじゃないが、結果においてそうだと言っている。あんたも長年現場の刑事としてやってきた。捜査の勘はあるはずだ。このままおれたちを兵糧攻めにして、あり余る状況証拠を腐らせる作戦じゃないかと勘繰りたくなりましてね」

「状況証拠と言ったって、大半は憶測に過ぎないだろう」

倉田は鼻で笑うが、大原は動じない。

「まだ報告していないネタがあるんですよ。そちらはスパイを一人送り込んで、こっちの動きは把握しているつもりなんでしょうが、そうは問屋がおろさない」

「橋川のことか。彼はスパイなんかじゃない。帳場が立てられない埋め合わせに多少のマンパワーになればと思って派遣した。情報の流れもスムーズになるはずだった」

「下心が見え透いているから、あの男の前では肝心なことは喋りません。そもそもそういう小手先のやり方自体が税金の無駄遣いでしょう」

大原は巧みに煙幕を張った。橋川がすでにこちらについていることを察知されないようにとの思惑だ。今後の捜査の推移を考えても彼の処遇を考えても、一件落着するまでは隠し通す必要がある。

「今回のガサ入れにしても、私はだまし討ちに遭ったようなものだ。おかげで大きなリスクを背負わされた。巨額の賠償を請求される事態になったら、君たちはどう責任をとるつもりなんだ」

倉田は居丈高に問いかける。俊史は平然と応じる。

「ご心配なく。そういうへまはやりません。まもなく動かぬ証拠が出てきます」

自信というよりはったりに近いが、実直なだけが取り柄だと思っていた俊史が、こういう役回りを演じられるようになった。それは権謀渦巻く官僚社会を安全に渡るための貴重な武器にもなるだろう。

「けっこうな自信だね。無難にいけば君は私よりはるか上まで出世できる。その羨《うらや》ましい境遇を棒に振る覚悟があるらしい」

明らかに恫喝ととれる倉田の言い草を、俊史はさらりと受け流す。

「僕は人が好いものですから、そのお言葉は貴重なアドバイスとして伺っておきます。ところで捜査一課長には、サーラの会の話をどこまで上げているんですか」

「もちろんこちらが把握した情報はすべて上げている。職掌柄、話をする機会は毎日あるんでね。今回のガサ入れについては一課長もいたく心配しておられるよ」

語り口にはゆとりを滲ませながら、口の端がかすかに引き攣《つ》っている。痛いところを突いた様子だ。俊史はたたみかけた。

「その件も含めて、これから一課長にじかに説明するつもりです。お互いに誤解が生じては困りますので」

「どういうつもりだね。私の頭越しに一課長に接触するのは越権だ」

倉田は慌てた。これから会うというのもはったりで、まだアポイントもとっていない。しかし状況の推移によってはそれも避けられないことになるはずだ。

「先日も申し上げましたが、帳場が立っていない現状では、僕としては倉田さんの指示に従う理由がありません。管理官もさっきおっしゃったでしょう。帳場を立てるべきかどうか判断して上層部に具申するのが自分の仕事で、我々が事件性ありと考えて捜査を進めることに口出しはできないと」

この手の正論で攻めていくのは俊史の独壇場だ。倉田は口をへの字に曲げて押し黙る。

「僕から倉田さんに上げている報告がすべて一課長に伝わっているなら、なんの不都合もないと思いますが」

「君たちはすべての情報を私に上げてはいないだろう」

「捜査の迅速性が優先されますから、報告が事後になることもあり得ます、サーラ・ファミリーへのガサ入れがまさにそうでした」

「ああ言えばこう言う。若いとみて甘く考えていたが、君もなかなかの策士だね。しかし組織には然《しか》るべき秩序がある。それを無視して突出した行動をとれば、将来なにかと差し障りが出るぞ」

倉田はまたも恫喝めいた口を利く。俊史が一課長とじかに接触することをよほど嫌っていることがありありで、葛木は頭のなかの庁内勢力地図をわずかに修正した。

「ところで勝沼刑事局長が失踪したと聞いたんですが」

俊史はいよいよ手札を切った。倉田は困惑顔をつくって応じた。

「なかなか耳が早いね。じつはそれで困っているんだよ」

「警察の体面上、表沙汰《おもてざた》にできないと？」

「明白に事件性が認められるんなら正式に捜査に乗り出すのは当然だが、いまのところ本人の意志による失踪の線も考えられるんでね」

「手がかりはまだないんですか」

「三日前の夕刻、公用車のドライバーが姿を見たのが最後でね。家族を含めて、以後だれも姿を見ていないし、連絡もとれていない」

「本当に？」

俊史は念を押す。倉田は不快感を滲ませる。

「上の役所が箝口令を敷いているんだよ。私だって迷惑している。もしなんらかの事件に巻き込まれた場合、責任を問われるのは私だからね」

　俊史は手にしてきた茶封筒から2Lサイズにプリントした写真をとりだした。

「そこでお伺いしたいのはこの写真についてなんですが」

　受けとって一瞥《いちべつ》した倉田の顔が青ざめた。

「これは？」

「三日前の午後十時過ぎに撮影されたものです。勝沼局長が最後に目撃されたあとです。四人のうち一人は倉田さんですね」

　写真を持つ倉田の手が震えている。俊史は追い打ちをかけた。

「ほかの三人の方にも心当たりがあるはずです。詳しい事情をお聞かせ願えませんか」

「いったい誰がこんなものを？」

　問いかける倉田の声が引き攣っている。テーブルにノートを広げ、ICレコーダーのスイッチを入れながら、努めて冷静に葛木は言った。

「ここからは正式の事情聴取とさせていただきます。調書を作成しますが、よろしいですね」

第十四章

1

「どういう権限があって私を事情聴取しようと言うんだね」

倉田は気色ばむが動揺は隠せない。余裕を滲ませて葛木は言った。

「司法警察員としての権限です。もちろんあくまで任意ですから、拒否されれば引き下がるしかありませんが、それは倉田さんのいまのお立場からいって不利なことなのでは？」

「君たちは私を尾行していたわけか。捜査一課庶務担当管理官のこの私を」

倉田は威圧するように肩をそびやかす。動じることなく葛木は応じた。

「相手がだれであろうが、不審な動きのある人物に張り付くのは刑事捜査の常道です」

「君たちが勝手にでっちあげた怪しげな事件の片棒を私が担いでいるとみたわけだ」

「サーラの会教祖、土田双樹こと佐田邦昭とあなたと上の役所のお偉方二人が密会していた。事件そのものもさることながら、我々としてはそのこと自体が不審な行動だと考えざるを得ないんです」

「佐田とは個人的な縁がある」

「倉田さんの奥さんと佐田の奥さんは姉妹だとのことですが」

「そこまで嗅ぎ回っていたわけだ。なんにせよ、サーラの会の教祖としての佐田ではなく、あくまで私人としての付き合いでね。私にすれば妻の妹のご主人であるにすぎない」

「宮島さんはどうして佐田と？」

「妻の妹と佐田が結婚したときの仲人が宮島さんなんだよ」

「それは意外な話ですね」

葛木は率直に反応した。刑事と公安という垣根を越えてそんな関係があったというのが意外だが、嘘をついているとも思えない。冠婚葬祭は警察組織では重要なイベントで、俊史が言うように警察庁は小さな村くらいの狭い社会だ。そういう話なら誰かの記憶に残っているはずで、真偽はすぐに判明する。そのくらいのことが読めない倉田ではないだろう。

「そこに勝沼さんまで加わっていた。どういう趣旨の会合だったんですか」

「我々は共通の趣味を持っていてね」

「共通の趣味ですか？」

葛木は気のない調子で問い返した。でまかせなのは目に見えている。勝沼の行方はわからない。もし生きていなければ、あとは残りの三人が口裏を合わせればいい——。

「いったいどういうご趣味なんです」

「プライバシーに関わることでね。私の口から言うのは憚《はばか》られるんだよ」

倉田は意味ありげに笑ってみせるが、その瞳がくるくる落ち着きなく動く。とっさに適当な嘘が浮かばない様子だ。葛木はすかさず言った。

「プライバシーもなにもないでしょう。勝沼局長の失踪の件でもご説明いただく必要があります。あの日、実際に会っていたのに、どうしてその事実を明らかにしなかったんですか。それは警察官としての職務にもとる行為だと思いますが」

倉田は慌てて首を振る。

「勝沼さんとは宮島さんの家の前で別れた。そのあとどういう行動をとったか私は知らない。黙っていたのはいま言った理由でね。私が喋れば勝沼さんや宮島さんが迷惑する」

「人に知られると恥ずかしいような趣味だとおっしゃるんですか」

「邪推するのは勝手だよ。ただしそのことは、君たちが扱っている事案とも勝沼さんの失踪とも関係ない。それを明らかにすることで捜査上のメリットはなにも生まれない」

「それは我々が判断することです。しかし勝沼さんと宮島さんがそれほど親しいとは意外ですね」

葛木はわざとらしく驚いてみせた。

「噂なんて当てにならないものだよ。ためにする噂というのもあるからね」

余裕を取り戻したように倉田は身を乗り出す。葛木は当惑を装って問い返した。

「というと？」

「勝沼さんと宮島さんはある意味でライバルかもしれないが、どちらも上の役所の刑事部門のエースでね。その二人に順当に出世されたら、これまで自分たちが主導権を握っていたパワーバランスが崩れてしまうと公安のお偉方が危ぶんで、二人のあいだに楔《くさび》を打とうと火のないところに煙を立てている。それが真相じゃないかと私は睨《にら》んでいるんだが」

いけしゃあしゃあと倉田は言う。この期に及んでまだこちらを舐めてかかっているらしい。大原がおもむろに口を挟む。

「ただの噂とも思えんな。宮島さんは公安にも人脈がいろいろあるんだろう。そうじゃなきゃ佐田の仲人を引き受けるはずがない。公安の考え方はあんたの言うとおりかもしれない。刑事部門からのし上がるのは許せて一人。二人は多すぎる。だから勝沼さんが次長のポストを射止めてしまうと、宮島さんの目はなくなる。そこで公安を味方につけて勝沼さんを追い落とせるかどうかが、宮島さんの死活を制することになる」

「勘繰ればそういう与太話はいくらでも出てくるでしょうがね。宮島さんをよく知っている私が言うんだから間違いない。刑事警察の存在感を高めるために、ぜひ勝沼さんに上を目指して欲しいというのが宮島さんの切なる願いなんですよ」

倉田は舌が滑らかになってきた。狡猾《こうかつ》なところは筋金入りのようで、ここまでの釈明に説得力はまったくないが、かといって論理的に破綻しているわけでもない。突き崩すにはいちいち裏をとらなければならないが、口裏を合わせられたらどうしようもない。

「勝沼さんの失踪については心当たりがないとおっしゃるんですね」

葛木は話の向きを変えた。とってつけたように倉田は頷く。

「私だって心配だよ。しかしできれば事件を大袈裟にしたくないというご家族の意向もあってね。警察の動きが鈍いのは、そういった事情への配慮もある」

「しかし失踪する直前まで一緒にいたというのに、その事実を隠していたのは尋常なこととは思えません。倉田さんだって刑事出身ですからおわかりでしょう。現場の人間はそういう場合、大いに関わりありと普通はみるものでして」

「たしかにそうだが、必ずしも事件性があるとは思えなかったんでね。勝沼さんは高位の警察官だ。先走って動いてなにもなかったとしたら、実害を被るのは勝沼さんだ」

「しかし勝沼さんの身になにかあったときは、取り返しのつかないことになりますよ」

「そのときは覚悟しているよ。出処進退は明らかにするつもりだ」

倉田は腹を括ったように言うが、細かく揺れる膝頭《ひざがしら》を見れば内心の動揺が手にとるようにわかる。とどめを刺すように葛木は言った。

「出処進退くらいじゃ済まないかもしれませんよ。犯人隠避の罪にも該当しますから」

「つまり、君は誰が犯人だと言いたいんだね」

倉田は突っかかるような口ぶりだ。冷静な口調で葛木は応じた。

「理由もない失踪というのが、サーラの会が絡んだ事件と共通しているものですから」

「佐田君が関与していると言いたいわけか」

「とくに突飛な考えだとは思いませんがね。彼がカルト教団の教祖だというのは、もちろんご存じの上のお付き合いなんでしょう？」

「カルトという定義が甚《はなは》だ曖昧《あいまい》でね。真面目な活動をしていても、規模の小さな新興宗教団体はそう見られがちだ」

「カルトじゃないなら、どうして公安が目をつけているんですか」

「それは公安の勝手だよ。どういう線引きをしているのか私は知らない。それに佐田君との付き合いはあくまで個人的なもので、彼が主宰する宗教団体とはまったく関係がない」

「信者ではないと？」

「もちろんだ」

「奥様も？」

「妻のほうは多少は関わっているようだが――」

倉田は口ごもる。葛木はたたみかけた。

「宮島さんはどうなんですか」

「ご本人は関係ないよ」

「やはり奥さんが？」

「奥さんと娘さんが信者のようだ」

その点を隠し立てしないところをみると、遅かれ早かれ発覚すると読んでいるらしい。押収したサーラ・ファミリーのデータのなかからその名前が見つかる可能性がある。

「ところでものは相談だがね、葛木管理官」

倉田は俊史に向き直った。俊史は身構えた。

「なんでしょうか」

「しゃちほこばらなくてもいいだろう。同じ警察という屋根の下にいる仲間なんだから」

「公と私の区別はつけませんと。気心を通わせていいのはあくまで私の部分ですから」

「捜査に手心を加えろなどという気はないよ。現場は現場の判断で粛々と捜査を行う。それが私の基本的な考え方だ」

「ではいったいどういうご相談が？」

「君たちが扱っている事件を、特捜事案に格上げしたらどうかと思ってね」

倉田は予想もしない奇手を繰り出した。大原は不快感を滲ませる。

「なにをいまさら。こっちが頼んだときは無視したくせに、こんどはおれたちをコントロール下に置こうという算段か」

「これでも警察官の端くれだ。そんなことを考えるわけがないでしょう。むしろそちらが我々にまで嫌疑を向けているのが心外でね。それなら特捜態勢で白黒つけてもらおうということですよ」

倉田は強気の口振りだ。その裏にはいかにも思惑がありそうだ。

「我々がそのまま横滑りするんですね」

俊史が確認する。倉田は首を振った。

「申し訳ないが、新たに発足する本部にこれまでの捜査経過をすべて引き継いだ上で、君たちには手を引いてもらうことになる」

「冗談じゃないですよ。それじゃ我々のきょうまでの捜査はなんだったんですか」

俊史は鋭く反発する。やって来かねないとは危ぶんでいた。庶務担当管理官の倉田にとって、それは伝家の宝刀だ。見下すような調子で倉田は続ける。

「君たちはある種の先入観をもって捜査に臨んでいるように私には映る。嫌疑の対象に私や宮島さんや、あるいは勝沼さんまで含まれているとしたら由々しいことだ」

「そんな考え方自体が先入観を植え付けるものだと思います。まるで倉田さんや宮島さんへの疑惑を揉《も》み消すための帳場のように聞こえますが」

「繰り返すが、私の仕事は帳場を立ち上げるまででね。そのあと捜査がどう進もうと口を挟む立場にはない。捜査を取り仕切るのは担当の管理官であり、それを指揮する捜査一課長だ。これ以上フェアなやり方があるかね」

「つまり我々の捜査が恣意的《しいてき》なものだと？」

「そこまでは言っていない。しかし考えてもみたまえ。私ごときは小物にすぎないが、勝沼さんも宮島さんもこの国の刑事警察を背負って立つ大物だ。その名誉を傷つけかねない捜査は極力慎重になされるべきだと思うがね」

倉田は体勢を立て直したという顔だ。大原が睨《ね》め付けるような視線を向ける。

「いまさら名誉もなにもないだろう。その大物が刑事捜査の対象になるようなカルト教団の教祖と付き合っていた。それだけで警察の看板に傷がつく」

「もしサーラの会が犯罪集団だと立証されたら、私だって首を差し出す覚悟はある。宮島さんだって同じでしょう。警察として厳正に捜査を進めることに異存はないですよ」

倉田はしれっと答えるが、膝頭の揺れは止まらない。打ってきたのは起死回生の大博打。内心はたぶん必死だろう。しかしこちらも退くわけにはいかない。俊史は食らいつく。

「どうして我々じゃまずいんです。手柄にこだわるわけじゃない。捜査は継続性が大事です。言葉や書類では引き継げない微妙な勘どころが、それではリセットされてしまう」

「むしろリセットすべきだというのが私の考えでね。君たちがやっているのはいわゆる思惑捜査で、まずサーラの会ありきの予断に立っている」

「事件をサーラの会と結びつける状況証拠はいくらでもあります」

「しかしいまだに立件できていない。今回のガサ入れも不正アクセス禁止法違反容疑にすぎないうえに、対象はサーラの会とは組織的に独立した一企業だ」

「サーラ・ファミリーのコンピュータからの不正アクセスで、三組の失踪者の口座から資金移動が行われていた。これ以上立派な証拠はないでしょう」

俊史は頰を紅潮させる。興奮すればかえって足元を見られる。余裕のある口調で葛木は言った。

「思惑捜査だとおっしゃいますが、今回のガサ入れで不正アクセスの実行犯が特定できれば、そこからの繋がりで佐田の逮捕状請求に踏み切れます。それからもう一つ――」

「なんだね」

倉田は平静な声音で問い返すが、その目に滲む警戒心は拭えない。

「宮島さんのご自宅での密会の件ですが、このまま伏せておくのはまずいでしょう。倉田さんから捜査一課長にご報告されますか。それとも我々が上げるようにしましょうか」

「だからそのこと自体は勝沼さんの失踪とは関係ないし、サーラの会とも無関係だ。密会という言葉は止めてもらいたい」

「それなら報告されるんですね」

しつこく念押しすると、倉田は開き直ったように言う。

「勝手にすればいい。一課長が聞く耳を持つかどうかだがね」

なにやら目算があるようで気味悪い。捜査一課長は刑事捜査に携わるノンキャリアの頂点であり希望の星だ。その一課長が圧力に屈してあるべき捜査の筋を枉《ま》げれば、サーラの会の犯罪は隠蔽され、倉田や宮島が安穏と生き延びる。それは想定しうる最悪の結末だ。

話を引きとるように大原が言う。

「だったら好きにさせてもらうよ。しかし帳場はうちの署に設置されるわけだから、私や葛木警部補は外せない。こちらの予算で立つ帳場から我々を排除するなんて無茶な話なら、署長の面子《メンツ》だって潰れる。それなら経費は負担しないという話にもなりかねない」

「その点なら心配は要りませんよ――」

倉田は余裕綽々《しゃくしゃく》だ。

「帳場は本所署に立てるつもりです。つまりいまある不審死体の帳場と合併する」

「本所の死体がうちの事案とは別件だと判断したのはあんただろう」

大原はいきり立つ。いかにも人を食った話だが、一連の事件だと主張してきたのはこちらだった。そこを突いての奇策だとしたら、倉田の悪知恵は堂に入っている。

「そちらが上げてきた材料を私も再吟味してね。やはり城東署管内の白骨死体と一連の事件とみるべきだという結論に達したんですよ。ミスはミスとして謙虚に認めないとね」

「そこまでして我々を排除したいわけか」

「すでに人員は足りてるんですよ。それにさっきも言ったように、おたくたちはサーラの会について予断を持ちすぎている」

「予断じゃありませんよ。あらゆる状況証拠を論理的に繋いでいけば、事件の焦点はすべてサーラの会に集中するはずです」

俊史は懸命に反駁《はんばく》するが、倉田は勝ち誇ったような笑みを浮かべる。

「それなら心配はいらないんじゃないのかね。本所の帳場の捜査員も同じ答えにたどり着くはずだ。そうならないとしたらどちらかが間違っていることになる。それが君たちではないと誰が言えるね」

2

「そこまでしたたかでしたか」

池田は唸る。警視庁から戻ってチームのメンバーを会議室に集め、倉田との面談の報告をしたところだった。

「こちらの捜査情報をそっくり渡すことなんかないですよ。それじゃ鳶《とんび》に油揚げをくれてやるようなもんじゃないですか」

いきり立つ山井に、噛んで含めるように葛木は言った。

「それじゃ向こうの思うつぼだよ。材料がないのをいいことに、ろくな捜査もせずにお宮入りにされてしまう」

「ネタを渡したところで同じですよ。逆にどこをどう押さえれば事件を封じ込めるか、ヒントをくれてやるようなもんじゃないですか」

池田は首を捻る。その指摘も当たっていそうだ。わざわざ倉田のところへ出向いたせいで墓穴を掘るような結果になったとしたら、それは自分の勇み足。まさに致命的な失態だ。

「こうなったら一課長とじかに話し合うしかないね」

意を決したように俊史が言う。

「理事官が取りついでくれるかだな」

大原は不安げだ。しかし俊史は意に介さない。

「事態の重要性は理事官も認識してくれるはずですよ。勝沼局長がグルだとはどうしても考えられないんです。もしこのまま捜査一課が動かずに局長に万一のことがあったら、警視庁にとっては國松《くにまつ》元警察庁長官狙撃事件以来の失態になります」

「連中にとって邪魔な存在だった。だから消された。そう考えたほうが辻褄《つじつま》が合いますね。サーラの会が絡んでいれば、決してあり得ない話じゃない」

池田はほとんど決めつけている。大原は苦い口振りだ。

「しかしこうなると、理事官も一課長もどこまで信じていいものやら。直談判したとしても、けっきょくまた煮え湯を飲まされるかもしれん」

大原の危惧には葛木も同感だ。羹《あつもの》に懲りて膾《なます》を吹くの喩《たと》えではないが、もし勝沼が俊史の願いに反して倉田たちとグルだとしたら、三杯目の煮え湯を飲まされることになりかねない。しかし一縷《いちる》の望みもまたそこにしかない。葛木は言った。

「信じるしかないでしょう。もう我々の力で倉田さんの横暴は抑えられない」

「たしかにそうだな。ここは管理官に一肌脱いでもらうしかないな」

大原は頷いた。園村が身を乗り出す。

「そうだよ。心配したってしようがない。そもそもサーラの会への疑惑が果たして一課長に報告されているかどうかさえわからない。倉田が握り潰している可能性もあるからね」

「たしかに一課長の動きが悪すぎるが、理事官のルートで話は上げているんでしょう」

大原が問いかけると、俊史は曖昧に頷く。

「ある程度はね。ただ倉田さんの動きに不信感を持ち始めてからは話を絞り込んでいたんです。倉田さんと繋がっている惧れがなきにしもあらずだったので。当人も、帳場が立つまでは倉田さん経由で話を上げるようにと腰の退けたところをみせていましたから」

「それにしたって倉田がちゃんと報告しているんなら、特捜本部級の凶悪事案だとはすぐに判断できる。園村さんの見立てが当たりかもしれないね」

「だとしたら一課長を動かす余地はまだありますよ。理事官を通してもたぶん話が繋がりにくいから、じかに一課長に電話を入れてみます」

俊史は大胆なことを言い出した。葛木は不安を口にした。

「理事官を差し置いて、あとあと問題にならないか」

「その心配はそのときにするよ。善は急げだ」

俊史は警察電話のボタンを押す。腹を決めると動きが早い。身分を名乗り、あの晩の密会の件をざっと説明し、一課長と直接話をしたいと物怖じしない口調で申し入れ、受話器を置いて振り向いた。

「出たのは秘書官でね。一課長はいま出先だから、これから連絡をとって折り返し電話をくれるそうだ。感触は悪くなかったよ」

「いよいよ倉田と戦争ですね」

池田が声を弾ませる。そこへ本庁へ出かけていた橋川が戻ってきた。

「大きな動きがあるようです。倉田さんは本所の帳場にこちらの事件も扱わせる腹づもりのようで、強行犯捜査第三係に準備をするようにとの指示が出ています」

「早手回しに動き出したか――」

葛木は倉田との面談の顚末《てんまつ》を聞かせてやった。深刻な表情で橋川は言った。

「だったら急がないと。帳場設置の権限を持っているのは刑事部長です。段取りとしては捜査一課長が同意した上でのことになりますが、一課長はあくまで意見を具申する立場で、手続き上は刑事部長の独断でも設置できます」

「刑事部長に宮島の息がかかっているとしたら？」

大原は不安を覗かせる。切迫した調子で俊史が応じる。

「そもそも出向中のキャリアは本庁の意向に弱い。階級と部署の関係でいえば、刑事部長のすぐ上にいるのが宮島さんですよ」

「刑事部長と倉田の間に挟まると、一課長もなにかとやりにくいだろうね」

「おかしな圧力に屈しない人だと信じたいですけど」

俊史が応じたところへテーブルの警察電話が鳴りだした。俊史が受話器をとって応答する。先ほどの秘書官からのようだ。手短に通話を終え、俊史は明るい表情で振り向いた。

「会ってくれますよ。たまたまこれから本所署の帳場に向かうところで、夕方四時ということで約束をとりました。一課長は例の写真にいたく興味を持ったそうです」

3

「ところで青野があの晩、手柄を上げていたようでしてね――」

こちらの話題が終わるのを待ちかねていたように池田が切り出した。

「じつは連中の帰りの車もしっかり写してたんですよ」

「勝沼さんが乗ったタクシーか」

葛木は勢い込んだ。あのときは密会の現場を押さえたことで安心し、葛木たちはそこまで気が回らなかった。

青野はきょうは岸本と組んでサーラの会本部の監視をしていたが、勝沼局長失踪の連絡を受けてそのことに思い当たった。署に戻ってパソコンに挿《さ》してあったあの晩のメモリーカードをチェックしたら、勝沼が乗ったタクシーのナンバーとルーフ上の社名表示灯が写っていたという。

「勝沼さんだけじゃなく、佐田が乗ったタクシーもです。走り去るところを写していたんです」

青野は得々とした表情だ。葛木は問いかけた。

「タクシー会社への問い合わせは?」

「さっき電話を入れました。二台とも同じ会社の車だったんですが、運転手がきょうはどちらも非番で連絡がつかない。いま動いている車が交代で戻ってくるのが午後五時だから、そのときGPSの走行履歴を調べてくれるそうです」

「あの晩の記録もあるのか」

「その会社では一週間分保存することになっているそうです」

「それならNシステム（自動車ナンバー自動読取装置）より完璧だな」

「ところが怪しいのはそのNシステムなんですよ」

舌なめずりするように池田が言う。

「というと」

「記録がまったくないんです」

「記録がない？」

「倉田さんの車のナンバーは府中市内に至る何ヵ所かのポイントで記録されていました。こちらは自宅へ帰ったのは間違いありません」

「勝沼さんと佐田のタクシーの記録がないわけか」

「ええ。来たときと同じ道を通ったとしたら、何ヵ所かで記録されてなきゃおかしいんですがね。宮島さんの自宅を出てだいぶ経つまでまったく記録がない。四、五時間経ってやっと首都高で記録が見つかるんですが、たぶんそのときは別の客が乗っていたんだろうと思うんです」

「Nシステムを避けてわざわざ一般道を走ったとしたら、それだけでも不審だな」

「そのうえ勝沼さんの車と佐田の車が同じ動きをした可能性があるわけです」

池田はほくそ笑む。強い手応えを感じながら葛木は言った。

「やったな、青野。思いがけない方向から佐田の尻尾を引きずり出せそうだぞ」

「なんでもシャッターを押す習性があっただけで、手柄というほどのものじゃ」

青野は謙遜《けんそん》するが、その顔はいかにも誇らしげだった。

4

渋井和夫《しぶいかずお》捜査一課長は本所署の会議室で葛木たちを迎えた。傍らには先ほど電話を受けた秘書官が同席している。こちらは俊史と葛木と大原の三人だ。

「倉田からは報告を受けていない。理事官からは、特命捜査対策室が江東区内で見つかった古い死体の事案を扱っているという話は聞いていたが、特捜事案として上がってこなかったんで気にもしなかった。詳しいところを聞かせてくれないか」

渋井は真剣な面持ちで訊いてくる。その態度に葛木は心強いものを感じた。俊史は急遽《きゅうきょ》書き上げてきたレジュメを手渡し、説明を始めた。三十分ほどかかったその話を、渋井はほとんど黙って聞き終えて、深いため息とともに口を開いた。

「あくまで私見だが、君たちの言い分は筋が通っている。もし倉田が意図的に私のところへ上げなかったとしたら大問題だ」

「本所署の帳場と合体させるという話はまだお耳には？」

俊史が問いかける。渋井は渋い表情で頷いた。

「まだだよ。今回に限ったことじゃない。倉田が恣意的に事件を選別している印象はたびたび受けていた。ところが彼は根回しが上手い。私の頭越しに刑事部長付の参事官や、ときには刑事部長本人まで丸め込んだうえで話を上げてくる。上の役所に強い人脈があるようで、なにかと私に張り合うところがあるんだよ」

　勝沼と宮島の関係に似ている。同じようなことを感じたのだろう。大原が問いかける。

「倉田さんは宮島さんと近い関係だと聞いていますが」

「私とそりが合わないのはそれもあるんだろう。そういう引きを出世の手段にしようと思ったことはないが、じつは私は勝沼局長と親しい。同郷の先輩に当たるんだよ」

「そういう事情があったんですか」

　大原はなるほどというように頷いた。葛木は興ざめする思いだった。そんな個人的な繋がりが人脈となり、やがて派閥に進化する。上の役所も桜田門もそんな派閥同士の陣とり合戦に忙しく、本業は片手間仕事に成り下がる。それどころではない。倉田のように身内や派閥の利益のために職務上の権限を利用するようになればもはや犯罪だが、そんな胡散《うさん》臭《くさ》い話はことさら珍しくもない。

　葛木も俊史が勝沼の知遇を得たと聞いて、いっとき先行きが明るくなったと喜んだものだが、そういう考えこそが伏魔殿への入り口なのかもしれないといま思う。願わくば渋井一課長がそういう連中とは一線を画す人であって欲しい。

「勝沼さんがそんな連中と密会していたというのがなんとも意外だな。しかし二台のタクシーの不審な動きと考え合わせると――」

渋井は憂慮を漂わす。その背中を押すように葛木は言った。

「一刻を争う事態かもしれません。こちらも早急に態勢を固めないと。いま倉田さんの画策を食い止められるのは一課長だけです」

「わかった。倉田は上の役所の人脈をバックに刑事部長の周辺に働きかけているはずだ。私はこれから刑事部長と直接話をしてみる。部長が断を下してしまったら手遅れだが、最悪でも多少の時間は稼げるだろう。君たちはそのあいだにできるだけ連中を追い詰めてくれないか」

「城東署に帳場を立てるのは、やはり一課長のお力では無理ですか」

俊史は落胆を隠さない。歯嚙みするような口ぶりで渋井は言った。

「警察もしょせんは役所だ。捜査一課長といっても現場監督のようなものでね。ご下命どおりに動くぶんにはとくに問題もないんだが、上を動かすとなると馬鹿力が必要になってくる。場合によっては命がけの闘いにもなるんだよ」

そう言う渋井の口ぶりに哀感が滲む。葛木たちから見れば泣く子も黙る捜査一課長が及び腰のような口を利く。そこに葛木は警察という巨大官僚組織の不気味な水圧を感じた。

5

本所署を出てパトカーに乗り込んだところへ、池田から電話が入った。

「係長、わかりましたよ。あの晩の二人の移動経路が。タクシー会社が走行履歴の該当部分をプリントアウトしてファックスで送ってくれました」

ふたたびアドバンテージがとれた。小躍りする思いで葛木は訊いた。

「どこなんだ、行き先は？　まさかサーラの会の本部じゃ？」

「違います。八王子市内の山のなかです。番地は尾津町三一〇八。地図で見ると建物があるんですが、民家にしては大きいし、工場や公共施設なら名称が書いてあるはずですがそれもない」

葛木は身震いした。池田も不穏なものを感じているらしく、声にいつもの勢いがない。

「佐田の車も同じ経路を？」

「同じです。記録されているポイントの通過時刻が佐田の車のほうが若干早い。佐田の車が前を走って、勝沼さんの車がそれを追尾していたことになるでしょう」

「だとすると、勝沼さんを誘導してそこに連れて行った可能性も出てくるな」

「あるいは、勝沼さんが佐田を尾行したとも考えられます。問題はそこがどういう場所かです」

「その晩の運転手は摑《つか》まらないんだな」

「ええ。あすはどちらも夜番で、夕方の五時には営業所へ出てくるとのことですから、こちらから出向いて話を聞いてみようと思います。八王子のその場所にはいま若宮と青野が向かうところです」

「そうか。くれぐれも慎重にと言ってくれ」

「オウムが使っていたサティアンとかいうのと同じようなものかもしれません」

「ああ、なんだか薄気味悪い。サーラの会のウェブサイトにはその施設のことは書いてなかったな」

「なんにしても、あす登記所へ出向いて所有者を調べる必要がありますね」

「八王子署にも問い合わせてみたらいいだろう。不審な施設なら地域課や生活安全関係の部署がチェックを入れているかもしれん。佐田の動きはどうなんだ」

「青野たちの話だと、きょうは一度も姿を見せていないそうです。きのうは何度か外出しているので、本部にいるのは間違いないようです」

「了解した。急いでそっちに戻る。一課長との話はそのとき説明する」

そう言って通話を終えて、パトカーを発進させながら俊史と大原に報告する。

「拉致されたわけではなさそうだけど、だからといって安心はできないね。その建物に監禁されている可能性は高そうだ――」

俊史が言う。さらに悪い可能性については言わずもがなだ。自分の意思で失踪したとはやはり考えにくい。警視総監や警察庁長官の目もある勢いに乗った高級官僚にとって、それは人生の放棄そのものだ。

「まずは慎重にいかないとな。もし監禁されているようならおれたちの手に余る。SAT（警視庁特殊部隊）やSIT（特殊犯捜査係）の出番になるだろう」

緊張を帯びた声で大原が言う。俊史が訊いてくる。

「倉田さんは論外として、一課長には知らせたほうがいいだろうか」

そこは葛木も悩むところだ。渋井を信用しないわけではないが、いまこの時点で彼に知らせてもなにか手が打てるわけではないだろう。勝沼の失踪が南千住署の扱いになってしまえば、逆に倉田の思うつぼだ。焦燥は堪えがたいがここは我慢のしどころだ。そんな考えを聞かせると、俊史も大原も頷いた。

「自分の属する組織がそこまで信用できないのは悲しいけど、やむをえないかもしれないね。場合によっては勝沼さんの命にも関わるわけだから」

俊史は口惜しそうだ。大原はさらに穏やかではないことを言う。

「案外、監禁されているのは勝沼さんだけじゃないかもしれないからな」

惧れるべきはそこかも知れない。区内の三組の失踪者は、けっきょくいまも行方がわからない。文京区内の梶原老人の妻も失踪したままで、本所の帳場が扱っている二つの死体にしてもいまだ身元は判明しない。もしその不審な施設にマインドコントロール下に置かれて監禁されている信者が大勢いるとしたら、それを人の楯に使われる危険性がある。アメリカで起きたブランチ・ダビディアン事件では、警察が強襲に失敗し、教団側の抵抗を招いて、結果的に八十一名の信者が死亡。警察側にも多数の死傷者が出た。失敗の原因は初動における警察側の情報の漏洩だったという。

城東署に戻ると、池田たちが待ちかねていた。一課長との話し合いに関しては池田は落胆を隠さなかったが、それでも希望が断たれたわけではない。まずはその言葉を信用することにして、さっそく勝沼の件の打ち合わせに入った。

若宮たちは先ほど署を出たばかりで、八王子までは一時間以上かかるだろう。岸本はグーグルアースという地球儀ソフトを使って、その建物の衛星写真をパソコン上に拡大して見せた。

山林のなかに開かれた敷地は数百坪に及びそうで、そこに比較的大きな建物が一棟と小ぶりな建物二棟が点在している。敷地の一角に車が何台か見えるが、そこまでの解像度はないのか、人の姿らしいものは見えない。なんにせよこれだけの精度の衛星写真が無料で提供されているというのは驚くべき時代だというしかない。

「もし教団の施設ならよからぬことに使っているのは間違いないね。教団名がサーラの会に変わった時期に宗教法人格を放棄したのは、こういう施設を表に出さないためだったんじゃないのかね。宗教法人なら土地や建物は法人として登記しなきゃいけないが、法人格がなければ必要ない。教祖や関係者の個人名義にできるわけだから」

園村が言う。葛木は池田に問いかけた。

「八王子署はなにか知っているようなのか」

「地域課が認知はしていますが、とくにチェックは入れていないようです。人家から離れているし、いまのところ近隣に迷惑をかけるようなこともしていないので、立ち入る名目がないそうで」

「もう登記所は閉まっているから、調べるのはあすになるな。若宮たちがなにかめぼしい材料を見つけてくれるといいんだが」

そのとき別室で押収したコンピュータの解析を進めていた山中と三村が駆け込んできた。

「三組の失踪者の取引記録を削除した痕跡《こんせき》が見つかりました。そのときのログファイルがサーバーのなかに消し忘れて残っていたんです」

高揚した調子で山中が言う。覚えず葛木は声を上げた。

「やったな。これで三つの事件はサーラの会と不可分に結びつく」

「それだけじゃないんです――」

ただならぬ面持ちで三村が口を開く。

「同じように削除されたものがさらに三十件余り。どれも隠しファイルになっていました。すべて精査したわけではありませんので、さらに増える可能性があります。その上不審なことには——」

削除された顧客との取引が別の顧客のものに付け替えられていたという。帳簿の整合性を保つためだろう。隠蔽が目的なのは明らかだ。それより三十件余りという数に葛木は怖気だつものを覚えた。

矢上、沼沢、相葉の三組とも、記録されていたのは取引の名義人のみだ。だとすれば三十件余りという数は、配偶者や家族を含めればその倍以上に膨らむ可能性がある。そのうえまだ未発見のものがあるかもしれないという。

「前代未聞の大事件だよ、これは」

耳元で大原の興奮した声が響いた。

6

午後六時を過ぎたころ、若宮から電話が入った。いま施設の近くに着いたところだと言う。

「気味の悪い建物ですよ。敷地の周りは三メートルくらいのブロック塀で囲まれて、塀の上にはさらに有刺鉄線が張り巡らしてあって、刑務所とか軍事施設みたいです」

「出入り口は？」

「道路に面した一角に頑丈な鉄扉があります。自動開閉式のようで、そこが正門だと思われます。ただ表札とか看板のようなものはなにもありません」

「なかの様子は覗けないのか」

「鉄扉も二メートル以上はあって、やはりなかは見えないようになっています。ただし、ここへ来る途中の峠から全景が見えました。殺風景なコンクリートの三階建ての建物が一棟あって、あとはプレハブ風の小ぶりの平屋が二棟。平屋のほうは真っ暗でしたが、三階建てのほうは窓から光が漏れていました。屋外に人はいませんでした」

　建物の配置はグーグルアースで見た通りのようだ。しかし有刺鉄線付きのブロック塀や頑丈な鉄扉の存在は実地に見て初めてわかることだった。

「監視カメラは？」

「塀の上にいくつも設置されています。それで近くまで寄れないんです。周囲に人家もなにもないところですから、カメラに人が映っただけで怪しまれると思いますので」

「それはいい判断だ。くれぐれも無理はするなよ」

「わかってます。しかしこれだけの施設ですから、普通ならこのくらい離れていても人の気配は感じると思うんですが、それがぜんぜんないんです。あ、ちょっと待ってください。

いま車が来ました。あとでこちらから連絡します」

若宮は通話を切った。話の内容を伝えると、全員に緊張が走った。

「その施設をガサ入れする必要があるな。それも早急に」

大原が深刻な顔で言う。池田も焦燥を滲ませる。

「勝沼局長が監禁されているのはたぶん間違いありません。ひょっとすると我々が追っている失踪者もいったんはそこに監禁されたんじゃないですか。いまも生きてそこにいるかもしれない。あるいは我々がまだ認知していない失踪者も――」

そのときまた電話が鳴り出した。受話器を取ると若宮からだった。その声が弾んでいる。

「係長。これで決まりですよ」

「というと」

「いま来た車です。サーラ・ファミリーのロゴの入ったバンでした。本部を見張っていたとき、ビルのまえによく停まっていた車です」

「乗ってきたのは？」

「暗い上に遠目でわかりませんでした。正門の前に着くと門扉が自動的に開いて、そのまなかに入っていきました。青野が写真を撮っています」

「そうか。それなら無関係だと言い逃れはできないな。どうする。いったん戻ってくるか」

「いえ、車のなかで仮眠できますから、朝まで張り付いてみます」

若宮は意欲満々だ。刑事は事件を栄養に成長するものらしい。初動のころとは心構えがまるで違う。頼もしい思いで葛木は言った。

「そうしてもらえればありがたい。おれも今夜は署に詰める。なにかあったら電話してくれ」

「わかりました。いよいよですね。令状をとってこのアジトを急襲すれば、すべて明らかになりますよ。ここがサーラの会の悪事の本丸だという気がします」

先走っているようにも聞こえるが、その読みには葛木も同感だ。問題は動きの鈍い捜査一課の尻にどう火を点けるかだ。若宮との通話を終えて報告すると、俊史は気負い込んだ。

「もうやるしかないよ。一課長だってわかってくれるはずだ。あの人が号令をかければ、さしあたり本所の帳場は動かせる。倉田さんがどうちょっかいを出そうと、現場の最高指揮官は渋井さんだ。おれたちが勝手に合流するのを黙認するくらいはなんでもないはずだ」

「そうだよ。こっちも面子にこだわることはない。帳場がどこだろうと関係ない。勝沼さんが連中に拘束されている可能性はいよいよ高まった。救う方法はたぶんそれしかない。マインドコントロールされている信者も救い出せるかもしれない。そこで起きていることを明らかにできれば、佐田を逮捕し、訴追できる」

大原も張り切ったところをみせる。本所署の帳場を動かしてこちらの目的が達せられるなら、城東署の財布は傷まない。それだけの理由ではないだろうが、その意味では倉田の思いつきも捨てたものではない。

俊史はさっそく渋井に電話を入れる。先ほど抜かりなく、別れ際に携帯の番号は聞き出していた。渋井はすぐに応答した。事情を説明する俊史の声に期待が滲む。

「え、どうして?」

その声が落胆の色に変わる。俊史は懸命に訴えるが、反応ははかばかしくないようだ。二時間ほどまえまでは前向きなところを見せていたのに、いったいなにが変わったのだ。けっきょくまたしても煮え湯を飲まされたわけか。葛木が感じるのは憤りよりも空しさだった。これでは倉田一人を責められない。捜査一課長までその片割れでは、警視庁の隠蔽体質はすでに手の施しようがないと諦《あきら》めるしかない。十分あまり説得を続け、俊史は匙《さじ》を投げたように受話器を置いた。

「サーラの会の事案は本所署で扱うことにしたので、こちらは手を引くようにとのお達しだよ」

「けっきょく倉田の思惑どおりか」

「信じたくないけどそのようだね。佐田の追及はとことんやると言ってはいるけど、八王子の施設のガサ入れには及び腰だ。サーラ・ファミリーからの押収物件もすべて引き渡すように言われたよ」

「それじゃ泥棒と変わりない」

園村は天を仰ぐ。山中にしても青野にしても、穀潰しとみられていた自分の部下がいい仕事ぶりを見せている。その果実が目の前にぶら下がっているときに、横から手を出してもぎ取ろうとする者がいる。園村自身も同輩からは無能の烙印《らくいん》を押されてきた。名誉を挽回《ばんかい》するチャンスがようやく巡ってきたところだった。心中は想像するに余りある。

葛木にしても同様だ。このヤマを契機に大きな成長を見せている若宮にせよ山井にせよ、手にするのはひたすら挫折感だけだろう。それならなまじ刑事の心構えなどよりも、月給泥棒のコツを教えてやったほうが親切というものだった。

「上から脅されたんだろう。刑事部長なんてあの人から見たら若輩に過ぎないのに、直談判すると威勢のいいことを言いながら、けっきょく電話で話をしただけで尻尾を巻いてしまったんだろうよ。桜田門の捜査一課長がその程度なら、いまの警察はぜんぶ潰して民間委託したほうがずっとましだ」

大原は若宮と似たようなことを言い出すが、それがなんの違和感もなく腑《ふ》に落ちる。

「いますぐ辞表を書くよ。こんな役所にいる限り、結果的に犯罪者に荷担するだけだ」

俊史が吐き捨てるように言う。反対する気は毛頭ない。葛木自身もそう思う。しかしそれではなにも変わらない。けっきょく敵前逃亡で、それなら渋井を非難する理由もない。

サーラの会はどうしてここまで警察に対して影響力を行使できるのだ。警察機構の舞台裏でいったいなにが起きているのだ。たかだか倉田や宮島の画策だけで、こうまですべてを牛耳れるはずがない。

本郷で会った公安の刑事は、警視総監に近い筋の意向だというようなことをほのめかした。近い筋と言うより、圧力を掛けているのは総監その人ではないか。そうなると総監だけとは限らない。警察庁トップの長官にさえ疑心が及ぶ。それだけの影響力を行使できる佐田という男は何者なのだ。

テーブルの警察電話が鳴り出した。山井が受けてかしこまった声で応じ、受話器を大原に手渡した。

「署長からです」

「はい、大原です」

そう答えて相手の話に耳を傾けるうちに、その表情がこわばった。受話器を置いて大原は言った。

「本庁刑事部から連絡があった。サーラ・ファミリーからの押収物ときょうまでの捜査資料や証拠物件はすべてあすの午前中に本所署の帳場へ引き渡し、うちはチームをたためというお達しらしい」

「署長は素直に従ったんですか」

苦いものを嚙みしめながら葛木は訊いた。大原は呻くように言う。

「格下の倉田からだったらあっさり言いなりにはならなかっただろうが、連絡を寄越したのは刑事部長直属の参事官だ。うちの署長クラスじゃ歯が立たない」

「どうします。こちらとしては？」

「そう簡単にしてやられるか。今夜は徹夜仕事になりそうだな」

「なにをするんです」

「本所に渡すのは押収した機械と書類だけでいい。コンピュータの中身と書類はすべてコピーをとる。チームをたたむかどうかはおれの裁量の範囲内だ」

「捜査を継続してくれるんですね」

俊史は喜びを隠さない。大原は力強く頷いた。

「佐田に手錠を掛けるまではね。たとえ首を刎《は》ねられても、所轄刑事の魂までは渡せませんよ」

7

山中と三村は押収したサーバーやコンピュータの中身をブルーレイディスク数十枚にコピーした。ドキュメンテーションや帳簿類のコピーは残りの全員で手分けした。

ディスクに書き出したデータやプログラムを精査するのは、本体内に置かれている場合よりはるかに手間がかかる。表向きチームは解散するから、本庁から出張ってくれている三村は帰さざるを得ない。戦力の低下は否めないが、山中は意気軒昂に言い放つ。

「たとえ時間がかかっても、動かぬ証拠を見つけますよ。このデータのなかに佐田の検挙に繋がるお宝が必ずあるはずです」

翌日の午前十時過ぎにはすべての引き渡しが完了した。全員が徹夜仕事で目を赤くしていた。倉田はさぞかし胸をなで下ろしているだろう。

どう蓋をするつもりかが見物だが、向こうとしては死体遺棄と拉致容疑での捜査を帳場の看板にするはずで、不正アクセス禁止法違反までは手が回らない。サーラ・ファミリーからの預金口座へのアクセスが立証できれば、いつでも鼻を明かしてやれる。

しかし勝沼局長の消息はいまも絶たれたままで、その事実を警察は公表していない。八王子のアジトに踏み込む方途が渋井の及び腰で封じられてしまった以上、いまやその生死さえ危ぶまれる状況だ。

そういう事実を把握しながら、組織を挙げて事件を隠蔽しようとする圧力の、よって来たるところがわからない。倉田と宮島は佐田とのあいだに縁故があった。妻や娘が信者でもある事実を隠さなかった。

調べられればいずれ発覚する。そう読んでのことだとそのときは思ったが、あるいは別のサインではなかったか。隠蔽の圧力がどこに由来するものか、暗黙のヒントを与えようとしたのではなかったか。抵抗しても勝てるものではないことを、暗に知らしめようとしたのではなかったか――。

葛木は受話器をとって、会議室でデータの解析に当たっている山中を呼び出した。

8

「まさか――」

渋井はそのリストを眺めて絶句した。幸いそこに彼の名前はなかった。勝沼の名前もないが、倉田と宮島の名前は含まれている。現刑事部長の名前もあった。

並んでいるのは警察庁と警視庁の重要ポストを占める錚々《そうそう》たる面々二十数人。いずれも妻や家族がサーラの会の信者だと考えられた。

葛木は山中と橋川の協力を得て、サーラ・ファミリーの顧客リストをすべて当たった。橋川には警視庁および警察庁に在職する警視以上の警察官の家族の氏名をリストアップしてもらった。

かつて監察に所属した橋川にとって、そのあたりはお手の物だった。職員データベースから引き出した家族の名簿をディスクに保存してあった顧客リストと付き合わせると、瞬く間にそれだけの数が抽出された。驚くべきことに、現警察庁長官と警視総監の妻もそこに含まれていた。

橋川がさらに気を利かせ、彼らの居住履歴を調べてみると、思いがけない事実が判明した。リストアップされた人々の大半が、ある時期、佐田と同じ官舎に居住していた。

官舎は警察官の家族だけが暮らす社会で、妻同士の交流が極めて密だ。そこでの付き合いは官舎を出ても続くことが多く、それが警察社会では陰の人脈となって生きている。

佐田の妻はそんな人脈の中心にいたのかもしれない。そのネットワークを使って警察内部に信者を増やした。妻や子供が信者であっても、それ自体は犯罪にも職務規定違反にも当たらない。

しかしサーラの会が摘発されれば、そんな事実も明るみに出る。それは彼らにとって、現在の地位を脅かす地雷のようなものになりかねない。当初から佐田が万一の際の保険と考えていたかどうかは知らないが、少なくとも今回はそれが機能していたということだろう。

「君たちは私や刑事部長の意向を無視して、こういうことを調べていたのか」

渋井は苦々しい口ぶりで問いかける。俊史はきっぱり答えた。

「たとえどれほど上からの意向でも、曲がった話なら受け入れられませんので」

「大原さんや親父さんはともかく、君はキャリアでまだ若い。前途洋々の未来を投げ捨てる気なのか」

「辞表はいつでも書くつもりです。しかし警察の腐敗を見逃して敵前逃亡する気はありません」

「私の警察官人生まで、君と心中させろと言いたいわけか」

渋井は恨みがましい口ぶりだ。それでも俊史は退こうとしない。

「保身のために犯罪を隠蔽するような組織に媚《こ》びへつらうことは、それ自体、警察官としての自殺行為だと思います」

「すべてが明らかになればこの国の警察の権威は失墜する。市民からの信頼を失えば公務の執行にも差し障りが出る。それでもいいと君は言うのか」

「まやかしで保たれる権威なら、一度地に墜ちたほうがましでしょう」

「しかしその責任をとるのは君じゃない。捜査部門の指揮をとる我々であり、さらにこの国の警察を統括する警察庁の官僚だ。辞表を書いて、はいさようならができる君たちとは責任の重さが違う」

「その責任が市民からの信頼に対するものでなければ、けっきょく紙切れのように軽いものでしかありません」

俊史は大胆に言い切った。失うものはもはやない。それは葛木にしても大原にしても同様だ。ここでおもねれば刑事にとっていちばん大事なものを失う。正義を愛し悪を憎む。

言葉にすれば野暮ったいが、それが警察官にとって最低限の職業倫理だ。

「人間は霞《かすみ》を食っては生きられない。警察官という身分には飯の種という意味もある。生きるために節を曲げることがあるのは、一般社会でも警察でも同じなんじゃないのかね」

渋井は思い詰めた口調で問いかける。こちらの希望を容れれば、渋井もまた厳しい立場に追い込まれる。警察庁長官や警視総監を敵に回して現在の地位が安泰ということはあり得ない。まさに飯の種を失うことにさえなりかねない。

さすがに俊史も言葉に窮した。大原にしても葛木にしても、いまさら失って惜しいほどの地位ではない。しかし桜田門の捜査一課長ともなれば、左遷や意に沿わぬ退官で晩節を汚したくない気持ちもよくわかる。

その場を居心地の悪い沈黙が支配する。けっきょく叶《かな》わぬ願いだったのだ。警察という魔物のような巨大組織の圧力に、俊史や葛木ごときがいくら抵抗してみても、ごまめの歯ぎしりに過ぎないわけだった。俊史は傍らで唇を噛んでいる。大原は苦い表情で天を仰ぐ。

そのとき渋井が破顔一笑した。

「大原さん。あんたがガサ入れの令状を請求してくれ。私はＳＩＴに出動準備の指示を出す。踏み込む際は本所の帳場を総動員するが、そこには君たちも加わってもらう」

「本当ですか。やっていただけるんですか」

俊史は色めき立った。迷いのない口調で渋井は言った。

「君たちと心中することにした。桜田門への最後のご奉公になりそうだが、後悔はしないよ。むしろこれだけの大捕物で花道を飾らせてくれる君たちには感謝するしかない」

9

翌日の午前十時。八王子の施設の前に二十台余りの警察車両が集結した。

ＳＩＴの隊員十名を含む七十名余りの大部隊で、本所署の帳場の捜査員ほぼ全員が参加して、そこに葛木たちのチームも加わった。もちろん渋井も臨場した。

大原はあれからさっそく疎明資料を書き上げて、さらに捜査一課長の意見も書き加えてもらい、若宮にそれを持たせて地裁に走らせた。渋井の一筆が効いたのか、担当判事は一時間も待たせずに捜索令状を発付した。

ＳＩＴへの出動指令に際して渋井は徹底した箝口令を敷いた。むろん家宅捜索の実施についても倉田が管轄する強行犯捜査一、二係には連絡を入れていない。すべてが渋井の一存で動いており、トップの刑事部長すら蚊帳《かや》の外だ。

サーラの会が火器を保有しているという情報は入っていないが、用心のために葛木たちを含め捜査員全員が拳銃を携行し、防弾チョッキを着用した。

俊史と大原は渋井や本所の帳場の管理官とともに指令車に居残った。ＳＩＴは完全装備の戦闘服で、ライフルやドア破壊用のハンマーやワイヤーカッターを持参している。

本所の本部の捜査員が令状を携えて正門の鉄扉に近づき、インターフォンのボタンを押して家宅捜索の実施を通告するが、なかからはまったく反応がない。すでにこちらの姿は監視カメラで捉えられているだろう。やましいことがなければ応答するはずだ。

今度はパトカーのスピーカーから応答するよう呼びかけるが、それでもなかから反応はない。捜査員のあいだに緊張が走る。どういう連中が何人いるのか、武器はあるのか――。SITの隊長はその情報が欲しいと言うが、いまこの時点では把握のしようがない。

若宮たちの話では、昨夜はあのあと一時間ほどで、やってきたバンは帰っていき、その後は車や人の出入りはないというが、なかに人がいるのは間違いない。しかしSITの隊員が車両の屋根から覗いても、敷地内に人の姿はなく、建物も静まりかえっているという。

突入の決断は渋井に委ねられた。その責任の重圧は堪えがたいはずだ。

二十分待っても反応がない。渋井は突入の指令を下した。

SITの隊員は鉄扉の上の有刺鉄線をワイヤーカッターで切断し、アルミ梯子《ばしご》を使って鉄扉を飛び越えた。なかで開閉装置を操作したのだろう。ほどなく鉄扉は左右に開いた。

待機していた捜査員がなだれ込む。葛木たちも敷地内に駆け込んだ。

打ち合わせどおり捜査員たちの半数が三階建ての主棟に向かい、残りの半分がさらに二手に分かれ、二棟のプレハブの建物に向かう。便宜的に主棟はA棟、プレハブのうち大きいほうをB棟、小ぶりなほうをC棟と名付けてある。葛木は若宮、青野、山中の三人とともにA棟のチームに加わった。

ＳＩＴの隊員が玄関先に歩み寄る。入り口は分厚いガラス扉で、なかはホールのようになっている。そこに二十人ほどの男女の姿が見える。全員が貫頭衣《かんとうい》のような奇妙な衣装を着て、スクラムを組むように一ヵ所に固まり、怯《おび》えた表情でこちらを見ている。

「警視庁の者だ。家宅捜索令状が出ている。ここを開けなさい」

ＳＩＴの隊員がドアを叩きながら呼びかけるが、だれもそこから動こうとしない。かといって攻撃的な姿勢も感じられない。

年齢は二十代くらいから七十代くらいまで様々で、人数も男女半々といったところだろう。気になるのは全員が痩《や》せているというよりやつれていることで、身奇麗にはしているが眼差しがどこか虚ろで、女性には化粧気がほとんどない。直感的に感じたのはある種の薬物中毒患者といった印象だ。

そのとき建物の背後で車のエンジンが始動する音がした。ＳＩＴの隊員と捜査員数名がそちらに走る。車は急加速して、そのまま外に飛び出したようだ。

受令機のイヤホンを通してＳＩＴの隊員からの報告が耳に飛び込む。裏門があったらしく、駆けつけたときはすでに車は見えなかったという。おそらくこの施設を管理する何者かが逃走したのだろう。

迂闊ではあったが、検挙が目的ではなかったから逃走経路の有無まではチェックしていなかった。しかしこの施設が佐田個人の所有物だというのは朝いちばんで登記所で確認済みだ。不審なものが出てくれば、即刻佐田に捜査の手を伸ばせる。

その連中が逃走に使った通用口の錠が開いたままだと連絡が入った。ＳＩＴの隊員と捜査員がこれから踏み込むという。しばらくすると彼らが玄関口に現れて、なかからドアを開けてくれた。

葛木たちも踏み込んだ。異様な風体の男女は名前を訊いても、なぜここにいるのかを訊ねても、ただ沈黙するばかりだ。かといって反抗的な態度をとるでもない。普通の精神状態ではないのは明らかで、捜索が終わっても放置はできない。報告を受けて渋井は、保護して病院に搬送し、健康診断や精神鑑定を受けさせるべきとの結論に達したようだった。

焦眉《しょうび》の課題は勝沼の捜索だった。一階にはホールのほかに食堂のようなスペースがあり、テーブルと椅子が五十席分ほど並んでいる。隣接して厨房《ちゅうぼう》もあり、清潔に保たれてはいるが、ここ最近調理に使われた形跡はなく、大型の冷蔵庫も電源が切られてなかは空だった。片隅に仕出し弁当の容器が積んであるから、食事は外から運んできているようだ。

二階には二十室ほどの個室があり、どの部屋も施錠はされていない。なかは三畳くらいの狭い部屋で、ベッドと若干の私物があるが、テレビもなければラジオもない。新聞や雑誌の類いもない。ホールにいた男女の居室のようだが、全員が集まってなにかをする時間でもあったのか、どの部屋にも人は居残っていなかった。

　三階にはフィットネスルームやセミナールームや講堂のような部屋があり、全体としては企業の研修センターのようなイメージで、宗教色が皆無なのは本郷の本部と共通する点だった。三階にも人の姿は見当たらず、裏口から逃走した者を除けば、下にいる男女がこの建物にいる全員のようだった。

　次第に焦燥が募り出す。どこを探しても勝沼の姿が見当たらない。失踪してすでに四日が経っている。ここに来るのが遅かったかと悔やまれる。また受令機に声が飛び込む。その声がどこか引き攣っている。

「指令車、指令車。こちら第三班。B棟のなかで死体を発見。ぜんぶで五体あります。うち三体は白骨化し、一体は一部ミイラ化。残りの一体は腐乱状態です」

「第三班。現状を保存し、鑑識の到着を待つように。私も一緒にそこに行く」

　渋井が応じる声が聞こえる。こういう事態も想定したから、本所署の鑑識チームも伴っていた。

　それでは勝沼はどこにいる。先ほど逃走した車で別の場所に連れ去られたのか。あるいは別の場所ですでに――。しかしまさか当たるとは思わなかった。

　また受令機ががなり出す。その声に喜色が滲む。

「指令車。こちら第二班。C棟で勝沼局長を発見。意識は朦朧《もうろう》としていますが、生存しています。目視では外傷はなさそうです。至急救急車の手配を――」

10

佐田は死体遺棄容疑でその日のうちに逮捕された。いま本所の本部で取り調べ中だが、容疑は否認し、黙秘を続けているという。

勝沼は八王子市内の救急病院に搬送されて、ほどなく意識を取り戻した。

あの晩、乗車したタクシーは、走り出してまもなく近くのコンビニの駐車場に勝手に入り、そこに待機していた二人の男が乗り込んできて、体を押さえられ注射を打たれた。そこまでは覚えているが、そのあとは記憶がまったくないという。

そのドライバーはタクシー会社で身元を確認し、逮捕・監禁の容疑で逮捕された。自供によればサーラの会の信者で、本部からの指示を受けて宮島の自宅近くを流していたという。佐田がその会社に配車を頼めば、真っ先にそこに向かえるようにしていたわけだった。佐田を乗せたドライバーもやはりサーラの会の信者だったが、こちらは容疑不十分で逮捕には至らなかった。

勝沼を乗せたドライバーは入信して半年で、マインドコントロールもさほど強くないようで、コンビニで同乗した主犯格二人の名前をすらすら喋った。どちらも教団本部の職員だった。

その二人もほどなく逮捕され、教祖に倣《なら》って黙秘を続けているが、当人たちは信者というより悪事の片割れで、信仰心がとくに強いわけでもなさそうで、喋り出すのは時間の問題だろうと渋井は見ている。

サーラ・ファミリーの社長の宮本は出張先の大阪で逮捕された。容疑は不正アクセス禁止法違反。かつて大手コンピュータセキュリティ会社に在籍し、業界の一部では腕利きのハッカーとしても名を馳せていたらしい。インターネットバンキングを使った不正送金など宮本にとってはお茶の子さいさいなわけだった。彼らが自供すれば共犯者は芋づる式に特定され、佐田を中心にしたカルトビジネスの全容が浮かび上がるだろう。

施設にいた男女は精神科のある都内の大学病院に搬送された。全員が特殊な薬物を投与され、精神機能の一部を阻害されているという診断だった。その薬物は冷戦時代に東側の諜報《ちょうほう》機関が洗脳のために使ったとされるもので、それを投与しながら暗示をかけていくことで、極めて強いマインドコントロールが可能になるという。

そんな薬物をどうして入手したかは佐田やその配下の自供を待つしかないが、ＦＢＩの研究機関に派遣されたときに得た知識なのは間違いなさそうで、警察庁は国費で佐田という悪徳宗教家を養成したことになる。

ただし彼らのマインドコントロールはまださほど進んでおらず、西側ではやはり冷戦時代にその薬物に対する解毒剤が開発されており、それを使えば比較的短期間で元に戻せるというのが薬物障害を専門とする医師の所見で、治療が進めば、彼らの身元も、そんな状態に至った経緯も明らかになるだろうという。

プレハブの建物にあった死体の身元は判明しない。それはおそらくサーラの会によって死に至らしめられた夥《おびただ》しい死体のほんの一部にすぎないのではないか。佐田たちにとって財産を奪いとったあとの信者は無用の存在のはずだった。生かしておけば自分たちの犯罪が発覚する。

勝沼が監禁されていたC棟には大量の亜ヒ酸が貯蔵されていた。メーカーや製造年月日から見て、まとめて購入したものではなく、少しずつ買い集めたもののようで、マインドコントロールされた信者たちに命じて個人名で購入させたのだろう、沼沢隆夫が亜ヒ酸を購入したのは、おそらくそういう経緯のはずだった。

亜ヒ酸とともに注目されたのは、同じ場所に保管されていた大量の健康食品で、いずれもサーラ・ファミリーのロゴ入りだ。錠剤やカプセル状に加工されたそれらには、慢性砒素中毒を起こすのに適当な量の亜ヒ酸が混入されていた。

矢上宅にあった女性の遺体から砒素が検出された事実と符合する。それが死因になったとまでは立証できないが、致死量以下の砒素で慢性的に体調を悪化させ、それを霊感商法の材料に使ったのかもしれず、あるいはすべてを吸い尽くしたあとに信者を消すためのなんらかの手段として使われたとも考えられる。矢上、沼沢、相葉の三組の失踪者の生存はほぼ絶望的だろう。

矢上夫妻の家にあった二つの遺体がだれだったかもわからない。全国で発見される身元不明の死体は千体を超え、その後身元が判明するのはせいぜい一割ほどだ。そんな死体のうちのかなりの数が、サーラの会によるものだと考えてさほど無理があるとは思えない。そしてそのほとんどが、住民票の虚偽異動によって行方不明者となった人々でもあるだろう。その異動先もおそらく豊橋のみならず、全国津々浦々におよんでいるはずだ。

豊橋には佐田の実家があり、そこに居住する長男が地元で行政書士をやっていた。三組の失踪者の転入手続きは、その長男が委任状を偽造して行ったことが地元警察の捜査で判明し、長男は公文書偽造で逮捕された。

今後の取り調べで虚偽の転出入による失踪の実態が解明されるだろうが、想定される失踪者の数から考えれば、すべてがその長男の仕業とは思えない。佐田の妻を含む教団幹部の関係者も荷担しているはずで、全国規模で不審な転出入の記録を洗い出す作業がこれから必要になるだろう。

近年は日本全国に空き家や廃屋がいくらでもある。高齢者の住んでいた空き家は自然死を装って死体を遺棄するのにお誂《あつら》え向きの場所といえるだろう。その全容の解明もまた、佐田と教団関係者の自供を待つしかない。

勝沼は俊史から話を聞いて、警察内部に巣くうサーラの会の影響力を表沙汰にしないかたちで排除しようと自ら行動したという。宮島の自宅に出向いたのは、膝詰め談判で彼が知る限りの事実を引き出して、佐田への肩入れを諫《いさ》めようという思いからだった。そこに倉田と佐田が同席したのは計算外で、そのとき身の危険を感じたが、すでに遅かったということらしい。

さすがに佐田も勝沼を殺すことは躊躇《ちゅうちょ》したようで、救出されたとき朦朧としていたのは、施設にいた信者たちに使われていたのと同じ薬物によるもののようだった。おそらく刑事警察のトップの立場にある勝沼を、洗脳して思いのままに利用しようという狙いだったと思われる。

倉田と宮島は佐田が逮捕された翌日に辞表を出したが、今後の捜査の推移によって、なんらかの罪状で検挙することになるだろうと渋井は断言した。

同じく事件の隠蔽に関与したと疑われる大物警察官僚たちは、残念ながらいまのところ摘発するに足る犯罪事実が認められない。しかし倉田と宮島が検挙されれば隠蔽の教唆が発覚する惧れもあるわけで、彼らも安穏とはしていられない。

いずれにしても勝沼が拉致されたおかげで佐田の悪事が白日の下に曝《さら》されたことになる。怪我の功名だと笑いながら、正当な捜査手続きを経ず隠密裡に処理しようとした自分が間違っていたと、勝沼は病床を見舞った俊史に率直に詫《わ》びたという。そんな話を報告しながら、俊史は言った。

「佐田の逮捕にこぎ着けたのはもちろんだけど、警察にも勝沼さんや渋井さんのような人がいてくれたことが、なによりおれは嬉《うれ》しいよ」

「ああ、そうだな。おれだって思いは同じだ。おれのような出来損ない刑事に憧れて警察官になった。そんなおまえを絶望させるようなことになったら死んだ母さんに申し訳ないと、このヤマにとりかかって以来ずっと思っていた」

「それは親父の責任じゃない。いや、親父や大原さん、池田さんや山井君を始め所轄のみんなが支えてくれたから、おれは途中で投げ出さずに済んだんだ」

「園村さんを始め特命の面々もがんばった。おまえも管理官として鼻を高くしていいぞ」

「ああ、辞表を書くのは楽なことで、続けることははるかに大変だ。諦めなかったからこそ勝沼さんや渋井さんのような人とも出会えたわけだから」

「端緒をつくった室井さんだってそうだ。全員がこれからおまえの人生の財産になるな」

「そうだね。コネとか人脈とかいう意味じゃなく、魂の絆のようなものとしてね」

「魂の絆か。いい言葉じゃないか」

そんな感想を漏らしながら、葛木は思った。信頼することによって人は成長する。そして自分には信頼できる仲間がいる。今回の事件を通じて、この歳の自分でさえ一回り大きくなったような気がするのだ。そうだとすれば人生はまんざら悪いものでもない。

この作品は2014年7月徳間書店より刊行されました。
なお、本作品はフィクションであり実在の個人・団体などとは一切関係がありません。

本書のコピー、スキャン、デジタル化等の無断複製は著作権法上での例外を除き禁じられています。本書を代行業者等の第三者に依頼してスキャンやデジタル化することは、たとえ個人や家庭内での利用であっても著作権法上一切認められておりません。

徳間文庫

失《しっ》踪《そう》都《と》市《し》

所轄魂

© Ryôhei Sasamoto 2017

2017年5月15日 初刷

著者 笹《ささ》本《もと》稜《りょう》平《へい》

発行者 平野健一

東京都港区芝大門二―二―二 〒105―8055

発行所 株式会社徳間書店

電話 編集〇三(五四〇三)四三四九
販売〇四八(四五一)五九六〇

振替 〇〇一四〇―〇―四四三九二

印刷
製本 図書印刷株式会社

ISBN978-4-19-894231-1 (乱丁、落丁本はお取りかえいたします)

徳間文庫の好評既刊

笹本稜平

所轄魂

女性の絞殺死体が公園で発見された。特別捜査本部が設置され、所轄の城東署・強行犯係長の葛《かつら》木《ぎ》邦《くに》彦《ひこ》の上役にあたる管理官として着任したのは、なんと息子でキャリア警官の俊《とし》史《ふみ》だった。本庁捜査一課から出張ってきたベテランの山《やま》岡《おか》は、葛木父子をあからさまに見下し、捜査陣は本庁組と所轄組の二つに割れる。そんな中、第二の絞殺死体が発見された。今度も被害者は若い女性だった。

徳間文庫の好評既刊

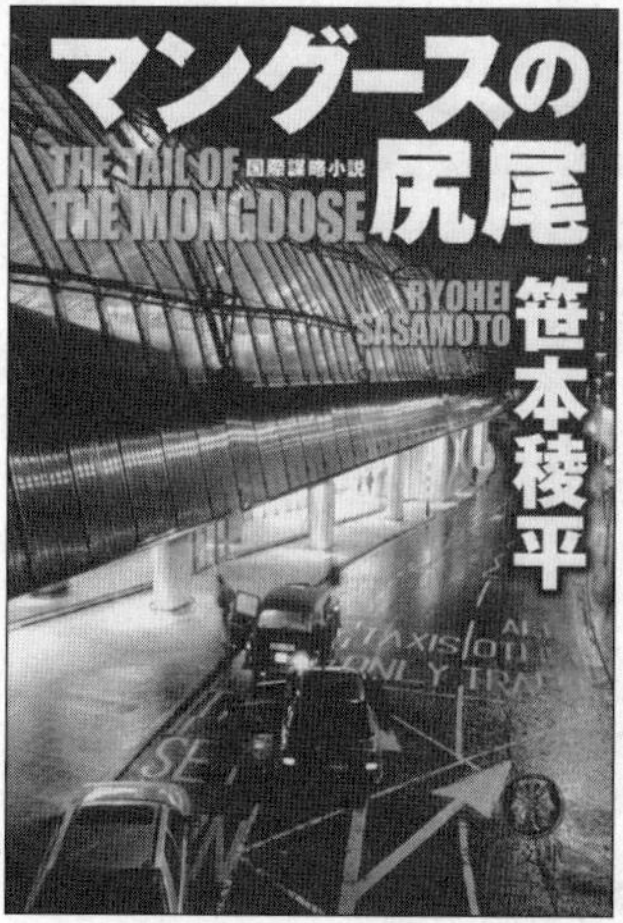

笹本稜平

マングースの尻尾

　武器商人戸崎は、盟友の娘ジャンヌに突然銃口を向けられた。何の憶えもない戸崎に父親殺しの罪を着せたのは、どうやらＤＧＳＥ《フランス対外保安総局》の大物工作員《マングース》らしい。疑惑を晴らし真犯人を捜すべく、ジャンヌと行動を共にする戸崎だったが、黒幕は証拠を隠滅しようと狡猾な罠を張り巡らす。命を狙われるふたりに、伝説の傭兵檜垣が加わり、事態は急転し始める！

徳間文庫の好評既刊

笹本稜平

サハラ

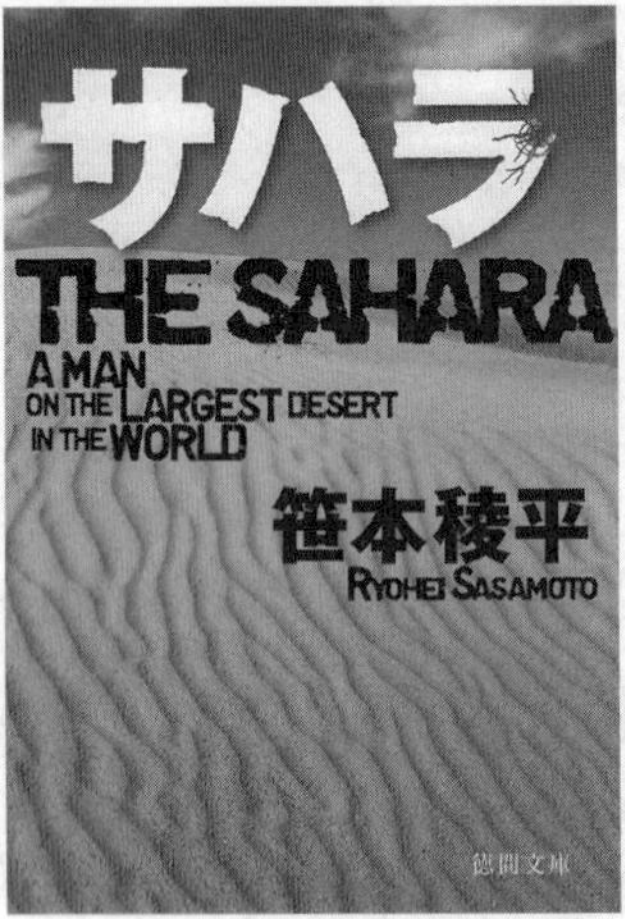

砂礫に投げ出された体、傍らにある突撃銃ＡＫ47、残骸となった軍用ヘリＵＨ−1ヒューイ……一体、何が起こったのか？　ＲＡＳＤ《サハラ・アラブ民主共和国》のポリサリオ戦線に軍事訓練を施すため招聘《しょうへい》された傭兵《ようへい》の檜垣は、敵対するモロッコ秘密警察に拉致《らち》され、訊問《じんもん》を受けたらしく記憶を失っていた。機体に残されたアタッシェケースの中身——政治的にも軍事的にも機密情報とは見えぬ謎の書類を巡り、闘いが始まる！

徳間文庫の好評既刊

笹本稜平

グリズリー

陸上自衛隊輸送トラック襲撃、連続過激派殺害。公安と刑事部の捜査線上に浮かんだのは、テロ計画〈Nプラン〉関与で自衛隊を退職となった折本敬一。一体〈Nプラン〉とは何か？　いま折本がたくらむ謀略とは？　ひとりの男が超大国に戦いを挑む！　厳冬の知床半島を舞台に、人間の根源的な強さを描いた大藪春彦賞受賞第一作となる記念碑的作品が待望の文庫にて登場！

徳間文庫の好評既刊

鈴峯紅也

警視庁公安J

書下し

幼少時に海外でテロに巻き込まれ傭兵部隊に拾われたことで、非常時における冷静さ残酷さ、常人離れした危機回避能力を得た小《こ》日《ひ》向《なた》純《じゅん》也《や》。現在、彼は警視庁のキャリアとしての道を歩んでいた。ある日、純也との逢瀬の直後、木《き》内《うち》夕《ゆう》佳《か》が車ごと爆殺されてしまう。背後にちらつくのは新興宗教〈天敬会〉と女性斡旋業〈カフェ〉。真相を探ろうと奔走する純也だったが、事態は思わぬ方向へ……。

徳間文庫の好評既刊

鈴峯紅也

警視庁公安J

マークスマン

書下し

警視庁公安総務課庶務係分室、通称「J分室」。類《たぐい》希《まれ》なる身体能力、海外で傭兵として活動したことによる豊富な経験、莫大な財産を持つ小日向純也が率いる公安の特別室である。ある日、警視庁公安部部長・長島に美貌のドイツ駐在武官が自衛隊観閲式への同行を要請する。式のさなか狙撃事件が起き、長島が凶弾に倒れた。犯人の狙いは駐在武官の機転で難を逃れた総理大臣だったのか……。

徳間文庫の好評既刊

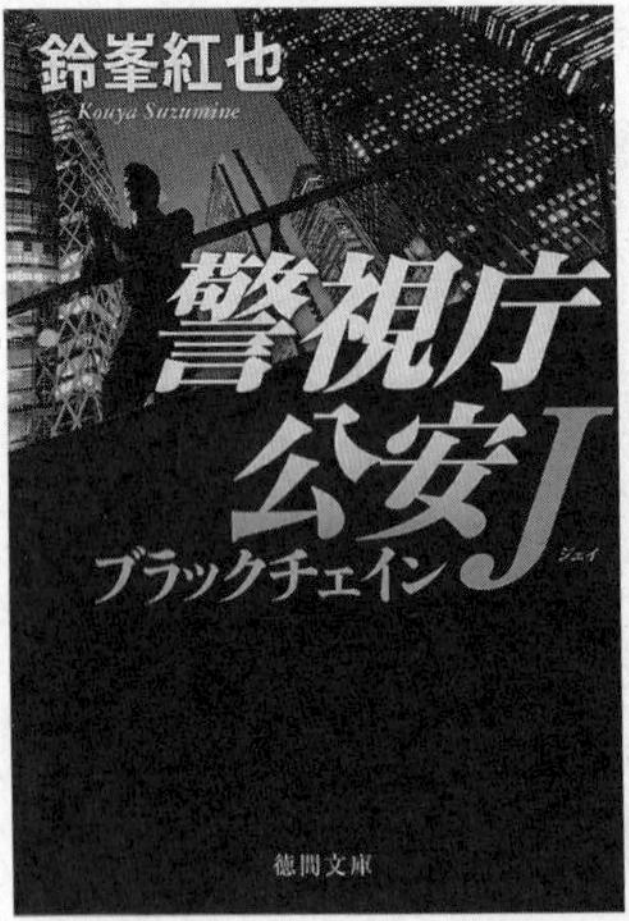

鈴峯紅也
警視庁公安J
ブラックチェイン
書下し

中国には困窮や一人っ子政策により戸籍を持たない、この世には存在しないはずの子供〈黒《ヘイ》孩《ハイ》子《ツ》〉がいる。多くの子は成人になることなく命の火を消すが、一部、兵士として英才教育を施され日本に送り込まれた男たちがいた。組織の名はブラックチェイン。人身・臓器売買、密輸、暗殺と金のために犯罪をおかすシンジケートである。キャリア公安捜査官・小日向《こひなた》純也《じゅんや》が巨悪組織壊滅へと乗り出す！

徳間文庫の好評既刊

六道 慧

警察庁広域機動隊

書下し

　日本のＦＢＩとなるべく立ち上げられた警察庁広域機動捜査隊ＡＳＶ特務班。所轄署同士の連携を図りつつ事件の真相に迫る警察庁の特別組織である。隊を率いる現場のリーダーで、シングルマザーの夏目《なつめ》凜子《りんこ》は、女性が渋谷のスクランブル交差点のど真ん中で死亡する場に居合わせた。当初は病死かと思われたが、捜査を進めると、女性には昼と夜とでは別の顔があることが判明し……。

徳間文庫の好評既刊

安東能明

第Ⅱ捜査官

元高校物理教師という異色の経歴を持つ神村五郎は、平刑事なのにその卓越した捜査能力から所轄署内では署長に次いでナンバー２の扱い。「第二捜査官」の異名を取っている。ある日暴力を苦に夫を刺して取調中の女性被疑者が担当の刑事とともに忽然と姿を消した。数日後ふたりは青酸カリの服毒死体で発見される。未曾有の警察不祥事に、神村は元教え子の女性刑事西尾美加と捜査に乗り出した。

徳間文庫の好評既刊

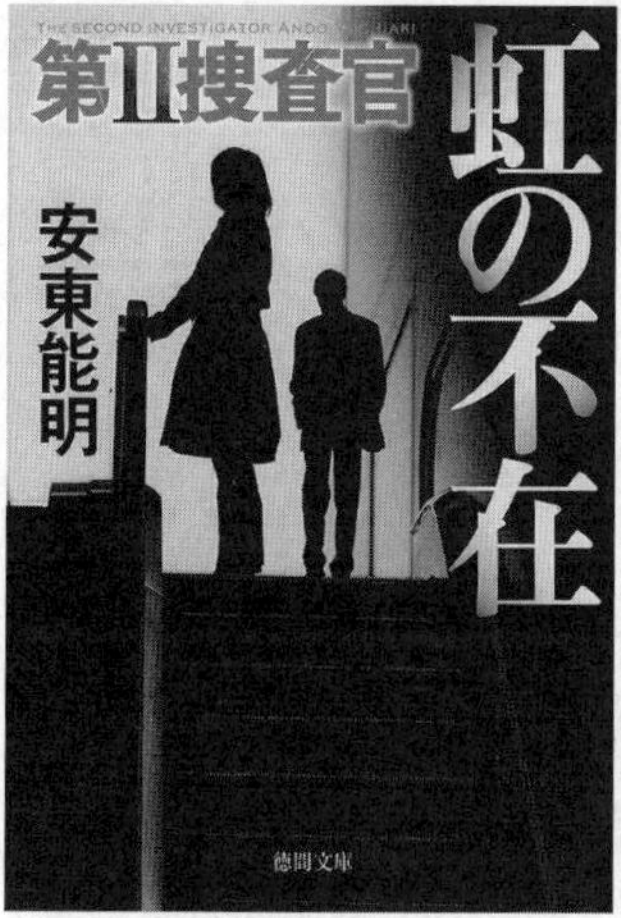

安東能明
第Ⅱ捜査官
虹の不在

文庫オリジナル

　元高校物理教師という異色の経歴を持つ神《かみ》村《むら》五郎《ごろう》は、卓越した捜査能力により平刑事なのに署内では署長についでナンバー２の扱い。「第二捜査官」の異名を取る。相棒の新米刑事・西尾美加《にしおみか》は元教え子だ。飛び降り自殺と思われた事件の真相に迫った「死の初速」。死体のない不可解な殺人事件を追う表題作「虹の不在」など四篇を収録。難事件に蒲田《かまた》中央署の捜査官たちが挑む大好評警察ミステリー。

徳間文庫の好評既刊

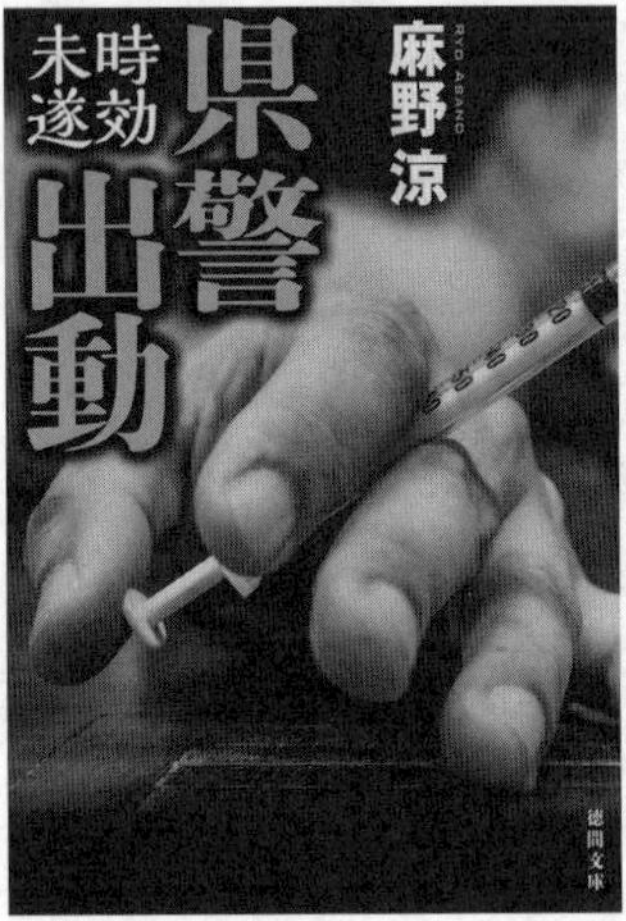

麻野　涼

県警出動

時効未遂

書下し

上海《シャンハイ》の空港でツアー中の女子大生が覚せい剤密輸容疑で逮捕された。彼女の父親は、二十年前に群馬県で起きたスーパー女性店員三人殺害事件の容疑者だった。そしてツアーを企画した旅行代理店社員は同事件の被害者の娘だったことがわかる。ツアーには被害者遺族三人も参加していた。時効を過ぎた後も真相を追い続けた県警ベテラン刑事の執念がいま全てを暴く。書下し長篇推理サスペンス。